康輶紀行校箋

［清］姚瑩 撰
劉建麗 校箋

上

上海古籍出版社

圖書在版編目(CIP)數據

康輶紀行校箋 /(清) 姚瑩撰;劉建麗校箋.
—上海:上海古籍出版社,2017.7
ISBN 978-7-5325-8250-1

Ⅰ.①康… Ⅱ.①姚…②劉… Ⅲ.①游記—作品集
—中國—清代 Ⅳ.①I264.9

中國版本圖書館CIP數據核字(2016)第240095號

全國高等院校古籍整理研究工作委員會直接資助項目

康輶紀行校箋

(全二册)

[清]姚 瑩 撰

劉建麗 校箋

上海世紀出版股份有限公司
上 海 古 籍 出 版 社 出版

(上海瑞金二路272號 郵政編碼200020)

(1)網址:www.guji.com.cn

(2)E-mail:gujil@guji.com.cn

(3)易文網網址:www.ewen.co

上海世紀出版股份有限公司發行中心發行經銷

惠敦印務有限公司印刷 0

開本850×1165 1/32 印張27.125 插頁5 字數528,00

2017年7月第1版 2017年7月第1次印刷

印數:1—2,100

ISBN 978-7-5325-8250-1

K·2253 定價:128.00元

如發生質量問題,讀者可向工廠調換

前言

姚瑩（一七八五——一八五三年），字石甫，號明叔，晚號展和，又稱幸翁，安徽桐城（治今安徽桐城市）人。曾祖姚範爲翰林院編修。伯祖姚鼐進士出身，官至刑部侍郎，爲桐城派大師。姚瑩師從伯祖姚鼐，學業有承，素研經史，雅好翰墨，不好經術文章，務通大意，見諸施行。

嘉慶十三年（一八〇八年）進士，二十一年（一八一六年），授福建平和知縣。次年，調任龍溪（治今福建漳州市）知縣。在龍溪任上，身體力行，巡問疾苦，約束族衆，籍壯丁爲鄉勇，「治行爲閩中第一」（清史稿卷三八四姚瑩傳）。後調臺灣，任海防同知、噶瑪蘭通判，坐事落職。不久，又以噶瑪蘭獲盜功復官。丁父憂歸，服闋，改發江蘇，歷任金壇（治今江蘇金壇市）、元和（治今江蘇蘇州市）、武進（治今江蘇常州市武進區）知縣，遷高郵（治今江蘇高郵市）知州，擢兩淮監掣同知，護鹽運使。道光十年（一八三〇年），特擢臺灣道。二十一年秋（一八四一年），英兵兩犯雞籠海口。第二年，又犯大安港。瑩設方畧，與總兵達洪阿督兵擊潰英兵，斬獲頗豐，俘獲英人一八九名，收復前失寧波、廈門礮械甚多。因雞籠、大安之捷，以功加二品銜。致使總督怡良心生不平，瑩以妄殺敵俘被劾，逮問，入獄六日。宣宗心知姚瑩臺灣功，於道光二十四年（一八四四年），特旨瑩以同知直隸州知州發往四川效用。時逢藏屬乍雅（一作乍丫，即察雅，今四川察雅縣東）地區，有兩呼圖克圖相爭，而「蜀中舊例，有大不韙者，則罰以藏差」，於是四川總督寶興即命姚瑩前往平息糾紛。是年年底，行抵裏塘（今四川理塘縣），因大呼圖克圖拒返乍雅聽訊結案，不得要領而返。四川總督寶興又劾其畏難規避，革去頂帶。次年三月，再次奉寶興之命，隨同知府宣瑛、試用通判丁淦再赴乍雅與察木多（今西藏昌都市）查辦。三人在康地滯留半年多，直至爭執斷決後歸返。

一

清道光甲辰（二十四年）、乙巳（二十五年）、丙午（二十六年）間，即一八四四至一八四六年間，姚瑩至蜀中後，兩次差赴康藏乍雅及察木多撫諭番僧，行程一萬餘里，歷時一年零三個月，途經荒山野嶺、冰谷雪原，備嘗艱辛，在困頓顛連的流離征途中，逐日記述沿途見聞，並據此整理、增補成介紹邊疆史地與敵情外事爲主要内容的康輶紀行一書。康輶紀行初稿撰成於道光二十六年（一八四六年），原名康衛紀行，共十二卷。姚瑩謂此稿係「逐日雜記，本非著書，故卷帙粗分，更不區其門類。既以日久，所積遂多，有一類前後互見者，有一事前後記載不同者，殊不便檢尋」（康輶紀行自敘）。雖覺很不滿意，但因自藏回川後未久即被任命爲蓬州知州，一時竟無暇修改。道光二十八年（一八四八年）夏，姚瑩借口生病，辭去官職，返回桐城故里後，才有時間對是書重新加以整理，「乃列其條目於卷首，復於本條各注其目，俾易考焉」（康輶紀行自敘）。並將蒐集與繪製的地圖共十一種附以圖說，列爲末卷，將全書釐爲十六卷刊行，由同邑後學葉棠校對並作跋。康輶紀行前十五卷，係二次入藏沿途所見所聞所思之札記，末卷爲地圖與圖說。咸豐皇帝即位後，爲姚瑩平反昭雪，重新起用爲湖北鹽法道，擢任廣西按察使，旋於咸豐二年（一八五三年）十二月病逝。未幾，太平軍攻佔桐城，康輶紀行書版被毁。同治六年（一八六七年），由姚瑩次子濬昌重刊，內侄方復恒校對並作序（中復堂全集康輶紀行，清同治丁卯安福縣署刻本）。姚瑩一生著述豐厚，編爲中復堂全集。

康輶紀行在體裁上採用逐日雜記形式，不分門類。主要內容，正如其在自敘中所言：「大約所記六端：一、乍雅使事始末；二、喇嘛及諸異教源流；三、外夷山川形勢風土；四、入藏諸路道里遠近；五、泛論古今學術事實；六、沿途感觸雜撰詩文。」後來，他給友人陳子農信中述及此事時，聲稱「前使西藏，有康輶紀行十六卷，頗詳西域山川疆域與英夷馬頭之在印度與後藏接界者。因乍雅、前後藏而推及廓爾喀、披楞、五印度以至佛蘭西、英吉利、彌利堅西洋有名諸國；因兩呼圖克圖而推及達賴喇嘛、班禪額爾德尼、黃教、紅教以及諸國回教、歐羅巴之天主教，討其源流支派、情形地勢，考證而辨明之，繪爲圖說，並雜論古今人物學問文章，政治之利病得失……」（東溟文後集卷八謝陳子農送重刻遂志齋集書）總而言之，涵蓋了康輶紀行的基本內容。

二

當時，有關西藏史地的著作，主要有和泰庵西藏賦、七十一西域聞見録、齊召南水道提綱、徐松西域水道記以及大清一統志、四川通志等。另小方壺齋輿地叢鈔第三帙所載，有盛繩祖衛藏圖識、姚瑩前後藏考、曹樹翹烏斯藏考、王我師藏鑪總記、藏鑪述異記、墨竹工卡記、得慶記、魏源撫綏西藏記、闕名寧藏七十九族番民考等。西藏賦既述及山川形勢，又記述了民風習俗，惜詳西藏而畧西康。西域聞見録則是對新疆地區的記載，分爲新疆紀畧、外藩紀畧、西陲紀事本末、回疆風土記、軍臺道里表等部分。藏鑪總記與衛藏圖識較詳細記載了從四川、青海進藏的山川道里塘站，但對沿途風俗民情較少述及。西域水道記則詳於西域河流水源，對民風習俗述及少，而四川通志與水道提綱，大多選用大清一統志中所載資料。姚瑩康輶紀行所載皆爲自己耳聞目睹，闡述了不爲當時人們熟悉的康、藏地理，詳細記述入藏山川、道里、行程、村名、物産、氣候等。所記山川道里，皆爲自己親身跋涉，爲諸書所不及，具有很高的可信度。

是書詳細記載了姚瑩一行兩次由蜀入藏的行程。第一次入藏，時爲道光二十四年（一八四四年）十月一日，姚瑩從成都啓程後，便開始「逐日雜記」沿途所經行程、道里遠近。其從成都啓程，終至裏塘（今四川理塘縣），于同年十一月二十五日東還，十二月二十二日至成都，行程二月餘。

道光二十五年（一八四五年）二月十一日，蓬州知州姚瑩隨同寧遠府知府宣瑛、候補通判丁淦往乍雅查辦兩呼圖克圖之事，并且奉令至察木多，這就是第二次入藏。二月二十五日，姚瑩一行從成都出發，經雙流（今四川雙流縣）、化林坪（今四川瀘定縣東興隆鎮東化林村）、瀘定橋（今四川瀘定縣）、打箭爐（今四川康定市）、巴貢（今四川察雅縣北）等地，越巴貢、苦弄等山，終至察木多。察木多，是西藏門户是東走四川、南達雲南、西通西藏、北通青海的扼要之區。

是書記載了從不同地區進入西藏的道路里程，並對沿途里程、站驛、要隘、橋梁以及當地人民的衣食住行及喪葬、節日等習俗記載得詳細而生動，顯示了藏文化的原生態及其豐富多彩的内容。

姚瑩對舊唐書吐蕃傳中吐蕃風俗的記載，根據自己的所見所聞予以補充，謂「今蕃人皆室廬錮寨，惟窮蕃有隨畜牧者，以黑帳房爲居處耳。貴人居室頗壯麗，行以氈帳自隨。飲食亦有木盤、椀，貴人、剌麻多用銅器，有以金爲飲食器者。捻麵，即今搭粑也。昔以羹酪，今則酥酪内多加以茶，亦有淨用熬茶者。惟賤者無男女，皆不知櫛沐」。（康輶紀行卷九唐書吐蕃傳兩條）對藏人服飾、髮飾從多方面予以記述。這裏的蕃民「皆蓄髮，長則截留數寸披之」。其服飾則蕃民無冬夏，皆衣毳褐。男皆披髮。「婦人結髮成緶盤額上，或爲數十細緶垂之。」蕃民居住皆碉樓，屋爲平頂。所居蠻寨，皆壘石爲牆，架木爲樓二三層，人居其上，牲畜在下。因蕃地寒瘠，氣候寒冷，不宜五穀，惟種青稞。青稞熟時刈歸，以屋頂爲場，擊取其實。

是書記載了藏人出行及其交通工具。中渡河係蜀藏咽喉，控扼要津，河設有浮橋，當夏水盛大，則去浮橋，蕃人以皮船渡河。松潘茂州之地，因江水險急，既不可行舟，亦難施橋，於是在兩岸鑿石鼻，以索貫其中，謂之溜筒，人馬貨物皆縛于筒而懸渡。對于蕃人負物勞作、喪葬及重女習俗，書中亦予以詳細、生動的記載。繂曳官輿及負載官物，皆男婦雜充其役。薪水之役，皆專以女，木桶取水，背荷而歸。蕃俗死者多火葬，又有天葬、水葬。水葬者，即投諸江河以飼魚鱉；天葬者，即用刀細割其肉，而有鳥鳶翔集其傍，喇嘛擲肉于空，鳥鳶爭接而食，肉盡，則屑其骨碎，和以糌粑而飼之，必盡乃已。蕃兄弟共娶一婦，生子先予其兄，以次遞及。詢問原因，皆因蕃俗重女，計人户以婦爲主，婦主其政，又因蕃人役重，故兄弟數人共婦以避徭役。

是書對藏地的年節習俗記載得也很詳盡。西藏行歲，亦以建寅孟春爲歲首，節令多與内地不同。每逢年節，商民停市三日，各以茶酒果食相饋爲禮。有跳鉞斧、觀飛神、打牛魔王等活動。四月十五日，寺門洞開，亦燃燈達旦，任蕃人游玩。六月三十日，别蚌、色拉兩寺，亦懸大佛像，有垂仲降神，蕃民男婦皆華服艷妝，歌唱翻桿相撲諸戲皆備，亦二寺之大會。七月十五日，任碟巴一人，以司農事，其地之蕃，自隨從游，佩弓挾矢，旗幡前導，遍歷郊圻，觀田禾射飲，慶祝豐年。然後土民刈獲，亦所以重農事。七八月間，臨河遍設涼棚帳房，男女同在河中沐浴，即上巳祓禊之意。十月十五日，唐公主誕辰，蕃民盛服，至大詔頂禮。二十五日，相傳宗喀巴成聖日，或云即燃燈佛，舉國皆在牆壁間燃燈相映，燦列若星。亦以燈卜歲。除夕，木鹿寺跳神逐鬼，有方相氏司儺遺意，男女盛飾，羣聚歌飲，帶醉而歸，以度歲節。

三

是書還記載了蕃地的佛教信仰及其文化。自打箭爐外至阿里西境，五千餘里，無處非僧。在打箭爐所見蕃僧甚多，「街市皆滿，衣敗紅布衣，袒其背，外加偏單」。這裏喇嘛有數千人，而入册給偏單銀者千餘人，由糧臺每年供給。此地喇嘛不誦經，終日嬉游街市，男婦雜衆無忌。西蕃崇信喇嘛，認爲能給人帶來禍福。「乍雅呼圖克圖住裏塘數年，蕃人見之，數十步外，即五体投地，匍匐蛇行而前。儻呼圖克圖手摩其頂，則大喜，以爲佛降福，或病有憂者得之，則以爲消災滅病。或不驗，亦惟自咎罪孽深重而已」。書中記載哈達之制。哈達是用素綾織成。每方約二尺，中織佛頭，六方爲一連。凡蕃目及喇嘛見貴客，不用名柬，奉哈達爲禮。大喇嘛則奉素綾一長幅，或無佛頭，即古人束帛相見之意。小蕃所用哈達，則用絹製作而無佛頭。每方一尺五寸，十方爲一連。客受而還，亦予以哈達。藏中參禮戒，必熬茶供大小僧衆，招喇嘛二三萬，皆徧及之，如中國放齋者，而達賴喇嘛坐牀，上亦遣章嘉呼圖克圖至藏照料熬茶。是書真實記載蕃人禮佛、誦經方式。「初八日，浴佛之辰，裏塘諸寺，集衆僧誦經，蕃民男女皆禮佛，一如内地，惟寺僧自然酥油燈，燒旃檀香。蕃人禮佛者不持香，手執牛角，遥望見寺，每行一步，畫地膜拜，遍繞其寺，而後入門頂禮。」「其誦經喃喃，皆在喉間，併無音節，亦無鐘磬，惟鉦鼓喧振，雜以鈴鈸而已」。察木多有大小寺院五十座，喇嘛四千五百名，蕃民七千六百餘户。其俗崇信浮屠，生子半爲喇嘛。蕃民生病，無論輕重，必請喇嘛誦經，或朱巴祈禳。或令童男女唱佛曲祛病。

書中所載豐富的政治、經濟資料，尤爲珍貴。詳細記載了清朝對藏區實施的民族政策及管轄措施。乾隆十六年（一七五一年）時，以藏地約歸達賴喇嘛，其輔國公三人、一等台吉一人、噶布倫四人，皆給敕諭。戴綳五人、碟巴三人、堪布一人，均給理藩院執照，分司藏務，一切賦税，奉獻達賴喇嘛。顯然，乾隆時期，西藏貢賦、僧侶官除授，皆達賴喇嘛掌管，駐藏大臣督官兵鎮壓而已。達賴喇嘛尊貴，大臣進見，皆行參謁禮。乾隆五十七年（一七九二年），大學士福文襄公至藏後，奏請改其制。於是清對藏政策有所變化，加强對西藏的管理，藏中事統歸駐藏大臣管理。駐藏大臣除上山瞻禮外，其督辦事與達賴喇嘛及班禪額爾德尼平等。噶布倫以下，蕃目管事喇嘛，事無大小，無不禀命大臣而行，札什倫布公事，亦令戴琫、堪布禀之駐藏大臣，事權歸一。對于衛藏僧俗人衆的往來，以往常由達賴喇嘛發放路票，現進行改革，令達賴喇嘛查造大小廟喇嘛名數清册，抽管地方及諸呼圖克圖所屬寨落人户，一體造册，存駐藏大臣衙及達賴喇嘛處，以備稽察。其蒙古王公遣人赴藏，延請喇嘛誦經，亦由駐藏大臣給照。至察木多後，傳曲濟嘉木參至，諭以漢法，地方乃掌印官專責。康熙五十八年（一七一九年）時，巴塘有蕃民六千九百户，喇嘛二千一百人，至雍正四年（一七二六年）時，蕃民遂至二萬八千一百五十户，喇嘛九千四百八十名，多逾三倍。

書中所載經濟資料，尤其是有關藏醫藥、罌粟花的种植、販煙通道、茶製作與包裝、青稞酒的釀造等資料尤爲豐富、珍貴。藏區蕃寨租賦，有以銀錢折交物件者，商上收購不公，苦累蕃兵。於是令商上鑄純淨銀錢，用漢字、唐古忒字，於面背分鑄「乾隆寶藏」字。每紋銀一兩，换新鑄銀錢六圓，换商上舊銀錢及巴勒布錢八圓，仍令駐藏大臣稽察，不得輕出重入。因藏區天氣嚴寒，地氣瘠薄，惟藉青稞爲麵，名糌粑，及牛羊酥酪以供朝夕。因糌粑性熱，酥酪滑膩，非茶無以全其軀，故藏地尤需茶。茶凡三品，上品曰竹檔，斤值銀二錢；次曰滎縣，斤值銀六分；又次曰絨馬，斤值銀五分，此鑪城市價。蕃區製茶，皆以甑蒸，而搗成餅，每餅七斤或六斤，爲一甑，用紙裹，惟竹檔茶貼金並加圖記，表示貴重，其餘則無。凡茶四甑，編以竹片而總包，外加牛皮，始可遠行，每牛一馱服四包。故茶貿易興盛，茶商聚於打箭爐，蕃界往來交易，遂爲通衢。乾隆年間，西藏與内地的交易，二年一次入貢，貢道由西寧入，互市在打箭爐。姚瑩一行途中所經南墩，爲川藏適中之所，每年秋間，巴塘（今四川巴塘縣）、察木多兩地客民，在此雲集貿易。西藏醫名厄木氣，其藥與中原異，或購自西洋，不炮制，間用丸散，遇病亦診視而後用藥。其診視以左手執病者右手，右手執病者左手，一時並診，疾重使然。若小疾，以酥油遍塗全身，曝日中，陰晦則用絨單覆體，燒柏葉薰。青溪（今四川青川縣西南清溪鎮）是西進藏、南入雲南的兩條道路交匯之處，以往四川南路，多種罌粟花爲鴉片煙，而近時英夷煙土，由哲孟雄經後藏入雲南省而至寧遠（治今四川西昌市）。蕃人以青稞製酒，甫釀微酸，即云成熟，蕃謂之沖，多飲亦能醉人。日釀青稞四五百桶。察木多賣酒之家數十户，皆有蕃女，名之曰沖房。

四

身處十九世紀初期的姚瑩，任職臺灣時，抵抗西方列強的騷擾與侵犯的經歷，使他具有了未雨綢繆的危機意識，較早地意識到夷患。書中重點介紹了英、法、俄等西方國家的情況。他明確指出，自嘉慶中，每聞外夷桀驁，竊深憂憤，頗留心此事，嘗考其大畧，著論於識小録，然僅詳西北陸路，西南海外未及詳述。而對俄羅斯距英地遠近，不甚明瞭，深爲遺憾。姚瑩欣然奉使乍雅，即爲了就藏人訪西事，既得聞所未聞，並對英人近我西藏之地與五印度、俄羅斯的詳情，益有考徵。故「外夷山川形勢」是姚瑩論述的六項内容之一。他用大量篇幅介紹了我國西藏與印度、廓爾喀的地理、交通、歷史等詳細情況。藏邊危機已引起姚瑩的高度重視。他首先向人們介紹了藏邊外諸國相爭及英國吞併孟加拉等國的歷史，向人們敲響了防英防俄的警鐘，「近時英夷煙土，由哲孟雄經後藏入雲南省而至寧遠。水路自嘉定沿江下，旱路則由青溪而至成都，故邛州大邑及雅安匪民，所在邀截，販煙姦民亦聚衆行以御之，亦蜀中大患」。揭露英國的侵畧本質，向中國販運鴉片，「各國人皆不食，英吉利亦不自食，惟華人及黑夷多嗜之」。並且指出「不知俄羅斯人要到何地方肯住手？」告誡國人「我等切不可閉目不理。俄羅斯人曾以兵威自黄海攻至黑海，以廣其國境，所以今日必要隄防」。

姚瑩主張睜眼看世界，與林則徐、魏源相呼應，從而促進近代初期睜眼看世界進步思潮的形成與發展。他盡其所能地對世界地理知識進行了研究與介紹，其書末所附中外四海地圖，是對現存各圖予以研究。收録了明朝末年，西方來華傳教士艾儒畧繪製的萬國全圖，傳教士湯若望繪製的地球圖，清初西方傳教士南懷仁繪製的坤輿圖，清朝廣東南澳鎮總兵陳倫炯繪製的四海總圖，廣東商人李明徹繪製的地球圖，姚瑩在臺灣俘獲的英國軍官顛林繪製的地圖等。在重視世界地圖的同時，姚瑩尤爲關注周邊地圖研究，對上述六圖加以綜合比照，並根據魏源的海國圖志，以當時地名參互考訂，親自繪製了今訂中外四海輿地總圖，大體標明了歐、亞、美、非洲衆多國家和地區的方位。檢閱此圖，四海萬國具在目中，足破數千年茫昧，有助於經畧中外者。還編撰與繪製了新疆南北兩路形勢圖說與新疆南北兩路形勢圖、西邊外蕃諸國圖說與西邊外蕃諸國圖、西藏外各國地形圖說與西藏外各國地形圖、乍雅地形圖說與乍雅地形圖等。這充分表達了姚瑩的滿腔愛國熱忱，體現了一位愛國者對祖國命運的深切關注。

姚瑩奉命赴藏，雖然是一項艱苦的差遣，但其欣然奉使的樂觀豁達心態，成爲他克服艱難困苦的精神力量，這對久在宦海中浮沉，備嘗仕途險惡的姚瑩來說，卻也是一種暫時的解脱。使其思想從禁錮中暫時得以解放，路途中的艱苦，沿途見聞，皆成爲其抒發情感的最佳素材。姚瑩學識淵博，文史典籍、哲理宗教、文藝書繪，無不精通，書中雜論，佔了相當比重。途中所著諸多雜論，情感真實，文情並茂，論辯精卓，議論風生，絕無造作矯揉之弊。而一些考證文章，則有理有據，考覈明審，皆得要領。如對木蘭生地時事考證，認爲「木蘭蓋古武威，今涼州人也。其從軍事在孝文帝太和二十年後，宣武帝景明正始年間」。不僅具有學術價值，亦頗有見地，充分顯示出其深厚扎實的學術功底。據統計，兩次赴藏，姚瑩共著律詩、絕句、長句等詩作八十餘首，如過雪山詩、牛犛、八角樓詩、皮船行、蕃酒鴉頭、蕃酒詩等。這些詩作既是其言情述志的體現，也是邊疆地區民族風情、物產地貌的記述，極具史料價值。康輶紀行中的詩作，大部分收入後湘續集卷三、卷四中。

總之,《康輶紀行》雖然屬雜記之類著作,且存在史料疏誤等不足,但瑕不掩瑜。所載內容豐富,蘊涵天文、地理、文學、哲學、宗教、歷史、民族等諸多學科方面的資料，具有重要的研究價值。

五

關於康輶紀行的版本狀況，目前已知情況如下：

一、手稿本。康輶紀行初稿撰成於道光二十六年（一八四六年），原名康衛紀行，共十二卷。此版本就目前所知，并没有刻印本流傳。手稿現存於安徽省圖書館，抄本存於中國國家圖書館。

二、道光刻本。姚瑩謂初稿之成，雖覺很不滿意，但一時竟無暇修改。道光二十八年（一八四八年）二月，姚瑩借口生病，卸蓬州知州事，後啓程返鄉。同年夏天，姚瑩開始整理康輶紀行，將條目列於卷首，復於本條各注其目，便於閱讀。並將蒐集與繪製的地圖共十一種附以圖說，列爲末卷，將全書釐爲十六卷刊行，由同邑後學葉棠校對並作跋。葉棠亦在跋中記載：「戊申夏，退還龍眠，重加繕寫，釐爲十六卷，列圖于卷末，命余繪成。復出全部，命余校正訛誤，並囑作記。」由葉棠繪製地圖、校訂，共同完成。姚瑩成書十六卷後，以稿本示親友，並請爲校勘。方宗誠也參與了康輶紀行的校訂工作，「校訂十餘條」，得到姚瑩的認可。

道光庚戌年（一八五〇年），校訂完成的康輶紀行收於中復堂全集中。中復堂，瑩的堂名。姚瑩之子姚濬昌在重刊中復堂集後序中述及其事：「先府君自訂詩文雜著凡十種計九十卷，道光庚戌曾刻於金陵。」此文集姚瑩親見，並饋贈親友，其弟子胡抱真，曾得到姚瑩惠賜所著全集，而「抱真受而卒讀，莫能窺其涯涘，惟言政事之文，尤有實效」。（中復堂遺稿卷五附胡抱真跋）。姚瑩病逝後不久，太平軍攻佔桐城，康輶紀行書版毁於咸豐癸丑（一八五三年）。是時書版雖毁，書籍應有存留。

目前，國家圖書館藏本康輶紀行上有李慈銘清同治二年（一八六三年）墨筆題識。陳垣贈書本、哈佛燕京圖書館藏本刻印版式皆一致，且只有葉棠跋記。哈佛藏康輶紀行十六卷本，六册，第十六卷末載「桐城張鴻茂鐫」。似是道光刻本存書。

三、同治六年刊本。同治六年（一八六七年），由姚瑩次子姚濬昌將瑩生前所撰詩文、奏稿、雜著等凡十五種彙而成編，爲中復堂全集，其中康輶紀行又由方復恒再次校訂、作跋，並保存了葉棠的跋記。中復堂全集共九十八卷，收入東溟文集六卷，東溟文外集四卷，東溟文後集十四卷，文外集二卷，後湘詩集九卷，後湘二集五卷，後湘續集七卷，東溟奏稿四卷，識小録八卷，東槎紀畧五卷，寸陰叢録四卷，康輶紀行十六卷、八册，姚氏先德傳六卷，中復堂遺稿五卷、續編二卷。附録南豐吴嘉賓撰姚公傳、徐子苓撰姚公墓志銘、徐宗亮撰姚公墓表、姚濬昌先妣方淑人行畧、姚濬昌中復堂年譜一卷。

四、上海進步書局本。上海進步書局版本爲石印綫裝袖珍本，後來廣陵古籍刻印社影印重新出版。根據字句和跋記狀況比較，上海進步書局本應是由同治六年本重新排版刻印。目前，很多叢書收録的康輶紀行，多使用此版本。如筆記小説大觀，江蘇廣陵古籍刻印社出版，一九八三年第一版，一九九五年第二版。

五、叢書本。許多叢書皆收録了康輶紀行。如：叢書集成三編第八十三册，爲臺北新文豐出版公司一九九七年出版。四庫未收書輯刊第五輯第十四册，一九九八年北京出版社採用清同治刻本，但未注明同治何年。近代中國史料叢刊續輯，一九七四年九月臺灣文海出版社出版，收入中復堂全集清同治六年丁卯八册本康輶紀行。中國西南文獻叢書第三輯收入西南史地文獻第十九卷的康輶紀行，係中國西南文獻叢書編委會編，二〇〇三年一月蘭州大學出版社出版。中國西南邊疆研究資料文庫邊疆史地文獻初編西南邊疆第一輯（全十九册），收入姚瑩康輶紀行，二〇一一年九月知識産權出版社出版。

六、輯佚本。小方壺齋輿地叢鈔第三帙康輶紀行收録有康輶紀行一卷本。古今遊記叢鈔（第十二册）卷四十七西藏之康輶紀行，係一卷本。西藏學漢文獻彙刻第一輯，是一九九二年九月，北京全國圖書文獻縮微復印中心出版。吴豐培作序並句讀。這是輯佚八卷本。

七、整理本。目前所知出版的康輶紀行整理本主要有二種，即一九八九年安徽黄山出版社出版的安徽古籍叢書康輶紀行（繁體，豎排，施培毅、徐壽凱整理）。二〇一四年中華書局出版的康輶紀行（簡體，横排，歐陽躍峰整理）。

上述諸種版本，主要爲十六卷本，另外也有一卷、八卷、十二卷本不同形式。

小方壺齋輿地叢鈔第三帙共收録有康輶紀行及衛藏識畧、烏斯藏考等七十餘种文獻資料。所收載的康輶紀行一卷本，顯然是簡縮本，不分卷，只是將姚瑩入藏行程，按時間順序簡要節録，故許多内容遺漏。古今遊記叢鈔卷四十七西藏所收載康輶紀行亦爲一卷本，所載内容與小方壺齋輿地叢鈔第三帙所收録康輶紀行相同，亦爲簡縮本。吴豐培作序的康輶紀行八卷本，删去了三方面的内容，正如其在序中所述：「他出仕於海禁初開之際，又與林則徐、魏源等往來，知道一些西洋各國狀況，在當時爲新興學科，故書中轉載了海國圖志許多材料，也包括了荒誕奇談。而今日國際往來頻繁，朝發夕至，各國狀況，記載具備，視前一些紀所記，不免陳腐，並無關行程，故爲删去，此其一。」「他學識淵博，文史典籍，哲理宗教，文藝書繪，無不精通，書中襍論，佔了相當比重，以其無關邊政，故均汰節，此其二。」「末卷所載國外地圖，抄自海國圖志，既無經緯，又缺確切方位，故均未著録，此其三。」（西藏學漢文文獻彙刻第一輯康輶紀行吴豐培序）康輶紀行手稿本，保存了姚瑩在旅途中撰寫的真實狀況。姚瑩自訂本（道光刻本）則是經過姚瑩親自修訂，較爲成熟的版本。姚濬昌同治再刊本基本保留了姚瑩修訂的原貌，並有些許校訂。

本書校勘是以哈佛燕京圖書館藏康輶紀行爲底本，以同治六年中復堂全集所載十六卷康輶紀行、筆記小説大觀、叢書集成三編、西藏學漢文文獻彙刻等其他版本爲參校本。校勘的原則是底本不誤，他本誤者一般不出校。因選擇的底本較好，因此單純校勘的文字並不多。康輶紀行一書價值突出，但疏誤與不足也很明顯。遺憾的是，過去我們的研究只注意其所載内容，但對存在的疏誤未作深入細緻的探究。

姚瑩學識淵博，博覽羣書，對天文、地理、文史、哲學、宗教，無不涉獵，但因康輶紀行系赴藏途中撰寫的行記，且因「行笥少書，惟攜圖説數種，未能博證」，諸多資料皆爲信手拈來，蒐集與排比材料時，十分隨意，且引用文獻典籍近百種，這就使得此書史料上的疏誤幾乎隨處可見。如對史料應用，缺乏嚴謹，有的只是對史料的節選、畧選，甚至僅憑記憶引用，出現明顯錯誤。如卷二天主教源流三條所載「青磨」，實爲宋史卷四九〇拂菻傳所載「青唐」；卷三吐蕃始末所載「元初，首領章古來朝」，將元史卷六〇地理志三所載「章吉」誤爲「章古」；卷四明臣議撫馭外夷，明使陳誠自西域還，所經十七國中的「鹽澤」，誤爲「監澤」；卷一〇東坡自解諷刺詩中所引遊孤山詩「誤隨弓旌落塵土，坐使鞭箠環呻呼」，實爲東坡全集卷三李杞寺丞見和前篇復用元韻答之；卷一五齊己詩，將貫休詩「一瓶一鉢垂垂老，萬水千山得得來」，誤爲齊己作。引用文獻張冠李戴，將文獻通考與通典資料混用，如卷三唐使至吐蕃道里之中，將大清一統志卷四一三西藏所引史料，誤爲通典所載。卷五五涼論述涼州時，將文獻通考卷三二二輿地考八古雍州所載史料誤爲通典所載。卷一〇益州名畫録系宋黄休復撰，前有景德三年李畋序，姚瑩誤爲李畋作，等等。

本書校勘主要是針對底本一些明顯錯字，據別本或文獻校改，並説明依據。箋的内容，主要是探索材料的出處，糾正史料的錯誤，並對某些所引史料或文中涉及内容作些許補充。本書將書中所涉及史料均與原文獻史料校核，涉及文獻二百八十多種。對於書中出現的疏誤，均以箋的形式予以説明。校箋置於每子目之後。改正符號主要用圓括號()和方括號[]，將訛、衍、倒等誤字寫在圓括號内，用方括號寫入改正或增補的字。

康輶紀行的諸多版本，每卷各篇目皆置於文末，爲適應讀者的閲讀習慣及便於檢索，是書將篇目皆移置於各篇之前；校箋皆置於每篇目正文之後，而不總置於每卷之後；個別正文太長且校箋多，爲了避免校箋過於集中，將過長的正文析分，再將校箋附後。書末附參考書目。

是書校箋過程中，武漢科技大學的柳雨春博士提供了康輶紀行的哈佛燕京圖書館藏本及巴蜀書社筆記小説大觀本、中復堂全集本等電子版本，並對部分版本情況予以説明，爲是書的校箋提供了扎實的版本基礎。西北師範大學國際文化交流學院副教授魏梓秋對書中地圖作了圖像處理，在此一並表示感謝。

因校箋者學識、功力、見聞以及精力等所限，謬誤難免，懇請專家、讀者不吝教正。

劉建麗

二〇一五年十月於蘭州

自叙

康輶紀行者，道光甲辰、乙巳、丙午間，瑩至蜀中，一再奉使乍雅及察木多撫諭番僧而作也。乾隆中考定察木多又名喀木，其地曰康，非新唐書「南依葱嶺，九姓分王」〔一〕之康國也。使車止此，故名吾書，記其實焉。外蕃異域之事，學者罕習，心竊疑之。雖歷代外夷，史皆有志，而今昔不同，要當隨時咨訪，以求撫馭之宜，非徒廣見聞而已。今理藩院職掌者，特臣屬朝貢之國耳。天下有道，守在四夷，豈可茫然存而不論乎？瑩自嘉慶中，每聞外夷桀驁，竊深憂憤，頗留心茲事，嘗考其大畧，著論於識小録矣。〔二〕然僅詳西北陸路，其西南海外，有未詳也。及乎備兵臺灣，有事英夷，欽奉上諭英地情事，當時第據夷酋顛林所言，繪陳圖説，而俄羅斯距英地遠近，莫能明焉。深以爲恨，乃更勤求訪問。適友人魏默深貽以所著海國圖志，大獲我心，故乍雅之役，欣然奉使。就藏人訪西事，既得聞所未聞，且於英人近我西藏之地，與夫五印度、俄羅斯之詳，益有徵焉。

顧行笥少書，惟攜圖説數種，未能博證，然所見聞畧近實矣。大約所記六端：一、乍雅使事始末；二、喇嘛及諸異教源流；三、外夷山川形勢風土；四、入藏諸路道里遠近；五、泛論古今學術事實；六、沿途感觸雜譔詩文。或得之佛寺碉樓，或得之雪橋冰嶺，晚歲健忘，不能無紀也。然皆逐日雜記，本非著書，故卷帙犄分，更不區其門類。既以日久，所積遂多，有一事前後互見者，有一類前後紀載不同者，殊不便檢尋，乃列其條目於卷首，復於本條各注其目，俾易考焉。昔蘇子瞻在海南，楊升庵在滇，皆多所論著。瑩何敢望前賢，庶貽同志明所用心而已。博雅君子，尚其審之。姚瑩述。

〔一〕新唐書卷二二一下西域下：「康者，一曰薩末鞬，亦曰颯秣建，元魏所謂悉萬斤者。其南距史百五十里，西北距西曹百餘里，東南屬米百里，北中曹五十里。在那米水南，大城三十，小堡三百。君姓溫，本月氏人。始居祁連北昭武城，爲突厥所破，稍南依葱嶺，即有其地。枝庶分王，曰安，曰曹，曰石，曰米，曰何，曰火尋，曰戊地，曰史，世謂九姓，皆氏昭武。」

〔二〕姚瑩著識小録，八卷。卷四載有喀爾喀內附始末、俄羅斯通市始末、庫倫、卡倫形勢、土爾扈特、新疆兩路形勢、廓爾喀、西藏等論述。

目録

卷之三……八五

卷之六

目録

〔一〕哈佛燕京圖書館藏本、中復堂全集本(同治六年本)、筆記小説大觀本、叢書集成三編本康輶紀行卷一六目録，均載有「西人海外諸國新圖」，但卷一六中無文無圖。西藏學漢文文獻彙刻本康輶紀行目録未載「西人海外諸國新圖」。

卷之一

初至成都

道光二十四年，瑩奉恩命，以同知知州至四川補用。時大學士總督寶公，成都將軍廉公，布政使王公，按察使潘公，參謁甫畢，即聞藏屬之乍雅，有兩呼圖克圖相爭之事。

乍雅兩呼圖克圖緣起

乍雅者，打箭鑪西北，寧静山界外，前藏所轄之部落也。地去四川布政司三千一百有五里，舊爲黄教正副兩呼圖克圖所據。呼圖克圖者，大蕃僧歷轉世間，不迷本性之稱。呼一作胡。乍雅，俗作乍丫。四川通志、衛藏圖識皆云：即會典之札雅廟。按：會典作「乍雅」。〔一〕譯無正字，官吏省文，遂作「乍丫」，非也。本唐吐蕃地，宋後吐蕃大衰，其衆離散，各爲部落。明季有蕃僧名高舉札巴江錯者，與其徒創立寺院講經，蕃人歸之，漸乃分設倉儲巴，以統其衆。倉儲巴者，管地方刑名錢糧之大蕃目也。呼圖克圖統主僧俗，而以講經習静，教衆寺院剌麻爲業，地方事皆倉儲巴爲之。事巨者及蕃目除罷，則稟命呼圖克圖而行。其次曰業爾倉巴，爲呼圖克圖及倉儲巴管理雜事。卓尼爾者，爲呼圖克圖傳命之剌麻也。又有中譯、則本、歲本、達本諸職事剌麻。

〔一〕大清會典則例卷一四二理藩院載爲「匝雅」。

高舉札巴江錯初在麻貢建寺，曰札喜曲宗。高舉札巴江錯死，轉世第二輩納瓦四朗隆珠，復於乍雅建寺，曰噶德學朱青科爾寺，與其徒桑金札喜分駐之。通志所云「正呼圖克圖駐坐乍雅大寺，副呼圖克圖駐坐卡撒頂寺院」〔一〕是也。卡撒頂即麻貢，又名煙岱塘，在乍雅西南。歷三輩昂汪慈慎勒珠。四輩羅藏朗結時，札喜曲宗舊寺被焚，重建寺曰「札喜陽青」。康熙五十八年，大兵平西藏，羅藏朗結供應夫馬有功，得賜印及號紙，其印文曰「講習黄法那門汗之印」。那門者，譯言經也；汗者，王也。理藩院文作羅布桑木札勒者，即羅藏朗結譯之異耳。先是西藏平定，達賴剌麻安牀，聖祖仁皇帝命自江卡以西至前後藏地，悉予之。乍雅及察木多皆在予中，而兩處呼圖克圖如故，未有更易。雍正三年，世宗憲皇帝以乍雅、察木多本呼圖克圖世管之地，仍給還之。乾隆十六年，羅藏朗結死，駐藏大臣以其徒弟二呼圖克圖羅藏丹巴八曾管地方，奏準護印理事，是爲二呼圖克圖稱名入奏之始。自是乍雅二呼圖克圖之名及圓寂、轉世年月，自第一輩桑金札喜至今五輩，先在藏内册檔者，遂得併載理藩院矣。

〔一〕（雍正）四川通志卷二一乍丫：「正苦圖克兔住坐乍丫寺院，副苦圖克兔住坐卡撒頂寺院，遇有大差經過，下山迎送。」

康熙中，乍雅號紙爲火焚。乾隆二十四年，羅藏丹巴八護印，復以爲請，理藩院如前給之。大呼圖克圖第五輩羅藏丹必江策轉世，嘉慶十八年死。大臣奏以第五輩二呼圖克圖羅布藏丹怎嘉木磋護印，即今藏中奏稱羅藏丹臻江錯者是也。丹臻江錯訪民間小兒圖布丹濟克美曲濟嘉木參，以爲大呼圖克圖轉世第六輩，時三歲矣，與衆倉儲巴迎回大寺養之。道光八年，送藏學經。十三年，迎回，登臺受印，仍與同居，商决公事。曲濟嘉木參往參達賴剌麻，達賴謂其性相不善，戒之，有謂其不能輯下者。十五年歸，與所親善卓尼爾達末謀立威，民人犯法，治以嚴刑，衆怨。復以藏用費鉅，乍雅蕃民所派差費不足，使倉儲巴補征之，及向不應差之户。乍雅大倉儲巴四朗江折、二倉儲巴白瑪奚曰：「非舊例也。」曲濟嘉木參令發還，而别使羅卜江錯征取。怨兩倉儲巴不爲己，謀收誅，而以羅卜江錯易之。衆倉儲巴始見大呼圖克圖信用達末，皆不服，及差費事，將收誅白瑪奚等，益自危。麻貢倉儲巴阿札知此，潛使告兩倉儲巴。兩倉儲巴别征錢糧，方走納，懼而逃。大呼圖以兵捕之不得，焚其所居。兩倉儲巴怨羅卜江錯與達末搆奪其職，焚搶羅卜江錯公寓洩忿。羅卜江錯亦焚掠四郎江折弟婦家，縛置巉洞中。衆剌麻皆憤，羣破羅卜江錯家，逐之。兩倉儲巴又攻其吴公寨，曲濟嘉木參自率蠻兵，請察木多署遊擊都昌阿往捕。至麻貢大寺，衆剌麻拒不納。退至昂地，遇兩倉儲巴，擊敗之。兩倉儲巴走乍雅寺。進圍之數日，兩倉儲巴急取寺中財物擲出，衆兵爭取，兩倉儲巴乘間逸，據官角以叛。

倉儲巴阿札者，大呼圖入藏，爲集費以行，曲濟嘉木參德之。阿札年老將退，無子，請以己職予姪彭錯兄弟，其妹之子也，蕃人謂甥曰姪。曲濟嘉木參許之。及洩謀於兩倉儲巴，乃怨阿札。又有倉儲巴彭錯達吉者，少而敏，丹臻江錯護印愛之。其父嘗爲倉儲巴，死，繼之者又死，乃以彭錯達吉爲倉儲巴。曲濟嘉木參在藏，丹臻江錯使人往告，許之。及歸，達末言其少，因事革之。

乍雅舊規，大呼圖升坐治事，二呼圖旁坐同決。達末初勸大呼圖希見羣下以自重，恐二呼圖撓其權，揚言：「乍雅惟一呼圖克圖耳，何有二耶？」丹臻江錯不安，出居察野寺。丹臻江錯爲人寬厚，又護印久，衆樂之，而不直大呼圖。於是歸二呼圖者，四朗江折、白瑪奚、彭錯達吉三倉儲巴，阿札、谷喜二倉儲巴依違其間。曲濟嘉木參見衆不附己，亦出居八日寺。從之者索斗，達末之父也；冷中吉，達末之兄也；俄洛曲錯，羅卜江錯之弟也；餘惟菊美、亞斯彭錯、歲本、達本諸小蕃目而已。

十六年春，藏中聞乍雅亂，撤都昌阿，遣前藏守備龍啓驤、糧務知縣萬雲諭解之。新駐藏大臣鄂公過乍雅，親訊兩呼圖克圖，將有所曲直。二比聞之，洶洶欲鬥。乃使委員及察木多剌麻兩釋之。彭錯達吉已長，無過，諭復其倉儲巴。復從察木多剌麻請，使兩呼圖克圖互相爲禮，如舊辦事。兩倉儲巴及諸蕃目各以夷例罰贖，兩呼圖皆遵息矣。曲濟嘉木參居八日寺，負氣不歸。

十七年，阿札告退倉儲巴，有小蕃目缺，丹臻江錯自麻貢遣人以告，曲濟嘉木參不答。丹臻江錯遂以彭錯爲倉儲巴，又自選人充小蕃目。曲濟嘉木參益怒，陰使人至德爾格特借兵，將攻之。十八年秋，丹臻江錯聞德爾格特兵將至，集衆倉儲巴謀，使業爾巴昂珠往迎大呼圖回乍雅，曲濟嘉木參不許。有言昂珠欲爲大呼圖行刺阿札、彭錯者，彭錯殺昂珠。别有業爾巴蚌底，亦爲大呼圖之衆所殺。阿札旋死，或言大呼圖咀之。於是彭錯、白瑪奚與巴貢冷中吉互相攻掠，大道不通。

十九年春，乍雅守備楊占春聞於[駐]藏大臣，〔一〕遣察木多遊擊楊麟、糧務知縣劉光第、達爾罕堪布羅桑稱勒朗結、博窩總管絨吉堆巴，同占春諭解之，檄兩呼圖至乍雅廟和會。曲濟嘉木參聲言革除二呼圖，不令管事。蕃目亞斯彭錯撤二呼圖座。遂聚兵廟内相攻，互有殺傷，毁及大銅佛像。兩呼圖克圖皆走，德爾格特兵亦至，駐乍雅廟外。有紅教剌麻出爲説和，文武委員亦諭之，德爾格特兵退。曲濟嘉木參移兵吴公寨，丹臻江錯移兵紅布溝，藏委之堪布、博窩總管問道走回。九月，闕、孟二大臣撤回楊麟，更委遊擊姜希儒、巴塘糧務通判吳文嘉、千總買大倫、通巴噶布倫丹臻策旺及前委之達爾罕堪布查辦。

〔一〕哈佛燕京圖書館藏本、中復堂全集本（同治六年本）、筆記小説大觀本、叢書集成三編等本皆載爲「藏大臣」，今據前文所載「新駐藏大臣鄂公過乍雅」，增補爲「駐藏大臣」。

二十年五月，闕大臣回京，至洛家宗，曲濟嘉木參以藏文有「兩呼圖一體管事，無大小之分」語，乞辨明。大臣曰：「無此語，恐轉譯之誤，當責懲之。」又乞革逐丹臻江錯，重治四倉儲巴罪。許爲面奏，遂行。海大臣赴藏，及王卡，蕃衆遮訴。撤吳、姜二人，限光第、大倫一月竣事。兩呼圖復聚兵王卡，隔河而營。摺差過老龍溝，公文被毀。白瑪奚攻獨霸溝大呼圖居寺及冷中吉寨，焚掠而去。倉儲巴谷喜説和不成，漢蕃委員皆被困。大倫以礮擊之，始退。噶布倫、堪布請藏調蕃兵往擊，不許，二人遂自巴貢回藏。買大倫赴察木多，劉光第走駐包墩，曲濟嘉木參挾印信走巴貢草地，至德爾格特，欲再借兵復讎。〔駐〕藏大臣〔一〕乃奏言：「乍雅兩呼圖克圖爭放頭人，細故不睦，蠻觸相爭，儘可不問。乃自道光十五年至今，互相攻殺，委員查辦，日久莫結。阿足、王卡諸塘汛，爲川藏通衢，摺報糧餉，設有疏虞，所關匪細。今改委裏塘糧務知縣王椿源、守備謝國泰查辦，原委之噶布倫、堪布，事未竣輒回，請摘去翎頂，仍同辦理。」四川亦奏言：「已飭王椿源等速傳兩呼圖克圖及諸頭人，斟酌情形，鎮靜剖解，使釋爭端。傳知蕃衆，遇往來差使，各出烏拉，聽候僱用。」時曲濟嘉木參以德爾格特不允借兵，思入京控愬，行至少悟石，爲打箭罏文武所阻，止裏塘之濯桑格堆滾剌麻寺中。王椿源令回乍雅，稱病不行，遣蕃目隨往。〔二〕

〔一〕哈佛燕京圖書館藏本、中復堂全集本（同治六年本）、筆記小説大觀本、叢書集成三編本等皆載爲「藏大臣」，今據前文所載「新駐藏大臣鄂公過乍雅」，增補爲「駐藏大臣」。

〔二〕西藏奏稿卷四查辦乍丫夷務：「道光二十年十月二十三日奏，爲特參委辦乍丫夷務自行轉回之番目等，請旨先行摘革頂翎名號，並咨商四川總督派員會同查辦各緣由。」

二十一年，達賴剌麻貢期，乍雅道梗，貢使別由瓦合遶道左貢，出石板溝，至江卡東進。七月，藏中奏言：「曲濟嘉木參潛至德爾格特借兵未允，遂往少悟石，稱患病未回。今遣文武往彼開導，令回乍雅。」而不言阻止京控事。上慮所遣知縣、守備不足彈壓，令四川加委幹員，乃遣保寧府知府瑞光。瑞請與川北營守備賈獻庭俱，許之。十月，王、謝二人先抵乍雅，與堪布、噶布倫檄傳丹臻江錯、白瑪奚等，不至，再促之。覆云：「兩呼圖事，十六年判定，今如前判則可，否則不能從也。」

二十二年正月，始見四倉儲巴於日乃通，从六百騎，盛陳兵仗，訴言：「兩呼圖數世以來，師徒和睦，自達末用事，舊規盡改失和，衆依二呼圖求活。乞於二比交界適中之地，調集剖斷。」二十一日，瑞太守至乍雅。先是王椿源請於四川曰：「曲濟嘉木參自藏歸後，任性妄爲，用刑刻酷，聽達末慫慂，變亂舊章，以致人心渙散，羣依二呼圖，爲逃死抗拒之計。聞章嘉呼圖克圖奉命至藏，如能路過裏塘，嚴切訓導，革逐達木，則白瑪奚等可俯首伏罪。」十五日，章嘉呼圖克圖至乍雅，言曲濟嘉木參未返，丹臻江錯及衆當在前途候，已約委員及乍雅蕃目僞爲送者，遇於王卡，曉譬連日，兩呼圖之衆遵約罷兵，章嘉呼圖克圖遂行。瑞太守爲斷碑八條，正大呼圖名分，退二呼圖不令管事，大道差使專責大呼圖供應烏拉；革四倉儲巴；罰白瑪奚至裏塘轉經三年；彭錯修損壞廟宇；其大呼圖下達木革卓尼爾，罰至西藏轉經二年；羅卜江錯鑽營頂缺起衅，罰至西藏效力贖罪；羅藏江折、亞斯彭錯斥革追照；俄洛曲札、冷中吉遲滯差使，失察小頭人需索措勒，各予記過；四倉儲巴缺，交谷喜暫行統辦。四月十五日，繕給斷碑，大呼圖之衆具狀，二呼圖之衆不服而去。委員報之，寶相國檄諸人回，以「道路已通，夷情難詰」，覆奏完案。

二十四年二月，琦大臣赴藏，過裏塘，曲濟嘉木參出訴，未之查辦。而孟大臣回京，行及巴貢，爲蕃衆留困之五十餘日。六月，琦大臣奏言「丹臻江錯抗斷，復事劫掠，乍雅之案未結，往來餉鞘差使，復有阻梗」，而不及留困孟大臣事。且云「地去藏遠，不歸唐古忒管轄」。

奉使乍雅

九月，上諭四川遴員復往，務須折服其心，勿令阻誤差使。節相以瑩應命。瑩謂：「夷人畏威，難德化，兩呼圖克圖勢不並存，漢蕃委員數往不能平釋，駐藏大臣出入，敢肆侮困，而莫如何，此非振之以威不可。瑩失職下僚，孑身往，徒損國威，必不得已，以大員往，重其威權，瑩副之，不敢辭。」節相以爲張皇，不許。

和卜、陳二明府贈詩

陳息凡大令鍾祥，聞余使乍雅，作詩餞送，依韻答之云：「怪底瑶華驚老眼，相逢鸚鵡託深盃。文章有道寧憎命，山水多情未盡才。萬里星軺邛笮近，五更邊月帳牙開。康居禿髮君休問，雪嶺冰天一騎來。」[一]明日再疊前韻云：「揚子宅前慚問字，杜陵籬畔有餘盃。錦江人去逢秋色，蜀道吟成信異才。燕疊風高宵幕迴，雁行霜勁隴雲開。無端消息傳南海，林邑驚心貢使來。」[二]時聞西夷米利堅遣使欲朝京師，有所要求，粵帥卻之，不能無感也。

卜達庵大令葆鈖，亦和詩見贈，三疊前韻答之云：「冰雪嵯峨天外路，霞文磊落掌中盃。引心已見物交物，遠害何知才不才。別史恨長千載近，奇文境險五丁開。巴渝一唱頻煩和，絕勝陽關曲裏來。」息凡見之，亦以疊韻來，余復答之云：「奉使唐蒙嘗蒟醬，消酲西域問藤盃。壯遊自詑儒生幸，好友偏多上國才。二君皆浙人。去日已看黄菊滿，歸時休放碧

桃開。長沙不用嗟遷客，贏得文機天半來。」〔三〕

〔一〕後湘續集卷三息凡見和奉贈之作且送余西征依韻爲別。

〔二〕後湘續集卷三再疊前韻。

〔三〕後湘續集卷三翼日達庵亦有和詩二章三疊前韻酬之。

發成都

十月一日，發成都。從行者家菊譜少尉，族姪翰卿，把總樊印川、馬玉堂。始委錢明府履和爲副，不果行。陳息凡及諸君於丞相祠相送。張竹虛、葉硯農、馬菱江、家葆叔、杜臣、振之攜濬昌別於南郊。五里，過萬里橋，即武侯送敬侯使吴處也。三十五里，宿雙流縣。蜀都賦云：「帶二江之雙流。」〔一〕縣名以此。然惟岷江經此縣東境，沱江則由崇慶州東流，過成都之北，至新都縣折而南爲中江，距雙流縣遠矣。此云雙流者，當謂岷江與温水耳。二水夾縣東西而南流，亦可云雙流也。

〔一〕文選注卷四蜀都賦一首：「夫蜀都者，蓋兆基於上世，開國於中古。廓靈關而爲門，包玉壘而爲宇，帶二江之雙流，抗峨眉之重阻。水陸所湊，兼六合而交會焉。」

新津縣

初二日，南行十五里，過黄水河，水自温江南流，過縣東，至彭山縣而入岷江。十里，入新津縣境。二十五里，宿新津縣，漢武陽地也。署令張君行忠，雲南人，其家去昭通府大關廳近。作書託寄家子卿司馬。張明府贈峨嵋山志一部。

邛州

初三日，新津縣南十里，過鐵索橋，下有鐵溪，傳武侯烹鐵於此。二十里，至斜江河，〔一〕邛州境也。衞藏圖識云：「源出大邑縣鶴鳴山東，委曲斜流，故名矣。」〔二〕由此西行六十里，至邛州。成都至此，沃野平疇，村樹不斷，古稱天府，豈虚哉！邛州即古臨邛，城郭壯麗，廛市極繁，城南大石橋尤爲雄潤。覩今民之殷富，足想漢代卓王孫矣。爲一絶云：「碧水雙流日易斜，楓林時復見霜花。單車歷碌空文藻，閒煞臨邛賣酒家。」〔三〕州刺史爲朱東江紹恩，家伯昂總憲門生也。余往見于京師，甚有豪氣。

〔一〕（雍正）四川通志卷二二西域：「邛州界碑十五里，斜江河二十里。」

〔二〕衛藏圖識圖考上卷自成都至打箭爐程站：「源出大邑縣鶴鳴山東，委曲斜流，因名，邛州境。」

〔三〕後湘續集卷三邛州。

百丈

初四日，出南門，過邛水，一名南河，〔一〕源出蒙山，東流合大邑、新津、雙流諸水，南入岷江。見通志。三十里，入蒲江縣境。五十三里，入名山縣境。七里，至百丈宿，唐百丈縣故址也，俗訛爲白站。地依山，過此漸崎嶇矣。

〔一〕（雍正）四川通志卷二二下津梁成都府：「南河渡，在新津縣南門外」。（雍正）四川通志卷二三山川新津縣：「南河在縣南，自邛州流來，又東二十里入大江。」

名山縣、雅州府

初五日，西行十五里，道旁一池，相傳爲趙順平侯洗馬池。三十五里，至名山縣。其北二十里爲蒙山，〔一〕蜀人謂即禹貢「蔡蒙」之蒙。楊升庵云：「非也。山産茗，貢品也。佳者不易得，尋常貿易者甚劣。」縣令穆君精阿見贈中品，爲詩謝之云：「名山邑小主能賢，贈我龍團逾半肩。待取海西千丈雪，一鐺活火換新年。」〔二〕飯後西南行，登山，十五里，至金雞關。下山，十五里，渡平羌江，以武侯平羌得名。李太白詩「峨嵋山月半輪秋，影入平羌江水流」。〔三〕是此水也。又名青衣江，源出天全州木坪土司境內，東南流經雅州府城北，又東南過洪雅縣，至峨嵋縣東，更至嘉定府城南，入岷江。即王阮亭詩「騎馬青衣江畔路，一天風雪望峨嵋」〔四〕者矣。渡平羌江，微雨，十里，至雅州府。晤余小坡太守，召飲劇談，三鼓乃罷。雅安縣縣治，即漢嚴道縣也。成二絕贈小坡云：「錦江西去接平羌，青海遥通古塞長。誰信白頭猶奉使，笑他年少戍燉煌。」「使君仗節古諸侯，驄馬遥臨大渡頭。政好不嫌邊郡惡，黎風雅雨足唫謳。」〔五〕大渡河下流即瀘水，宋太祖玉斧畫界處，在雅州府治南一百三十餘里府屬之青溪縣。古沈黎郡，地多風，雅安多雨，故諺云「黎風雅雨」。〔六〕

〔一〕（雍正）四川通志卷二四山川名山縣：「蒙山在縣西十五里，即禹貢之蒙山，山頂受全陽氣，產茶芳香。茶譜云：『山有五嶺，頂有茶園，中頂曰上清峰，所謂蒙頂也。』」

〔二〕後湘續集卷三：「十月六日至名山縣，穆遠峰大令精阿贈茶。」

〔三〕李太白文集卷六峨眉山月歌：「峨眉山月半輪秋，影入平羌江水流。夜發清溪向三峽，思君不見下渝州。」

〔四〕精華録卷七夾江道中二首之一：「沈黎東上古犍爲，紅樹蒼藤竹亞枝。騎馬青衣江畔路，一天風雨望峨嵋。」

〔五〕後湘續集卷三渡平羌江至雅州晤余小坡太守：「政好不嫌邊郡惡，黎風雅雨足吟謳。青溪縣，古沈黎郡地，每日必風，雅州郡治即漢嚴道縣，十日九雨，諺云黎風雅雨。」

〔六〕方輿勝覽卷五五雅州：「黎風雅雨。梁益記：大小漏天在雅州西北，山谷高深，沉晦多雨，黎州常多風，故謂云云」。

嚴道山

初六日，雅州南行五里，上嚴道山，古鹿角山也，唐玄宗易今名。通鑑胡注：「杜佑曰嚴道，今雅州。〔一〕宋白曰：秦滅楚，徙嚴王之族以實此地，故曰嚴道。」山以縣得名，故玄宗易之。自此皆山。西四十里，至觀音鋪，蚤飯。十里，躋嶺顛飛龍關，甚雨。下山十五里許，宿芭蕉灣，雅安、榮經二縣交界處也。

〔一〕資治通鑑卷一四漢紀六太宗孝文皇帝中：文帝前六年（前一七四）冬十月，「制曰：其赦長死罪，廢，勿王；徙處蜀郡嚴道邛郵。邛郵，置名。師古曰：郵，行書之舍。余據班志，嚴道有邛崍山，邛水所出，蓋於其地置郵驛也。杜佑曰：邛州臨邛縣南有邛來山，在雅州百丈縣。嚴道，今雅州。」

榮經縣

初七日，冒雨行。十里，過七縱河，即榮水也，源出瓦屋山，北流，東折入平羌江，相傳武侯初擒孟獲於此。十里，至榮經縣，亦漢嚴道縣地。作詩云：「榮水東流瓦屋山，荒城人語半羌蠻。怪他風雨時交會，地在沈黎、嚴道間。」〔一〕徐明府佩榮，廣東人，敦樸可喜。

〔一〕後湘續集卷三榮經縣。

大相嶺

初八日，西南行三十五里，至安樂壩，榮經縣西界也。徐明府云：「前至清溪縣七十五里，當過大相嶺，晝短，山峻難逾。」故止宿焉。

初九日，由山溝而上。十五里，至小關山。緣溪林木障翳，山谷陰森，圖識謂其「晴少雨多，雲霧常作，兜羅錦現」〔二〕者，信矣。時已冬令，冰雪交凝，山石犖确，傴仄險滑異常。偶見民居村店，屋皆覆板，無復以瓦，可知其艱矣。成一絶云：「嚴霜草凍石稜頑，峻嶺雲横雪樹斑。板屋數家雞唱曉，歲寒人渡小關山。」〔三〕更上十五里，過大關山，嶺上積雪盈尺，一望晶明，晴日照耀，目之爲眩。明史地理志云邛崍山「上有九折坂，西有大關山，邛崍關在焉」〔三〕是也，關今廢矣。又十五里，至嶺上，即大相嶺，昔武侯屯兵於此，故名。上有丞相祠，以有小相嶺在清溪至寧遠府道中，故稱大以别之。又稱長老坪，昔有高僧居此，後人并塑像祠内。既謁祠，題一律于壁云：「參差林磵挂冰條，嶺日晴烘積雪消。千載英靈丞相節，一官落拓野田匏。重承明詔臨荒服，敢惜微軀使不毛。天步艱難時事異，古來惟有中興朝。」〔四〕通鑑：五代蜀王建時，南詔寇黎州，王宗播等敗之于山口城，破其武侯嶺十三寨，又敗之于大渡河。〔五〕胡注曰：「黎州南界有潘倉、武侯嶺等十一城。」〔六〕意即此嶺矣。十五里，下山過二十四盤，即古笮筰山也，峻險逾甚。十里，至清溪縣。

〔一〕衛藏圖識圖考卷上自成都至打箭爐程站：「……十里，過黃泥舖，上山十里，至小關山，由溪內行，林木障翳，山谷陰森，晴少雨多，雲霧常作，兜羅錦現。」

〔二〕後湘續集卷三小關山：滎經縣西五十里。

〔三〕明史卷四三地理志四四川：「滎經，(瀘)州西南，明玉珍省入嚴道縣，洪武中復置。東北有銅山，東有邛崍山，與黎州所界，上有九折坂，西有大關山，邛崍關在焉。」

〔四〕後湘續集卷三題丞相嶺廟壁：「在滎經西七十里，又二十里即清溪縣治，武侯南征過此，後人遂以名嶺且立廟。」

〔五〕資治通鑑卷二六九後梁紀四：「均王乾化四年十一月，乙巳，南詔寇黎州，蜀王以夔王宗範、兼中書令宗播、嘉王宗壽爲三招討以擊之。」「十二月，乙亥，破其武侯嶺十三寨。」「辛巳，又敗之於大渡河。」

〔六〕資治通鑑卷二六九後梁紀四：胡三省注曰：「黎州南界有潘倉、武侯嶺等十一城。路振九國志：王宗播出邛崍關至潘倉，大破蠻衆，追奔至山口城。則潘倉在邛崍之南，山口城又在潘倉之南也。」

此地西由打箭鑪赴藏，南由建昌赴雲南，爲兩路交集之所。往者四川南路，多种罌粟花爲鴉片煙。近時英夷煙土，由哲孟雄經後藏入雲南而至寧遠，水路自嘉定沿江而下，旱路則由清溪而至成都。故邛州、大邑及雅安匪民所在邀截，販煙姦民亦聚衆行以禦之，亦蜀中大患也。余小坡云：「販煙者曰泥客，搶煙者曰棒客。棒客作俑，始于邛州某剌史。當時煙禁初嚴，洋煙不至，建昌一帶所產煙泥盛行，奸販如雲，號爲泥客。官慮兵役之不勝捕也，則大張曉諭，謂泥客本犯法，民能逐捕者聽。於是所在遊民蠭起，截劫泥客以爲利，自稱棒客，蓋其初固以客自居也。泥客不畏官而畏棒客，則亦結黨持械以自衛。相遇則死鬥，鬥必有一敗，敗者無食，則擾及居民、行旅，而患更不可勝言矣。既而内地煙泥不甚行，泥客稍衰，而棒客反日衆。既無所得泥，則害及行旅，以搜泥爲名，無所不至。於是客之名遂變而爲匪。今新津、邛州一帶，所患固在棒匪而不在泥客，然其弊實濫觴於邛州某剌史也。」

黎頭驛〔一〕

初十日，出清溪縣西門，下陡坡，過長溝，復折上山。三十里，至富莊，早飯。五十里，至黎頭驛，清溪尉駐此。〔二〕圖識所謂「自過清溪，皆鳥道羊腸，日益加險」〔三〕者也。

〔一〕哈佛燕京圖書館藏本、中復堂全集本（同治六年本）、叢書集成三編本、筆記小説大觀本等目録中皆脱載「黎頭驛」，今據卷一黎頭驛增補目録。

〔二〕衛藏圖識圖考卷上成都至打箭爐程站：「清溪縣出西門，下坡過溝，復折上山，十里，過冷飯溝，十五里，過四埡口，五里，至富莊，俗名蠻莊。三十里，過陡溜子，二十里，至泥頭驛，清溪尉駐此。計程八十里。」

〔三〕衛藏圖識圖考卷上成都至打箭爐程站：「自過清溪後，鳥道羊腸，日益加險，而蠻煙瘴雨亦漸繪邊徼之景矣。」

飛越嶺、化林坪

十一日，走山溝中。由老君劍水急，故名。十五里，過高橋，上三角坪。二十里，至林口，復行山溝，紆折登山，經伏龍寺，古有寺，今無之。十里，上飛越嶺。唐於嶺下置飛越縣，未幾即廢，至今猶以名嶺。圖識云：「山勢陡峻，怪石巉巖，逼人面起，終年積霜雪，懶雲下垂山足，行旅如在層霄，此内地第一險阻。山頂有隘，過隘下山，〔一〕十五里陡坡，無駐足處。」可爲極其形狀矣。余作一律云：「瘦馬峻盤飛越嶺，夢魂遥度折多山。天心不隔華夷界，地險何須虎豹關。霽雪涷含雲黯黯，陰崖愁見日閒閒。健兒莫笑書生老，一飲能朱鏡裏顔。」〔二〕下山，宿化林坪，冷邊土司地也，設泰寧營，一都司，兵五百名，歸阜和副將轄。圖識云：「化林坪峻嶺臨江，斜盤鳥道。」〔三〕余按：「所云江，即宋太祖玉斧畫界之大渡河也。」署都司爲黎雅營守備李昂，選其兵十名隨行，蓋奉督牌令阜和協撥兵五十名，爲余護衛西行也。

〔一〕衛藏圖識圖考卷上成都至打箭爐程站：「過隘即下山」。

〔二〕後湘續集卷三飛越嶺示汛卒：「在清溪縣西一百四十里，最爲陡峻，乃蜀邊第一險阻，唐置飛越縣於山麓，旋廢。」

〔三〕衛藏圖識圖考卷上成都至打箭爐程站：「化林坪峻嶺臨江，斜盤鳥道。下山二十里，過龍壩鋪。」

通鑑：後梁「初，黎、雅蠻酋劉昌嗣、郝元鑒、楊師泰，雖内屬於爵賞，號錭金堡三王，而潛通南詔，爲之詗導；蜀主以漏泄軍謀斬之，毁錭金堡。自是南詔不敢犯邊。〔一〕胡注：錭音丁刁〔二〕翻，蠻語多也。唐書：黎、邛二州之西有三王蠻，蓋筰都夷、白馬氏之遺種。楊、劉、郝三姓世爲長，襲封王，謂之三王部落。壘甓而居，號錭舍。至宋又有趙、王二族，并劉、郝、楊，謂之五部落，居黎州之西，去州百餘里，限以飛越嶺。」余按：今自化林坪以西，即古三王蠻地，而漢蠻混雜已久，名爲土司，其種類不可復辨，今土司固多以漢人爲之矣。

〔一〕資治通鑑卷二六九後梁紀四：均王貞明元年春正月己亥條載，「初，黎、雅蠻酋劉昌嗣、郝玄鑒、楊師泰，雖内屬於唐，受爵賞，號錭金堡三王，而潛通南詔，爲之詗導；鎮蜀者多文臣，雖知情，不敢詰。至是，蜀主數以漏泄軍謀，斬於成都市，毁錭金堡。自是南詔不復犯邊。」

〔二〕資治通鑑卷二六九後梁紀四均王貞明元年春正月己亥條，「錭音丁么翻」。

瀘定橋

十二日，小雪節。西北二十里，過沈村，沈邊土司之地。十里，至冷磧。又三十里，爲安樂村，冷邊土司轄地。又十五里，至瀘定橋。四川通志以爲即水經注之涐水，〔一〕廣約三十丈，水勢深險而急，上架鐵索橋。圖識云：「康熙四十年建。東西長三十一丈一尺，寬九尺，施鐵索九條，覆木板於上。」〔二〕余按：「此橋兩旁，尚有鐵索各二條爲欄，以防墜溺。地屬雅州府，天全州任橋工之役。道光二十三年十月，鐵索九條忽斷，溺斃多人。今年春中，甫新修焉。」土人云：「康熙中初建，東岸先繫鐵索，已以小舟載鐵索過重，未及對岸輒覆，久之不成。一蕃僧教以巨繩先繫兩岸，每繩上用十數短竹筩貫之，再以鐵索入筩縛之，以繩數十丈於對岸牽拽其筒，筒達，鐵索亦至，橋工已成。」橋之東岸，民居百餘户，有小市，設一巡檢、一千總於此。爲律句云：「涐水真如激矢行，砰訇終古不平鳴。九龍鐵綆騰空勢，萬馬洪流動地聲。歷歷天星仍北拱，勞勞漢相憶南征。殊方日漸通蠻語，又聽蕃僧鬧鼓鉦。」〔三〕

〔一〕水經注卷三三江水：「縣南有峨眉山，有濛水，即大渡水也。水發蒙溪，東南流與涐水合。水出徼外，逕汶江道。呂忱曰：涐水出蜀。許慎以爲涐水也，出蜀汶江徼外。」

〔二〕衛藏圖識圖考卷上成都至打箭爐程站：「覆版木於上。」

〔三〕後湘續集卷三十月十二日夜宿瀘定橋。

大渡河

瀘定橋下水，四川通志以爲涐水，蓋自打箭鑪徼外流入大渡河者。按：今輿圖，水北自章谷土司境内，西南逕上魚通、下魚通，受打箭鑪徼外之水，南過瀘定橋、泰寧營、冷邊土司，西受松林河水，東南流受老鴉漩河水，東流過清溪縣，南受流沙河水，又西受越巂河水，東至峨邊，皆名大渡河。又東則爲陽江，入岷江矣。以水經注考之，蓋古若水之幹流，所受諸小水，即古之鮮水、大渡水、繩水、淹水、巂水、温水、孫水、蜻蛉水、貪水、母血水、涂水、卑水、瀘江水也。水經云：「若水至僰道縣，入於江。」道元曰：「若水至僰道縣，又謂之馬湖江，繩水、瀘水、孫水、淹水、大渡水，隨決入而納通稱，是以諸書録記羣水，或言入若，或言注繩，亦或言至僰道入江，〔一〕正是異水沿注，通爲一津，更無别川可以當之。」注又曰：「大渡水出徼外，至旄牛道南，流入於若水，又逕越巂、大筰縣，入繩。」詳道元此注，是大渡入若，在旄牛、大筰之間。今之清溪，古旄牛縣地；今之冕寧，古之大筰縣地也。然則今瀘定橋之水，正古之大渡水矣。通鑑：「唐李晟追擊吐蕃於大度河外。」〔二〕胡注：「大度河在雅州盧山縣。」寰宇記：大度河自吐蕃界，經雅州諸部落，至黎州東界流入通望，界於黎州，爲南邊要害之地。」意即今瀘定橋一帶也。通鑑「度」字無水傍。水經云：「若又東北至犍爲，朱提縣西，瀘江水入之。」〔三〕注曰：「朱提，山名也。應劭曰：在縣西南，縣以氏焉。三蜀、南中以爲至險。〔四〕有瀘津，東去縣八十里，水廣六七百步，深十數丈，多瘴氣，鮮有行者。」益州記曰：「瀘水源出曲羅嶲下三百里，曰瀘水，兩峯有殺氣，暑月舊不行，故武侯以夏渡爲艱。」〔五〕瀘水又下合諸水而總其目焉，故有瀘江之名矣。余按：水經此文，「朱提縣西，瀘江水注入」。今之屏山縣、馬邊廳，皆有古朱提縣地。武侯所渡之瀘江，當在未注若水之前，即道元所云「瀘津去縣八十里者」是也。然則武侯南征，固取道馬邊與屏山，可知瀘水所在，蓋總歸若水幹流，以入岷江，固在蜀境，或以爲在雲南者，非也。

〔一〕水經注卷三六若水：「或言入若，又言注繩，亦咸言至僰道入江。」

〔二〕資治通鑑卷二三六唐紀四十二：大曆十四年十月，「……李晟追擊於大度河外」。

〔三〕水經注卷三六若水：「又東北至犍爲，朱提縣西，爲瀘江水。」

〔四〕水經注卷三六若水：「朱提，山名也。應劭曰：在縣西南，縣以氏焉。犍爲屬國也。在郡南千八百許里。建安二十年立朱提郡，郡治縣故城。……袁休明巴蜀志云：高山嵯峨，巖石磊落傾側，縈廻下臨峭壑，行者扳緣牽援繩索。三蜀之人及南中諸郡以爲至險。」

〔五〕蜀鑑卷九西南夷本末上：李膺益州記曰：「瀘水源出曲羅，東下三百里，兩峯有殺氣，暑月舊不可行，故武侯以夏渡爲難。」

頭道水

十三日，過橋，沈邊土司於此供夫馬之役。三十五里，過大烹壩。上山，沿坡十里，過泠竹關。下溝，曲折十五里，過瓦斯溝。又十里，至頭道水。山路崎嶇。圖識云：「高崖夾崎，一水中流，居民皆在山麓，〔一〕水聲砰訇如雷霆。巘上有瀑布，〔二〕夭矯噴礴，亦一大觀。」余過瓦斯溝有詩云：「荆榛蔽石雜芳椒，擊柝傳呼斥堠勞。斜日破雲穿屋漏，遠山横路束裊腰。序逢小雪驚時晚，人耐卑官信客嘲。此去魚通無百里，渡瀘誰見水源高。」〔三〕魚通、長河皆明正土司所屬。此水自打箭鑪關外流入，蓋涐水上流也。頭道水行館甚佳，依山聽瀑，小有園亭之趣。爲一絶云：「蒼藤萬仞兩絶壁，瀑布一簾杳靄間。走雪飛花三十里，始知銀漢在深山。」〔四〕

〔一〕衛藏圖識圖考卷上成都至打箭爐程站：「居民皆住山麓。」

〔二〕衛藏圖識圖考卷上成都至打箭爐程站：「巘後有瀑布。」

〔三〕後湘續集卷三瓦斯溝。

〔四〕後湘續集卷三頭道水。

打箭鑪

十四日，沿河行四十五里，至沈坑，明正土司率頭人來迎。其銜名爲「明正長河西魚通寧遠軍民宣慰使」，甲木參齡錫，年十九歲，蕃人，世襲，衣冠從國制，紅頂花翎。其大頭人倉儲巴名穆登華，皆蕃也，三品頂戴花翎，衣冠亦從國制。或云甲木參齡錫祖本漢種，其母蘇州人。明正土司舊屬凡四十九土司，地最廣濶，今猶爲衆土司之長，受轄於阜和協副將及打箭鑪同知。十五里，至打箭鑪。張司馬聘三字莘田、伊署協薩布字濂江、趙都閫瑞，連日見告西域蕃情。打箭鑪四面皆山，有土城，東、南、北三關，漢蕃互市之所，蕃民數百户。有大寺，剌麻數千，西藏派堪布主之。漢人貿易者百數，餘惟吏役營兵而已。内外漢蕃，具集市茶，同知徵其稅焉。乃邊徼重地也。無行館，寓旅店中。

打箭鑪規制

打箭鑪昔爲南詔所屬，去成都西南一千二十里，東西徑六百四十里，南北徑八百三十里，東至瀘定橋交冷邊土司界，一百二十里；西至瞻對抵熱泥塘界，五百二十里；南至雅隆江中渡交裏塘界，二百八十里；北至小金川界五百五十里；東南至冕寧縣五百里；西南至剌滾抵瀾滄江界，四百八十里。諸葛武侯征孟獲時，遣將郭達造箭於此，故名打箭鑪。〔一〕元時屬青海部落。明永樂五年，土目阿旺甲木參嚮化，授「長河西魚通寧遠軍民宣慰使司」，頒給印信，世襲。〔二〕閱三百年，傳十數世，最爲恭順。國朝因之。康熙三十九年，藏遣營官昌策集烈占據其地。〔三〕四川提督唐希順克復河西之猴子坡、扯索、咱威杵、泥子、牛磨、威杵壩、咱哩土司、烹壩諸處，以昌策集烈安撫漢土人民。〔四〕宣撫司奢札察巴巳故，乏嗣，其妻工喀承襲，〔五〕後遂傳其外孫甲勒參達爾結，所轄十三莊蕃民。〔六〕明正宣慰司駐打箭鑪，轄安撫司六，土千户一，土百户四十八，仍聽打箭鑪同知、阜和協副將節制，爲衆土司之首領。以上見和泰庵西藏賦注。

〔一〕四川通志卷一八下打箭爐：「蜀漢時，諸葛武侯征孟獲，遣郭達於此造箭，因名打箭爐，土人至今猶廟祀郭將軍。」

〔二〕四川通志卷二一西域：「係青海部落，於前明永樂五年，土目阿旺堅參向化歸誠，授爲『長河西魚通寧遠軍民宣慰使司』，頒給印信號紙，世代承襲。」

〔三〕四川通志卷二一西域：「康熙三十九年，被藏差營官昌側集烈等戕害佔據。」

〔四〕西藏賦注：「昌策集烈調聚乍丫工布番兵嘯聚牛磨西面大岡處，恃險負隅，禦拒官兵。提督唐希順大破之，殺昌策集烈，安撫被害漢土人民。」

〔五〕四川通志卷二一西域：「蛇蜡吒吧乏嗣，其妻工喀承襲，即今現任土司堅參達結之外祖母。」

〔六〕四川通志卷二一西域：「管轄打箭爐十三鍋莊夷民。」

揹粑、烏拉

關外數千里皆食揹粑，炒青稞粉爲之，麥之類也，無米及諸蔬菜。日用市買，皆以物交易，無用制錢者。其最重之需惟茶，蕃食揹粑、牛羊，性皆熱，一日無茶則病，故尤以爲貴。漢使出關數千里，必齎行糧，諸物皆備，乃能就道。夫馬皆名烏拉，計余及文武、兵丁、僕從、輿夫、雜役、通事、譯字官人數十，行李、糧食、賞需茶、煙、綢緞、布疋及諸物，凡用烏拉百五十有四，皆土司供役。委員既予僱價，復賞諸雜物，日漸增加，西行者無不苦之。惟駐藏大臣及查辦夷情之文武官，但予賞需，不領站價。大約每站用一烏拉，給賞物，價值銀一錢二三分，較站價一錢實有浮也。輿人僱自內地，夫一人，長行來往，日給工銀三錢，守日半之。

蕃人服制

打箭鑪剌麻極多，街市皆滿，衣敗紅布衣，袒其背，外加偏單。偏單者，以紅布丈許纏其身，左右搭肩上，西域皆然，内地僧之袈裟，蓋即仿此。剌麻數千，入册給偏單銀者千餘人，糧臺歲給之。不誦經者，終日嬉遊街市，男婦雜遝無忌。蕃皆蓄髮，長則截留數寸披之。衣毪子如短袍而窄袖，謂之褚巴。足著履，連襪如韡，以毪子或皮爲之，其名曰康。男婦皆然而不褌。婦髮結細辮數十而委之，亦有盤額者，衣亦毪子，下繫以圍，及足如裠。蕃人負物皆以竹籮，侈口，尖其底，貯物而背之，名爲背子。取水則以木背子，而無擔荷，多蕃婦爲之，重者則以牛馬矣。

賞蕃茶物

自打箭鑪至藏中，賞諸土司、蕃目，皆以綢緞、衣料、帽緯、荷包、小刀、鼻煙壺、煙、茶、布、佛頭哈達。哈達者，織素綾爲之，每方約二尺，中織佛頭，六方爲一連。凡蕃目及剌麻見貴客，不用名柬，奉哈達爲禮，大剌麻則奉素綾一長幅，或無佛頭，即古人束帛相見之意也。客受而還之，亦予以哈達。蕃禮神佛亦然。會典西藏貢品有之，而未言其制。尋常小蕃所用哈達，則絹爲之，而無佛頭，每方一尺五寸，十方爲一連，皆織自成都及西寧焉。其次則五色布及煙，而需茶尤甚。茶凡三品，上品曰竹檔，斤值銀二錢；次曰榮縣，斤值銀六分；又次曰絨馬，斤值銀五分。此鑪城市價也。裏塘、巴塘、乍雅、察木多以次遞增至二兩，乍雅則三兩二錢，爲最貴焉。皆以甑蒸而搗之成餅，每餅七斤或六斤，爲之一甑，裹以紙，惟竹檔茶貼金而加圖記，以示貴重，餘則無。凡茶四甑編以竹片而總包之，外加牛皮，始可行遠。每牛一馱服四包。賞需以茶爲主，然後雜以他物。余計半年之用，市茶百八十包，從行諸人亦各買茶十數包而行，米麵食物，尚不計焉。

打箭鑪災異

打箭鑪地氣寒，雖盛夏亦服單夾或棉裘。同知所轄，東自瀘定橋，西至裏、巴二塘，凡土司一百六十餘處。本年五月，大水壞三道橋及城垣，民居被淹。九月，火災，市民被焚百餘家。十月，白土坎山崩，壞火藥局。

瑞都護

十八日，西藏幫辦大臣瑞公自成都過打箭鑪。公字少梅，冶亭制軍子也。前在福建方伯時有舊，連日晤對，承贈新詩，爲一律酬之。云：「文采風流傳世德，冰壺朗抱動高吟。海西已上籌邊論，天外空懷報國心。白首征車慚歷碌，青衫薄宦任升沉。相逢郭達山前路，禿髮欂迎絳節臨。」公在烏什聞英夷事，上言力陳議撫之害，故及之。

寄濬昌詩

將出鑪關，有作寄示濬昌云：「今年垂髮欲成童，溽暑隨舟向蜀中。曉放書聲輕駭浪，夜貪月色坐微風。九旬寓館魂方定，一夕官符別太悤。問我西行更何處，雪山迴首矗蒼穹。濯龍錦水渺如煙，杜宇蠶叢又一天。奪色豈無人惡紫，著經猶望汝通玄。蕭條門户寒儒分，桀驁蕃僧下吏權。終是出關乘使傳，得平蠻觸即安邊。」〔一〕

〔一〕後湘續集卷三出鑪城寄示濬昌。

出關

十一月初二日巳刻，出南關，文武諸君相送。伊濂江祝余復官，口占爲别云：「蚤年殀夢出陽關，投老西行過雪山。佛國戍屯勞歲幣，蕃僧師弟弄刀環。重臣持節多邊計，上相陳辭悦聖顏。奉使但期無辱命，白頭敢望玷朝班。」〔一〕

〔一〕後湘續集卷三出鑪關答送行者諸君。

折多山

南行五十里，皆荒山，杳無人煙，雖路尚迤逦，而風景儼然中外之殊矣。遇斗木坪蕃三人，赴打箭鑪買茶，皆衣紅綠氆氌，長袍束帶，上嵌白金，四周晃耀，戴黄羊捲毛沿高胎大帽，踏五色皮靴，佩鳥鎗一，腰懸利刃，貌甚猙獰可怖。見官長，亦知下馬垂手，立道旁候過，頗恭順。申刻，至折多山，〔一〕依山旅店一家，有塘汛，絶無民居。蕃人謂鬼爲折，此地多鬼，故名。

〔一〕大清一統志卷三〇六：「折多山，在打箭爐西南八十里，爲進藏要道。」

提茹、阿孃壩

初三日，曉，登折多山，積雪彌漫。南行三十里，過破碉，有碉樓三四，皆壞，無人居，故以名地。西行二十里，爲提茹。一路荒山漫坡，行亂石中，堅冰鏗然有聲。成一律云：「堅冰亂石兩嵯峨，臬兀肩輿任側頗。樹短赤莖無綠葉，山高白雪混銀河。蠻荒竟日人煙斷，野宿炊茶馬糞多。千里裹糧騶僕衆，烏拉辛苦莫輕呵。」〔一〕土屋中小憩，飲茶半甌。南行二十里，過納哇。下山，東南行十五里，漸平曠。蕃種青稞，收場已畢，禾本尚盈田也。過山，水皆西流，碉樓相望。晚宿阿孃壩，蕃百户率衆來迎。入其蠻寨，疊石三層，入門，拾級而上，四周約數十閒中，一樓最高，有金頂，曰「供佛之堂」也。廊下環小牛皮箭十數，中貫以柱，男婦拽而轉之，曰：「箭内皆皮紙，寫各部佛經。」蕃人聰俊者，誦經於佛堂，不能，則日夕轉此經箭，以當課誦。

〔一〕後湘續集卷三自折多山至提茹道中：「折多在打箭鑪外五十里，出關首站也。冰堅石亂兩嵯峨……」

俄松多、東俄落

初四日，曉發，沙路平坦，晴日烘煖。西南行三十里至瓦切，過俄松多河，木橋頗高，碉樓前後相接，蠻中富庶之區也。蕃人供役，一路行歌，有恬熙之象。作長句云：「蠻寨夜宿阿孃壩，危橋朝渡俄松多。崔巍三日得坦曠，輿馬蕩蕩馳長坡。蕃兒嬉笑紅日暖，負戴踏冰行且歌。憶昨百户迎道左，牛酥跪進茶叵羅。拾級導我禮佛處，金頂矗上高巍峨。雜遝男婦堂内外，喃喃經咒能無訛。蠢愚豈盡解梵誦，經箭萬轉功恒河。吁嗟乎！西方金天氣肅殺，淫凶殘狠人偏詖。孔孟不到政教缺，慈悲導化煩維摩。聖皇馭世大一統，因俗爲治平無頗。迂儒小生强解事，紛紛具論奚足訶！」〔一〕西南行二十五里，至東俄落，日方過未，有塘汛，蕃民二三十户，旅舍頗潔，主人吴姓，成都人，娶蕃婦家此，與供薪水之蕃，皆賞以茶、布，嗣後仿此。取薪之蕃曰「打役」，汲水之蕃曰「湯役」。

〔一〕後湘續集卷三阿孃壩曉發：「折多五十里爲提茹，又三十五里阿孃壩，又三十里俄松多。」

高日寺、卧龍石

初五日，南行三十里，登山，至高日寺。山頗峻，蕃人十數，以繂曳輿，一如蜀中，復加四牛，更替曳之而上。圖識言：「過大雪山二，深林密箐，矗如玉立，人跡罕逢。」〔一〕余所見畧同，惟積雪半消，林樹茂密，作黝黑色耳。至山上，岡路寬平迴轉，松杉夾道，皆美材也。蕃人不知所用，惟作薪而已。下山十五里，至卧龍石，宿旅店，即汛兵所設。漢人數家，餘皆蕃矣。

〔一〕衛藏圖識圖考卷上打箭鑪至裏塘程站：「東俄落南行，過大雪山二，深林密箐，矗如玉立，人迹罕逢。」

八角樓、中渡河

初六日，依山西南行四十里，過八角樓，中渡汛兵來迎，番屋小憩。復山行四十里，一路林樹，青蔥可觀，此地稍煖故也。申刻，至中渡，又名河口，即雅隴江矣。河東明正司界，河西裏塘界，烏拉至此更易供役。兩岸漢、番約百餘家。

給諭呼圖克圖

初七日，遣把總馬玉堂及譯字番書彭錯，往濯桑格堆滾，給諭曲濟嘉木參，使至裏塘候訊。

麻蓋

初八日，過中渡河浮橋。山行四十里，一路深林，至麻蓋，素稱險惡，夾壩出入之區。夾壩，番盜也，有戒心焉。

西俄洛

初九日，西行上大雪山，積雪半消。四十里至剪子灣，有塘汛。下山，復盤折登山，四十里，杉松參天夾道。過波浪工，有駐防外委。二十里，下山，至西俄洛，蕃百户率衆出迎。地頗平坦，居民三十餘家。裏塘土司遣蕃目來候。

崇喜土司、咱馬拉洞

初十日，西南行，上小山，十數里，曲濟嘉木參遣卓尼爾達末率剌麻迎至，言已自濯桑格堆滾至裏塘候見。又數里，崇喜土司丁旺澤須，率蕃目從二十餘騎迎謁。綠氆氌大袍、金帶，紅氈高胎捲沿大皮帽，上安藍色明玻璃頂。隨行，上大雪山，河冰甚堅，林深谷邃，亂石危崖。四十里，至咱馬拉洞塘汛。達末入見，跪獻哈達一、方木盒一，言大呼圖遣進食物，卻之。賞佛頭哈達五連，紅綾一疋，俾還予大呼圖；賞達末佛頭哈達一連，五色布各二，衆剌麻茶二包，遣去。復傳崇喜土司入見，賞佛頭哈達二連，色布五疋，茶二包，令還。

火竹卡

十一日，緣山溝行二十餘里，過亂石窖，上小岡。轉折三十里，逾大山。二十里，至火竹卡。駐防把總率隊出迎，裏塘宣撫使松隆多吉來見，令回裏塘。

夢詩

余初至成都，僦寓，爲一聯語云：「智常無礙須彌小，心自能亨蜀道平。」今晨道中，忽有所觸，卒成一律云：「天女修羅事幾更，一燈如豆滅還明。智常無礙須彌小，心自能亨蜀道平。蝴蝶夢中觀大化，焦蘣枝上足三生。莊嚴世界知多少，星斗高寒江水清。」〔一〕

〔一〕後湘續集卷三：「七月間，初至成都僦寓，爲一聯語揭室中，云：『智常無礙須彌小，心自能亨蜀道平。』今晨行火竹卡道中，忽有所觸，卒成一律。」

烏拉行

余行月餘矣，身歷邊徼山川之險，目睹夫馬長征之困，慨然有感，作烏拉行，云：「蕃兒蠻户畜牛馬，芻豆無須惟放野。冬十一月草根枯，牛瘦馬羸脊如瓦。土官連日下令符，十頭百頭供使者。使者王程逾數千，措粑難厭盤蔬寡。備載餱糧羸半歲，橐裝氊裹誰能捨。天寒山高冰雪堅，百步十蹶蹄踠掿。鞭箠横亂噤無聲，誰憐倒斃陰崖下。我謂蕃兒行且休，停車三日吾寬假。艱難聊作烏拉行，牛乎馬乎淚盈把。」〔一〕

〔一〕後湘續集卷三烏拉行。

火燒坡

十二日，過小橋，沿河行，紆折登山。二十五里，至火燒坡，下山即平原。曲濟嘉木參率執事剌麻廿十餘人，設帳迎候，跪進哈達。余亦還以哈達。入帳坐，曲濟嘉木參侍坐，獻茶果，問起居畢，余登輿行。不一里，裏塘大寺堪布率衆剌麻來迎，停輿見之。裏塘糧務黄明府慎修，及守備、正副土司皆出。申刻，至裹塘，依山阿爲土城，寺宇叢聚，約數百家。其城外東南蕃居百餘户，正副土司所居也。余行館在巴空寺内佛殿右。

訊曲濟嘉木參

十三日，北向設香案，文武齊集，立案側。傳曲濟嘉木參入。余望闕行禮畢，曲濟嘉木參亦行三跪九叩首禮，跪聽訊問。詰其何以久住裹塘不回？供言：「乍雅案未結，恐爲人害。」又問：「阿足六站差使，爾例當承應烏拉，何以阻誤？」供言：「糧臺糧餉委員，均有頭人供役，未敢阻誤。」問：「藏内現奏夏間阻誤，何以言無？」供言：「惟五月間，前任孟大臣到巴貢，乍雅，百姓言其在任六年，未結控案，求爲判結，阻留五十餘日。後奉琦大臣諭，立備烏拉送行。小剌麻時在裹塘，不知其事。」又問：「爾控丹臻江錯抗斷，復肆搶劫，是何年月？在何地名？搶劫何人之物？」供：「此兩年來，常在交界地方擾害，不止一次，亦不止一處。」問：「爾手下屬蕃亦有搶劫彼處人否？」供言：「亦有抵禦，互相殺傷。」諭令且退。收香案畢，復傳入，給以旁坐，細詢之。余曰：「佛法戒貪嗔，爾既爲呼圖克圖，當深明佛法，何以與人相爭，傷害生靈？」答云：「小剌麻朝夕誦經，不敢爲非。因丹臻江錯欺陵，求除去，事權歸一。」余云：「乍雅兩呼圖克圖辦事，一正一副，由來已久，載在四川通志，何能改變舊章？且丹臻江錯未獲罪天朝，不過與爾分黨相讎，爾敢阻侮大臣，其咎甚重。兩造犯法，當公辦，何能獨治丹臻江錯之罪乎？」

十五日，曲濟嘉木參來言，已商派大頭目隨行候訊，俟奉斷牌，即還乍雅，呈送親供，大略相同。

賞裏塘土司

十六日，賞裏塘土司袍褂料一副，馬褂料一件，色綢二疋，巴緞二疋，荷包四對，小刀、煙壺、哈達、茶、烟、緞、綢、布諸物；副土司及剌麻蕃目以下有差。令備烏拉西進。以大呼圖所呈親供報川、藏。

曲濟嘉木參求兵

十八日，黄明府來言：「曲濟嘉木參有詞陳情，求帶蕃兵三百名，往滅丹臻江錯。」余曰：「伊有下情，可使具呈，欲以兵往滅二呼圖，不能準也。」

夷禀要求

十九日，黄明府以夷禀來，其言甚繁，使人譯之，兩日始竣。大畧歷叙其初奉佛命，來乍雅講經說法，轉世數輩，及受印敕，管理乍雅地方。二呼圖丹臻江錯，理藩院作羅布藏丹怎加木磋。本其徒桑金札喜轉世第五輩，同白瑪奚諸人屢次欺陵，求革逐；其白瑪奚四人，求依漢律重治其罪。若不革逐二呼圖，重治四倉儲巴，即以印敕交丹臻江錯，自出雲遊，且求以此情入奏。

諭曲濟嘉木參，不從

二十二日，傳曲濟嘉木參至，諭以「二呼圖克圖之名已數十年，載在理藩院，非自今日，亦非私設。前年委員僅不令管事，尚不遵依，今欲革逐，非以兵往不可。現奉上諭『務期折服其心』，未許用兵，何得妄動？即白瑪奚等與爾屬藩互相攻殺，亦不能獨罪一造，爾宜三思。」曲濟嘉木參躊躇未答。達木等羅拜堅求，曲濟嘉木參即復持前說。知其不能自主，乃更諭之曰：「爾係原控，不至乍雅，已無憑質訊，復堅執一面之辭，徒往不能結案，往無益也。姑如所言，回省請大憲具奏，俟奉上諭，再行可也。」揮之出。翼日，據情報川、藏曰：「大呼圖克圖以下達末之陰狡，二呼圖克圖以下白瑪奚之强横，殊出尋常。兩呼圖克圖皆不能戢下，曲濟嘉木參信任私人，昏聵尤甚。二比本外夷佛教，情事與中土迥殊，既不爲蠻觸之爭振以兵威，斷非口舌空言所能折服，可否據情覆奏，稍示震讋，待其悔悟，别爲處置？」

定議回川〔一〕

二十三日，曲濟嘉木參聞余回省請奏，大懼，求於文武及裏塘衆剌麻，代請還夷稟。余曰：「兩呼圖克圖無禮甚矣！十年來，諸官員以其桀驁，曲狥之，益驕玩。彼恃印符在手，意在挾持，今且還奏，彼懼朝廷震怒，竟奪其印，何能不悔？悔懼後，稍震懾之，庶可聽命，此稟豈可還耶？」衆皆曰：「善！」

〔一〕哈佛燕京圖書館藏本、中復堂全集本（同治六年本）、叢書集成三編、筆記小説大觀本康輶紀行卷一正文脱「定議回川」標目，上述版本目録皆載，今據目録增補。

發裏塘

二十五日，東還。曲濟嘉木參道送，復諭慰之曰：「今爲爾申達下情，計來年二月，當可得旨，或有同吾來者。果否如爾所求，未可知也。」曲濟嘉木參懔然。歸途感成一律云：「康衛迢迢萬里行，崎嶇來往趁冬晴。蠻山欲化千年雪，梵寺空懸五丈旌。蕃寺樓皆三層，四角樹五色旛幢。帝德遠猶同覆載，苗頑久自外生成。小臣職在宣恩意，天上應聞太息聲。」〔一〕

〔一〕後湘續集卷三裏塘宣諭胡土克圖不悟東旋感賦。

裏塘形勢

裏塘在打箭鑪西六百五十里。西至巴塘五百二十里；東至雅隴江，交明正司界；西至諾噶里布察多，交瓦述土司界；南至唾杓竹，交雲南中甸界；北至雄熱呢，交瞻對界。昔隸青海岱慶和碩齊部屬，舊有剌麻寺一座，堪布掌之。康熙五十八年，大兵道經裏塘，青海遺達瓦藍占巴阻據，前鋒都統法喇，誘擒達瓦藍占巴及裏塘營官，斬之。革易其堪布，專興黄教。設正副營官，董率大小寨堡十五處、土目二十名、百姓五千三百二十户，大小剌麻寺四十五座，剌麻三千二百七十餘名。附近裏塘之瓦述崇喜、毛雅、毛茂雅、長坦、曲登五酋長，皆呈户口，納糧馬。雍正七年，頒正副營官印，授安奔爲宣撫司，康確嘉木磋爲副土官，五瓦述酋長授土百户，皆給印，世襲。五瓦述所轄地大小三十六處，蕃民六千五百二十九户，剌麻三千八百四十九名。此當時見於籍者也。

至成都

十二月二十二日，至成都，請稍示震懾，並給諭德爾格特土司備兵候調。不許。

節相入奏

十二月二十六日，相國奏言：「此案奉旨委員查辦，該呼圖克圖自應即返乍雅，聽候剖斷，乃堅不回巢，固執己見，總以革逐二呼圖克圖，重治白瑪奚等始快其意；且持印信號紙，任意挾制。無論案情未定，即使二呼圖克圖有罪，亦非該呼圖克圖所得預行要挾，即此一端，其平日乖謬自用，致失人心，已可概見。現在雖據自認，於川、藏往來差使，分照地段承辦，不敢遲悞。然二呼圖克圖一比，是否不敢阻梗，且如何復行搶劫蕃民，未得確情，未便以大呼圖克圖不回，懸案不辦。查寧遠府知府宣瑛，素稱名幹，現復委令該府及試用通判丁淦，同赴乍雅，徹底查訊，秉公剖斷。惟地在南墩以西，距省五（千）〔十〕餘站，〔一〕較藏更遠，委員到彼，呼應不靈，言語情形，均難通曉。大呼圖克圖尚如此不聽開導，二呼圖克圖勢强人衆，上次委員往，已悍不遵斷，如果劫殺滋擾，事皆屬實，其抗審不服，尤在意中。請敕下駐藏大臣，揀蕃衆素所敬服、復能辦事、品秩較崇之那門汗，併熟諳蕃情之駐防後藏都司謝國泰，會同川省委員審辦，以資懾服。委員姚瑩，前在海疆，閱歷有素，非不能辦事之人，即因呼圖克圖不遵開導，固執挾制，亦當於具禀後，聽候批示遵行。今中途先自折回，非惟畏難諉卸，抑且有乖體制，該員已補蓬州知州，應請旨摘去頂戴，隨同續委之員前往。且咨理藩院查兩呼圖克圖源流，及乍雅是否川轄，抑歸藏轄。」

〔一〕哈佛燕京圖書館藏本載爲「五千餘站」，中復堂全集本（同治六年本）、小說筆記大觀、叢書集成三編本等皆載「五十餘站」，今據以改「五千」爲「五十」。

卷之二

從宣太守再使乍雅

道光二十五年二月十一日，奉正月上諭：「蓬州知州姚瑩摘去頂戴，隨同寧遠府知府宣瑛、候補通判丁淦，往乍雅查辦兩呼圖克圖之事。」十六日，宣太守出成都，入辭，以委員數往乍雅，蕃皆恃險負嵎，多所邀挾，請於打箭鑪檄調兩呼圖克圖集訊，以崇體制，然後可判曲直而諭解其紛。竇公難之，更令至察木多。其地西逾乍雅五百里，距打箭鑪二千六百三十里，亦藏內所轄部落也。定宣太守即日先行。

再發成都

二十五日，瑩與丁別駕發成都，張竹虛紹偕行，濬昌與戚友送於丞相祠。是晚，宿雙流縣。邑令爲楊君觀曜，山西人。

魏鶴山手隷

二十六日，宿新津縣，晤張恕堂明府。二十七日，斜江河蚉飯，蒲江縣地也，去縣治六十里。晚宿邛州，晤朱東江刺史。行館本土司公寓，明嘉靖中，改祀魏文靖公，今爲試院。庭軒極宏厰，有鶴山手作漢隷「雲吟山」三字，歲久剥落，後人摹額之。後一小樓，奉文靖神位，極狹隘。余再過拜謁，局脊久之，惜營工者不學也。

余小坡太守

二十九日，張竹虚爲宣太守所留，余與丁别駕先發，宿名山縣百丈驛。雲南提督張公必禄，自建昌入覲過此，攜酒來飲，夜分乃散。三十日，名山縣蚉飯，晤穆明府精阿。晚宿雅州府城，余小坡太守召飲，觀其近著文章，出示梅伯言所爲湯海秋墓誌銘、〔二〕栗樸園河帥小傳。〔三〕小坡謂余：「道不行矣，曷不引身退乎？」曰：「此事思之熟矣，得利則進，失利則退，此廉頗之客所謂市道交者，可以之事君乎？古之君子，有辭美官者矣，烏有降謫而避者哉！義有所不安，命有所當受耳。」小坡咨嗟而罷。

〔一〕柏梘山房全集文集卷一四湯海秋墓誌銘甲辰：君姓湯氏，諱鵬，字海秋，湖南益陽人。父義岦，妣恭人。道光三年，君年甫二十成進士，所爲應試文士子模擬，相接得科第，而君是時已專力爲詩歌，自上古歌謠至三百篇、離騷，漢魏六朝唐無不形規而神絜之，未幾成詩集三千首。其始官禮部主事，既兼軍機章京，旋補户部主事，轉貴州司郎中，擢山東道監察御史，年始三十餘。意氣蹈厲，謂天下事無不可爲者。其議論所許可，惟李文饒、張太岳輩，徒爲詞章士無當也。於是勇言事，未踰月，三上章，最後以言宗室尚書叱辱滿司官事，在已奉旨處分後，罷御史，回户部，員外郎轉四川司郎中。

是時英夷擾海疆，求通市，君已黜，不得言事，猶條上尚書轉奏夷務善後者三十事。後彌利堅求改關市約，有君奏中不可許者數事，人以是服其精。君既負才氣，久居曹司，謂事無論利鈍成敗有所爲，當震爆人耳目。拘拘焉，成易就之功弗貴也，既不得施於事，則將著之。言吾書出，而人以爲古嘗有是言，雖工弗貴也。於是爲浮邱子一書。立一意爲幹而分數支，支之中又有支焉。則支復爲幹，支幹相演，以遞於無窮。大抵言軍國利病、吏治要最、人事情僞、開設形勢，尋躡要眇，一篇數千言者，九十餘篇最四十餘萬言。每遇人輒曰：能過我一閱浮邱子乎？其自喜如此。姚石甫以臺灣道劾英夷，受誣訴，事白出獄，君大喜，觴客於萬柳堂，爲石甫賀，余於是始識君，得讀浮邱子者。

君嘗爲會試同考官，門下士多至九列，譽君者不患無其人顧，欲得余言爲可否。於是嘆世徒畏君子之才，而豪不知其不自足者，乃如是也。嗚乎！君今其死矣，士而才，固宜負病於世，迨既死，而世無復見其病者，獨其才在耳。君之名，其可無慮於後世矣。君卒以道光二十四年七月九日，年四十四。未卒前，過余曰：「石甫以同知官四川爲大吏者，當何如？」既而曰：「天下事恐難滿人意也。」後八日而卒。余過長春寺，記與君揖張亨甫柩而歸也，未逾歲，而君復殯於是，輒黯然傷之。君娶於子俶，昭佶昭佑昭什昭啟昭孫，惇允女人，適杜適李。以道光二

十　年　月　日葬於　縣　鄉原。其友王錫振爲之狀，謂曾亮曰：「銘以屬君。」乃爲之詞曰：「天與以才副之氣，神豪語快士所悸。大力者推幸以遂，容頭平進不可意。摧堅犯難壯莫掣，蹶而改圖幾後世。四十餘萬載厥字，魂雖埋幽靈不翳。」

〔三〕柏梘山房文集卷九栗恭勤公家傳：公姓栗氏，諱毓美，山西渾源州人。嘉慶六年，以拔貢生官河南知縣。遇災年，放稅振穀，以實民惠，不以上官意爲損益。遷光州知州、汝寧知府，徙開封，歷河南糧儲道、開歸陳許道，遷湖北按察使、河南布政使。道光十五年，授東河河道總督。公前知武陟縣，黃沁隄馬營壩工，皆親其事，及是益勤，詢河兵官久於河者，以地勢水脈、前任官行事之當否。蓋北岸自武陟至封邱二百餘里，南岸之祥符下汛至陳留，六十餘里者，皆地勢卑下，多串溝。串溝者，在隄河間，其始但斷港積水而已。久之，溝首受河，又久之，溝尾入河而串溝遂成支河，於是以遠隄十餘里之河，變爲近隄之河，而隄河相遠之處，舊皆無工不儲料者也。於是以無工之處，變爲至險之工，故人不及覺，覺不及防，往往潰隄爲大患。公乘小舟周歷南北，時北岸原武汛串溝受水，已寬三百餘丈，行四十餘里，至陽武汛溝尾，復入大河，又合沁河及武陟、滎澤諸灘水，畢注隄下。兩汛素無工，故無稭石，隄南北皆水，不可取土築壩。公即收買民磚於受衝處，拋磚成壩，四十餘晝夜成磚壩六十餘所。壩始成，而風雨大至，支河首尾皆決開數十丈，而隄不傷，公由是知磚之可用。又試之原陽越隄及攔黃堰及南岸之黑堈，皆效。遂奏請減買稭石銀，兼備磚價，千磚爲一方，方價六兩。是後每有工役，碎石及稭埽用大減。數年內，省官銀百三十餘萬而工益堅。有不便其事者，其說頗上聞。公前後陳奏曰：「護隄之方，率用稭埽，然埽能壓激水勢，嚙隄根，備而不用，又易朽腐。碎石坦坡，惟鞏縣、濟源產石較近，而採運已艱。河工失事多在無工處所，千里長隄勢不可盡爲儲備，而河勢變遷不常，衝非所防，遂爲決口。磚則沿河民窯終歲燒造，隨地取用，不誤事機。且磚及碎石皆以方計，而石多嵌空，磚則平直，每方石五六千斤，而磚重多三分之一，一方石價購磚兩方，而拋磚一方，當石兩方之用，其質滯於石，故入水不移，堅於稭，故久水不腐。又土不能築壩水中，磚則能水中拋壩，即盪成坦坡，亦能緩受急衝，化險爲易。或謂磚可保將生未生之工，不能用於已生之後。然使將生者可保，即別無已生之工。昔衡工之決，因灘陷埽不能施，馬營壩之決，因補隄不能得碎石，使知用埽不如抛磚，收磚易於運石，則數千萬官銀可省。」奏入，上知忠實可任，且綜畫周密，卒皆允之，屢詔褒賞。訖公任五年，河不爲患。二十年薨於位，上爲之震悼，賜謚祭及太子太保銜。時長子烜已官至刑部郎中，乃賜次子耀進士。公在工，有風雨危險，必身親之。平居時，河曲折、高下、嚮背，皆在其隱度。每曰：「水將抵某所，急備之。」或以爲迂且勞費。公曰：「能知費之爲省，乃真能省費者也。」水至，乃大服。故十五年原陽之支河，十八年盛漲，八尺之水皆決口而有餘，卒以無事，或以爲天幸。然前公任三年，祥符決。公卒逾一年，南岸又決。二十三年，又決。則豈非人事哉？宜吏民羣思公以爲神，且立廟也。梅曾亮曰：「公之令安陽、武陟，守開封時，折疑獄如神，他人有一事，足爲循吏，然於公猶非其大者。傳曰：心誠求之，雖不中不遠。公治河，能通物性以盡利，誠壹故也，況求民情也哉！」

黎頭驛

三月初一日，王平軒觀察見過，時已引疾矣。午刻行，宿觀音鋪。初三日，過大相嶺，晴日暄和。晚宿清溪縣，晤署令汪君徠溪，甘肅壬午舉人，以酉陽州同知署篆，前在州，頗强毅，小吏中之矯矯者也。雅州多雨，清溪多風，古有「清風雅雨」之諺。余三過之，殊不爾，豈偶然耶？清溪即古沈黎。初四日，富莊驛蚃飯，晚宿黎頭驛。

湯海秋傳

初五日，林口蚤飯，度飛越嶺，晚宿化林坪。是夜小雨，覺寒。初六日，冷磧蚤飯，晚宿瀘定橋。因伯言作海秋墓誌銘〔一〕有感，更爲海秋作傳一篇。〔二〕二鼓就寢。

〔一〕柏梘山房全集文集卷一四湯海秋墓誌銘。

〔二〕東溟文後集卷一一湯海秋傳：海秋，湯氏，名鵬，湖南益陽人，道光二年進士。初爲禮部主事，年甫二十，負氣自喜，爲文章震爍奇特，諸公異其才，選入軍機章京，補户部主事，轉貴州司員外，擢山東道監察御史。君在軍機得見天下章奏，又歷户曹，習吏事，慨然有肩荷一世之志，每致書大吏，多所論議。及爲御史再旬，面章三上。有宗室尚書叱辱滿司官，共人許人。上置尚書吏議，君以爲司官朝吏過失，當付有司，不可奴隸辱之。此臣作威福之漸也，吏議輕，不足以儆。援嘉慶中故事爭之。上以爲不勝言官任。罷回户部員外，而君方草奏大有論建，未及上而改官。君見其言不用，乃大著書，欲有所暴白於天下。爲浮丘子八十一篇，篇數千言，通論治道學術。明林十六卷，指陳前代得失；七經補疏，明經義；止信筆初稾，雜記見聞事實。諸作皆出示人，惟止信筆初稾人多未見。或問之，曰：「此石室之藏也。」英夷事起，沿海諸省大擾，上再命將無功，卒議撫通市。君憤甚，已黜，不得進言，猶條上三十事於尚書轉奏焉。大臣用事者曰「書生之見耳」。上雖召見君，而無所詢，報聞而已。君是時已更爲本部四川司郎中，京察亦竟不得上考。君感慨抑鬱，詩多悲憤沉痛之作。二十四年七月卒，年四十四。君少爲文有奇氣，初成進士所爲制，藝人爭傳其稾，市肆售之幾遍，君曰：是不足言文也。取漢魏六朝迄唐人詩歌追儗之，必求其似，務備其體，已梓者三十餘卷。又好爲文，嘗謂其友人曰：「漢以後作者，或專工文辭而義理時務不足，或精義理明而辭陋弱，而兼之者，惟唐陸宣公、宋朱子耳。吾欲奄有古人而以二公爲歸。」其持論如此。

姚瑩曰：「道光初，余初至京師，交邵陽魏默深、建寧張亨甫、仁和龔定庵及君。定庵言多奇僻，世頗訾之；亨甫詩歌幾追作者；默深始治經，已更悉心時務，其所論著，吏才也；君乃自成一子。是四人者，皆慷慨激厲，其志業才氣，凌轢一時矣。世乃習委靡文飾，正坐氣敝耳。得諸子者大聲振之，不亦可乎？以宗室尚書之親貴，舉朝所屏息者，而君倡言彈之，亦見骨鯁之風矣。又與宜黃黄樹齋、歙徐廉峰及亨甫，以詩相馳逐。歲在丙戌，余服闋入都，諸君與周旋久之。樹齋以編修爲言官，數論事，洊至大用，廉峯及君則以言黜，幸不幸殊焉！辛卯，余再入都，廉峯已病，未幾卒，定庵繼之。癸卯，臺灣之獄，亨甫力疾赴余難，因不起。猶憶君探余獄中，及出獄後，與諸君置酒相賀。又同治亨甫之喪，依依送余出都門時也。默深成進士最晚，以知州需次。亨甫則未一第而歿。余待罪蜀中，樹齋亦以事更罷爲部曹。俯仰二十年間，升沈存歿，若此悲夫。

鍾公言藏事

初七日，過大烹壩，遇新哈密大臣鍾公芳自藏中還，言「乍雅兩呼圖克圖事，非兵不可，而苦無費。昨過王卡，頭人出候，彼此猶不敢過界。過裏塘，見大呼圖克圖似有悔懼，惟盼川省委員蚤至，爲之訊辦也。」又云：「藏中達賴剌麻今甫九歲，甚聰異，應對接物如成人，能決事是非，人皆服之。」又云：「藏中至察木多，山最險峻，丹達山尤甚，人輿倒行，懸絙而下。察木多以東，稍易行矣。」又云：「達賴剌麻惟食牛乳、酥、揩粑或糖煎大米飯。自餘剌麻多肉食，非如内地僧皆素食。亦有勤苦剌麻，習静坐樹下，經月不食者。」

再宿頭道水

是夜宿頭道水。山澗水盛，亂石中轟激如雷，走雪翻銀，三十里不絶，洵奇觀也。行館後石壁插天，山巔瀑布直下數十丈，尤奇。院中一小亭，壁上有乾隆癸丑年諸公詩刻。

柳楊

初八日，過柳楊山澗，水聲漸微，昔人所謂「柳陰蜜箐」者，今已無之，間見垂楊一兩株而已。稱「楊柳」爲「柳楊」者，蕃語也。明正司率蕃屬來迎。申刻，至打箭鑪城。

曲濟嘉木參知懼

初九日，宣太守、張竹虚至。初十日，晤伊署協，知曲濟嘉木參以余回省，甚懼，呈打箭鑪文武乞恩。

復設天主堂

十四日，定議十七日出關。留僕及兵丁護茶、煙、緞疋諸賞需之物續發。十六日，報出關日期，余發省寓及余小坡書，録寄湯海秋傳稟。伊濂江出示奉文，準西洋人設天主堂行教。粤中奏言：「西洋人自前明入中國，奉天主教，無非勸人爲善，因習教者假此誘淫婦女，取人死後目睛，嘉慶中禁止。今佛蘭西在五處馬頭設天主教堂，請弛中國習教之禁，倘有誘淫婦女、取人目睛者，仍如例治罪。係西洋人，交夷目辦理。」

天主教源流三條

後漢書曰：「大秦國一名犂鞬，以在海西，亦名海西國。〔一〕地方數千里，有四百餘城。小國役屬者數十。以石爲城郭。列置郵亭，皆堊塈之。有松柏諸木百草。人俗力田作，多種蠶桑。〔二〕皆髡頭而衣文綉。」「所居城邑，周圍百餘里。〔三〕城中有五宫，相去各十里。宫室皆水精爲柱，〔四〕食器亦然。其王日遊一宫，聽事五日後徧。常使一人持囊隨王車，人有言事者，即以書投囊中，王至宫發省，理其枉直。各有官曹文書，置三十六將，皆會議國事。其王無有常人，皆簡立賢者。國中災異及風雨不時，輒廢而更立。〔五〕其人民皆長大平正，有類中國，故謂之大秦。土多金銀奇寶，有夜光璧、明月珠、駭雞犀、珊瑚、琥珀、琉璃、琅玕、朱丹、青碧。刺金縷繡，織成金縷罽、雜色綾。作黄金塗、火浣布。又有細布。〔六〕合會諸香，煎其汁爲蘇合香。〔七〕凡外國珍異皆出焉。〔八〕以金銀爲錢，銀錢十當金錢一。與安息、天竺交市海中。常欲通使於漢，〔九〕而安息欲以漢繒綵與之交市，故遮閡不得自達。至桓帝延熹九年，大秦王安敦遣使自日南徼外獻象牙、犀角、瑇瑁，始乃一通。〔一〇〕其所表貢，并無珍異，疑傳者過焉。或云其國西有弱水、流沙，近西王母所居處，幾於日所入也。漢書云：『從條支西行二百餘日，近日所入。』則與今書異矣。前世漢使皆自烏弋以還，莫有至條支者。又云：『從安息陸道繞海北行，出海西至大秦，人庶連屬，十里一亭，三十里一置，終無盜賊寇警。而道多猛虎、獅子，遮害行旅，不百餘人齎兵器，輒爲所食。』

〔二〕後漢書卷八八西域傳大秦國：「亦云海西國。」
〔三〕後漢書卷八八西域傳大秦國：「多種樹蠶桑。」
〔三〕後漢書卷八八西域傳大秦國：「周圜百餘里。」
〔四〕後漢書卷八八西域傳大秦國：「宮室皆以水精爲柱。」
〔五〕後漢書卷八八西域傳大秦國：「輒廢而更立，受放者甘黜不怨。」
〔六〕後漢書卷八八西域傳大秦國：「又有細布，或言水羊毳，野蠶繭所作也。」
〔七〕後漢書卷八八西域傳大秦國：「煎其汁以爲蘇合。」

〔八〕後漢書卷八八西域傳大秦國：「凡外國諸珍異皆出焉。」

〔九〕後漢書卷八八西域傳大秦國：「與安息、天竺交市於海中，利有十倍。其人質直，市無二價。穀食常賤，國用富饒。鄰國使到其界首者，乘驛詣王都，至則給以金錢。其王常欲通使於漢。」

〔一〇〕後漢書卷八八西域傳大秦國：「始乃一通焉。」

魚豢魏略曰：「大秦國俗多奇幻，口中出火，自縛自解，跳十二丸，巧妙非常。」〔一〕新唐書曰：「拂菻，古大秦也，居西海上。地方萬里。以名通者，曰澤散，曰驢分。澤散直東北，不得其道里。東渡海二千里，至驢分國。貞觀十七年，遣使獻赤玻璃、綠金精。大食稍彊，遣軍伐之，拂菻約和，遂臣屬。乾封至大足，再朝獻。開元七年，因吐火羅大酋獻獅子、羚羊。」〔二〕宋史曰：「拂菻國東南至滅力沙，北至海，皆四十程。西至海三十程。東至西大食及于闐、回紇、青(磨)〔唐〕，〔三〕乃抵中國。元豐四年，其王遣大酋來獻鞍馬、刀劍、真珠，言其國地甚寒，土屋無瓦。產金、銀、珠、西錦。王服紅黃衣，金線織絲布纏頭。歲三月，詣佛寺。不尚鬬戰。鄰國小有爭，但以文字來往相詰問，事大亦出兵。鑄金銀爲錢，面鑿彌勒佛，背爲王名。」〔四〕文獻通考曰：「唐史有拂菻國，以爲即古大秦也。然大秦自後漢始通中國，歷晉、唐貢獻不廢。而宋四朝史拂菻傳則言其國歷代未嘗朝貢，至元豐始獻方物。又唐傳言其國西瀕大海，而宋傳則言西距海尚三十程，其餘界亦不合，土產風俗亦不同，故以唐之拂菻附入大秦，此拂菻自爲一國云。」〔五〕

〔一〕欽定皇輿西域圖志卷四〇音樂回部樂技：「已考諸前代所傳，如魏略載大秦國俗多奇幻，口中出火，自縛自解，跳十二丸，巧妙非常。」

〔二〕此引文與新唐書卷二二一下西域拂菻所載畧有不同。

〔三〕哈佛燕京圖書館藏本、中復堂全集本（同治六年本）、叢書集成三編本、筆記小説大觀本等皆載「青磨」。據宋史卷四九〇外國拂菻：「東至西大食及于闐、回紇、青唐，乃抵中國。」續資治通鑑長編卷一二八康定元年八月癸卯條：「屯田員外郎劉渙使邈川，諭唃厮囉出兵助討西賊。渙請行也。渙出古渭州，循木邦山至河州國門寺，絕河，踰廓州，抵青唐。」據此改「青磨」爲「青唐」。

〔四〕宋史卷四九〇外國六拂菻：「鑄金銀爲錢，無穿孔，面鑿彌勒佛，背爲王名，禁民私造。」

〔五〕此引文與文獻通考卷三三九四裔考拂菻所載畧有不同。

明史曰：「拂菻，即漢大秦，桓帝時始通中國。晉及魏皆曰大秦，嘗入貢。唐曰拂菻，宋仍之，亦數入貢。而宋史謂歷代未嘗朝貢，疑其非大秦也。元末，其國人捏古倫入市中國，元亡，不能歸。太祖聞之，召見，〔一〕命齎詔書還諭其王。」「復命使臣招諭，〔二〕其國乃遣使入貢。後不復至。萬曆時，大西洋人至京師，言天主耶穌生于如德亞，即古大秦國也。其國自開闢以來六千年，史書所載，世代相嬗，及萬事萬物原始，無不詳悉。謂爲天主肇生人類之邦，言頗誕謾不可信。」〔三〕

職方外紀曰：「亞細亞之西，近地中海，有名邦曰如德亞，此天主開闢以後肇生人類之邦。天下諸國載籍，上古事蹟，近者千年，遠者三四千年，而上多茫昧不明，或異同無據，惟如德亞史書，自初生人類至今將六千年，世代相傳及分散時候、萬物萬事造作原始，悉記無訛。〔四〕地甚豐厚，人煙稠密，是天主生人最初所賜沃壤。其國初有大聖人，曰亞把刺杭，約當中國虞舜時，有孫十二人，支族蕃衍，天主分爲十二區，厥後生育聖賢，世代不絶。故其人民百千年間，皆純一敬事天主，不爲異端所惑。其國主多有聖德，乃天主之所簡命也。至春秋時，有二聖王，父曰大味，得子曰撒剌滿。嘗造一天主大殿，皆金玉砌成，飾以珍寶，窮極美麗，其費以三十萬萬。其王德絶盛，智絶高，聲聞最遠，中國所傳爲西方聖人，疑即指此也。此地從來聖賢多有受命天主、能前知未來事者，國王有疑事，必從決之。其聖賢竭誠祈禱，以得天主默啓。其所前知，悉載經典，後來無不符合。經典中第一大事，是天主降生，救拔人罪，開萬世升天之路，豫説甚詳。〔五〕後果降生於如德亞白德稜〔六〕之地，名曰耶穌，言救世主也。在世三十三年，教化世人，所顯神靈聖蹟甚大且多，如命瞽者明、聾者聽、喑者言、跛者行、病者起，以至死者生之類，不可殫述。有宗徒十二人，皆耶穌縱天之能，不假學力，即通各國語言文字。其後耶穌肉身升天，諸弟子分散萬國，闡明經典。〔七〕

教中要義數端：一曰天地間至尊至大，爲人物之真主大父者，止有其一，不得有二。一即天主上帝而已，其全智全能全善，浩無窮際，萬神人物，皆爲天主所造，又恒賴其保持安養。凡人禍福修短，皆其主宰，故吾人所當敬畏愛慕者，獨有一天主也。此外或神或人，但能純一教人以事天主，即爲善人吉神。若以他道誘人求福免禍，是僭居天主之位而明奪其權，其爲凶神惡人無疑。崇信祭祀此類者，不免獲罪。一曰天地間惟一天主爲真主，故其聖教獨爲真教，從之則令人行真善，而絶不爲惡，可升天堂，永脱地獄；若他教乃是人所建立，斷未有能行真善，免罪戾而升天堂、脱地獄者。一曰人有形軀，有靈魂，形軀可滅，靈魂不可滅。人在世時，可以行善，可以去惡，一至命終，人品已定，永不轉移。天主於是乃審判而賞罰之：其人純一敬事天主，及愛人如己，必升天，參配天神及諸聖賢，受無窮真福；若不愛信天主，違教犯戒者，必墮地獄，永受苦難也。其苦樂永永無改，更無業盡復生爲人，及輪迴異類等事。故實欲升天堂，脱地獄，只在生前實能爲善去惡，無他法也。一曰人犯一切大小過惡，皆得罪於天主者也，故惟天主能赦宥之，非神與人所能赦，亦非徒誦念、徒施舍所能贖也。今人生孰能無過，欲求赦宥，必須深悔前非，勇猛遷改。故初入教，先悔罪，有拔地斯摩之禮；既重犯，求解罪，有恭斐桑之禮。遵依聖教，守戒祈求，必獲赦宥，不然，一生罪過，無法可去，地獄無法可脱也。

〔一〕明史卷三二六外國七拂菻：「太祖聞之，以洪武四年八月召見。」
〔二〕明史卷三二六外國七拂菻：「已而復命使臣普剌等齎敕書、綵幣招諭。」
〔三〕引自明史卷三二六外國七拂菻。
〔四〕職方外紀卷一如德亞：「悉記無訛，諸邦推爲宗國。」
〔五〕哈佛燕京圖書館藏本、中復堂全集本（同治六年本）、筆記小説大觀本、叢書集成三編本皆載爲「豫説」。職方外紀卷一如德亞：「預説甚詳。」今據而改「豫」爲「預」。

〔六〕職方外紀卷一如德亞：「白德稜」。

〔七〕職方外紀卷一如德亞：「闡明經典，宣揚教化，各著神奇事蹟，亦能令病者即愈，死者復生，又能驅逐邪魔。緣此時天下萬國大率爲邪魔誘惑，不遵天主正教，妄立邪主，各相崇奉其所奉像。又諸國不同不止千萬，自天主降生垂教，乃始曉悟真理，絕其向所崇信惡教而敬信崇向於一天主焉。所化國土如德亞諸國爲最先，延及歐邏巴、利未亞大小千餘國，歷今六百餘年來，其國皆久安長治，其人皆忠孝貞廉，男女爲聖爲賢，不可勝數，茲爲畧述。」

錢氏景教考曰：「冊府元龜天寶四載九月詔曰：『波斯經教，出自大秦，傳習而來，久行中國，爰初建寺，因以爲名，將以示人，必循其本，其兩京波斯寺，宜改爲大秦寺，天下諸州郡宜准此。』〔一〕此大秦寺建立之緣起。而碑言即景教流行碑也。貞觀中，即詔賜名大秦寺，夷僧之夸辭也。舒元輿重巖寺碑云：『合天下三夷寺，不足當吾釋寺一小邑之數』。釋寺惟一，夷寺有三。摩尼，即末尼也；大秦，即景教也；祆神，即波斯也。」今據元輿記而詳考之。長安志曰：「布政司西南隅胡祆祠，武德四年立，西域胡天神也。祠有薩寶府官，主祠祆神，亦以胡人稱其職。」〔二〕東京記引四夷朝貢圖云：「康國有神名祆，畢國有火祆祠，疑因是建廟。」〔三〕王溥唐會要云：「波斯國東與吐蕃、康居接，西北距拂菻。〔四〕其俗事天地日月水火諸神，西域諸胡事火祆者，皆詣波斯受法。〔五〕」故曰波斯教，即火祆也。宋人姚寬曰：「火祆，字從天，胡神也。經謂摩醯首羅，〔六〕本起大波斯國，號蘇魯支。有弟子名元真，居波斯國大總長如火山，後化行於中國。」然祆神專主事火，而寬以爲摩醯首羅者，以波斯之教，事天地水火之總，故諸胡皆詣受教，不專一法也。大秦之教，本不出於波斯，及阿羅訶者出，則自别於諸胡。碑言三百六十五種之中，或空有以淪二，或禱祀以邀福，彼不欲過而問焉，初假波斯之名以入長安，後乃改名以立異。若末尼，則志盤統紀序之獨詳。開元二十年敕云：「末尼本是邪見，妄稱佛法，既爲西胡師法，其徒自行，不須科罰。」會昌三年秋，敕京城女末尼凡七十二人皆死。梁貞明六年，陳州末尼反，立母乙爲天子。發兵禽斬之。其徒不茹葷酒，夜聚淫穢，畫魔王踞坐，云「佛爲上大乘，我乃上上乘」。蓋末尼爲白雲、白蓮之流，于三種中爲最劣。以元輿三夷寺之例覈而斷之，三夷寺皆外道也，皆邪教也。所謂景教流行者，皆夷僧之黠者，稍通文字，妄爲之詞，非果有異於摩尼、祆神也。〔七〕

〔一〕牧齋有學集卷四四景教考：「天下諸州郡，亦宜準此」。

〔二〕長安志卷一〇唐京城四次南布政坊：「(布政坊)西南隅胡祆祠，武德四年立，西域胡祆，神也。祠内有薩寶府官，主祠祆神，亦以胡祝稱其職。」

〔三〕西溪叢語卷上：宋次道東京記：「寧遠坊有祆神廟。注云四夷朝貢圖云：康國有神名祆，畢國有火祆祠，疑因是建廟，或傳晉戎亂華時立此。」

〔四〕唐會要卷九九拂菻：「一名大秦，在西海之國北，東南與波斯接。」

〔五〕唐會要卷一〇〇波斯國：「在京師西一萬五千里，户數十萬。其王初嗣位，便密選諸子才堪承統者名字封而藏之。王死後，大臣與王之羣子共發封而視之，奏所書名爲王焉。俗事天地日月水火諸神，西域諸國事火祆者，皆詣波斯受法焉。……」姚瑩文與唐會要卷一〇〇波斯國所載畧有不同。

〔六〕西溪叢語卷上：「音醯堅切。教法佛經所謂摩醯首羅也。」
〔七〕引自牧齋有學集卷四四景教考。另册府元龜卷五一帝王部崇釋氏、海國圖志卷二六景教流行中國碑亦載。

金石萃編曰：「按：西洋奉天主耶穌，或謂即大秦遺教。據碑有『判十字以定四方』之語，與今天主教似合。」〔一〕然日下舊聞考載「天主堂〔二〕搆于西洋利瑪竇，自歐羅巴航海九萬里，入中國，崇奉天主」云云。若大秦一名如德亞，今稱西多爾，其在歐羅巴南、印度之西，相距甚遠，似不能合爲一也。瑩按：「此語迂謬，天主教始自大秦，流行于大西洋耳。今且自大西洋流入中國矣，況自唐至明，越千數百年乎！」杭氏謂唐時回紇即今之回回，說亦未然。唐之回紇即回鶻，其地與薛延陀爲鄰，距長安祇七千里。若回回有祖國，以今職方諸書考之，在古大秦之東，一名伯爾西亞，今稱包社大白頭蕃，與回紇隔遠，亦不能合爲一也。瑩按：「此言亦非。包社乃回回祖國，既云祖國，則近西域諸部，爲其支派種類明矣。猶吕宋本國在大西洋，與賀蘭、佛蘭西鄰，而其別屬近琉球之島，亦名吕宋耳。」碑稱「大秦國上德阿羅本」，〔三〕而唐書西域傳所載諸國，惟拂菻一名大秦，無一語及景教入中國之事。唐會要稱波斯國「西北距拂菻」，〔四〕則波斯在拂菻之東南，故長安志所載「大秦寺，初謂之波斯寺。」玩天寶四載詔書，波斯經教出於大秦，則所謂景教者，實自波斯，而溯其源於大秦也。唐書西域傳：「波斯距京師萬五千里，其法祠祆神。」〔五〕與唐會要語同。然亦無所謂景教者。祆神字當從示、從天，讀呼煙切，與從夭者別。說文云：「關中謂天爲祆。」廣韻云：「胡神所謂關中者，統西域而言。」西北諸國事天最敬，故君長謂之天可汗，山謂之天山，而神謂之天神。延及歐羅巴，奉教謂之天主，皆以天該之。唐傳載波斯國俗，似與今回回相同。此碑謂景教流行碑也。稱「常然真寂」、「戢隱真威」、「亭午昇真」、「真常之道」、「占青雲而載真經」。〔六〕舉「真」字，不一而足。今所建回回堂，謂之禮拜寺，又謂之真教寺，似乎今回回之教，未始不源于景教。然其中自有同異，特以彼教難通，未能剖析，姑備録諸説，以資博考。至碑稱景教景字之義，文中只二語云「景宿告祥」，「懸景日以破暗府」，是與景星景光流照之義相符。然則唐避諱而以景代丙，亦此義歟。

〔一〕海國圖志卷二六景教流行中國碑引金石萃編。

〔二〕欽定日下舊聞考卷四九城市：「天主堂在宣武門東」。

〔三〕海國圖志卷二六景教流行中國碑：「太宗文皇帝光華啟運，明臨聖人。大秦國有上德曰阿羅本，占青雲而載真經，望風律以馳艱險，貞觀九祀，至於長安。」唐釋景淨景教流行中國碑頌並序中亦載。

〔四〕此非唐會要稱波斯國「西北距拂菻」，而是新唐書卷二二一下西域：「西北距拂菻」。

〔五〕舊唐書卷一九八波斯國：「波斯國在京師西一萬五千三百里，東與吐火羅、唐國接，北鄰突厥之可薩部，西北拒拂菻，正及南俱臨大海。」

〔六〕「常然真寂」、「戢隱真威」、「亭午昇真」、「真常之道」、「占青雲而載真經」，皆載於景教流行中國碑並唐釋景淨景教流行中國碑頌並序中。

四庫全書提要曰「西學凡一卷，附録唐大秦寺碑一篇。碑稱貞觀十二年，大秦國阿羅本遠將經像，來獻上京，即于義寧坊敕造大秦寺一所，度僧二十一人」〔一〕云云。考西溪叢語載：「貞觀五年，有傳法穆護何祿將祆教詣闕聞奏，敕令長安崇化坊立祆寺，號大秦寺，又名波斯寺。至天寶四年七月，敕：波斯經教，出自大秦，傳習而來，久行中國，爰初建寺，因以爲名，將以示人，必循其本，其兩京波斯寺，並即改爲大秦寺。天下諸州郡有者準此。」册府元龜載：「開元七年，吐火羅國王上表獻解天文人（文）〔大〕〔二〕慕闍，智慧幽深，問無不知，伏乞天恩喚取，問諸教法。知其人有如此之藝能，請置一法堂，依本教供養。」段成式酉陽雜俎載：「孝憶國界三千餘里，舉俗事祆，不識佛法，有祆祠三千餘所。」又載「德建國烏滸河中，有火祆祠，相傳其神本自波斯國乘神通來，因立祆祠，内無像，〔三〕於大屋下置小廬舍，向西，人向東禮神。有一銅馬，國人言自天而下。」據此數説，則西洋人即所謂波斯，天主即所謂祆神，中國具有紀載，不但有此碑可證。又杜預註左傳「次睢之社」曰：「睢受汴，東經陳留、梁譙、彭城入泗。此水次有祆祠，〔四〕皆社祠。〔五〕」顧野王玉篇亦有祆字，音阿憐切，註爲祆神。徐鉉據以增入説文。宋敏求東京記載：「寧遠坊有祆神廟。」註曰：「四夷朝貢圖云『康國有神名祆，畢國有火祆祠，或曰石勒時立。』」〔六〕此是祆教其來已久，亦不始於唐。岳珂桯史：「番禺海獠，其最豪者蒲姓，號白蕃人，本占城之貴人，留中國以通往來之貨，屋室侈靡踰制。性尚鬼而好潔，平居終日，相與膜拜祈福，有堂焉以祀。如中國之佛，而實無像設，稱謂聱牙，亦莫能曉，竟不知爲何神。有碑高袤數丈，上刻異書如篆籀，是爲像主，拜者皆嚮之。」〔七〕是祆教至宋之末年，尚由賈舶達廣州，而利瑪竇初來，乃詫爲亘古未睹。艾儒畧作此書，既援唐碑以自證，則其爲祆教，更無疑義。乃無一人援古事以抉其源流，遂使蔓延於海内。蓋萬曆以來，士大夫大抵講心學，刻語録，即盡一生之能事，故不能徵實考古，以遏邪説之流行也。

〔一〕四庫全書總目卷一二五子部雜家類存目二西學：「凡一卷，附録唐大秦寺碑一篇」。

〔二〕四庫全書總目卷一二五子部雜家類存目二西學：「吐火羅國王上表獻解天文人大慕闍」。據此改「文慕闍」爲「大慕闍」。

〔三〕四庫全書總目卷一二五子部雜家類存目二西學：「祠内無像」。

〔四〕四庫全書總目卷一二五子部雜家類存目二西學：「祆神」。

〔五〕四庫全書總目卷一二五子部雜家類存目二西學：「皆社祠之」。

〔六〕西溪叢語卷上：「宋次道東京記：『寧遠坊有祆神廟。注云：四夷朝貢圖云『康國有神名祆，畢國有火祆祠，疑因是建廟，或傳晉戎亂華時立此。』』」

〔七〕桯史卷一一番禺海獠：「番禺有海獠雜居，其最豪者蒲姓，號白番人，本占城之貴人也。既浮海而遇濤，憚於復反，乃請於其主，願留中國，以通往來之貨，主許焉。舶事實賴給。其家歲益久，定居城中，屋室稍侈靡踰制。……性尚鬼而好潔，平居終日，相與膜拜，祈福有堂焉以祀，名如中國之佛而實無像設。稱謂聱牙，亦莫能曉，竟不知何神也。堂中有碑，高袤數丈，上皆刻異書如篆籀，是爲像主，拜者皆嚮之。」姚文系節引。

澳門紀畧曰：澳中「凡廟所奉天主，有誕生圖、被難圖、飛昇圖。其説以耶穌行教至一國，國人裹而縛之十字木架，〔一〕釘其首及四肢，三日甦，飛還本國，更越四十日而上昇，年三十有三。故奉教者必奉十字架，每七日一禮拜，至期，男女分投諸寺，長跪聽僧演説」。「蕃僧不一類：三巴寺僧，削髮，披青冠斗帽，司教者曰法王，由大西洋來，澳酋無與敵體者，有大事、疑獄，兵頭、蕃目不能决，則請命，命出，奉之惟謹。」「龍鬆廟僧，亦削髮蒙氈，内衣白而長，外覆以青。板樟廟僧，不冠，曳長衣，外玄内白，復以白布覆其兩肩。噶斯蘭僧，服麄布衣，帶索草屨，不冠不襪，出入持蓋。僧有盡削其髮者，〔二〕有但去其頂髮者。」

又曰：「天主教者，西士曰天主耶穌。漢哀帝元壽二年庚申，生於如德亞國，〔三〕其書所云五經十誡，大都不離天堂地獄之説，而詞特陋劣，較佛書尤甚。嘗尋求其故，〔四〕西洋諸國由來皆從佛教、回回教，〔五〕觀其字用梵書、曆法亦與回回同源，則意大利亞之教，當與諸國奉佛、奉回回者無異。特其俗好奇喜新，〔六〕聰明之士，遂攘回回事天之名，而據如來天堂地獄之實，以兼行其説。又慮不足加其上也，以爲尊莫天若，天有主，則尊愈莫若。蓋其好勝之俗爲之，不獨史稱曆法也。〔七〕」「昔西人有行教於安南者，舉國惑之。王患之，逐其人，立二幟於郊，下令曰：『從吾者立赤幟下，宥之；〔八〕否則立白幟下，立殺之。』竟無一立赤幟下者。王怒，然礮殺之盡，至今不與西洋通市，至則舉大礮擊之，西人亦卒不敢往，倭亦然。噶羅巴馬頭，石鑿十字架於路口，武士露刃夾路立，商其國者，必踐十字路入，否則加刃，雖西人不敢違。又埋耶穌石像於城閾，以蹈踐之，蓋諸蕃嚴惡如此。〔九〕」

〔一〕澳門記畧卷下澳蕃篇：「國人裸而縛之十字木架。」

〔二〕澳門記畧卷下澳蕃篇：「是二廟僧有盡削其髪者。」

〔三〕澳門記畧卷下澳蕃篇：「爲天主肇生人類之邦，西行教至，其國奉之至今，甚且沾染中土，誘惑華人。在明則上自公卿，下逮士庶，邇奉詔禁，而博士弟子尚有信而從之者。其徒著書闡述，多至百種，士大夫又爲潤色其文詞，以致談天言命。幾於亂聰。今就澳門取其書觀之。」

〔四〕澳門記畧卷下澳蕃篇：「間嘗尋求其故。」

〔五〕澳門記畧卷下澳蕃篇：「西洋諸國由來皆崇奉佛教、回回教。」

〔六〕澳門記畧卷下澳蕃篇：「特其俗好奇，喜新而競勝。」

〔七〕澳門記畧卷下澳蕃篇：「不獨史稱曆法云爾也。」

〔八〕澳門記畧卷下澳蕃篇：「從吾者立赤幟下，宥之。」

〔九〕澳門記畧卷下澳蕃篇：「蓋諸蕃嚴惡之如此。」

瑩按：福善禍淫，雖本天道，然此不過天道之一端耳。至天道之精微廣大，與人道之所以參贊化育，克配天地爲三才者，豈可以禍福言哉！此意，不但吾儒，即釋、老二氏，亦皆知之。彼回教、天主教者，大旨精微，止于敬事天神，求福免禍，正西域之婆羅門耳，佛法未興時即有之，彼所謂傍門外教也。以其粗淺鄙陋，愚人易于崇信，故行之最易，而何足以當明智之論辨哉！今此二教横行，恐吾人不知其所以爲教，故詳紀之於此。

通鑑：唐憲宗元和元年，「回鶻入貢，始以摩尼偕來，於中國置寺處之。其法日晏乃食，食葷而不食湩酪。回鶻信奉之，可汗或與議國事。」〔一〕胡註引唐書會要：〔二〕「回鶻可汗王令明教僧進法入唐。大曆三年六月，〔三〕敕賜回鶻摩尼，爲之置寺，賜額爲大雲光明。六年正月，敕賜荆、洪、越等州，各置大雲光明寺一所。新唐史補：〔四〕蕃人常與摩尼僧議政，京城爲之立寺。其大摩尼數年一度往來本國，小者年轉。唐史回鶻列傳：元和初，再朝獻，始以摩尼至。」〔五〕

通鑑又云：「唐武宗會昌五年，先毀山野招提、蘭若，敕上都、東都兩街各留二寺，每寺留僧三十人；天下節度、觀察使治所及同、華、商、汝州各留一寺，分爲三等：上等留僧二十人，中等僧十人，〔六〕下等五人。餘僧及尼并大秦穆護、祆僧皆勒歸俗。」胡註：「大秦穆護又釋氏之外教，如回鶻摩尼之類是也。時敕曰：『大秦穆護等祠，釋教既以釐改，邪法不可獨存。其人並勒僧還俗，〔七〕遞歸本貫，充稅户；如外國人，送遠處收管。』祆，乎煙翻，胡神也。唐制：祠部歲再祀磧西諸州火祆，而禁民祈祭。官品令有祆正，蓋主祆僧也。」

余按：此言摩尼入中國及毀其寺事，錢氏諸書皆未引之，今補録於于此。通鑑謂元和二年，摩尼始入中國，本之唐會要，觀開元二十年教，則其入中國久矣。末尼即摩尼也，志盤統紀所引，恐不及唐會要確。

〔一〕資治通鑑卷二三七唐紀五三：（憲宗元和元年十月）丙辰，「是歲回鶻入貢，始以摩尼偕來，於中國置寺處之。其法曰晏乃食，食葷而不食湩酪。回鶻信奉之，可汗或與議國事。」

〔三〕資治通鑑卷二三七唐紀五三：憲宗元和元年十月丙辰，「按唐書會要十九卷」。

〔三〕資治通鑑卷二三七唐紀五三：憲宗元和元年十月丙辰，「大曆三年六月二十九日」。

〔四〕資治通鑑卷二三七唐紀五三：憲宗元和元年十月丙辰，「唐史補卷」。

〔五〕資治通鑑卷二三七唐紀五三：憲宗元和元年十月丙辰，「唐史回鶻列傳：元和初再朝獻，始以摩尼至，日晏乃食，可汗常與共國也。」

〔六〕資治通鑑卷二四八唐紀六四：武宗會昌五年七月丙午，「中等留十人」。

〔七〕資治通鑑卷二四八唐紀六四：武宗會昌五年七月丙午，「是時敕曰：大秦穆護等祠，釋教既以釐革，邪法不可獨存。其人並勒還俗」。

二次出關

十七日未刻，出打箭鑪南關，得詩一絶云：「濺水嘈崧惱客聽，雲峯石劍路三經。可憐關外猶春色，幾樹麻楊向客青。」〔二〕麻楊即白楊，葉短而幹直，蕃人謂之麻楊。是晚宿折多山。

〔一〕後湘續集卷四三月十七日再出打箭鑪南關。

過雪山詩

十八日卯刻，行三十里，過雪山，晴日晃耀。十餘里，下山，陰雲霏雪，尚不覺寒。更十數里，風雨橫斜，乃大寒欲涷。成七言長句云：「十里晴山千里雪，紅日彤雲遞明滅。日蒸乾雪不肯消，十尺白鹽煎竈鐵。雪山蜿蜒不可窮，青海昆侖一望中。枉説長江限南北，車書萬里久來同。罪臣來往乘使傳，西域蕃僧數相見。欲問金仙苦行時，迷離梵唄無人辨。蠻山三月草未青，鍘樓雖破猶堪停。怪底輿中（肌）［寒］起（栗）［粟］[一]，無端風雨却橫經。」是晚宿阿孃壩蠻寨中。

[一] 後湘續集卷四折多山雪：「怪底輿中寒起粟」。

易九卦五條

十九日，宣太守以人衆與竹虛先行，余與丁別駕留一日。偶讀易至九卦之德，孔子反覆言之，然後知聖人之道，可以處憂患也。「履」虎尾之險，而以爲德之基，何也？君子任重道遠，非歷艱難不能有成，立志之初，若畏而不進，則終身廢矣。能知其難，不自疑懼而力行之，如履虎之尾，然後志器宏大，故以爲德之基也。「謙」者自卑而尊人，既云自卑，則貧賤過尤，人所難甘之境，皆身任之而不爭。既云尊人，則所遇崇高、富貴、驕泰者，固以禮處之，即貧賤、卑幼、愚不肖者，亦必以禮處之。持此以行，乃有執持，故以爲德之柄也。「復」以一陽處五陰之下，微且危矣。如不自葆其光，非特發之弗耀，且爲五陰所惡，必以非類去之，何復之有？惟時自惕厲，善養其陽，然後潛滋暗長，陰將自退，萬事萬物由此而生，故以爲德之本也。

既能以卑自處，厚培其本矣。若頻更險阻，仍復沮喪，則所得仍失之矣。必行之有恒，如日月之長久，然後不失。故云：「恒，德之固也。」〔一〕行道若此，能貞固矣，未必所如皆合也。或有不得於人，或人不知我，則損毁必至，惟即以其損自惕焉，所謂「爲學日益，爲道日損」〔二〕也。前日之謙，我自本處卑下；今日之損，乃我已卑下，人更苛求，我復愈自貶損。修道莫大乎是，故云：「損，德之修也。」〔三〕我能如此，則道積厥躬，悦從者自衆，行日寬廣，爲益多矣。故云：「益，德之裕也。」〔四〕雖然數有乘除，禍福相倚，君子小人，迭爲消長，道至益裕，忌者必至，始猶不過損毁，至此且將重傷之矣。君子處此，安能無困乎？惟能固守其困，强力不變，素患難行乎患難，以自驗其所守貞固，若此，非僅如前日之有恒而已。若因困而失其所據，則何德之可言乎？至此而自守其常，不失其所，乃可以言德。故云：

「困，德之辨也。」〔五〕行道至此，乃終底於成矣。其象如井，自居其所不動，任人往來綆汲遷移，而養物不窮，豈惟一時之利哉！故云：「井，德之地也。」〔六〕而其要總歸于剛其中而巽順其外，以此立身處世，如有定制。故云：「巽，德之制也。」〔七〕朱子本義謂九卦皆反身修德，〔八〕以處憂患之事而有序焉。孔子不云乎所居而安者，易之序也。是朱子之所本也。

〔一〕子夏易傳卷八周易繫辭下第八：「恒，德之固也。」

〔二〕論語全解卷一爲政第二：「志學至立，爲學日益而窮理者也不惑，至耳順爲道日損而盡性者也，然心不踰矩，損之又捐而至於命者也。」

〔三〕子夏易傳卷八周易繫辭下第八：「損，德之修也。」

〔四〕子夏易傳卷八周易繫辭下第八：「益，德之裕也。」

〔五〕子夏易傳卷八周易繫辭下第八：「困，德之辨也。」

〔六〕子夏易傳卷八周易繫辭下第八：「井，德之地也。」

〔七〕子夏易傳卷八周易繫辭下第八：「巽，德之制也。」

〔八〕朱子語類卷二五管仲之器小哉章：「管仲志於功利，功利粗成，心已滿足，此便器小處，蓋不是從反身修德上做來。」

「損，先難而後易」，〔一〕朱子以爲損欲先難，習熟則易。〔二〕損以欲言，何也？富貴、功業、聲譽，下至服食、起居，凡便于己者，皆欲也。得之而喜，失之而怒，未得而求，未失而患，此欲之大者。君子不然，無論服食、起居，常取其損，即富貴、功業、聲譽，或受人屈抑，或自處貶損，初行之時，不無强制，是先難也。習行久熟，日近自然，故云後易。本卦象傳曰「君子以（逞）〔懲〕忿窒欲」，〔三〕此之謂也。「損以遠害」，〔四〕何也？富貴、功業、聲譽之崇，服食、起居之美，人皆欲之，有得即有不得。得者，身處其中而甘之，則晏安酖毒，害即伏于此矣。吾能損其所有，不以爲利，尚何害乎？不云無害而云遠害者，聖人不易其言也。天下事固有出於常情之外者矣，故雖損以遠害，後繼之曰「困以寡怨」。〔五〕

〔一〕子夏易傳卷八周易繫辭下第八：「損，先難而後易。」
〔二〕周易傳義附録卷一一繫辭下：「損欲先難，習熟則易。」
〔三〕子夏易傳卷四周易下經咸傳第四：象曰「山下有澤，損君子以懲忿窒欲」。
〔四〕子夏易傳卷八周易繫辭下第八：「損以遠害。」
〔五〕子夏易傳卷八周易繫辭下第八：「益以興利，困以寡怨，井以辨義，巽以行權。」

「困窮而通」，〔一〕何也？人至于困，其道窮矣。然窮于人者，不窮于天。君子自「履」、「謙」、「恒」、「損」以來，自反于道無悖，如是而猶困，則非我之咎也。人也，人事境遇，于道何傷？人能困我之身，不能困我之道，大困之後，吾道益彰，通孰甚焉。「困以寡怨」，〔二〕何也？境遇之困，無非富貴、功業、聲譽、服食、起居之事，此數者，我苟有得而人無得，必怨。我身既困，人復何怨？即使有之，亦必寡矣。反是則放利而行怨，有不多者乎？

〔一〕子夏易傳卷八周易繫辭下第八：「困窮而通，井居其所而遷，巽稱而隱，履以和行，謙以制禮，復以自知，恒以一德，損以遠害。」

〔二〕子夏易傳卷八周易繫辭下第八：「困以寡怨，井以辨義，巽以行權。」

逸民

吾嘗讀論語逸民章，乃知聖人論古之寬。古人立身雖有等差，而不必强合也。伯夷七子，出處不同，皆以逸稱者，其道不行，爲世所遺逸。柳下惠三仕三黜，猶之未仕耳。自後人言之，必以不降其志，不辱其身爲是，而非降志辱身矣。身既隱居，何又放言？若虞仲、夷逸、柳下惠、少連者，不亦爲君子之所譏乎？孔子則各舉其是，於虞仲、夷逸，稱其『身中清，廢中權』；〔一〕于柳下惠、少連，稱其『言中倫，行中慮』。〔二〕然後知四子者，固有其道，非徒爲放言，苟爲降辱也。宜乎孟子以柳下惠與伯夷同稱曰「聖」，恐七十子之徒，未必皆見及此矣。七子者，其道雖見取于孔、孟，而孔子、孟子皆不爲之。必也其孔、孟乎？聖非孔、孟，則寧爲七子也可。

〔一〕論語注疏卷一八微子第一八：「身中清，廢中權。注：馬曰：清，純潔也，遭亂世自廢棄以免患，合於權也。」

〔二〕論語注疏卷一八微子第一八：「言中倫，行中慮，其斯而已」。

東俄洛富庶

二十日卯刻，行至東俄洛，五十里止焉。道既平坦，天色晴霽，旅店雖狹而潔，心神一怡。蓋此數十里者，地稍平曠，可種青稞，碉樓蠻寨相望，儼然有富庶之象矣。是夜雪。

牛絳

二十一日，晨起行平坡，十數里，至高日寺，山下小憩飲茶。踏雪上山，山上松柏杉檜甚茂，雪封枝幹，森森峭立，緜數十里，亦異觀也。山徑峻陡峭曲，肩輿皆蕃人牽曳而上，復駕二牛助之，上下者再，人牛數易，雪光晃耀，深澗俯臨，不能無恐。爲長句紀之云：「山中夜添雪數尺，天上寒雲帶愁積。肩輿破曉驚山靈，萬柏千杉森玉立。西來岡嶺皆不毛，惟聞石澗水怒號。到此乍覺林泉異，何來怪鳥鳴鵰鴞。山高徑仄苦難上，蕃兒羣曳不可仰。更駕雙牛汗喘登，人牛喧雜行踉蹌。去年經過前山溝，牛行跌死猿猱愁。蕃兒言之淚交流，問我于役何時休？往來熟識殊春秋，相對忽忘人白頭。」〔一〕是晚，宿卧龍石。

〔一〕後湘續集卷四高日寺：山也，在東俄落西十數里。

易言吉凶悔吝

繫辭言：「吉凶悔吝生乎動。」[一]又曰：「吉凶者，失得之象也；悔吝者，憂虞之象也。」[二]朱子謂：「吉凶相對，而悔吝居其中間，悔自凶而趨吉，吝自吉而向凶。」[三]

余謂：易言天道人事，無非示人以趨吉避凶之理，而悔吝者，吉凶之幾也。吝者，自遂其過，必至于凶，固可畏矣。人能反是而悔其過，則徙義從善，自可免凶，况復可以獲吉乎？六十四卦之辭，言無悔者五，言悔亡者十八，言有悔者四，言小有悔、無祇悔、虧悔、悔厲者各一，未有一凶者。吾人苟思入德，可不先從事于悔哉！恥於悔過，好爲文飾，究之，人已咸見其過，何能文飾？不悔則吝凶將至矣。推其不肯悔過之心，皆由無所忌憚耳。能悔則憂，憂者，生之徒也；不悔則肆，肆者，死之徒也。

〔一〕周易注疏卷四上經：「吉凶悔吝生乎動者也，動之所起，興於利者也，故飲食必有訟，訟必有衆起，未有居衆人之所惡而爲動者所害。」

〔二〕周易注疏卷一一繫辭上：「吉凶者，失得之象也。注：由有失得，故吉凶生。悔吝者，憂虞之象也。注：失得之微者，足以致憂虞而已。」

〔三〕大易擇言卷三四繫辭上傳：紫陽朱子又曰：「蓋吉凶相對而悔吝居其中，問悔自凶而趨吉，吝自吉而向凶也。」

故聖人觀卦爻之中或有此象，則繫之以此辭也。」

雪彈子水怪

申刻，晴日頗佳。酉刻，大風雨雪，雹約二寸許，蕃人謂之雪彈子。聞打箭鑪山上有海子，逢旱，禱焉，則雨。中有神物，臨之者不可語，語則飛雹立至。又巴塘外數站，地名力黍，過者亦然。見四川通志。丁成之別駕言：「松潘有海子，不甚大，中有二蝦蟇爲怪，時吐冰雹，害禾稼。土人候之，見海子有雲起，即鳴官，自城上然大礮轟之，或是延蕃僧咒之，則雹不作。道光十一年，某同知不信其事，巨雹屢害禾稼，歲大歉，民怨之，羣毀其署。土人云：二蝦蟇大如車輪，每盛夏烈日中，登岸曬其腹，皆赤色，人不敢近。」

余按：書傳載，蜥蜴蛇虺之類，皆能吐雹。蓋純陰之極，物理有然，不足爲異也。界外深山大澤中，木魑水怪，固宜爾矣。

蕃俗天葬火葬

蕃俗，死者多火葬，不知蕃從佛教乎？抑佛從蕃俗乎？蕃又有天葬、水葬者。水葬，投諸江河以飼魚鼈。天葬者，人死，問之剌麻，宜從何葬？剌麻察其家有力，則曰宜天葬也。其家設帳于野，舁死人往，羣剌麻爲之誦經畢，以刀細割其肉，而有烏鳶翔集其傍，剌麻擲肉於空，烏鳶争接而食之。肉盡，則屑其骨碎，和以揞粑而飼之，必盡乃已，其家人乃相慶曰：「死者生天矣！」莊子云：「在上爲烏鳶食。」〔一〕意殆指此耶。

〔一〕莊子注卷一〇列禦寇：莊子曰：「在上爲烏鳶食，在下爲螻蟻食，奪彼與此，何其偏也。」

蕃婦衣飾

打箭鑪外，漢民娶蕃婦，家于其地者，亦多從其俗。男猶漢服，女則儼然蕃婦矣。蕃民無冬夏皆衣毳褐，謂之毪子，或加羊皮，腰繫博帶，横刀衣前，後撮起帶上，飲食器具皆貯其中。男皆披髮。婦人結髮成綆盤額上，或爲數十細綆垂之，頂插小銀盤爲飾，大者如杯，亦有如餅，鏨花其上者。肩加羊皮如荷蓋而委垂，其後直綴銀餅十數，或下垂纓絡，皆繫長裙曳地而不褌，前加長幅。縴曳官輿及負載官物，皆男婦雜充其役，謂之背子。薪水之役，則專以女，木桶取水，背荷之而歸。

蕃婦不褌

張司馬言：「昔在松潘，蕃女短衣及膝，不褌，下綴纓絡，取便溲溺。其太夫人謂女不知羞，作褌三百件，令著之，欲變其俗。未半歲，死者百數，乃罷。」余謂：三代以前，皆未有褌，故古人未有衣裳，先惟有芾，後製衣裳猶加芾，示不忘初也。今之蕃婦乃古遺制耳，不足爲異，松潘則稍殊矣。往在噶瑪蘭，蕃婦夏日皆赤身，以蕃布一幅蔽前體而已。余行令女當著褌，三月後，褌者數百人。及後再至臺，詢之，云已無不褌者。西洋諸國，風俗亦然。

蕃俗兄弟共婦

四川通志言：「西蕃兄弟共娶一婦，生子，先予其兄，以次遞及。」〔一〕余詢土人，云：蕃俗重女，治生貿易，皆婦主其政，與西洋同。計人户以婦爲主，蕃人役重，故兄弟數人共婦，以避徭役，後遂成俗。亦可哀也！

〔一〕大清一統志卷四一三西藏：「或兄弟數人合娶一妻。」西藏志夫婦：「其差徭輒派之婦人，故一家弟兄三四人，只娶一妻共之，如生子女，兄弟擇而分之。」

青稞揞粑

蕃地多寒瘠，不宜五穀，惟賴青稞，亦麥之類也。山谷稍平則種之，熟時刈歸，于屋上擊取其實，如中土之打麥者，以無地可場，而屋皆平頂，故以爲場矣。嘗宿蠻寨中，見小蕃女四五打青稞于屋上，羣歌相和，與相杵無異。打畢舂之，炒熟磨粉貯之，男婦行，皆以二三升自隨。復攜酥油成塊，及茶葉少許，佩一木椀，饑則熬茶，取青稞粉，以酥油茶調拌，手揞而食之，謂之揞粑。余亦喜食之，惟和以糖，不用酥油，頗適口，故行人便之。

八角樓詩

二十二日卯刻，行不數里，雨至，冒雨行四十餘里，始霽。幸沿山坡，不甚險仄。巳刻，至八角樓。蠻寨三五相望，雜漢人居。所云八角樓者，聳入雲際，如塔而中實。其下青稞被野，長松彌岡，流水小橋，山桃一株正放，出關以來所未見也。茶憩片刻，倚檻欣然爲一絶〔一〕云：「長松掩映水流灣，橋畔桃花靦笑顔。八角樓邊晴雨後，蠻中記取此青山。」

〔一〕後湘續集卷四八角樓桃花一株。

中渡河換烏拉

未刻，至中渡河口，明正土司界止此，河西則裏塘土司界也。出關之役，明正司供烏拉，送至裏塘河以東，自役其蕃，不予值。過河，則裏塘土百户出烏拉接替，而明正司遣蕃目于此，給脚茶爲傭值。其入關之役，則裏塘土司送至打箭鑪，逾河以東，亦傭明正司之烏拉接替焉。河中設浮橋，守以外委汛兵，稽往來行者，非有官票不得渡，亦蜀藏之咽喉，控扼之要津也。夏水盛大，則去浮橋，蕃人以皮船渡。

鴉礱江

打箭鑪與裏塘交界之中渡河，即鴉礱江也，一作雅隴。按：今輿圖，鴉礱江源出固察土司及稱多土司境内，東南流至蒙葛結土司，名瑪楚河。又東南流百餘里，始名鴉隴江。又東南流入明正土司舊屬四十九土司境内，有楚穆河，西至上瞻對及霍耳孔撒土司境内，東流來會。南過喇滚土司、瓦述曲登土司、七兒堡土司，稍西爲打沖河。又東南流至迷易土司南境，入金沙江。又按：衛藏圖識：中渡河之上流，自上瞻對南流而來，其西爲甲楚河，又名上渡。南流過上渣壩、中渣壩，稍東流過喇滚土司，而南至麻蓋之東，爲中渡，又東南流爲下渡。據此衛藏圖志所圖中渡河，在喇滚土司之東南，正與今輿圖合，是中渡河即鴉礲江，明且確矣。圖識所云甲楚河，即今輿圖之楚穆河也。楚穆河在上瞻對之西，正與圖識甲楚河在上渡之西相合，其爲一河異名無疑。鴉礲江又作雅隆江。

麻格宗

二十三日，候换烏拉。巳刻渡河，自此登山，上下石谷中，四十餘里，澗深嶺峻，藿木蕭槮，翳蔽天日，夾壩之所出没也。申刻，至麻格宗，名麻蓋者，譯之省也。微雨數里。

虞仲、夷逸放言

逸民七人，惟夷逸、朱、張無考。孔子以夷逸與虞仲併稱隱居放言，恐亦有其書，或如莊子之類。莊以前書皆簡古，三墳、五典、八索、九邱，不可見矣。六經外如靈樞、素問、爾〔疋〕〔雅〕、〔一〕山海經，皆未有放言者。老子雖與六經異旨，其言甚約，不可云放。虞仲、夷逸之書，豈蒙莊之祖歟？伯夷、叔齊非周人，而及周有天下，餘皆周人。故孔子論列及之，門人記于接輿、長沮、桀溺文人之後。蓋云諸子出處，各有其義，天下後世，必有行之者，而要以孔子爲歸也。

〔一〕哈佛燕京圖書館藏本、中復堂全集本（同治六年本）、筆記小説大觀本、叢書集成三編等本皆爲「爾疋」，今改爲「爾雅」。

蕃人斃馬不埋

連日途中見斃馬，詢之通事，云：「明正司鑪塘之馬，一裹塘買茶之馬。蕃俗：倒斃之馬，無人敢食，亦不埋，听其腐爛而已。蕃最惡病，雖父母瘟痘，皆出之于野，云在家恐傳染也。死則焚之。西俄洛地頗寬平，蕃民風景與東俄洛相似。

程制軍

丁別駕言：「程制軍祖洛，風裁甚峻，撫江蘇日，公子自徽州省覲過浙，一知縣餽食物二罌，中途啓視，則罌下貯金，至以白公，公移文浙撫，具以金還其縣，浙撫旋劾罷之。嚴峻如此，而猶有誣公謂之程要金者，至以上聞，何耶？」余曰：「正以公之嚴峻耳。公接下不假辭色，批答公牘，駁斥動數百言，有人所難堪者，雖於藩、臬亦然，以是人憾之，誣以飛語。然公殊受善，駁詰雖嚴，若以理爭，未嘗不回怒聽也。」余令武進之前歲，公與江督陶公，奏濬孟瀆三河，興工未幾，以雨雪盛，工壞，奏緩工期。及余受篆，公檄使興工。余上言：「時在春仲，農事方興，非作大工時，且前議章程，尚有宜更議者。」公怒，嚴斥之云：「工已奏定，安可改期？該令能言之督撫，督撫斷不敢奏之朝廷也。」辭甚厲。余復上書曰：「水利之興，原以利農人也。今方春播種之時，使民廢耕而工作，非農隙也。三河皆以淤不通江，故請濬之，以溉民田而濟漕運。若興工，則首尾築壩，涓滴不入三河。工長一百六十餘里，民田待灌者數十萬畝，今悉斷其流，是利未興而受害已大矣。況前年之工，以雨雪過盛而壞，今方春仲，鳩工必兼旬始能舉事，則已春季矣。大工用夫數萬，竣工不止百日之期，已及盛夏，大雨時行，工必再壞，豈可不深長思之。」公見書，怒解，更批答曰：「該令以民事責本部院，本部院安敢不遵？已奏請改於秋後興工矣。」公之受言如此。

王相國軼事

言次及道光二十一年河南豫工事，余聞之程明府言：在工次，親見蒲城王相國之臨工也。公至河南，力裁浮費。初至日，司供給者進燕窩，公曰：「食以充腹，此物何爲？無怪人言河員之侈也。」卻之，且告河督、巡撫深戒焉。時方冬令，諸公及河廳視工，紫貂猞猁，猶畏嚴寒，公年逾七十，服羊裘，每日辰初，至河干，坐胡牀督工。申刻，見火歸寓，非粗糲不食，時買民夫食物，食而甘之。或言過自苦，公歎曰：「大工之役，終日胼胝於風雪水土中者，真力作之人也，工成全賴若輩，顧其衣食何如？我輩坐而督工，勞逸已霄壤矣，裘衣而肉食，尚謂苦耶？且西夷方肆，天子宵旰宮中，戰士枕戈海上，非大臣安逸之時。」夫卒聞之，無不感動踴躍，工日倍。合龍期定而決口，水深十數丈，闊猶數十丈，引河高于決口，水不能洩。請改期，公不許，曰：「不合龍者，水口即吾死所耳。」移坐水口，日夜督之，衆方皇遽間，忽大風，河下沙淤數十丈，塞其水口，復見一物如龍，無首尾鱗甲，長十數丈，河工皆呼槓子。水底突至，衝其引河，頃刻宏深河口水洩，遂如期龍合。咸歎公之忠誠所感。

曲濟嘉木參始慢

二十五日，牛馬行疲，四十里，止咱馬拉洞。林谷深邃，有塘汛。崇喜土司納宗圖爾率蕃屬來迎，附近裏塘四瓦述之一也。四瓦述，一曰崇喜，二曰毛丫，三曰毛茂丫，四曰曲登，皆大兵定藏時，迎師向化之酋長也。二十六日，谷行數里，山不甚高而長，一望荒草，自此以下，非復前此景象矣。曲濟嘉木參屬蕃來迎，見余摘頂戴，禮貌始慢。

卷之三

進退存亡當不失其正

易「亢龍有悔」，〔一〕解者皆謂陽剛之過。以時位言之，則四時之序，成功者退，若貪進不止，則窮災必至而有悔。是說也，知足之君子，皆能之矣。然此但言處常之道，而非處變之道也。其在太平盛時，懼名位太盛，保泰持盈，奉身而退，洵爲明哲保身之君子矣。若不幸國家多難，或主少國疑，當此之時，而私計自全，避位遠害，則爲不忠不義，豈聖人教人之意乎！苟非持祿固寵，則義之所在，雖小臣亦當赴難蹈死，何計利害乎？文王當紂之時，以諫見囚羑里，周公有輔成王之功，因負扆而致流言之疑。此二聖人者，身爲周易，而親履患難，曾無所悔。微、箕、比干，行跡不同，孔子皆謂之仁。諸葛武侯鞠躬盡瘁，岳忠武被誣見殺，千古以來，忠而被禍諸公，皆不可謂不知易者也。孔子既以「知進而不知退，知存而不知亡，知得而不知喪」，〔二〕明亢之爲言矣，必申之以聖人知進退存亡而不失其正，則固有防乎後世

之藉口亢龍而失其正者矣。故曰：「易爲君子謀，不爲小人謀也。」〔三〕

〔一〕周易註卷一周易上經乾傳第一：「上九亢龍有悔，用九見羣龍無首，吉。」

〔二〕周易註卷一周易上經乾傳第一：「知進而不知退，知存而不知亡，知德而不知喪。」

〔三〕文公易說卷三上經：「横渠言易爲君子謀，不爲小人謀。凡言亨皆是說陽到得說陰處便分曉。」

易言吉凶悔吝不同義

繫辭吉、凶、悔、吝四象，皆生乎動。〔一〕既以四象示人矣，乃易爻辭復有言「無咎」者七十八，言「無大咎」者二，言「何咎」、「何其咎」者二十一。又與「無悔」、「悔亡」不同者，何也？悔者，自見其過；咎者，人其責過也。悔與咎對，皆在乎己；咎與譽對，皆存乎人。悔在己者，誠見其過，則宜改之勿吝。咎存乎人者，即或無過，亦宜補之。君子之過無多，故易言「無悔」、「悔亡」、「小有悔」、「無祇悔」、「虧悔」、「悔厲」者三十一爻而已。人之責君子者常多，故言「無咎」、「無大咎」、「何咎」、「何其咎」者至于八十四爻。學者言行動止，可不慎乎！

〔一〕子夏易傳卷八周易繫辭下第八：「吉、凶、悔、吝者，生乎動者也。」

理藩院查呼圖克圖源流

二十七日，山行六十里，至裏塘，飛雪一刻旋霽。糧務黃明府慎修及衆剌麻出迎，言：「曲濟嘉木參自余去歲回省，即甚畏懼，今令赴察木多，已肯隨往矣。」是日，奉省行知理藩院咨覆兩呼圖克圖源流奏，其畧曰：臣院承辦呼圖克圖剌麻事，考核源流，總以乾隆五十八年奏准呼弼勒罕印册爲宗。呼弼勒罕者，剌麻轉世年幼之稱，言其甫生，僅具魂魄，尚未成人也。印册原載無名，即不予查辦轉世，以杜冒濫。現據四川總督請查之乍雅呼圖克圖，臣等檢乾隆五十八年奏定之呼弼勒罕印册内無其人，因于由藏調存臣院之駐藏呼圖克圖册檔詳查，内載乍雅大呼圖克圖，乍雅地方人，自第一輩遞轉至第三輩，各有名字及轉世、圓寂年月。至第四輩，名羅布桑那木札勒，康熙五十八年，欽差大臣赴藏，供應烏拉，封那門汗，給印敕。雍正三年，以乍雅地方爲呼圖克圖世管之地，仍賞給管理。瑩按：據衛藏圖識，先以江卡以西至前後藏，皆賞給達賴剌麻，故此時還之也。圓寂後，歷第五輩至第六輩轉世，名圖布丹濟克美曲濟嘉木參，于嘉慶二十一年三月，籤掣呼弼勒罕，年甫三歲，奏以其印交第二呼圖克圖羅布藏丹怎加木磋護理。道光八年，赴藏學經。十三年，回本廟接印。十八年，以勷辦博窩番賊，調派土兵，捐助軍需，賞給敕書。

又册檔内載乍雅第二呼圖克圖，乍雅地方人，自第一輩遞轉至第四輩，名字及圓寂、轉世年月亦詳。至第五輩，曾以大呼圖克圖轉世籤掣、年甫三歲護印。此臣等查乍雅大、二呼圖克圖之源流，考據設立年分及正副兩人，並非定額同掌印信管事。現在之第二呼圖克圖亦非奏設，並無別有封號之案據也。復以藏册所開年月，檢查院稿，悉符。嘉慶二十一年，飭令第二呼圖克圖護印稿内，有循照乾隆十六年前案辦理之語。因跟查乾隆十六年清文稿，内云：「康熙五十八年，察木多地方吉瓦帕克帕拉呼圖克圖，名達木拜呢瑪，乍雅地方大呼圖克圖，名羅布桑那木札勒，各以所屬徒衆，請賜名給照，各歸所屬。議政處議以二人均係西方黄教，大呼圖克圖請各給那門汗名號、敕印。」嗣乍雅大呼圖克圖，于乾隆十六年正月圓寂。駐藏大臣班第據察木多遊擊饒建厚請，以所遺印信交乍雅第二呼圖克圖，暫行管理。駐藏大臣令查名字、源流、年歲，覆稱：乍雅第二呼圖克圖，年十一歲，係前輩大呼圖克圖之徒衆，曾管乍雅地方。駐藏大臣報理藩院奏准護印。此嘉慶二十一年援照之案也。四川總督請查乍雅現歸何處管轄，自以歸藏管轄爲斷。

曲濟嘉木參遵赴察木多

二十八日，會宣太守、丁别駕，傳見曲濟嘉木參，諭令至察木多集訊。曲濟嘉木參請示行期，諭以分三起行走。宣太守以四月初六日行，曲濟嘉木參以次起行，余與丁别駕督其後。是日未刻，飛雪旋霽。四月初一日，會報川、藏以曲濟嘉木參遵赴察木多集訊，及先後行走日期。

廓爾喀、披楞三條

古天竺國，一名身毒，即五印度也。地在後藏之西，約一月程。後藏南爲廓爾喀，西渡小海港，地名披楞，即東印度。披楞之南，有地濱海，名孟加剌，明史作榜葛臘，〔一〕本東印度地，爲英吉利所據，以利誘披楞爲其所屬。中國不知孟加剌爲英吉利所據之馬頭，但相傳爲第哩巴察而已。英吉利既據此地，誘屬披楞，復誘其傍地皆屬之。乾隆五十七年，廓爾喀侵後藏，求助於第哩巴察，其酋果爾那爾謂其國人在廣東貿易，天朝待之厚，却之。廓爾喀既爲大兵平服，遂與第哩巴察及披楞有隙。道光十九年，請于西藏，求借兵餉擊披楞，不許。其時英吉利先已鴟張，欲謀併廓爾喀，以窺西藏矣。

〔一〕明史卷三二六外國七榜葛剌：「榜葛臘，即漢身毒國，東漢曰天竺。其後中天竺貢於梁，南天竺貢於魏。唐亦分五天竺，又名五印度。宋仍名天竺。榜葛剌則東印度也。自蘇門答剌順風二十晝夜可至。」

廓爾喀王之正妃與次妃各生一子，皆幼，次妃有寵，正妃恐己子不得立，因次妃子疾，潛使人藥殺之。大臣有畢興者，爲大噶箕，最貴官名。當國，王究藥殺狀，辭連畢興，王誅之。其姪烏大巴興，逃入披楞。道光二十年，廓爾喀王遣使臣兩噶箕入貢，未返。烏大巴興因披楞之助，回國廢其王，立正妃之子，盡殺治畢興獄者。二貢使在其黨中，乃籍没其家。二使臣返至藏中，聞變，不敢歸國，中道亦逃入披楞。先是披楞貽廓爾喀王木櫝，鐍封甚固，曰：「中皆珍寶，須王親啟。」大臣疑有詐，使囚于空地啟之，礮發斃囚，益怨披楞。廣東方有英吉利之事，廓爾喀使告藏中曰：「聞第哩巴察莫斯黨，頭目之稱，謂義律也。與京屬打仗，願借兵餉助擊之。」大臣不知所云。第哩巴察者，即英吉利。京屬即廣東也。奏入，上使查覆。乃徧詢得前駐藏大臣和泰庵所著西藏賦，注有「第哩巴察，乃西南徼外一大國」語，覆奏，事遂寢。廓爾喀乘孟加剌之虚，自以兵往襲之，大獲。此二十二年事也。英吉利方肆擾浙江、江蘇，要求無厭，聞第哩巴察敗，亟分兵回救。至孟加剌，厚賂廓爾喀，贖還所擄男婦千人以和。廓爾喀既得志，又以數請助藏中，不許，懷怨，至是乃輕中國矣。

今四川通志：西域廓爾喀本巴勒布中一小部落，其地正東自札格達至巴拉打拉罕，計程十日；正南自巴爾布即巴勒布。至尼諾忒克，計程七日；正西至庫爾卡，計程六日；正北至西藏之濟隆城卡，〔一〕二日；自濟隆至藏，計程二十日。巴勒布本三罕，曰布顔罕、葉楞罕、庫庫木罕，〔二〕雍正十年内附，十一年，奉表入貢，嗣爲廓爾喀所併。乾隆五十三年，廓爾喀酋長剌納巴都爾又兼併哲孟雄、作木朗、洛敏湯諸部，遂與西藏以交易滋擾。王師遠涉，至脇噶爾，震懾投誠，遣酋瑪木野入貢。〔三〕五十六年，復誘執西藏噶布倫丹津班珠爾，由薩迦、定日，肆掠札什倫布而去，餘賊屯濟隆、絨轄、聶拉木。〔四〕五十七年正月，福大將軍同超勇公海蘭察、四川總督惠齡進討。〔五〕大將軍自青海至藏，聶拉木之賊先已爲領隊大臣成[德]所破。〔六〕四月，大兵次定日，直取濟隆，臨賊境，克熱索橋。六月庚午，次噶多。癸酉，克其木城碉卡數十。聶拉木兵亦克鐵索橋、隴岡賊卡，進至利底，絨轄之賊遁去。廓爾喀大懼乞降，不許。〔七〕七月，復戰于堆補木甲爾古拉，直抵郎古。廓爾喀酋再遣人詣營，歸丹津巴珠爾等，獻札什倫布所掠，使噶箕第烏達特塔巴進馴象、蕃馬及樂工一部，不可勝計，奉表歸誠。大將軍磨崖紀功而還。〔八〕

〔一〕（嘉慶）四川通志卷一九四西域四廓爾喀：「正北，至西藏所管之濟嚨城卡。」

〔二〕（嘉慶）四川通志卷一九四西域四廓爾喀：「巴勒布向有三罕，一曰布顔罕，一曰葉楞罕，一曰庫庫木罕。」

〔三〕（嘉慶）四川通志卷一九四西域四廓爾喀：「遂與西藏以交易滋事，勞我王師遠涉，至脇噶爾，震懾投誠，遣頭人瑪木野入貢。」

〔四〕（嘉慶）四川通志卷一九四西域四廓爾喀：「乾隆五十六年，該酋長復誘西藏噶布倫丹津班珠爾而執之，遂稱兵，由薩迦、定日，肆掠札什倫布而去，餘賊屯濟隆、絨轄、聶拉木，意存窺伺。」

〔五〕（嘉慶）四川通志卷一九四西域四廓爾喀：「特命大學士一等嘉勇公福康安爲大將軍，領侍衛內大臣超勇公海蘭察，四川總督兵部尚書右都御史惠齡進討。」

〔六〕（嘉慶）四川通志卷一九四西域四廓爾喀：「大將軍取道青海至於藏地，其時聶拉木之賊先經領隊大臣成德等率兵掩襲，聚而殲焉。」姚文爲「領隊大臣成」，脱「德」字。今據以增補爲「成德」。

〔七〕（嘉慶）四川通志卷一九四西域四廓爾喀：「六月庚午，師次噶多。癸酉，克其木城碉卡數十處。聶拉木官兵亦克鐵索橋、隴岡賊卡，進至利底，絨轄之賊遁歸，於是廓爾喀全部震動，遣人詣營乞降，大將軍不許。」

〔八〕（嘉慶）四川通志卷一九四西域四廓爾喀：「七月，復與賊戰于堆補木甲爾古拉，直抵郎帕古。廓爾喀酋長再遣人詣營，歸噶布倫丹津巴珠爾等，及獻札什倫布所掠，遣大頭人噶箕第烏達特塔巴等恭進馴象、蕃馬及樂工一部，其餘方物不可勝計，懇請歸誠，奉表詣闕。大將軍露布人告屬內閣侍讀楊揆爲文磨崖紀功而還。自是歷年入貢，永爲不侵不叛之臣矣。」

又曰：披楞，西南一大部落，道路險遠，在廓爾喀外，自稱爲噶哩噶達，其別部人稱爲披楞。其蕃民奉回教，部長乃第哩巴察所放，別爲一教。不信佛，惟阿雜拉剌麻有佛廟一，距部長官寨不遠，令剌麻一人在官寨通譯文書。〔一〕乾隆五十八年，遣剌麻達齊格哩至藏投禀，極恭順。

又曰：第哩巴察在甲噶爾各部落中，地土較廣，所屬最多，噶哩噶達爲第哩巴察屬部中大部落，與廓爾喀南界毗連，爲邊外極邊之國。披楞有小部落，名巴爾底薩雜爾，〔二〕西通廓爾喀，東通布魯克巴。乾隆五十八年，廓爾喀貢象、馬，由巴爾底薩「雜」爾部中繞行，其部長備米、草、人夫護送，奏賞之。〔三〕

〔一〕（嘉慶）四川通志卷一九四西域四披楞：「披楞，西南一大部落，道路險遠，在廓爾喀之外，自稱爲噶哩噶達，其別部落人稱爲披楞。該處蕃民信奉回教，部長係第哩察巴所放，另是一教，不信佛教，惟阿雜拉剌麻有佛廟一，廟距部長官寨不遠，每日令剌麻一名在官寨值通譯文書。」

〔二〕（嘉慶）四川通志卷一九四西域四巴爾底薩雜爾：「係噶哩噶達所屬小部落。」

〔三〕（嘉慶）四川通志卷一九四西域四巴爾底薩雜爾：「乾隆五十八年，廓爾喀進貢象、馬，由巴爾底薩雜爾部落繞道行走，該部長預備米石、草料、人夫護送，奏明獎賞在案。」姚文爲「巴爾底薩爾」，脱「雜」字，今據以增補。

余按：通志修于嘉慶中，所謂西藏外諸部落，皆據藏中文案及平定廓爾喀奏章，當時但知披楞爲第哩巴察屬部，以第哩巴察爲甲噶爾之大部落，初不知其即英吉利也。又稱披楞民信奉回教，其部長乃第哩巴察所放，别爲一教，不信佛，蓋即天主教也。又稱披楞之小部落巴爾底薩雜爾，西通廓爾喀，東通布魯克巴，是時布魯克巴猶未爲廓夷所併也。布魯克巴，本紅教剌麻地，與噶畢分爲兩部，其部長諾彦林親，乾隆元年，賜額爾德尼第巴印，掌教剌麻，爲札爾薩立布嚕克谷濟呼畢勒罕，俱住布嚕克巴蜂湯德慶城中，有大小城五十餘，人民四萬餘户，剌麻二萬五千餘人。其界東至綽囉烏嚕克圖部落，計程八日；南至額訥特克國，計程十日；西至巴木鍾嶺，計程十日；正北至帕克哩城，乃西藏屬也。見西藏賦注。巴木鍾嶺，疑即哲孟雄與披楞隔界之大嶺也。

自古九州萬國，皆有圖籍，掌于太史，意章亥之所推步，黄帝至大禹，皆有其書。春秋時，左史倚相猶能讀八索、九邱，後世乃無習者。猶幸有山海經，于大荒之地，山川人物，記載畧具。後人行至異域，往往所見符合。可見莊子所言「六合之内，聖人存而不論」〔一〕者，固欲其存，不欲其亡也。自太史公不信其書，前代諸公多不留意，凡涉外域諸書，皆置之，一旦有事，茫然不知所爲，無怪談世務者罵腐儒也。

〔一〕莊子注卷一內篇齊物論第二：「六合之外，聖人存而不論；六合之內，聖人論而不議。」

英、俄二夷搆兵

瑩前在臺灣，奉旨查訊夷因顛林，俄羅斯與英吉利是否遠近，當時覆奏，但言其不相交結，未知其在印度搆兵也。後見林尚書所譯西洋人新聞紙，乃知北印度英、俄二夷搆兵之事。

按：澳門月報〔二〕曰：「道光二十年七月，澳門接印度五月十四日來信，魏云：即中國四月十三日。論及俄羅斯欲攻打印度之事。蓋我英國之印度兵，攻取興都哥士山魏云：近巴社國。南邊各部落，而俄羅斯邊境在此山之北。三年前，尚有回教四五國，亘隔英吉利與俄羅斯屬國之間，各遠數百里，今止隔一大山而已。俄羅斯近日直攻至韃韃里之機注，魏云：韃韃里謂游牧各部，如哈薩克、布魯特之類，東起葱嶺，西至裏海，南界印度，北界俄羅斯，皆是也。機注乃韃韃里南方部落。皆因我等攻取阿付顔尼部，此部原屬巴社，今爲英吉利所據，在印度之西，巴社之東北，韃韃里南。故俄羅斯亦攻至荷薩士河，韃韃里地，近機注。已約木哈臘，亦韃韃里南方部落，近阿付顏尼。同取阿付顏尼部，以攻打印度，爲我英國兵頭沙阿力山及馬約里治堵禦，故計不行。俄羅斯前在希臘，巴社國東方部落，近阿付顏尼。與巴社人立約，欲收服阿付顏尼，以攻取印度，亦因我兵頭律屋蘭所拒。巴社即白頭回國，南抵海，西界都魯機，北界韃韃里。後詭稱收回逃散奴僕，突攻取機注及木哈臘。人皆謂俄羅斯既得此二地，當必退兵，乃又使人日日學習印度事務，又與木哈臘人立約，同取阿付顏尼。不知俄羅斯人要到何地方肯住手？現聞俄羅斯使者已自比特革起程，由韃韃里到中國，此韃韃里謂喀爾喀蒙古，蓋凡各游牧部皆謂之韃韃也。必慫慂中國人與英國人爭鬥，并欲得北京出諭與緬甸人，使前來攻擊。不知何時使臣能到得北京，我等切不可閉目不理。俄羅斯人曾以兵威自黃海攻至黑海，以廣其國境，所以今日必要隄防，其在荷薩士河駐扎之兵前來攻擊。倘我將阿付顏尼防兵撤回，則俄羅斯人必帶領木哈臘之兵，同攻阿付顏尼矣。我等今年若將阿付顏尼王復立于加模爾城，阿付顏尼舊郡。即應帶兵過興都哥什大山，取回沙蘇野所失之三部落。一曰袞都斯，一曰麻爾格，一曰模特散，皆在阿付顏尼北、木哈臘之南。然我兵到彼，必定遇俄羅斯兵與木哈臘兵約會，夾攻我兵，我兵恐即擾亂而回，亦或與俄羅斯人相持。大抵英、俄二國在阿細亞洲交戰之事，不久即至，我等宜先預備出兵矣。」〔二〕

〔一〕海國圖志卷二二北印度各國：「澳門月報即所謂新聞紙。」

〔二〕引自海國圖志卷二二北印度各國：俄羅斯與印度構兵記附澳門月報。

魏源曰：大海南洋曰印度海，與後藏、緬甸相鄰，而廓爾喀介其中。其鄰廓夷之孟阿臘，則東印度也。再西南之孟邁等部，則南印度也。溯印度河北上，爲痕都斯坦，則中印度也。再北爲克什彌爾，古罽賓國，則北印度也。印度河兩岸，凡巴社各白頭回國，則西印度也。即白帽回。其國皆在葱嶺西南，接中國西域。近日西洋英吉利自稱管理五印度，蓋惟北、西印度未爲所據，其東、中兩印度半屬英夷，而南印度則分據于西洋諸夷，此皆近日事也。

方康熙、雍正間，英夷僅據有孟阿臘、孟邁二埠，未窺印度全境，而俄羅斯亦方與西北普魯社搆兵，未遑南牧。凡葱嶺以西，瀕地中海東岸，皆統于天方之回教。故乾隆中，西域甫平，痕都斯坦尚與巴達克山搆兵，雖旋爲愛烏罕所併，即古大月氏。亦回教，非西洋教。及乾隆、嘉慶以來，俄羅斯兵出黃海，攻取黑海各部，又日沿裏海南侵，而英吉利亦吞并痕都斯坦，泝恒河北上。于是葱嶺以西，自布哈爾、愛烏罕諸大國外，凡近裏海之游牧回部，號韃韃里者，皆并于俄羅斯；凡夾恒河及南洋之城郭回國，半屬于英吉利矣。其英、俄二境之中，尚隔有數回國，彼此各距數百里。

及道光十九年，痕都斯坦北境有阿付顏尼部者，與沙蘇野部相攻，沙蘇野請救于英吉利，英吉利遂起各印度駐防之兵，攻滅阿付顏尼部。阿付顏尼亦走愬于俄羅斯，俄羅斯復起駐防韃韃之兵，南攻巴社，取機注，取木哈臘，欲恢復阿付顏尼部，以直攻印度。英吉利兵據險力拒，于是英、俄二邊部，僅隔興都哥士一大山，而血戰無虚日矣。興都即印度二字音轉，其山界北、中二印度之中。阿付顔尼及沙蘇野二部，皆在是山之南，機洼及木哈臘，皆在是山之北，而沙蘇野之部落，亦有軼出山北者，是爲英俄交惡之由與交兵之界。

沙蘇野王以道光十八年，爲阿付顔尼破走，投援印度。英吉利鎮守印度之兵帥遂于十九年七月，起孟阿臘、孟邁、痕都斯坦三部之兵，使副兵帥沙機尼將之，而沙蘇野猶自以所部兵鄉導。時阿付顔尼酋自都于加模爾城，遣其次子以兵三千五百守牙尼士城，長子以兵數千守加布爾城。牙尼士城本險固，于其城門前復增重濠重牆，守營甚固。英吉利軍先營近郊，誘戰不出，乃督馬礮軍、駱駝礮軍、步礮軍三路進攻，又開天礮擊之。天礮者，仰空發礮，飛墜城中，遂偪城而營，并以兵扼加布爾援軍之路。阿付顔尼酋長遣其長子領千五百騎，步兵三千，由加布爾城赴援，夾攻後路，爲沙蘇野兵擊退。次日，遂會各營，專攻城門，更番迭進，城内兵亦死力鏖戰。既而天礮從空雨下，城中震虩，争潰遁。凡一晝夜，拔其城，禽其次子，乘勝兩路進攻加布爾城。阿付顔尼酋率其長子，率兵萬有三千守格麻關。而軍士奪氣，望風解體，父子率三百騎走保麻緬，棄芻糗、火礮、輜械山積。英吉利遂據二城，沙蘇野王復國，酌留歐羅巴兵、痕都斯坦兵及阿付顔尼新降兵，助守其地。此英夷侵北印度之事也。阿付顔尼既遁麻緬，則遣使乞師于俄羅斯鎮守韃韃里之兵帥。俄羅斯久豔東南印度之富，特隔于各回部，至是乘各部自鬨，謀由巴社以圖印度。巴社者，回回祖國，即來粤貿易之白頭蕃，所謂港脚是也。小白頭爲痕都斯坦，大白頭爲巴社，巴社雖不屬英吉利，而與英吉利睦，故英帥律屋蘭者，以兵助巴社拒之。俄羅斯復以收逃奴爲名，襲破機注及木哈臘二回部，又攻取沙蘇野所屬三部之在興哥士山北者，遂駐兵荷薩士河，與英吉利接界，并使人習印度法律言語，又購木哈臘人嚮導，無一日忘印度。而英吉利亦嚴兵阿付顏尼界爲備，且議還阿付顏尼酋于故地，以息外搆而增藩蔽。議未定，而廣東之事起。〔一〕

是年，我大清怒西洋鴉片煙之耗蠹中國，嚴禁鴉煙，罷英夷互市，聲其罪惡，布告諸國。諸國如佛蘭西、彌利堅讎英夷者咸稱快。廓爾喀亦白駐藏大臣，願以所部兵收東印度。〔二〕又傳聞俄羅斯使臣已自比革爾國都起程赴北京，約中國兵由緬甸、西藏夾攻印度。事雖未行，而是時英夷則惴甚。瑩按：「以兵法言之，誠難得之事會也，而是時中國不知其情，豈非言語不通，疏于偵敵之故哉！」

〔一〕引自海國圖志卷二二北印度各國所載俄羅斯與印度構兵記。

〔二〕海國圖志卷二二北印度各國：「……是時欽差大臣赴廣東禁鴉煙，罷互市，聲其罪惡，布告諸國。其佛蘭西、彌利堅讎英夷者咸稱快。廓爾喀亦白駐藏大臣，願率所部收東印度。」姚瑩康輶紀行：「廓爾喀爲我全藏藩族，而與英吉利有隙。道光十八、九年間，英吉利初擾廣東，廓爾喀求助之餉，往攻第里巴察。大臣不知第里巴察即孟加剌也，不許。及英夷大擾江浙，廓爾喀自以兵乘虛攻之，大有破獲，英夷回救不及，乃以所得中國銀百萬贖其俘千人以和。」

第哩巴察即英夷馬頭

和泰庵西藏賦〔一〕云：「第哩巴察，人隔重洋；噶里噶達，道通近載。」自注曰：第哩巴察，「西南徼外一大國也，曰噶哩噶達，曰披楞，曰阿咱拉，皆其所屬。乾隆五十七年，廓爾喀犯藏境，求伊助兵，其部長果爾那爾覆云：『我國人常在廣東貿易，豈助汝攻唐古忒乎？』〔二〕」又注云：「自布魯克巴取道，約百日，〔三〕可至噶哩噶達諸部落。」

余按：此但知第哩巴察爲徼外一國，尚不知其英吉利之孟加剌也。此以噶哩噶達、披楞爲二。通志則云：「噶哩噶達即披楞」。蓋後爲披楞所併也。布魯克巴在藏地西南，本西梵部落，雍正十年歸誠。南行月餘，即天竺國界。

〔一〕西藏賦一卷，清和寧撰。和寧號太庵，蒙古鑲黃旗人。乾隆中翰林，官至禮部尚書，卒謚簡勤。是書成於嘉慶二年，結銜稱衛藏使者，系任駐藏大臣時作。是賦注尤詳晰，雖中間以三藏爲三危、爲東天竺，俱不免於傅會，然百瑜一瑕，不累大體，言西藏者，此其職志耳。

〔二〕西藏賦：「乾隆五十七年，廓爾喀侵犯藏境，求伊助兵。該部長果爾那爾覆云：我國人常在廣東作買賣，大皇帝看待恩典甚厚，豈肯幫汝與唐古特打仗，得罪天朝。詞嚴義正，曾通信與達賴喇嘛。」

〔三〕西藏賦：「自布魯克巴取道通各部落，約百日可到。」

中國佛教與西域不同

釋迦二大弟子，阿(羅)[難]多聞，總持如來，凡所説法，撰集諸部名經，一無遺漏，此佛之教也。迦葉獨得如來法外別傳心印，不立語言文字，此佛之心也。佛教廣演，遍十方界，愈演愈繁，惟心印之傳，有一無二，自迦葉受持衣鉢，二十七傳，至達摩東來，遂盛行于中國。其在天竺者，未知何似。若宗喀巴之教，行于前、後藏者，則全是莊嚴法相，以持誦經典，不迷本性爲宗，蓋又阿難傳經，教門之變也。中國至今日，宗教俱甚寥寥，而印度之地，漸爲西洋人所據，天主之教方興，佛法不甚微乎！

中國翻譯佛經

朱子謂佛經本皆粗淺，自入中國，文人翻譯，以莊、列之旨，潤色敷衍，遂益精深。余謂梁、魏間，異域僧疊至，皆能習漢文，中國好莊、列者，先與往還講論，深相契密。及諸僧奉詔翻譯，遂以華言潤色成之，大義雖是，辭句全非，如梵文或數字成漢文一字，安得截然有四字五字之偈乎？然佛法大旨，又自與莊、列不同，謂其竊取莊、列，則又不然。而佛徒展轉相傳，翻譯日多，各以私意入之，不可復辨，則在所不免。不但華人一房融也。三教分立，同出一性，而旨歸迴異。學人見淺見深，各尊所聞，支派相傳，不無差别，卮言害道，遂有陽假其名，陰悖其實者，亦必然之勢也。六朝時，諸僧闡説，文字繁興，復有佛圖澄、寶誌輩，專以詭異之蹟，震炫人主。幸達摩出而指直心源，不立文字，天台出而圓修止觀，頓契佛心，然後釋氏本旨大明。蓋教法流傳久之，不能無敝，吾儒且然，況異域之教乎！

明祖崇佛安邊

古時，諸佛多在天竺諸國，今之五印度是也。廓爾喀在印度之東南，後藏又在廓爾喀之北，前藏又在後藏之東，前後藏通稱唐古忒。自青海以西至前後藏，皆唐時吐蕃之地，以近天竺，故皆崇信佛教。自佛入中國後，諸祖相傳，高僧代出，皆有法嗣源流可考。而西域傳教源流無人問津，付之荒昧而已。元時，帝師帕克思巴大宣佛教，必有梵册記載，可以披尋。明初，徵聘儒臣，纂修元史，成書既速，搜討更疎，且深惡梵僧所爲，痛洗羶穢，故一切削去，不復記載。即宋濳溪所述「教門、禪門各有五宗，傳授分明」者，亦皆中國之佛教，非西域之佛教也。明太祖深知佛法不可以治世，崇禮儒臣，講求二帝三王之大經大法，綱紀規模，爲漢唐所不及。然勤求安邊之道，知殊方異類，不可不因俗爲治，故于西域蕃僧，仍崇其封號。洪武六年，置烏斯藏、朵甘二指揮司及招討司、萬户府、千户所，以元國公納木喀斯丹拜嘉勒藏等領之。又授八思巴之後監藏巴藏卜爲大國師，授烏斯藏僧答力麻八剌爲灌頂國師，併賜玉印。永樂中，承太祖之制，復先後封其蕃僧爲大寶法王、大乘法王、大慈法王、闡教王、闡化王、輔教王、贊善王、護教王，凡八王，并給印誥，或間歲來朝。蓋終明之世，惟以其教安撫徼外，非以其教治中國，如元代諸帝受佛戒而後爲天子也。

前後藏事始末

四川通志：「唐吐蕃贊普始建牙于跋布川，其國都號邏些城，今唐古忒語邏些爲剌薩。」〔一〕一統志謂：土人相傳達賴剌麻所居剌薩之地，即吐蕃建牙之所，有古碑可證。以唐書考之，當在今前藏布達拉之地。〔二〕蓋其俗以剌麻立牀處爲布達拉，以藏王所居爲詔，稱國曰圖伯特，又曰唐古忒，最尊者曰達賴剌麻，曰班禪額爾德尼，代剌麻理事者曰第巴。又有汗，則蒙古部長爲之。蕃俗崇奉剌麻，又在蕃王之上。瑩按：「贊普奉佛，朝夕首戴而禮拜之，故蕃民謂佛在王上。」本朝崇德七年，達賴剌麻遣使歸誠。至順治九年來朝，賜以金册、金印，授爲「西天大善自在佛領天下釋教普通瓦赤喇怛喇達賴剌麻」。其後遣使貢獻不絶。〔三〕通志又云：相傳有宗喀巴者，居剌薩，始興黄帽之教，後世曰根敦佳木左，立第巴以治國事，索諾木佳木左始稱達賴剌麻。又傳云：曰佳木左、阿旺羅卜藏佳木左時，藏之藏巴汗威虐部下，毀棄佛教，第巴乞師於額魯特顧實汗，擊滅藏巴汗，遂留其長子達顏爲汗，及孫拉藏亦爲汗云。〔四〕康熙三十二年，封第巴土伯特國王，賜金印。達賴剌麻示寂，第巴匿不以聞，潛與額魯特噶爾丹通好，及召達賴剌麻、班禪、呼圖克圖來京，第巴阻之。四十四年，達賴、拉藏汗誅第巴，朝廷嘉之，賜金印，封爲輔教恭順王，遣侍郎赫壽安撫其地。又因拉藏所請，以阿王伊西爲達賴剌麻。其後，準噶爾策妄阿剌蒲坦興師侵藏，害拉藏汗，焚毁寺廟，迫逐僧衆。時達賴剌麻胡畢爾漢，移住西寧塔兒寺。五十九年四月，特命撫遠大將軍十四貝子永禵，平逆將軍延信，統陝西滿漢兵護送達賴剌麻歸布達拉廟。〔五〕定西將軍噶爾弼統荆州滿兵、四川綠旗兵，由巴、裏二塘招撫進藏，副都統伍格率江浙滿兵，會雲南總兵趙坤、副將郝玉麟兵，由中甸進藏。準噶爾聞風遁，藏衛酋長分迎大兵。〔六〕九月十五日，達賴剌麻升牀，〔七〕西藏平。

〔一〕（嘉慶）四川通志卷一九二西域志二前藏上：「唐初，吐蕃贊普棄隸弄讚建牙于跋布川，其國都號爲邏些城。按：邏些，於唐古特語爲喇薩，亦吐蕃建牙於藏之證。」

〔二〕引自（嘉慶）四川通志卷一九二西域志二前藏上。

〔三〕（嘉慶）四川通志卷一九二西域志二前藏上：「其地喇嘛立牀處爲布達拉，藏王所居爲詔，四周無城郭，就居人所住碉樓，相聯以爲藩籬，似中華一大都會。番俗崇奉喇嘛，又在諸番王之上。本朝崇德七年，即遣使歸誠，至順治九年來朝，世祖皇帝賜以金册金印，授爲西天大善自在佛，領天下釋教普通瓦赤喇怛喇達賴喇嘛。其後遣使貢獻不絕。其俗稱國曰圖伯特，又曰唐古特，最尊者曰達賴喇麻、班禪額爾德尼，代喇嘛理事者曰第巴。又有汗，則蒙古部長爲之。」

〔四〕（嘉慶）四川通志卷一九二西域志二前藏上：「其俗相傳有宗喀巴者，居喇薩，始興黃帽之教，後世曰根敦佳木左，立第巴，以治國事，索諾木佳木左始稱達賴喇麻。又傳云：旦佳木左、阿旺羅卜藏佳木左時，藏之藏巴汗，威虐部下，毀棄佛教，第巴乞師於額魯特顧實汗，擊滅藏巴汗，遂留其長子達顏爲汗，及孫拉藏亦爲汗云。」

〔五〕（嘉慶）四川通志卷一九二西域志二前藏上：「特命撫遠大將軍王、平逆將軍延信，統領陝西滿漢官兵，護送達賴喇嘛歸布達拉廟。」

〔六〕（嘉慶）四川通志卷一九二西域志二前藏上：「又命定西將軍噶爾弼等統荆州滿兵、四川綠旗官兵，出巴、裏二塘，一路招撫進藏。又命副都統伍格率江浙滿兵，會合雲南總兵官趙坤，副將郝玉麟等官兵，由中甸一路進藏。準噶爾賊衆聞我軍威遠，震遁回巢穴，藏衛酋長咸懍天威，分迎師旅。」

〔七〕（嘉慶）四川通志卷一九二西域志二前藏上：「五十九年八月，送達賴喇嘛于布達拉坐牀，重興法教。」

雍正元年，撤西藏兵，以貝子康濟鼐總理其地，仍以大臣駐藏鎮之。五年，西藏噶隆阿爾布巴叛，殺康濟鼐。〔一〕六年，大軍進剿，未至，後藏札薩克台吉頗羅鼐，率衆部落入藏，擒阿爾布巴，大兵至藏，誅之。〔二〕七年，以頗羅鼐爲固山貝子。九年，晉多羅貝勒，理藏衛噶隆事。乾隆四年，晉多羅郡王。十二年，其子珠爾默特納穆札爾襲封。十五年，有罪誅。十六年，以藏地均歸達賴剌麻，其輔國公三人，一等台吉一人，噶布倫四人，皆給敕諭，戴綳五人，碟巴三人，堪布一人，均給理藩院執照，分司藏務。一切賦稅，獻之達賴剌麻。二年一次入貢，貢道由西寧入，互市在打箭鑪。瑩按：乾隆中制，西藏貢賦、僧俗官除授，皆達賴剌麻主之，駐藏大臣督官兵鎮壓而已。達賴剌麻尊貴，大臣見之，皆行參謁禮。五十七年，大學士福文襄公至藏，始奏改其制。

嗣是藏中事統歸駐藏大臣管理，駐藏大臣除上山瞻禮外，其督辦藏事，與達賴剌麻及班禪額爾德尼平等。噶布倫即噶隆。以下蕃目，管事剌麻，事無大小，均禀命大臣而行。札什倫布公事，亦令歲琫、堪布禀之駐藏大臣，事權歸一。

〔一〕（嘉慶）四川通志卷一九二西域志二前藏上：「雍正五年，西藏噶隆阿爾布巴等叛，殺康濟鼐，後藏辦理噶隆事務之札薩克台吉頗羅鼐走避。」

〔二〕（嘉慶）四川通志卷一九二西域志二前藏上：「次年夏四月，特遣都察院左都御史查朗阿爲正帥，護軍統領邁祿，西寧鎮總兵官周開捷副之，率領滿漢官兵八千餘員，名由西寧出口，散秩大臣周瑛爲正帥，化林協副將楊大立、夔州協副將張翼率川兵四千餘騎，由霍耳一路，雲南鶴麗鎮總兵官南天祥，副將姚起龍、馮鑾率滇兵三千名，由昌都一路。官兵尚未抵藏，頗羅鼐率衆部落入藏，擒阿爾布巴等，查朗阿等公同審實，奏其叛跡。磔阿爾布巴等于布達拉之前，藏地復安。」

又議：唐古忒兵，原設五千一百六十五名，毫無紀律，請定其實額，前後藏各設蕃兵一千，定日、江孜各蕃兵五百。原設戴琫三人，請以二人駐後藏，一駐定日，添設戴琫一人，駐江孜。戴琫即戴綳。外，更設加琫十二人，甲琫二十四人，定琫一百二十人，皆由駐藏大臣會同達賴剌麻以次檢補，不得躐等。蕃兵每人歲給青稞二石五斗，歲共青稞七千五百石，在抄沒莊田内撥給。戴琫六人，各予莊田一區，加琫以下，俸銀均于前藏商上支發。

又議：藏内大小蕃目缺出，立定等級，駐藏大臣會同達賴剌麻揀放。如噶布倫辦理一切事務，戴琫管理蕃兵，商上仔琫及商卓特巴，總司出納，各缺尤要，不可越升。其各大寺坐牀堪布缺出，達賴剌麻知會駐藏大臣、濟嚨呼圖克圖，公同揀擇，予會印執照，派往住持。

又議：蕃寨租賦，有以銀錢折交物件者，商上收納不公，苦累蕃民。令商上鑄造純淨銀錢，用漢字、唐古忒字，于面、背分鑄「乾隆寶藏」字。每紋銀一兩，換新鑄銀錢六圓，換商上舊銀錢及巴勒布錢八圓，仍令駐藏大臣稽察，不得輕出重入。

又議：衞藏僧俗人衆，往來縱跡靡常，由駐藏大臣給路票，令達賴剌麻查造大小廟剌麻名數清册，所管地方及諸呼圖克圖之寨落人户，一體造册，存駐藏大臣衙門及達賴剌麻處，以備稽查。其蒙古王公遣人赴藏，延請剌麻誦經，亦由駐藏大臣給照。凡剌麻私事往來，概不準擅用烏拉，亦不得私發信票。若公事差遣，須用烏拉，必禀明駐藏大臣及達賴剌麻給印票，始准應付。

又議：向來達賴、班禪用事親族及呼圖克圖，往往聽富户大族之託，給免差照票，苦樂不均，應嚴加查禁，免票概行繳銷，不得專派窮蕃。

又議：達賴、班禪與外蕃通信，應告知駐藏大臣商酌。其外蕃部落差人來藏，由邊界營官查報，驗放進口。有呈禀達賴剌麻者，送駐藏大臣譯閱，酌定諭帖遣回。噶倫布以下，不準私通。

又議：西藏邊界，向無界址，濟嚨外之熱索橋，聶拉木外札木地方之鐵索橋及絨轄，皆設立鄂博。

又議：從前達賴剌麻之叔阿古拉，班禪之父巴勒丹敦珠布，達賴之弟根敦札克巴，倚勢妄爲，嗣後大小蕃目及管事剌麻，均不準以達賴、班禪族屬挑補，俟達賴、班禪轉世後，始量才録用。

以上釐定章程，凡二十餘條，是達賴剌麻之設，猶一外藩耳。自東北蒙古以至西蕃二萬里，由此底定，設官定制，廣大周詳，迥非元、明兩朝徒事羈縻之比。嗚呼！盛矣！今方從事西域，故詳考而記之。唐書：「驃國之地，南盡溟海，北通南詔（樂些）［些樂］城，北距陽苴城，六千八百里。」〔一〕樂些，即剌薩音之轉也。杜詩「和親邏些城」〔二〕即此。惟陽苴城未知今在何處，豈謂陽關耶？今嘉峪關外沙州，東行四日，相傳即古之陽關，故址尚存，以道里計之，約六千八百里矣。

〔一〕舊唐書卷一九七驃國傳：「南盡溟海，北通南詔些樂城界，東北拒陽苴咩城六千八百里。」姚文誤將「些樂城」爲「樂些城」。今據以改「樂些」爲「些樂」。

〔二〕御定全唐詩卷二三一杜甫柳司馬至：「有使歸三峽，相過問兩京。函關猶出將，渭水更屯兵。設備邯鄲道，和親邏些城。幽燕唯鳥去，商洛少人行。衰謝身何備，蕭條病轉嬰。霜天到宮闕，戀主寸心明。」

宗喀巴與釋迦本教不同

釋迦之未成道也，歷五百劫，皆苦行勤修。既成佛，入涅槃，即不肯再轉法輪。將滅度時，文殊請如來再轉法輪，如來曰：「咄！文殊，我説法四十九年，豈嘗一轉法輪耶！」此如來之本旨也。今藏中達賴剌麻皆以轉世立法，始自宗喀巴創興黄教，西域以迄蒙古諸部皆崇信之。其法以當住輪回，不迷本性，教化衆生。然宗喀巴遺囑二弟子，亦止令達賴轉世六次，班禪轉世七次而已。今則世世轉生，不特達賴剌麻已十數輩，其在後藏則有班禪額爾德尼，復有第穆呼圖克圖、濟嚨呼圖克圖，青海則有哲布尊丹巴呼圖克圖，衛藏圖識作「額爾澤卜尊巴胡圖克圖」。乍雅、察木多、類伍齊三處，亦各有呼圖克圖，皆以轉世爲教。而在京師者，則又有章嘉呼圖克圖，爲各呼圖克圖之首領焉。考其名位，則達賴剌麻最尊，班禪額爾德尼次之。大呼圖克圖數十，而以哲布尊丹巴呼圖克圖爲第一，章嘉呼圖克圖次之，濟嚨、第穆、察木多、乍雅、類伍齊以次序焉。蒙古、西域號呼圖克圖者尤衆，何其多也？蓋明成祖所封八王，亦即此類，乃世之人主爲之，迥非釋迦之教矣。自哲布尊丹巴呼圖克圖及諸呼圖克圖坐牀後，多至前藏參禮達賴剌麻，或禮班禪，受大戒焉。藏中參禮受戒，必熬茶供僧衆，大小招剌麻一二三萬，皆徧及之，如中國之放齋者。而達賴剌麻坐牀，上亦遣章嘉呼圖克圖至藏照料熬茶，著爲例。名秩尊卑，森然不紊，使殊方數萬里桀驁强狠之人，知所羣奉爲活佛者，咸听命焉。其在禮曰：「五方之民，言語不通，嗜欲不同。」〔一〕修其教不易其俗，齊其政不易其宜，其此之謂歟！

〔一〕周禮注疏卷三七：「王制曰：五方之民，言語不通，耆欲不同，達其志，通其欲。」

明時有號蕃僧世襲

明初，西蕃諸部族酋長沿元制，無不奉佛爲僧，而有妻子世襲。洪武中，西寧蕃僧三剌，建佛刹于碾白南川，以居其衆，來朝貢馬，請敕護持，賜寺額。帝從所請，賜額曰「瞿曇寺」，立西寧僧綱司，以三剌爲都綱司。又立河州蕃、漢二僧綱司，並以蕃僧爲之，紀以符契。自是其徒爭建寺，帝輒錫以嘉名，賜敕護持，蕃僧來者日衆。永樂時，諸衞僧戒行精勤者，多授剌麻、禪師、灌頂國師之號，有加至大國師、西天佛子者，悉給印，許之世襲。自是以後，或由蕃僧而長其衆，或本以酋長而得印敕封號，不可復辨矣。事詳明史。〔一〕此皆紅教，所云世襲者，皆傳其子，不傳其徒，亦非如黄教之轉世也。剌麻二字，當時以爲禪師名號，本不甚尊崇。至達賴剌麻，乃加達賴二字于剌麻之上，今爲蕃僧最大之稱，而衆蕃僧仍皆名剌麻，一如稱僧稱和尚耳。

〔一〕上述史料源於明史卷三三〇西域二西番諸衛：「初，西寧番僧三剌爲書招降罕東諸部，又建佛刹於碾白南川，以居其衆，至是來朝貢馬，請敕護持，賜寺額。帝從所請，賜額曰『瞿曇寺』。立西寧僧綱司，以三剌爲都綱司。……悉給以印誥，許之世襲，且令歲一朝貢，由是諸僧及諸衛土官輻輳京師。」

蕃地氣候

初六日，宣太守偕竹虛啟行。連日陰晴不定，時而日耀晴空，時而陰雲霏雪。立夏已數日，猶重裘，氣候如此。土人云：「五月後始不雪。」以地氣寒，不宜五穀，故裏塘曠地甚多，皆荒無耕者。

達賴剌麻封號

達賴剌麻前後封號不一，四川通志與衛藏圖識亦異，當以會典爲正，行笥無從訂之。然西藏至今貢表稱「西天大善自在佛領天下釋教普通瓦赤剌怛剌達賴剌麻」，自係最後之封。通志謂順治年間有此封，〔一〕蓋未詳也。明史烏斯藏傳：永樂三年，「封哈立麻爲萬行具足十方最勝圓覺妙智慧善普應佑國演教如來大寶法王西天大善自在佛，領天下釋教。」〔二〕今達賴剌麻「西天大善自在佛」之封號，蓋亦本此。然哈立麻猶襲元之帝師一派，皆紅教也，其時宗喀巴之教猶未行。

〔一〕（嘉慶）四川通志卷一九二西域志二前藏：「順治九年來朝，世祖皇帝賜以金册金印，授爲西天大善自在佛領天下釋教普通瓦赤喇怛喇達賴喇嘛。」大清會典則例卷一四二理藩院典屬清吏司：「崇德七年，番僧遣使歸誠。順治十年來朝，賜金册、金印，授爲『西天大善自在佛領天下釋教普通瓦赤喇怛喇達賴剌嘛』。」

〔二〕明史卷三三一西域三烏斯藏大寶法王：「（永樂）四年冬將至，……帝將薦福於高帝后，命建普度大齋於靈谷寺七日。……事竣，復賜黄金百，白金千，寶鈔二千，綵幣表裏百二十，馬九。其徒灌頂圜通善慧大國師答師巴囉葛羅思等，亦加優賜。遂封哈立麻爲『萬行具足十方最勝圜覺妙智慧善普應佑國演教如來大寶法王西天大善自在佛』，領天下釋教……」

吐蕃始末

唐時吐蕃之地甚大，本古氐羌也，夏、周皆謂之西戎。平王東遷後，内逼諸夏，雜居隴山伊洛之間，漢武帝令居塞上，謂之西羌。唐書稱其屬百五十種，散處河湟江岷間，其酋有發羌、唐旄等，居析支水西，〔一〕或邏娑川。後有鶻提勃窣野者，稍併諸羌，據其地，或曰南涼禿髮利鹿孤之後。隋開皇中，倫贊索居牂牱，西滅吐谷渾，盡有其地，建國，居跋布川，改姓爲勃窣野，以禿髮爲國號，訛爲吐蕃。史言吐蕃地方萬餘里，北抵突厥，南鄰天竺，蓋今之西寧、甘、凉二州爲其北境；阿里、巴勒布、緬甸爲其南境；而寧夏、洮州、松潘、黎、雅、大小金川、大理、前後藏，皆其地也。

其俗謂雄强曰「贊」，丈夫曰「普」，故號君長曰「贊普」。唐太宗時，其贊普弄讚請婚，不許。入寇松州，命將擊破之，懼而退師謝罪，復請婚，以宗女文成公主下嫁。弄讚親迎于河源而歸，别築一城，立棟宇居之。高宗立，授弄讚爲附馬都尉，封西海郡王。則天時，棄隸縮贊立，復請婚，中宗亦妻以所養雍王女金城公主。至吐蕃，亦别築一城以居。睿宗時，請以河西九曲爲金城公主湯沐地，與之。玄宗開元二年，寇隴右，薛訥大破之。六年，請和，以舅甥署碑文。九年，以王君㚟爲河西隴右大使。十年，犯北庭，節度使張嵩大破之。十五年，王君㚟擊之于青海西。未几，盗殺君㚟，以蕭嵩爲河西節度使，禦之。十七年，朔方節度使蕭禕攻拔其石堡城。十八年，入貢。十九年，金城公主請毛詩、禮記、左傳、文選，賜之。正字于休烈疏諫，不報。二十四年，常侍崔希逸以殺白狗爲盟訛之，破于青海，復絶朝貢。二十八年，寇維州，又破之，得安戎城。二十九年，金城公主薨，來告，復請和親，帝不許。陷石堡城。天寶五載，王忠嗣大破之于青海積石。七載，哥舒翰築神武軍應龍城，吐蕃不敢近青海。八載，攻拔其石堡城。乾元後，吐蕃乘唐亂，盡有戎境。肅宗年間，遣使請盟，郭子儀令于鴻臚寺歃血，以申蕃戎之禮。廣德元年，京師失守。因降將高庭暉入長安，立廣武王爲帝。郭子儀設疑兵，遁去。德宗建中二年，請以賀蘭山爲界。四年，遣官盟于清水，即今大詔前甥舅聯盟碑也。興元元年，助渾瑊破朱泚，許報以涇、靈二州，未與。劫渾瑊，陷其軍，瑊僅以身免，遂大入寇。貞元中，韋皋數出兵大破之。穆宗長慶元年，復請盟。劉元鼎充會盟使，見贊普于悶懼盧川，贊普夏衙之所也。在邏娑川南百里，藏河所流，西藏之名始此。吐蕃亦遣使隨元鼎來朝，自是不復叛。黄巢後阻絶，其國亦衰，族種分散，無復統一矣。

宋時，屢世授官爲大將軍、節度使，或加檢校太尉、太保，嘗助擊元昊。遼時亦入貢，有大蕃、小蕃、胡母思、山蕃之别。〔二〕元初，首領章(古)〔吉〕〔三〕來朝，封寧濮郡王，鎮西寧于河州。〔四〕太祖四年，設吐蕃等處宣慰使，建元帥府，以洮、岷、黎、雅諸州隸之。世祖以其地廣而險遠，民獷而好鬥，思有以因其俗而柔其人，乃郡縣吐蕃之地，設官分職，而領之于帝師。明以其地爲烏斯藏，乃吐蕃之一种，别立爲國者也。

吐蕃中惟烏斯藏，專以釋道教化，頗柔順易服。地多僧，無城郭，自元明迄今，皆因俗爲治。今自打箭鑪外，以至阿里西境，五千餘里，無處非僧，不獨前後藏矣。

〔一〕新唐書卷二一六上吐蕃上：「吐蕃本西羌屬，蓋百有五十種，散處河湟江岷間。有發羌、唐旄等，然未始與中國通。居析支水西。」

〔二〕遼史卷三六兵衛志下：屬國軍有「小蕃」、「呼穆蘇山番」、「吐蕃」、「大蕃」等。

〔三〕哈佛燕京圖書館藏本、中復堂全集本（同治六年本）、叢書集成三編本、筆記小説大觀本、西藏學漢文獻彙刻本皆爲「章古」。據元史卷六〇地理志三：「二十四年，封章吉爲寧濮郡王」，又「元初爲章吉駙馬分地」。故改「章古」爲「章吉」。

〔四〕元史卷六〇地理志三：「西寧州，下。唐置鄯州，理湟水縣，上元間沒於土蕃，號青唐城。宋改爲西寧州。元初爲章吉駙馬分地。至元二十三年，立西寧州等處拘摧課程所。二十四年，封章吉爲寧濮郡王，以鎮其地。」

唐使至吐蕃道里

杜佑通典〔一〕云：吐蕃地直京西八千里，距鄯善五百里，其贊普居跋布川或邏娑川。地理志：天威軍初曰振武軍，又西二十里，至赤嶺，其西吐蕃，有開元中分界碑。自振武經尉遲山、苦拔海、王孝傑米栅，九十里，至莫離驛。又經公主佛堂、大非川，二百八十里，至那綠驛，吐蕃界也。又經暖泉、烈謨海，四百四十里，渡黄河。又四百七十里，至衆龍驛。又渡西月河，二百一十里，至多彌國西界。又經犛牛河、渡藤橋，百里，至列驛。又經食堂吐蕃村、截支橋，兩石南北相當。又經截支川，四百四十里，至邏娑驛。乃渡大月河羅橋，經潭池、魚池，五百二十里，至悉諾羅驛。又經乞量寧水橋，又經大速水橋，三百二十里，至鶻奔驛。唐使入蕃，公主每使人迎勞於此。又經鶻奔峽，十餘里，兩山相崟，上有小橋，三瀑水注如瀉缶，其下如煙霧。百里，至野馬驛。經吐蕃墾田，又經東橋湯，四百里，至閣川驛。又經愬湛海，一百三十里，至蛤不爛驛，旁有三羅骨山，積雪不消。又六十里，至突録濟驛，唐使至，贊普每遣使慰勞於此。又經柳谷、莽布支莊，有温湯，湧高二丈，氣如煙雲，可以熟米。又經湯羅葉遺山及贊普祭神所，二百五十里，至農歌驛。邏些在東南，距農歌二百里，唐使至，吐蕃宰相每遣使迎候於此。又經鹽池、煖泉、江布靈河，一百十里，渡姜濟河，經吐蕃墾田，二百六十里，至卒歌驛。乃渡藏河，經佛堂，一百八十里，至勃合驛鴻臚館，至贊普牙帳。其西南跋布海。〔二〕今一統志云：「古吐蕃國，即今衛地，土人相傳，達賴剌麻所居剌薩之地，即唐時吐蕃建牙之所，且有古碑可證。以唐書考之，亦當在此。」〔三〕瑩按：通典所云唐使至吐蕃驛道，蓋由陝出口西行之路也，故記此以存古蹟云爾。

〔一〕此實爲大清一統志卷四一三西藏吐蕃國所載，係姚瑩引用一統志中的杜佑通典資料。

〔二〕大清一統志卷四一三西藏吐蕃國：「吐蕃國，即今衛地。杜佑通典：吐蕃在吐谷渾西南。……地直京師西八千里，距鄯善五百里，其贊普居跋布川或邏娑川。地理志：天威軍初曰振武軍，又西二十里，至赤嶺。……乃渡臧河，經佛堂，一百八十里，至勃合驛鴻臚館，至贊普牙帳。其西南跋布海。」

〔三〕大清一統志卷四一三西藏吐蕃國：「……按：今土人相傳，達賴剌麻所居喇薩之地，即唐時吐蕃建牙之所，且有古碑可證。以唐書考之，亦當在此。」

諸路進藏道里

王我師藏鑪總記：「西藏天文星次，井鬼分野，古號烏斯藏，唐吐蕃地。其縱横連屬者，南界雲南怒江，北界西寧河源，西極後藏業爾欽之沙漠，東直達於打箭鑪。以近界而論，東止於寧静山界，〔一〕朗著特收其租賦，各有剌麻專管，實斷自洛隆宗爲分限也。觀其風土，〔二〕天氣嚴寒，地氣瘠薄，千山雪壓，六月霜飛，石多田少，五穀難成，間有粟黍豆菽之産者，僅藏地巴塘彈丸區耳。部落萬里，〔三〕惟藉青稞一種爲麵，名揩粑，及牛羊酥酪，〔四〕以供朝夕。第揩粑性熟，酥酪滑膩，非茶無以全其軀命，故茶商聚於打箭鑪，蕃衆往來交易，遂爲通衢也。〔五〕自康熙五十八年，安設塘站，以鑪爲始，而裏塘、巴塘、乍雅、昌都、洛隆宗、説板多、拉里，以抵前藏，官兵塘汛地，計八十七站。若鑪城右出，自霍爾之甘孜、疊爾格，至納奪，抵昌都，盡屬草地。〔六〕」瑩按：衛藏圖識：打箭鑪，五十里，至折多山；五十里，至提茹，分路。〔七〕七十里，至竹卡；〔八〕四十里，郎砦堡；四十里，八桑砦；五十里，上八義，分路。六十里，噶達；五十里，汎馬塘；三十里，雀雅；五十里，過山至剌地塘；六十里，孜隆；七十里，甲撒楮卡；五十里，吉如楮卡；三十里，過小山至霍耳章谷；五十里，下山，至江濱塘；五十里，竹窩；三十五里，過山至勒恭松多；二十里，過普王隆至甘孜；三十里，過河至白利；五十里，隆壩揆；四十里，阿甲拉洛；六十里，益隆；四十里，至迭格界，即德爾格忒，又名七登；六十里，羅登；六十里，吉馬塘；五十里，林蔥；六十里，楮泥拉沱；五十里，春耕西河；四十里，上山至班的楮卡；三十里，下山至巴戎；六十里，甲界；七十里，羌黨；六十里，草拉；三十里，草裏工；三十里，過漫山至峽隆塔；五十里，哈甲；三十里，哈甲峽口；三十里，沖撒得；六十里，過山至察木多，皆與王記合，惟納奪未詳。

〔一〕藏鑪總記：「東止於寧靜山界碑。」

〔二〕藏鑪總記：「觀夫邊域之風土。」

〔三〕藏鑪總記：「至如數萬里之部落與芻牧毳幕各種類。」

〔四〕藏鑪總記：「惟藉青稞一物，麵名糌粑，併羊牛酥酪。」

〔五〕藏鑪總記：「苟非苦茗名芽，幾無以生軀命，惟茶商聚於西鑪，番衆往來交易，以是成爲通衢也。」

〔六〕藏鑪總記：「自康熙五十八年，安設塘站，以鑪始，總計裏塘、巴塘、乍丫、昌都、洛隆宗、説板多、拉里，前抵西藏，此官兵倉儲地，共計八十七站。從鑪右出，自霍爾之甘孜、疊爾格，至納奪，抵昌都，盡屬草地。」

〔七〕衛藏圖識圖考卷下諸路程站：「自打箭爐由霍爾德草地至察木多路程：打箭鑪，五十里，至折多山根；五十里，過折多山至提茹，分路。」

〔八〕衛藏圖識圖考卷下諸路程站：「自打箭爐由霍爾德草地至察木多路程：……七十里，至亞竹卡。」

再由恩達至類伍齊，過江達橋，由桐（項）〔頂〕至墨竹工卡，〔一〕亦進藏之大道也。瑩按：衛藏圖識：察木多，四十里，俄洛橋分路。六十里，杓多；四十里，康平多；五十里，類烏齊；五十里，達塘；八十里，架喇族；一百里，江青松多；八十里，三岡松多；八十里，過小山四座，至塞耳松多；六十里，拉咱；五十里，吉樂塘；七十里，察隆松多，即春奔色擦；七十里，黨橋；〔二〕五十里，拉貢洞；六十里，汪族；八十里，吉樹邊卡；五十里，大偏關；八十里，噶咱塘；七十里，葛現多；七十里，拉里堡，从右進山溝；六十里，至拉里界；七十里，過山至吉克卡；七十里，沙加勒；七十里，吉華郎；七十里，哈噶錯卡；六十里，胖樹；六十里，仲納三巴；六十里，納定同古；七十里，墨竹工卡，合進藏大路。

西寧進藏之路，由青海瑣里［麻］、〔三〕白燕哈利，左折入郎嵯玉樹，過河，由畢利當阿，至寧塘南成，可抵察木多。瑩按：衛藏圖識：西寧出口，一百六十里，至阿什漢；七十里，哈爾噶兒；六十里，夥兒；七十里，柴吉口；六十里，苦苦兔兒；〔四〕六十里，滾厄爾吉；五十里，依麻兒；六十里，朔羅口；五十里，朔羅達巴；〔五〕六十里，希拉哈布；七十里，得倫腦兒；五十里，苦苦庫兔圖兒；六十里，阿拉克沙兒；六十里，必流兔；六十里，河牙庫兔兒；七十里，黃河渡；六十里，納木噶；六十里，和多都；五十里，氣兒撒托洛流；六十里，和牙拉庫兔兒查都；七十里，白兔七兒；六十里，刺麻托洛海；五十里，巴彥哈拉那都；六十里，沙石隆；五十里，衣克阿立各；七十里，鄂蘭厄爾吉；六十里，苦苦賽渡；六十里，木魯烏素；五十里，查漢厄爾吉；六十里，忒們苦住；七十里，白兔七兒；五十里，土呼魯托洛海；六十里，東布勒兔口；六十里，東布勒兔達巴那都；五十里，東布勒兔達巴查都；六十里，乎蘭果兒；五十里，得爾合達；六十里，順達；五十里，多洛巴兔兒，係甘肅、四川交界處，大兵進藏，甘省安設台站，應付止此。〔六〕五十五里，哈拉河洛；四十五里，阿木達河；〔七〕四十五里，因達木；四十五里，吉利布喇克；七十五里，依克諾木漢烏巴什；五十五里，索克東邊；七十里，巴木漢；五十五里，泡河老；七十里，沙克因果爾；四十五里，蒙咱；四十五里，蒙古西里克；七十里，綽諾果爾；九十里，楚水拉；〔八〕五十五里，郭隆；五十五里，哈拉烏蘇；七十里，噶欠；七十里，什保諾爾；七十里，克屯西里克；九十里，達木；七十里，羊拉；七十里，夾藏壩；四十五里，達隆；五十里，沙拉；七十里，甘定郡科爾；九十里，都門；五十五里，郎拉；四十五里，至前藏。圖志詳載西寧進藏之路如此，與王記異，似另有一路也。王記在雍正年間，圖志乃乾隆末年之書，似中有改易也。

〔一〕哈佛燕京圖書館藏本、中復堂全集本（同治六年本）、筆記小説大觀本、叢書集成三編本皆爲「桐項」，今據藏鑪總記：「由銅頂至墨竹工卡。」故改「項」爲「頂」。

〔二〕衛藏圖識圖考卷下諸路程站：「自察木多由類烏齊草地進藏路程：……七十里，至江黨橋。」

〔三〕哈佛燕京圖書館藏本、中復堂全集本（同治六年本）、筆記小説大觀、叢書集成三編本皆爲「瑣里」，姚文脱「麻」字。今據藏鑪總記：「由青海瑣里麻」。故據以增補。

〔四〕衛藏圖識圖考卷下諸路程站：「自西寧出口至西藏路程：……六十里，至苦苦庫兔兒。」

〔五〕衛藏圖識圖考卷下諸路程站：「自西寧出口至西藏路程：……五十里，至翔羅達巴。」

〔六〕衛藏圖識圖考卷下諸路程站：「自西寧出口至西藏路程：……五十五里，至布哈賽勒。」

〔七〕衛藏圖識圖考卷下諸路程站：「自西寧出口至西藏路程：……四十五里，至呵木達河。」

〔八〕衛藏圖識圖考卷下諸路程站：「自西寧出口至西藏路程：……九十里，至楚木拉。」

若由白燕哈利過拉布其圖河、木魯烏蘇河，盡屬黑帳房草地，至黨木熟貢、八箇塔、羊八景抵藏。瑩按：此路未詳，當于會典、一統志、皇朝文獻通考查之。

再考松潘自黃勝關出口，由郭羅克阿樹雜竹卡至竹浪，過河，亦會瑣里麻，與西寧路同。瑩按：衛藏圖識：黄勝關，六十里，至兩河口分路。八十里，出皂；七十里，甲望麻望，即甲凹；五十里，殺鹿堂，即撒路；六十里，八嗎；六十里，江地克里麻，即勒凹；八十里，龍溪頭；七十里，吾浪莽；八十里，宗喀爾；七十里，插漢托灰；七十里，殺那吾舊；六十里，七氣哈賴；七十里，過大雪山，至安定達壩；七十里，途龍兔老；七十里，塔奔托洛海；六十里，丹仲營；六十里，下牒倫頓；八十里，中牒倫頓；八十里，過大雪山，至上牒倫頓；七十里，吾浪牒倫。〔一〕自吾浪牒倫分四站，每站六十里，至古爾分索羅木，即黄河，合西寧進藏大路，與王記又異。

雲南進藏者，由塔城關，過溜通江，逾大小雪山，直至察木多。至于後藏之遼闊，由札什倫布，過阿里、白布、布魯克巴，即與生番喇丹接準噶爾界。再過初布寺、剛吉拉，愈荒渺矣。瑩按：王記於後藏以外，茫然不能詳。蓋記作于雍正年間，疆理尚未定也。衛藏圖識自後藏至聶拉木路程曰：札什倫布，至乃黨尖拉爾宿，計程九十里；耜尖乃安宿，計一百里；熱龍尖札什岡宿，計一百十里；半達尖彭錯嶺宿，計九十五里；乍喜宋尖札塘宿，計一百里；沙巴都尖納子宿，計一百里；白佳紀岡尖雜務宿，計九十五里；山根尖甲錯白宿，計一百十里；油共有尖拉古籠古宿，計一百里；羅羅尖脇噶爾宿，計一百五里。〔二〕由脇噶爾，八十里，至滅猛；九十里，第哩郎古；九十里，彌木耳；一百二十里，擦木達；九十里，下馬卡；一百二十里，噶叭角爾杆；八十里，碩馬拉杜；一百二十里，重噶爾；九十里，宗喀，由宗喀遶道，九十里，至嗎爾；一百二十里，滚達；八十里，卓黨；一百十五里，竹塘；八十里，濟嚨；由濟嚨遶道，八十六里，至俄龍；一百二十里，索絨；七十五里，札林多；八十五里，絨轄；一百一十五里，聶拉木，後藏至此，共二千八百五十一里。

〔一〕衛藏圖識圖考卷下諸路程站：「自松潘出黃勝關至藏路程：……七十里，至吾浪牒倫，一百四十里。」

〔二〕衛藏圖識圖考卷下後藏至聶拉木程站：「扎什倫布至乃黨尖，乃黨至拉爾宿，計程九十里。拉爾至耜尖，耜至乃安宿，計程一百里。乃安至熱龍尖，熱龍至扎什岡宿，計程一百十里。扎什岡至半達尖，半達至彭錯嶺宿，計程九十五里。彭錯嶺至乍喜宋尖，乍喜宋至扎塘宿，計程一百里。扎塘至沙巴都尖，沙巴都至納子宿，計程一百里。納子至白佳紀岡尖，白佳紀岡至雜務宿，計程九十五里。雜務至山根尖，山根至甲錯白宿，計程一百十里。甲錯白至油共有尖，油共有至拉古籠古宿，計程一百里。拉古籠古至羅羅尖，羅羅至脇噶爾宿，計程一百五里。」

彙考山經，不能瑣記，細別河流，亦難窮源，惟取其要隘之區，橋梁之險者，以定控扼之防。則昌都兩河環遶，雙橋高架，實西藏之門户。瑩按：昌都，即察木多二水名，其河南有雲南橋，北河有四川橋，乃滇、蜀二省入藏要路。嘉玉一橋，最爲緊要。瑩按：嘉玉，又作嘉裕，蕃名三垻橋。衛藏圖（志）〔識〕：由昌都西行四百里，至麻利，過山，三十里，至嘉裕橋，兩山環抱，一水中流。〔一〕通志云「洛隆宗所轄也」。

若拉里玉樹，係其咽喉，工布長江，堪爲堡障。瑩按：拉里在達隆宗西北，東距察木多一千五百里，至西藏一千十里，時氣嚴寒，山勢陡險，誠咽喉也。玉樹即郎嵯玉樹，在察木多東北，距藏甚遠，何以謂之咽喉？工布在拉里西南，爲準噶爾入藏要道，昔準夷侵佔西藏，工布人堅禦之，敵不能入。又有江達，亦在拉里西南三百餘里，入藏孔道也。衛藏圖識謂其憑山依谷，形勢險要。通志云「江達在拉里西南，其三星橋、甲桑橋二水會合之地，乃東西要津，而所轄之章谷并鄂説與疊工接壤，又北通西海之要隘也。」舊通志云「江達楮卡河，一自瓦子山發源，經東閣寺寧多，至江達；一自祿馬嶺發源，經順達刊木，至江達，兩水合流，至工布江達，〔二〕會于藏河。」據此是王記所云長江，當作長河。

再則類五齊適姜黨之橋，與唐家姑蘇之鐵索橋，皆須設防者。瑩按：姜黨橋見前。衛藏圖識：自察木多由類五齊草地進藏一路，在察隆松多西七十里。〔三〕通志無姜黨橋，有塔章橋，在類五齊北，與額額地爲通西海門户。〔四〕唐家姑蘇之鐵索橋，未詳。檢通志：西藏鐵索橋有五：一曰蓬多鐵索橋。一統志：在蓬多城西達穆河旁。二曰魯衣鐵索橋。一統志：在達克卜吉尼城南三十里，雅魯藏布江岸。三曰鄂納鐵索橋。一統志：在墨爾恭噶城北二十里，噶爾招木倫江岸。四曰楚烏里鐵索橋。一統志：在楚舒爾城西南十四里，雅魯藏布江岸。五曰鐵索橋。〔五〕水道提綱：雅魯藏布江，經拜的城北岸北山數十里，受西北來一小水，又東北過鐵索橋而至東南。〔六〕通志謂此鐵索橋，在今前藏西南二百六十里曲水塘南，雅魯藏布江穿流其下，藏衛往來之要津也。又乾隆五十七年，大學士福公奏于濟嚨外之熱索橋，聶拉木外札木地方之鐵索橋，絨轄，均設立鄂博，無所謂唐家姑蘇之鐵索橋者。惟唐書南蠻傳：「貞元五年，南詔異牟尋，大破土蕃于神川，遂斷鐵索橋，溺死以萬計。」一統志：「金沙江，古名麗水，一名神川，一名犁牛河，今蕃名木魯烏蘇。」王記所云唐家姑蘇之鐵索橋，豈即指此耶？以烏蘇爲姑蘇，或傳寫之訛耶。

右雍正間，王我師所記鑪、藏道里形勢，余備録而考訂之。王以雍正四年，從副都統鄂齊、内閣學士班第、四川提督周瑛，勘定川、滇、西藏疆界，故能畧舉之如此。是時準夷未滅，後藏亦未全通。及乾隆中，藏地大定，衛藏圖識乃出，其道路程站，皆據乾隆五十一年軍需檔案，固宜其詳而有徵也。嗟呼！中國輿地，歷代文人學士多詳考之，本朝一統無外，殊方異域，皆我版圖，況今夷務紛紜，豈可不於此加之意乎？

〔一〕衛藏圖識圖考卷上察木多至拉里程站：「瓦合寨西南行四十里至麻利，有碉房柴草。十里過山，山勢高聳，下山繞河而行，偏橋疊見。三十里至嘉裕橋，番名三埧橋。有碉房柴草，兩山環抱，一水中流。天氣暄和，地土饒美，有塘鋪，計程八十里。」

〔二〕（雍正）四川通志卷二二西域工布江達：「在拉里西南，原係西藏部落工布達布二處路口……至江布達布，會於藏河。」。

〔三〕衛藏圖識圖考卷下諸路程九十站：「自察木多由類五齊草地進藏路程……七十里至察隆松多，即春奔色擦，七十里至江黨橋。」

〔四〕（嘉慶）四川通志卷一九一西域類伍齊：「搭章橋，在類伍齊北，與說額地爲通西海要隘。」

〔五〕西藏鐵索橋並非有五，而爲七。據大清一統志卷四一三西藏：「衛地諸橋：蓬多鐵索橋，在蓬多城西，達穆河旁。庫庫石橋，在喇薩西北。魯衣鐵索橋，在達克卜吉尼城南三十里，雅魯藏布江岸。鄂納鐵索橋，在墨爾恭噶城北二十里噶爾木倫江岸。池薩母木橋，董郭爾城西南七里，羊巴尖河岸。楚烏里鐵索橋，在楚舒爾城西南十四里，雅魯藏布江岸。藏地諸橋：董噶木爾橋，在納噶拉則城東南四十里，牙母魯克池旁。薩喇朱噶鐵索橋，在林奔城西北二十里雅魯藏布江岸。蘇木佳石橋，在日喀則城東南四里，年楚河岸，橋長七十餘丈，有十九洞。桑噶爾扎克薩木鐵索橋，在盆蘇克靈城西北一百餘里鄂宜楚河岸。穆克布扎克薩木鐵索橋，在桑噶爾扎木橋旁。」

〔六〕水道提綱卷二二西藏諸水：雅魯藏布江「折東南流六十里，經拜的城北岸山北又數十里，受西北來一小水，又東北過鐵索橋，而東南經楚舒爾城南。」

西藏疆理二條

和太庵西藏賦自注云：「前藏西北，俱係草地，有克哩[野]大山、(一)納克産隘口，北通哈真得(十)[卜]特爾，(二)其東接玉樹界。又由羊八井，至桑托羅海，越紅塔爾山，(三)過拉納根山，即騰格哩諾爾，蒙古語天池也，乃達木蒙古游牧之處。又由吉札布至僧格物角隘口，東北至噶勒藏骨坌、阿勒坦諾爾一帶，皆塔斯頭，難行。經沙雅爾小回城，過木蘇爾達巴罕，通準噶爾境。又由後藏西北阿哩城，交拉達克罕庫努特外蕃界，可通和闐及葉爾羌新疆，其路有半月無水草。」(四)

會典理藩院所掌西藏疆理，西藏達賴刺麻所居曰布達拉，是爲前藏；班禪額爾德尼所居曰札什倫布，在布達拉西南，包於前藏境内，是爲後藏。前藏東與四川邊外土司接界，東北與西寧大臣所屬土司接界，北與卓書特部落接界，西北踰戈壁，與和闐、葉爾羌接界，西與拉達汗部落接界，西南與廓爾喀接界，南與哲孟雄部落接界，東南與雲南維西廳接界。其餘各刺麻皆屬于達賴刺麻。東起乍雅達呼圖克圖，與四川邊外土司接界，其西爲察木多帕克巴拉呼圖克圖，又西爲碩般多刺麻，又西爲類烏齊呼圖克圖。碩般多、類烏齊之北，皆與西藏大臣所屬土司接界。碩般多之南，爲八所刺麻，又南爲工布碩卡刺麻。類烏齊之西，爲墨竹宮刺麻，又西爲噶勒丹刺麻；類烏齊之西北，爲贊墊刺麻，介居西藏大臣所屬土司各族之間。其西爲呼徵刺麻，噶勒丹之西爲色拉刺麻，西與布達拉接界；噶(勒)丹之南，爲瓊科爾結刺麻。瓊科爾結之西，爲文札卡刺麻，又西爲松熱嶺刺麻，又西爲邦仁曲第刺麻，又西爲乃東刺麻；北與布達拉接界；乃東之西，爲瓊結刺麻。布達拉之西北，爲布勒綱刺麻，西北爲羊八井刺麻。羊八井之西，爲朗嶺刺麻，西與札什倫布接界。朗嶺之南，爲仁本刺麻，其西南爲江孜刺麻，又西南爲岡堅刺麻。岡堅之西，爲協噶爾刺麻。協噶爾之西，爲聶拉木刺麻。朗嶺之西，踰後藏，爲撒噶刺麻，又西爲雜仁刺麻。

〔一〕哈佛燕京圖書館藏本、中復堂全集本（同治六年本）、筆記小說大觀、叢書集成三編本皆爲「克哩大山」，姚文脫「野」字，今據西藏賦：「西北俱係草地，有克哩野大山。」故據以增補。

〔二〕哈佛燕京圖書館藏本、中復堂全集本（同治六年本）、叢書集成三編本、筆記小說大觀本，皆載爲「哈真得十特爾」。今據西藏賦所載「北通哈真得卜特爾」，故改「十」爲「卜」。

〔三〕西藏賦：「越紅塔爾小山」。

〔四〕西藏賦：「其路有半月戈壁，無水草。」

衆呼圖克圖

會典：理藩院所掌事例，駐京呼圖克圖，曾加國師、禪師封號者，左翼頭班章嘉呼圖克圖，一班敏珠爾呼圖克圖，右翼頭班噶勒丹錫呼圖克圖，二班濟隆呼圖克圖，皆列于雍和宫總堪布之上。其餘有洞科爾呼圖克圖，果蟒呼圖克圖，那木喀呼圖克圖，鄂薩爾呼圖克圖，阿嘉呼圖克圖，剌果呼圖克圖，貢唐呼圖克圖，土觀呼圖克圖，多倫諾爾有錫庫爾錫呼圖諾顏綽爾濟，皆出呼畢勒罕，入于院册。

余按：此皆京師、熱河内地大剌麻也。其西藏及蒙古各部落游牧剌麻，據會典云：前藏曰達賴剌麻，後藏曰班禪額爾德尼。其外有：第穆呼圖克圖，噶剌木巴呼圖克圖，色木巴呼圖克圖，布魯克巴呼圖克圖，嘉拉薩賴呼圖克圖，鄂朗濟永呼圖克圖，朋多江達籠廟之呼圖克圖，摩珠鞏之誌鞏呼圖克圖，貢噶爾之嘉克桑呼圖克圖，柰囊保呼圖克圖，朗呼仔之薩木黨多爾濟柰覺爾女呼圖克圖，覺爾隆阿里呼圖克圖，楚爾普嘉爾察普呼圖克圖，多爾吉雅靈沁呼圖克圖，倫色之覺爾澤呼圖克圖，協布隆呼圖克圖，摩珠鞏之誌鞏小呼圖克圖，達拉岡布呼圖克圖，凡十八人，及沙布隆十二人，皆出呼畢勒罕，入于院册。又云：康熙三十年，喀爾喀哲布尊丹巴呼圖克圖，率領喀爾喀七旗，於多倫諾爾地方朝覲。三十二年，封爲大剌麻，于喀爾喀地方立爲庫倫，廣演黄教。雍正元年，照班禪、達賴剌麻之例，給封號，賜金印、敕書，授爲啟法哲布尊丹巴剌麻，是哲布尊丹巴呼圖克圖，其尊與班禪、達賴等，非諸呼圖克圖比。

余前言呼圖克圖之名未詳，今據會典詳之。

卷之四

蕃人禮佛

初八日，浴佛之辰，裏塘諸寺，集衆僧誦經。蕃民男女皆禮佛，一如内地，惟寺僧自然酥油燈，燒旃檀香。蕃人禮佛者不持香，手執牛角，遥望見寺，每行一步，畫地膜拜，遍繞其寺，而後入門頂禮。余自打箭鑪至是，所過剌麻寺多矣，僧既穢濁，其誦經喃喃，皆在喉間，併無音節，亦無鐘磬，惟鉦鼓喧振，雜以鈴鈸而已。聞巴塘與藏中有梵音，畧如内地。得一絕〔一〕云：「聞道西來尋梵唄，〔二〕喃喃不辨鼓還鉦。經過三百八十寺，何處一聞清磬聲？」

〔一〕後湘續集卷四：「西行所見剌麻寺多矣，僧既穢濁，其誦經皆在喉間，初無音節，鉦鼓喧振，雜以鐃鈴，使厭聽。」

〔二〕後湘續集卷四：「見説西來多梵唄」。

剌麻寺樓詩二條

是日將晚，烏雲甚濃，陣雨斜飛，忽東西青虹長亘，頃刻晴空，霽色山光，即景欣然成一絶云：「小樓終日對蠻山，積雪時消草尚斑。嚮晚烏雲渾欲雨，晴虹忽墮枕窗間。」〔一〕與丁戍之别駕，寓裏塘小剌麻寺樓上二十餘日，督乍雅那們汗西行。室裁方丈，一窗如竇，兩人對榻坐卧，户外晨夕炊煙，作馬牛糞味。散步無所，兀兀自嘲，口占示别駕調之云：「丈室經旬似繫囚，炊煙糞味幾時休。無端却憶文丞相，燕市三年一小樓。〔二〕」又代答云：「生非博望使河源，豈問祇陀孤獨園。丈室自開獅子座，文殊摩詰兩無言。」〔三〕

〔一〕後湘續集卷四寓裏塘僧樓即景。

〔二〕後湘續集卷四寓裏塘僧樓即景與丁戍之别駕：「寓裏塘小剌麻寺樓二十餘日，守督乍雅諾們汗西行。室僅盈丈，一窗如竇，兩人坐卧相對，户外晨夕炊煙，作馬牛糞味，散行無處，口占示别駕調之：『……無端却憶文丞相，燕地三年一小樓。』」

〔三〕後湘續集卷四代答。

蕃僧服敗紅衣

佛經言律部沙門比邱，服壞色衣及糞掃衣，即今緇衣也。升座乃衣僧伽棃，即今之紅袈裟也。余自打箭鑪以西，所見剌麻服色，無不敗紅者。黄教惟帽作黄色耳，紅教剌麻則帽色亦紅，從未見有緇衣之剌麻，何耶？近日中國僧衣常服，亦分宗、教、律三種，律門緇衣，宗門淡黄色衣，教門棕色衣，以此爲别。惟升座及禮佛，則均紅袈裟，猶古制歟？

夢詩

十二日，土司餽牛肉一蹄，飲酒未半甌，陶然竟睡，夢得一律〔一〕云：「世事紛紛各有胎，人還物我不須猜。縱成木養形先槁，慣作鷄栖心未灰。泛海黑風時自警，攫金白晝亦堪哀。青天亘古無中外，倦馬臨岐首重迴。」

〔一〕後湘續集卷四：「四月十二日土司餽牛肉一蹄，飲酒未半甌，陶然竟醉，夢中忽成一律。」

蕃俗信呼圖克圖餘溺

甚矣，禍福之念，中人深也！西蕃崇信剌麻，非以其教之善，謂其能禍福人耳。乍雅呼圖克圖住裏塘數年，蕃人見之，數十步之外，即五體投地，匍匐蛇行而前。倘呼圖克圖手摩其頂，則大喜，以爲佛降福也。或病有憂者得之，則以爲消災滅病矣，或不驗，亦惟自咎罪孽深重而已。尤可憫者，謂呼圖克圖修行數世，元陽不洩，並其溲溺亦寶重之，曰：「得其一滴，服之可以延年治病。」蕃僧皆樓居，男婦有持器終夜守其下以待者。蕃僧亦自珍貴，以瓶盛貯而臘封其口，非虔誠備禮求之，不輕予。嗟呼！吾人聞此，未有不笑其愚者。豈知獻媚權門，屈身昏夜，得其咳唾以爲珠玉者，亦何異於是哉！

讀衞藏圖識詩

十四日，陰晦，霏霰竟日。讀衞藏圖識，〔一〕漫題云：「細雪霏霏晚未闌，重裘四月覺深寒。攜來圖識多驚異，薄酒燈前擁被看。」

〔一〕後湘續集卷四：「四月十四日夜雪，讀衞藏圖識。」

顔制軍西藏詩

乾隆中，西藏平定，當時諸公紀事陳風之作甚衆，膾傳者，如駐藏大臣和泰庵之西藏賦及顔惺甫尚書之衛藏詩，皆採入通志。〔一〕顔詩八十韻，今摘其中三十二韻云：「直北噶丹界，迤南陽布連。西洋爲後户，麗水即前川。中拓數圻地，三危別有天。碉房銜月窟，毳幕走雲軿。酥酪手相接，氆氌夜自聯。〔二〕羱羝妖祀熾，咒詛土風沿。雪海無方漲，冰天不肯旋。飛橋搖鐵索，危渡簸皮船。梯度阻蕃馬，繩行抛竹箯。層層踰嶺坂，藹藹見原田。細碎成村落，縱橫展陌阡。麨苗秋隱隱，跋布水濺濺。大小招相別，黃紅教各詮。渾無生死法，但有去來緣。般若淩霄峻，浮圖射日圓。雷聲轟鼓鈸，井字列街廛。乞食沙瓶鉢，搜山鹿野畋。牛羊紛牧放，茶茗細熬煎。蠻妓經營巧，賓婆織紝便。花裙寧窕窈，赭面亦嬋娟。不信清笳隊，都教彩線纏。瓢笙蘆管樂，烏鬼鴿王延。辛布當胸挂，重環綴耳穿。多情聚麀鹿，奇葬附鵰鳶。引袂雜男女，踏歌非醉顛。有時槎碧罽，隨意揀紅綿。犬或猘頭惡，鷄胡象鼻卷。紙光裁貝葉，香爐熱龍涎。閏日飛堯典，瞻星失斗躔。地原章步外，人在閬風顛。剃落唐碑卧，婆娑古柳眠。去華真絶遠，殊俗若爲湔。」頗盡西藏風俗。

〔一〕（嘉慶）四川通志卷一九二西域志二：「國朝駐藏大臣和寧西藏賦……」「國朝顔檢衛藏詩……」

〔二〕（嘉慶）四川通志卷一九二西域志二：「毺氀衣自聯。」

馬若虛詩

通志載馬若虛西藏雜詩四首，〔一〕頗具風格，今録之於此：「余本落拓子，浪游川西東。曾磨盾鼻書，卅載三從戎。飽飫五侯鯖，秃穎居囊中。有時草飛布，〔二〕下馬筆如風。邇來藏直弦，三語將毋同。老成漸徂謝，噩夢醒槐宫。來此氊毳鄉，習静證六空。回首望蜀道，羌首如飄篷。」其一。「人生日營營，苦爲利名逐。袴褶騎塞馬，迢遞向荒服。如何典春衣，〔三〕斗酒醉平陸。朝擕田間侶，暮向茅簷宿。俯仰庭下松，磥砢多節目。長嘯視浮雲，無心手翻覆。不求姓名傳，亦免污青竹。」其二。「暮春風日佳，四山啼蜀魄。憶我浣花溪，柳棉已飛白。時游丞相祠，手摹青銅柏。於今落蠻嶠，誰與數晨夕。〔四〕渴羌難用武，樽酒比瓊液。但聞風怒號，勢欲捲磐石。閉户送青春，孤負遠游客。」其三。「靈芝不爲瑞，鵬鳥不爲災。鵬翼振九萬，藩鷃依蒿萊。窮達由天賦，衛霍生輿臺。夢游華胥境，爛醉康衢杯。熙熙樂無涯，醒獨支其頤。足跡如大章，恨未窮九垓。野馬不受羈，天真返童孩。無端作囈語，釋悶非程材。」其四。

〔一〕（嘉慶）四川通志卷一九二西域志二：「國朝馬若虛西藏雜詩四首。」

〔二〕（嘉慶）四川通志卷一九二西域志二：「有時飛露布。」
〔三〕（嘉慶）四川通志卷一九二西域志二：「何如典春衣。」
〔四〕（嘉慶）四川通志卷一九二西域志二：「孰吏數晨夕。」

西域烏鴉

西地烏鴉，大如肥鵞，聲若鵂鶹，不巢樹而棲人樓屋上，甚可憎。爲詩云：「跬步岑樓不出門，密雲小霰易黄昏。生憎窗外烏聲惡，莫作長沙鵩鳥魂。」〔一〕

〔一〕後湘續集卷四：「裏塘烏鴉大於肥雞，聲若鵂鶹，不巢樹而棲人樓屋上，甚可憎惡。西俗人死，置諸野，聽烏鳶啄食，謂之天葬，莊子『在上爲烏鳶食』，殆即指此。」

古三危

十五日，曉起，陰寒，屋上存霜如雪，旋消去。午後，復小霰半刻。

舜「竄三苗於三危」。〔一〕乾隆中，始考定其地爲康、衞、藏，在蜀徼之西，滇徼之南，察木多及前後藏，正其地也。

余按：禹貢「三危既宅」，正義引鄭氏注曰：河圖及地記書云「三危在鳥鼠之西，南當岷山，則在積石之西南。」〔二〕今輿圖甘肅鞏昌之渭源縣北，有鳥鼠山，以爲渭水之源所出是也。然余行履巴、裏二塘以西及察木多一帶，鳥鼠多同穴處，不獨鞏昌，則三危之爲衞藏似矣。但數千里皆山，不知何者爲三危耳。又疑黔、滇、湖南，皆古三苗地，謂之三苗，必有三種。舊説以爲兄弟三人，始竄一處，後不悛惡，乃更分析爲三而處之。則三危之爲一山與否，未可定也。後漢西羌傳云：「西羌之本，出自三苗，姜姓之别也。其國近南岳，及舜流四凶，徙之三危，河關之西南羌地是也。」章懷注：「三危山，在今沙州燉煌縣東南，山有三峯，故曰三危也。」「河關，縣，屬金城郡。已上並續漢書文。」據此，是古説皆以三危在西，而章懷所指在燉煌縣東南者，更明。傳此文下云：「濱於賜支，至乎河首，綿地千里。賜支者，禹貢所謂析支者也。南接蜀、漢徼外蠻夷。」此文尤明白。則三危地在今四川西北，甘肅徼外正西，蓋青海土爾扈特游牧之間，上距燉煌，適在東南，其西即鄂敦他拉海，所謂河源者也。古説三危山，當在此處。諸書皆合。今察木多、扎雅、巴塘、裏塘，皆在燉煌之東南，上距燉煌已二千餘里，與後漢書「濱於賜支，至乎河首」者頗異，康、衞之説果信乎？

余謂以諸書考三危，不若以禹貢考三危也。禹貢三危，在黑水之西南導川，文云：「導黑水至于三危，入于南海。」〔三〕今中國江、淮、河、濟，皆入東海，其在占城交趾以南，始爲南海，中國所不見也，黑水入之，其不在中國可知。既云「黑水西河惟雍州」，又云「華陽黑水惟梁州」，二州皆以黑水爲界。西河即河之西也，華陽即華山之南也。梁州北界，既止于華山，其南界何止乎？紀之以黑水，則黑水爲梁州南界可知矣。河水發源於中國之西，故謂之西河。雍州界起西河者，雍州之東界也，其西界何止乎？紀之以黑水，則黑水爲雍州西界可知矣。今陝西、甘肅，乃禹貢雍州之域，四川、雲南，乃禹貢梁州之域，華山爲二州內界之分，是黑水爲二州徼外之界，又可知矣。求黑水者，不惟當於徼外，且當於雍之極西，梁之極南，水色黑而入南海者，求之乃確。明張機、黄貞元皆以滇徼外由緬甸入南海之大金沙江，當禹貢黑水。一統志以其水遠在西南荒徼外，去雍、梁二州之境甚遠非之，而以潞江之上流喀喇烏蘇，當禹貢黑水是矣。黑水既定，然後可得三危。

〔一〕尚書注疏卷二虞書舜典傳典之義與堯同：「竄三苗於三危。」

〔二〕尚書注疏卷五夏書禹貢：「鄭玄引地記書云三危之山，在鳥鼠之西南，當岷山則在積石之西南。」

〔三〕尚書注疏卷五夏書禹貢：「導黑水至于三危，入于南海。」傳：「黑水自北而南，經三危，過梁州入南海。」

黑水三條

一統志云：

雅魯藏布江，源出藏之西界卓書特部落西北三百四十餘里，達(本)〔木〕楚克喀爾公喀爾城東北，〔一〕喀爾招木倫江自北來會，合而爲一，復東南流一千二百餘里，經衞之南界，過羅喀布占國，轉西南流，入厄納特克國，〔二〕會諸水，注於南海。此水源流甚廣，〔三〕不入中國。按：唐書「吐蕃贊普居跋布川或邏娑川」。地理志：「跋布川，在邏娑川西南，渡藏河乃至其地。」疑此即跋布川也，滇人謂之大金沙江，張機、黄貞元謂此真禹貢之黑水。張機曰：「大金沙江發源崑崙山西北吐蕃地，即禹貢黑水也。雖與雲南小金沙江及瀾滄、潞江，皆發源吐蕃，然大金沙江之源，較三江最荒遠，且其源於三江源，邈不相近，其下流亦十倍小金沙江及瀾、潞三江之水。」〔四〕禹貢：「華陽黑水惟梁州，黑水西河惟雍州。」周文安辨疑録云：「甘州志『甘州之西十里有黑水，流入居延海，肅州之西北有黑水，東流遐遠，莫窮所之。』是其源入雍州之西，流入梁州之西南也。雲南志：『金沙江出西蕃，流至緬甸，其廣五里，徑趨南海。』得非黑水源出張掖，流入南海者乎！黄貞元曰：「大金沙、瀾、潞三水，雖皆入南海，大小遠近迥不同。瀾僅潞四分之一，大金沙十倍瀾、潞，瀾、潞所出地，名鹿石山，〔五〕在雍望，俱可窮源。上源亦狹，大金沙江上源，相傳近大宛國，自里麻茶山至孟養極北，不聞有所往，號赤髮野人境。峭壁不可梯繩，弱水不任舟筏，土人惟遥見川外，〔六〕隱隱有人馬形，殆似西羌之域也。今姑畧其源，惟自經流、支流入海，可見者言之。水流至孟養陸阻地，有二大水，自西北來，一名大居江，或云大庫江，〔七〕一名檳榔江，二水至此合流，又名大盈江。今騰越人總甸内諸水，亦曰大盈江，殆竊侈其名也。江流至此，夷人方名爲金沙江。江中產緑玉、黄金鉤子、金精石、黑玉、水晶，間出白玉，濱江山下出琥珀。滇人相傳，名大金沙江，若以别麗水、北勝、武定、馬湖之小金沙江耳。自此南流，經官猛莫瞰莫，〔八〕即至猛掌，有一江自西來，入大金沙江。又南下昔朴怕蚱猛莫猛，外經蠻莫，有一江，源自騰越大盈，經鎮夷南甸千崖，受展西、〔九〕茶山、古湧諸水，伏流南牙山麓，出經蠻莫，入大金沙江。江又經蠻法、勒、孟拱、遮鼈營屯、〔一〇〕大菖蒲山峽、小菖蒲山峽、課馬、孟養、怕奔山峽、户董、鬼哭山、戛撒。昔年緬人攻孟養，以船運餉到戛撒，爲孟養所敗者，此江也。正統中，蔣雄率兵追思機發，爲緬人所壓殺於江中，亦此江也。大約江自蠻莫以上，山聳水阻。〔一一〕正統中，郭登自章貢順流不十日至緬甸者，亦此江也。下流經温板，有一江源自騰越龍川江，經界尾、高黎共山、隴川、猛乃猛密所部莫勒江，至太公城、江頭城，入於金沙江。下流又經猛吉、準古、温板，又名温板江，又名流沙河，皆金沙江也。猛戛、馬達剌至江頭，江中有大山，極秀聳，山有大寺。又有一江，源自猛辨洗戛母南來，入大金沙江，又經止即龍、大馬革、底馬、撒躋馬，入南海。其江自蠻莫以下，地勢平衍，濶可十五餘里。舊云五里者，非也。經南江益寬，流益緩。緬人善舟，如涉平地，至是江海之水，瀦爲一色矣。」

按：以上張、黄二説，〔一二〕所指大金沙江，其上流即今雅魯藏布江也。此水雖大，但遠在西南荒徼外，去禹貢雍、梁二州之境甚遠，謂爲黑水，其説難信。

〔一〕大清一統志卷四一三西藏：「達木楚克喀巴布山，會諸水東流二千五百餘里，從噶木巴拉嶺北入衛地，至日喀爾公喀爾城東北。」

〔二〕大清一統志卷四一三西藏：「入尼訥特克國。」

〔三〕大清一統志卷四一三西藏：「此水源流甚遠。」

〔四〕大清一統志卷四一三西藏：「然大金沙江之源，較三江最荒遠，且其源於三江源，邈不相值，其下流亦十倍小金沙江及瀾、潞二江之水。」

〔五〕大清一統志卷四一三西藏：「地名在鹿石山。」

〔六〕大清一統志卷四一三西藏：「土人亦遠見川外，隱隱有人馬形。」

〔七〕大清一統志卷四一三西藏：「大車江。」

〔八〕大清一統志卷四一三西藏：「經宦猛莫瞰莫。」

〔九〕大清一統志卷四一三西藏：「受辰西茶山古湧諸水。」

〔一〇〕大清一統志卷四一三西藏：「江又經蠻法、魯勒、孟拱、遮鼈管屯。」

〔一一〕大清一統志卷四一三西藏：「山聳水陡。」

〔一二〕大清一統志卷四一三西藏：「按以上二說。」

一統志又云：

潞江在羅隆宗城東北六十里，蒙古名喀喇烏蘇，蕃名鄂爾宜楚。瑩按：羅隆宗，一作洛隆宗，在巴塘西北八百五十里，類伍齊西南，爲鑪城、西寧入藏要道。其源出衞之剌薩北二百八十里，有澤布喀，廣四百五十里，〔一〕其水西北流百餘里，入厄爾几根池，池廣一百三十餘里。又東北流，五十餘里，入衣達池，衣一作集。池廣一百餘里。從此池轉東南流，一百五十餘里，入喀喇池，池廣一百二十餘里。從南流出，名喀喇烏蘇。稍東北流四百五十餘里，至索克宗城南百餘里，出衛境，〔二〕入喀木境，名鄂爾宜楚。轉東南二百餘里，又稍東，過羅隆宗城北，流三百餘里，折南流八百餘里，經米喇隆池，〔三〕又二百餘里，入怒夷界，名怒江。自怒夷界南流三百餘里，入雲南麗江府界，名潞江。經野人界，又南經永昌府，及潞江安撫司境，〔四〕流至緬甸，入南海。〔五〕按舊輿圖：西蕃之西，大流沙之南，湧出一澤，名嘉湖，即喀喇池也。〔六〕蒙古名黑爲喀喇，水爲烏蘇。明一統志：潞江舊名怒江，源出雍望，蒙古封爲四瀆之一。此水大於瀾滄、葉榆而色深黑，故名。其上源出於衛地之布哈大澤，淵澄黝墨，又多伏流，以此爲禹貢之黑水，則名稱猶舊，較之指瀾滄、葉榆爲黑水者，猶爲畧有依據也。

〔一〕大清一統志卷四一三西藏：「源出衛之喇薩北二百八十里，有澤名布喀，廣四百五十餘里。」

〔二〕大清一統志卷四一三西藏：「出衛地。」

〔三〕大清一統志卷四一三西藏：「經米喇隆地。」

〔四〕大清一統志卷四一三西藏：「又南經永昌界，又潞江安撫司境。」

〔五〕大清一統志卷四一三西藏：「流至緬甸，入南海。明統志：潞江舊名怒江，源出雍望，經潞江安撫司之北，蒙氏封爲四瀆之一。」

〔六〕大清一統志卷四一三西藏：「湧出一澤，名曰嘉湖，南流爲潞江。以今考之，嘉湖即喀喇池也。」

瑩按：「潞江自源至流四千餘里，水非小矣。自衛之喇薩北行，一千一百餘里，其地接西寧、甘肅外境，即禹貢雍州也。自北南流，復入衞境，一千五百餘里，入雲南，經麗江、永昌二府，至緬甸，入南海，中經喀木。雲南，古之梁州也。然則此水曲折經行於雍、梁二州徼外，來往三危，而入南海，脈絡分明，與禹貢悉合。且喀喇烏蘇之名，正爲黑水，不惟此水源流具備，併可考見大禹時，雍、梁二州疆域之廣，以經釋經，是三危確在黑水之南，黑水由此入南海，非喀木與衞而何耶？」

甘肅黑水非禹貢黑水

張氏以大金沙江爲黑水，固與黄氏同誤，而援辨疑録，以甘、肅二州之黑水爲禹貢之黑水，又牽合大金沙江而一之，謂即大金沙江之源，尤誤。按：今一統輿圖，甘州西有黑水河，北流七十餘里，入山丹河。又北數里有沙河，自西南之祁連山，二百餘里來會。北過高臺縣，有擺通河來會。北出長城六十餘里，名額濟納河，又北流七十餘里，有滔賴河，自肅州之南，亦出祁連山，北流四百餘里來會。稍東北流四十餘里，名坤都倫河，又分爲二支河。入居延海，是此河之幹流，本山丹河也。黑水乃一小支河，長僅數十里耳。即山丹河自祁連山至居延海，亦不過數百里，何足當雍州分界之識域乎？况山丹河及黑水皆北流入居延海，與禹貢「至三危入南海」之文顯異，得非古今水道變遷之故乎？

瑩按：公羊疏引鄭康成注禹貢「華陽黑水惟梁州」曰：「梁州界自華山之南，至於黑水也。」〔一〕觀此，則黑水又在華山之南。若以雲南徼外之喀喇烏蘇當之，其說亦合。總之，禹貢明言「華陽黑水惟梁州」，又云「黑水西河惟雍州」，二州一南一西，相去數千里，皆以黑水紀其疆域，則水之大可知。導川之黑水，明言「至于三危，入于南海」，則三危去南海當近。而叙三危既宅于雍州之域，則三危又不得在梁州，此古註所以云「三危在鳥鼠之南」也。然則黑水亘雍、梁二州，當時導黑水由三危西去，使入南海，其時水道必有可入之理。古今數千年，水道變更多矣，不得以後世水道疑之也。諸説紛紛，存之備考可耳。

〔一〕春秋公羊傳注疏卷七：（十年）秋九月，荆敗蔡師于莘，以蔡侯獻舞歸。

禹貢黑水有三

地理今釋〔一〕按：黑水之辨，諸家紛如。今考地圖，〔二〕禹貢之黑水有三，正不必强合。水經注所謂「黑水出張掖鷄山，今甘州。至於燉煌今廢沙州。」，此雍州之黑水也。漢書地理志：「犍爲郡縣南廣注云：汾關山，符黑水所出，南廣今南溪縣。〔三〕北至僰道入江。今叙州府。」唐樊綽亦以麗江爲古黑水，〔四〕云：「羅些城北有三危山，羅些城在今麗江府北境。其水從山南行，上流出吐蕃界。薛季宣謂瀘水爲黑水。今打冲河。引酈道元説「黑水亦曰瀘水，即若水，出姚州徼外，吐蕃界中」。山海經「黑水之間，有若水」，是也。〔五〕以麗江之説爲非。不知打冲河至大姚縣，即合金沙江會流入岷江。薛氏之説，原與漢志相合，此梁州之黑水也。宋程大昌以瀾滄江爲黑水，〔六〕李元陽黑水辨亦云：「隴蜀無入南海之水，惟滇之瀾滄江足以當之。」而元史載勸農官張立道使交趾並黑水，〔七〕以至其國。吴任臣山海經注亦以瀾滄爲古黑水，〔八〕此導川之黑水也。

〔一〕即尚書地理今釋。

〔二〕尚書地理今釋夏書：「謹考地圖。」

〔三〕尚書地理今釋夏書：「南廣，今廣符縣。」

〔四〕蠻書卷二山川江源第二：「又麗水一名祿⿱日斗江案：⿱日斗字，字書不載。源自邏些城三危山下，南流，過麗水城西……禹貢導黑水至於三危，蓋此是也。」

〔五〕水經注卷三六若水：「南海之內，黑水之間，有木名若木，若水出焉。……若水至僰道又謂之馬湖江，繩水、瀘水、孫水、淹水、大渡水，隨決入而納。」

〔六〕禹貢論下黑水：「諸家之説，以黑水果在張掖，則張掖者，南距大河無數百里，禹而畫爲梁雍之地，不以大河爲限，顧越河而北割數百里以爲梁境，何其項細，不與他州倫也。此又可以見黑水之決不在張掖、燉煌間明也。」又載：「又東女爲國近吐蕃、党項，且與茂、雅州接，而小勃律自言其國爲蜀西門，則與蜀皆爲正西也。夫其地既在蜀西，而金城南山又扼其北，則其謂和向南流者，不獨康延川一水也。……舊傳而主東女之水附著葉榆以爲黑水，益有見也。其方向委曲之與黑水相應而中不當爲弱水者，則具本圖及敘。」

〔七〕元史卷一六世祖一三：「至元二十八年十月癸巳，以武平路總管張立道爲禮部尚書，使交趾。」元史卷一六七張立道傳：「（至元）八年，復使安南，宣建國號詔，立道並黑水，跨雲南，以至其國。」

〔八〕山海經廣注卷一五大荒南經：「大荒之中，有不姜之山，黑水窮焉。郭曰：黑水出崑崙山。任臣案：萬水皆清，斯水獨黑。今雲南瀾滄江是古黑水也。柳宗元天對曰：黑水盈盈，窮於不姜。」

蓋雍州之黑水，其源在黃河之北，梁州及導川之黑水，其源皆在黃河之南，有截然不紊者。第以張掖、燉煌尚在內地，可以尋源而求，而推其委不得，〔一〕遂託爲越河伏流之說。夫崑崙爲地軸，其山根連延起頓，包河南，〔二〕接秦隴，直達長安，爲南山。黑水自燉煌而南，縱可越大河之伏流，其不能越河以南之南山也，明矣。若狃於雍州「三危既宅」之說，此是言雍州分域以內，今終南、鳥鼠，皆在河之南，而三危更在鳥鼠之南，其與雍州之黑水又何涉耶？〔三〕然主瀘水、麗江、瀾滄之説者，亦皆以意度，未能確指水之分合，不知瀘水、麗江源異而流同，麗江、瀾滄源近而流別，〔四〕分合言之，梁州之黑水有兩支，而與導川之黑水，實出一地也。而古未有及之者，蓋以二水僻在蕃界隔蔽，南山阻奧，從古未通中國。魏之法顯，〔五〕唐之玄奘，元世祖之南征，邱處機之西游，皆繞出崑崙以外，歷西域諸國，至於滇南，總未嘗經其地，但從入中國之支流，以古今分域配之，料約爲某水某水而已。今海内一統，西南徼外咸入版圖，爰遣使臣，偏歷其地，〔六〕究源討委，寫圖以誌，支派經絡，瞭如指掌，諸家浮説有所折衷矣。

〔一〕尚書地理今釋夏書：「而推其委而不得。」
〔二〕尚書地理今釋夏書：「包河内。」
〔三〕尚書地理今釋夏書：「謂三危黑水，並在雍州域内，不知導川之三危，在大河之南，非即竄三苗之三危。而雍州之黑水，必非導川之黑水也，又明矣。」
〔四〕尚書地理今釋夏書：「源同而流異。」
〔五〕尚書地理今釋夏書：「即魏之法顯。」
〔六〕尚書地理今釋夏書：「今四海大一統，皇上恩威所屆，靡不霑被震慴，郵傳所至，迎將恐後，特命使臣遠歷西番。」

曲濟嘉木參啓行

十八日，曲濟嘉木參來見，告辭啓行，赴察木多，余詢其「過乍雅有無延留？」答「未能定」。諭以「爾數年不歸，今過所轄地方，豈無公事應部署者？惟此次遵旨赴訊，應蚤至察木多，不便遲延」。同丁別駕賞之而去。

額凹奔松

十九日，晴霽，偕丁別駕發裹塘，西行，路頗平廣。數里，過湯泉，在道北小岡阜之下，有浴池。二十里，過河，有大木橋，本年新修者。過橋，迤邐上山，三十里，岡巒重疊，人馬皆在亂石中行，赤棘高丈許，叢生遍地，崎嶇罣礙，艱苦殊甚，馬既屢蹶，人輿亦數覆焉。衛藏圖識云：此山名「阿喇柏桑，峻嶺層崖，日色與雪光交燦」。〔一〕今雖四月，雪消過半，而殘雪日光，猶相映射。申刻，至頭塘，在半山坡平坦處，結屋數間，爲往來棲止。無人户，惟塘兵數人而已。蕃名其地爲額凹奔松。館舍欹斜欲圮，宿者有戒心焉。余與宣太守捐數十金交黄明府，囑修葺之。是晚，雪。

〔一〕衛藏圖識圖考上卷巴塘至裡塘程站：「裡塘西南行三十里，過大木橋，上阿喇柏桑山，峻嶺層巖，日色與雪光交燦。」

裹塘土司轄地

裹塘土司轄地數百里，正南百數十里，爲瓦述茂丫土司。又數十里，即雲南中甸界。又三百餘里，即麗江府治矣。其西有無量河，即麗江，東入金沙江。

刺麻雅

二十日，曉起，大雪迷山，人馬冒雪而行。爲一律〔一〕云：「四月今逾半，蠻山雪正飛。馬牛毛蹜蝟，男婦毳重衣。怪石欺人立，童山讓棘肥。行行明霽色，萬里亂光輝。」四十里，至乾海子，輿中茶憩。自裹塘至此，童山怪石，草木全無，牛馬皆飢。過乾海子半里，始見青草貼地。更十數里，上下層巒疊嶂，樹木交參，泉流百匝，天日晴霽，山上積雪，時有時無。盤旋五折，至刺麻雅山，過拉爾塘四山，霽雪全消，時而震雷忽雨，旋復日出，小河迴轉數十道。申刻，至刺麻雅，熱傚率蕃民十數來迎。宿蠻寨中，地頗平曠，前後蕃民約二三十户，儼然富饒矣。

〔一〕後湘續集卷四頭塘曉起冒雪登山。

明哲保身當衡以義

士大夫好爲明哲保身，苟不衡以義，則孔光、張禹、譙周、馮道之流，比肩接踵於天下矣。士大夫好養生之術，豈知單豹八十如處子，嵇康親著養生論，一則終爲虎食，一則身遭刑戮乎！士大夫好言先幾避亂。余見嘉慶年閒，江西、湖北訛言有亂，士大夫多移家江寧，然其故里三十餘年晏然無恙也。道光二十二年，英夷舟入長江，一時江寧僑寓之家，皆紛紛奔走故里，喪失殊多，豈不徒多往返耶？嗟乎！世人營營逐逐，無非禍、福、利、害四字錮結胸中耳。苟知死生有命，何如省己守義之爲得哉！

二郎灣

二十一日，入山緣澗上下三十餘里，皆無草木。過嶺，乃見深林密箐，水草遍地。午刻，至二郎灣，地頗寬平，而破鍋前後相望，人户絶少，惟塘鋪漢兵三人，蠻兵數人而已。此非宿站，曲濟嘉木參昨夜止此換烏拉。今日，宿竹登三壩，故同丁别駕止此待之。

歸安愚者

丁別駕言：嘉慶中，歸安袁家匯，有村人幼而蠢愚，其家不中資，衣食不知好惡，卧以美衾，皆手碎之。或卧豚圈側，賊夜竊豚，更爲賊驅其豚使去。人莫不以爲愚而弄之。然有言必中。父本沽酒爲業，作酒必問愚者獲利多寡而後置麯糵，十不失一。愚者不識字，人或問節氣，以指輪算之，曰某日當某節氣，未嘗不與曆書符合也。有應童子試者問曰：「某今年入泮否？」愚者應之曰：「來歲。」已而果然。鄉人患火，置水龍廟中而鐍其室。愚者一日忽斷其鎖，取龍頭出舞於市，羣訴之，還諸廟。不三日，市中火災，乃知其異。別駕徐訪之，見於佛寺中，村人方環弄之，使觔斗爲戲。愚者年二十許矣，體頗豐壯，即於石地上爲觔斗，以笨重輒仆，羣大笑爲樂。別駕試以何日清明？愚者輪其指答曰「昨日也」。果然。若此者，其殆隱仙乎？余曰：「是人也，蓋誠於天者也。人受天地之氣而生，惟得一則誠，誠則明，而幾於神矣。今夫黿，蠢物也，然而卜者問之，吉凶禍福，其應如響。鵲，小鳥也，望氣知人家之衰旺，營巢知天風之嚮避。物固有然矣。是其知也，得之於天者純一，曷嘗有師授之而勤學之哉！惟能葆其純一，而不雜以人智，故能不失其知。彼愚者不識美惡，故能有所知，惟誠故也。使愚者衣服、飲食、起居，一如人有嗜好焉，則失其知矣。」中庸曰：「至誠之道，可以前知。」〔二〕釋氏云：「一入凡情，五通俱失。」後漢淳于恭家有山田果樹，人或盜竊，輒助爲收採。則有心矯俗，非愚者比也。

〔一〕四書章句集注中庸章句第二十四章：「至誠之道，可以前知。國家將興，必有禎祥。國家將亡，必有妖孽。」

守其知者無七情

萬物之生，皆二氣之動使然。方其寂也，若無所知覺；及其動也，知覺即隨之而生。飛、潛、動、植之物，無不有知，非特人與鳥獸昆蟲鱗介也。草木之榮枯，山峙川流，藴生萬物，非其知乎？草木其細，山川之鉅耳。萬物能守其知者，惟無七情，無情故不以其知徇人，人常昧其知者，惟有七情，有情故不能以其知自保。

立登三壩

二十二日，登山，緣河上下，迂折五十餘里，過木橋三。未刻，至立登三壩，巴、裏二塘交界處也。有漢、蠻塘兵各數人。巴塘熱傲率小蕃來換烏拉。是晚，彤雲深布，雪意甚濃。

松林口達麻花

二十三日，晨興，大雪未已，犯雪登巴山，行三十餘里，頗平坦。衛藏圖識云上有海子，未見。下山則青松彌望，紅日近午矣。地名松林口，一路十餘里，穿林而行，道旁二樹，花一朱一白，葉似枇杷。花皆一幹數朵，每朵攢十數朵小花，狀如臘梅，磬口檀心，特色非黄耳。詢其名，曰達麻花也。爲長句〔一〕以賞之云：「蠻方風景日日殊，人物詭異形難模。千山石樹萬山雪，一花如見傾城姝。達麻之種經所無，葉如枇杷青更腴。朵開合抱花十數，深紅淺白聊可娛。檀心磬口牽裳裾，臘梅方之色不如。老夫倦眼行模糊，綠衣紅袖相迎扶。遐荒憐汝苦寂寞，野鴿朝暮空飛呼。」

〔一〕後湘續集卷四：「將至巴塘，見松林口花樹二株，一紅一白，葉似枇杷，花皆一榦數朵，每朵十數小花合抱，狀如蠟梅，磬口檀心，特紅白異耳。詢其名曰達麻花，爲長句賞之。」

大所塘

未刻，至大所塘，一作大朔，巴塘土司遣蕃目來迎，賞以茶物，遣回。大所地寬濶，水草青肥，三面土山，山上石壁峭聳，奇峯異笋，色多斑駁，甚可觀也。倚山蓄户數十家，設漢、蠻塘兵各數名。

温、李得罪時相非其罪

唐詩人温、李皆得罪時相，被擯終身，當時至以爲戒，目爲輕薄。然考其得罪之由，不過語言文字之小故耳。令狐綯身爲宰相，不自咎其不學，反恨飛卿直言，義山乃其至戚，又其父所賞識也，綯既不加存録，反因九日題詩而大恨之，此其褊狹忮忌爲何如！論者不責時相之忌才，但咎温、李之輕薄，是必以貢諛逢迎者爲厚重載福矣。此等議論，正由重視宰相，輕視人才，使令狐綯而賢者，知過能謝，更加禮於温、李，不當又以二人爲氣節之士耶？若夫狹邪之游，纖靡之作，乃唐代習俗，巨公多不能免，人品邪正，固不存乎此也。唐文皇纖麗之詩，不如隋煬帝長城飲馬之什，而李林甫、盧杞之不邇聲色，豈賢于郭汾陽、白香山、韓偓哉？

唐、宋人小説

唐人好爲小説，率多不見其全，宋時載入太平廣記者，猶有百十數種，可見當日文士，喜於記載。然不甚決擇，多出好惡之口，不可遽信。博學篤志者，殆不易得。宋以後乃稍決擇，然亦不免好惡之偏，求其是非得失，稱量而書，一洽於大公至正者亦寡。夫一言爲知，徒徇一己之好惡，不顧事理是非，幸而其書不傳已耳。苟其傳之，徒爲識者所譏，豈非自暴其不知乎？載筆誠不可不慎也。

小巴冲

二十四日，沿溝行，寒甚。逾大雪山，谷邃峯高，積雪盈尺，樹木交横，亂石遍地，泉聲刮耳。三十里，至山嶺，鳥道羊腸，殆不足喻也。下山三十里，亦如之。人馬疲殆，停輿，坐石塊，折松枝，煮澗水，啜茗半甌。復進。迤邐曲屈，十餘里，過崩察木，有蠻塘兵數人迎於道左。又二十餘里，乃至小巴冲。山谷間結蠻寨七八户，巴塘副土司索諾木衮布率衆薔目來迎。

巴塘

二十五日，沿山溝行，澗水皆西流，上下三十里，林谷幽窈。過大木橋一，山谷豁然開朗，則已至巴塘矣。巴塘地土饒沃，青稞、小麥併種，惟無大米耳。天气暄和，四時與内地無異。三、四月間，亦有牡丹、芍藥二種，余來時，花皆過矣。地有都司及糧臺文武二員，土官正副宣撫司二員，正土官以年班入京未回，大頭人護理正土司事，副土司索諾木衮布能漢言，識漢字。堪布來見，以乍雅大呼圖克圖從未過此，求留住誦經三日，整烏拉。曲濟嘉木參來見，亦言巴塘僧俗之意。許之。

裏塘氣喘不關藥氣

自打箭鑪至小巴沖，地氣皆寒，節近芒種，衣必重裘。及至巴塘，始覺暄暖，可著棉衣矣。衛藏圖識云：「打箭鑪外折多山，産大黄，藥氣薰蒸，使人氣喘。」〔一〕以余所經，不獨折多爲然，裏塘尤甚，蓋自折多至巴塘乃止。良由水性寒重，使人氣下之故，非關大黄也。裏塘有湯泉，巴塘亦有之，皆地産硫磺，與大黄之性相反，何嘗數百里皆産大黄耶？

〔一〕衛藏圖識圖考上卷打箭爐至裡塘程站：「折多過山，山雖長，不甚峻，産大黄，藥氣薰蒸，過者多氣喘。」

巴塘規制

巴塘西即藏界，舊屬拉藏罕，有大剌麻寺一座，達賴剌麻委堪布一名，掌理黃教，拉藏罕委第巴二名管束地方。康熙五十七年，護軍統領温普大兵入境，至大朔，第巴赴營投誠。五十八年，獻寨落三十三處，土目二十九人，蕃民六千九百户，剌麻二千一百人，納糧，承應差徭。五十九年，定西將軍至巴塘，蕃民竭力隨軍轉運。雍正四年，會勘界址，歸滇、歸川、歸藏，分定疆界，於南墩適中之寧静山頂，建立界碑，又於喜松工山與達拉山兩界山頂，亦立界石。山以内均爲巴塘所屬，山以外爲西藏所屬。雍正七年，授巴塘土官札什彭楚克爲宣撫司，大頭人阿旺林沁爲副土官，頒給印信號紙。凡土目二十五名，大小頭人四百二十六人，蕃民二万八千一百五十户，剌麻九千四百八十人，每年上納折銀三千二百兩有奇。所轄安撫司十一，長官司七。右見和泰庵西藏賦注。

余按：康熙五十八年，第巴呈獻巴塘蕃民六千九百户，剌麻二千一百人。至雍正四年，僅七年耳，乃蕃民遂至二萬八千一百五十户，剌麻九千四百八十名，多逾三倍，蓋初呈獻時，猶多未盡也。以此見巴塘富庶，過裏塘遠矣。至今二塘氣象，猶迥不同，蓋地氣一苦寒，一温暖故也。

瀘水通大渡河

武侯五月渡瀘，瀘水所入，即今大渡河也。按今地輿圖：大渡河水，源出於松潘廳西北二百五十餘里物藏、轄漫二土司境内，南流三百五十餘里，爲大金川河，南經綏靖、崇化、章谷三屯。小金川河，自東北經撫邊、懋功二屯來會，始名大渡河。西南流七十餘里，有巴的河，自打箭鑪東北，會打箭鑪河東流入之。南經冷邊、沈邊二土司境，有什丹河自西來入。又南流至松林地土司境，有老鵶漩河自西南來入。自此乃東流六十餘里，有清溪縣之流沙河，自北來入。又東流百餘里，越巂河自西南來入。東過峨邊、馬邊二廳，峨眉縣境南，謂之陽江。又東二十餘里，至嘉定府樂山縣，乃入岷江矣。蓋大渡河即古若水，瀘水自越巂南來入之。武侯當日南征所渡之瀘水，即此水也。故今清溪縣東北有山，土名大相嶺，自清溪縣東南至寧遠府，有山土名小相嶺，皆以武侯經過得名。蓋自成都南行，界隔華夷之水，莫大於此，故武侯舉以言之。若今之瀘州，乃在成都東南、大江之北，若過此而南，當云渡江，不得云渡瀘矣。不知後來何以名州也。

古雍州境兼陝甘青海

甘肅洮州之西三百餘里有西傾山，即禹貢之「西傾因桓是來」也。又西南一百餘里，爲積石山，當日導河始此。更西南七百餘里，即喀喇烏蘇河，是洮州距喀喇烏蘇河，僅千餘里耳。黄河在其北，喀喇烏蘇在其南，以此爲雍州分界，固自暸然，故云「黑水西河惟雍州」，是可見禹貢時，雍州境兼陝、甘二省且及青海一帶羌戎地矣。

河名大夏

洮州外河名大夏者，以通古大夏國得名。國名大夏，疑以夏禹治河，自大其國，如西海之大秦國也。大禹治水，功莫盛於西陲，故西戎皆稱中國爲夏。至周末，孔子猶言諸夏。及漢武以後，窮兵朔漠，匈奴畏之，至今蒙古皆稱中國爲漢人。唐高宗、玄宗之世，再下高麗，南平六詔，武功又莫盛於東南。至今東南諸夷，稱中國爲唐人，皆從其功之盛者稱之也。

五省土司地制

庸、蜀、羌、髳，自古列於要服。周武王孟津之會，八百里諸侯，有其人矣。大禹塗山之會，執玉帛者萬國。周末，蜀乃不通中國。余意蓋自平王東遷，失諸侯始也。及秦孝王伐之，乃復通，始皇因置蜀郡，自是代有增建，然猶未盡郡縣之也。以今輿圖考之：四川總督治成都府，領府十二、直隸廳六、直隸州八、廳六、州十一、縣百有十一，其大小金川，古稱化外者，亦置五屯，可謂盛矣。然北至龍安，西北至松潘，西至雅州，南至寧遠，此外爲土司者，二百六十有九。土司屬地，或大於郡縣，豈不以地形險阻、種族殊異之故歟？今土司之地，漢人日漸繁多，蕃夷漸慕華風，更千百年，皆將用華變夷，勢使然也。又考甘肅九府、六直隸州、九廳、七州、五十一縣，而土司之地四十一。廣西十一府、一直隸州、五廳、十六州、四十七縣，而土司之地四十六。雲南十四府、三直隸廳、四直隸州、九廳、二十七州、三十九縣，而土司之地五十。貴州十二府、三直隸廳、一直隸州、十一廳、十三州、二十四縣，而土司之地八十一。是知天朝撫育萬方，惟在安其人民，初非貪其土地，但使靖我邊陲，不遽易其風俗，即封疆以內，不妨從事羈縻，更無論邊徼外矣。

剌麻牧場

今輿地圖：青海之南，有達賴商上堪布剌麻牧場。其西二百餘里，有班禪商上堪布剌麻牧場。地去前後藏甚遠，何以牧場在此？竊意前藏之亂，達賴移居西寧塔爾寺時之牧場也。西寧去青海，裁三百餘里，固宜有之，達賴回藏後，遂相沿不廢耳。傳記未言班禪移居西寧之事，何以青海亦有牧場？又按：圖内肅州之北五百餘里即瀚海，瀚海北五百餘里，有額爾德尼班第達賴剌麻游牧。烏里雅蘇台之南，稍東三百里，有尼魯班禪剌麻游牧。又東北四百餘里，有青殊克圖剌麻游牧。又青海達賴剌麻牧場之南百餘里，有察漢諾們罕剌麻游牧。其地去甘肅貴德廳僅一百餘里，何剌麻游牧之多也？良由西蕃崇信其教，所在各以地予之。青海一帶，距藏遼遠，故隨處設剌麻鎮撫，猶之設官綏靖邊域耳。

巴、裏二塘餽呼圖克圖

乍雅呼圖克圖之去裏塘也，堪布率衆剌麻寺餽銀百金、茶二千五百觔，正副土司餽銀百金、茶一千五百觔，各鄉蠻民供烏拉牛馬二百四十頭馱載人物外，更饋銀五十金、茶七百五十觔。行過巴塘，堪布及衆寺剌麻款住五日，復饋以銀、茶、馬匹，正副土司亦然。其敬禮之如此！余細詢呼圖克圖亦食牛羊，衣狐羊諸裘，初無異人處，惟夜坐不眠，所習經典較多耳。巴塘剌麻寺衆，少於裏塘，經板亦在裏塘刷印而來。堪布亦如内地方丈，自三品至八九品，視所管寺院剌麻大小多寡爲差。

巴塘風景

巴塘四面皆山，中開綠野平疇，周約三十數里，有青稞、小麥，彌望葱秀。所居行館依近東山，面西，正、副土司署皆在其北，都司無署，僦民房居之。蠻民數百户，有街市，皆陝西客民貿易于此。舊有蠻城隍廟，神像戎裝，近建漢城隍廟及關帝廟。其西山一帶，則皆剌麻寺。糧務署在寺内。行館頗高潔，可時眺望，全塘在目，儼如内地，心神爲之一怡。

唐玄宗楊妃年歲

唐玄宗崩于肅宗寶應元年壬寅，年七十八，上溯當生於武后垂拱元年乙酉。中宗景龍四年庚戌，討韋氏之亂，年二十六。睿宗太極元年壬子八月内禪，年二十八。開元二十三年乙亥爲壽王册妃楊氏。天寶四載乙酉，以楊太真爲貴妃，是時帝年已六十一矣。楊氏以乙亥年册爲壽王妃，年少亦當十五以上，更十年爲貴妃，當亦二十五六歲。十五載丙申，死于馬嵬，蓋三十七八歲也。安祿山出入禁中爲兒，在天寶六載丁亥，楊氏年未三十，玄宗甫六十三歲，何其昏瞶乃爾耶？計楊氏濁亂宫闈，八年而祿山反，十年而身死。楊氏死，玄宗年蓋七十二。回憶討韋氏時，四十七年耳。自古人主一身前後異轍，未有如玄宗者也。

狄梁公大人之義

狄梁公之事武氏，前人議者衆矣，皆以反周爲唐大其功，或以事武氏爲屈其節，未有知其用心所在也。余嘗推而論之：方高宗之未崩也，親以朝政授之武氏，天下稱爲二聖久矣。中宗庸闇，武氏蓋深知之，故甫立而廢，更立豫王。夫以母廢不才子，别立一子，不可爲武氏罪也。其罪在改元，立武氏七廟耳。然改元三年，固嘗歸政豫王，則未有移唐社稷之意也。未幾，復稱制，蓋睿宗中下之材，與中宗無甚大異，武氏覺其不能勝任，故復自爲之。然後羣小爭進邪言，武氏惑之，乃大殺唐宗室矣，拜洛受圖矣，服衮冕大享神宫矣，前後殺三宰相矣，除唐宗室屬籍矣，改正朔、改國號、改宗廟、稱皇帝矣。然猶以豫王爲皇嗣，改姓武氏，固未欲自絶其子，不予以天下也。是時也，唐胄存亡，如一髮耳。仗義討罪，非無其人，前有李敬業，後有琅琊王冲、越王貞，皆舉兵不克。則武氏材智，實有大過人者矣。勢不可爲，懷忠抱義之士惟有潔身去耳。然身則潔矣，其如先帝六尺之孤何哉？苟無人焉，以其身冒不韙之名，委曲調護之，則廬陵王及豫王者，不喪于武氏，必喪于三思、承嗣之手，唐室不其終絶矣乎？昔屠岸賈之攻趙氏也，程嬰、公孫杵臼皆趙氏之忠，相與謀曰：「殺身易乎？存孤易乎？」嬰曰：「殺身易耳，存孤實難。」杵臼曰：「然，子强爲其難者。」嬰乃自埋身滅迹，蒙歷艱難，卒存趙氏，天下皆服嬰之義而大杵臼之功。駱賓王之討武氏也，爲檄文曰：「一抔之土未乾，六尺之孤何託？」〔一〕武氏讀檄至此，瞿然而起，是母子天性，固未泯也。梁公窺其微，知天下之猶可爲也，故毅然以二王爲己任焉。武氏亦知其忠于二王也。二王者，非他人子，固己子也，故深諒而信任之，卒從其勸，召還廬陵王。未幾，武承嗣死，廬陵王爲太子，豫王爲相王，名分既正，天下人心亦定，而梁公之志遂矣。所未竟者，不及身奉廬陵王即位，復唐國號，身先卒耳。身不及爲者，復薦五人成其志，夫何憾乎？若狄梁公者，即程嬰、杵臼存孤之心，不惜屈身以成義，而事勢之難，且十倍程嬰焉。孟子曰：「大人者，言不必信，行不必果，惟義所在。」〔二〕孔子曰：「豈若匹夫匹婦之爲諒也。」〔三〕梁公可與立矣，復可與權，非折衷孔、孟，安能知大人之義乎哉！

〔一〕駱丞集卷四代李敬業討武氏檄：「公等或居漢地，或葉周親，或膺重寄於話言，或受顧命於宣室，言猶在耳，忠豈忘心。一抔之土未乾，六尺之孤安在。」

〔二〕孟子注疏卷八上離婁章句：孟子曰：「大人者，言不必信，行不必果，惟義所在。」

〔三〕論語注疏卷一四憲問第一四：孔子曰：「豈若匹夫匹婦之爲諒也。」

坡公少年作老詩

東坡九月二十日微雪懷子由詩：「岐陽九月天微雪，已作蕭條歲暮心。」又云：「白髮秋來已上簪。」〔一〕按：公是時爲鳳翔府僉判，甫二十六歲，乃有白髮之句。又病中聞子由得告不赴商州詩云：「流年冉冉入霜髭。」〔二〕子由時年二十四耳，遂作霜髭語耶！余向舉杜、韓二公詩文，皆以壯年作老人語，此則未及三十之年，而已如此。蓋坡公是時，方與陳公弼不洽，子由又爲安石持告敕久之不下，大都牢落昂藏之言，不必實有其事，與杜、韓微不同也。

〔一〕東坡全集卷一九月二十日微雪懷子由弟二首之一：「岐陽九月天微雪，已作蕭條歲暮心。短日送寒砧杵急，冷官無事屋廬深。愁腸別後能消酒，白髮秋來已上簪。近買貂裘堪出塞，忽思乘傳問西琛。」

〔二〕東坡全集卷一病中聞子由得告不赴商州三首之三：「辭官不出意誰知，敢向清時怨位卑。萬事悠悠付杯酒，流年冉冉入霜髭。策曾忤世人嫌汝，易可忘憂家有師。此外知心更誰是，夢魂相覓苦參差。」

宋代弛刑

宋仁宗時，王倫及羣盜剽掠淮南，將過高郵，知軍晁仲約度不能禦，諭富民出金帛，具牛酒，使人迎勞，且厚遺之，盜悅，徑去，不爲暴。事聞，樞密副使富弼議誅仲約，參知政事范仲淹欲宥之，爭于帝前。弼曰：「盜賊公行，守臣不能戰守，而使民醵錢遺之，法所當誅；不誅，則郡縣無復肯守者矣。」仲淹曰：「郡縣兵械，足以戰守，遇賊不禦，法所當誅。今高郵無兵與械，雖仲約之義，當勉力戰守，然事有可恕，戮之，恐非法意。」帝釋然，從之。時歐陽修爲諫官，言：「臣竊見近日盜賊縱横，蓋由威令不行。如淮南一帶，官吏與王倫宴，率民金帛獻送，開門納賊，道左參迎。苟有國法，豈敢如此？而往來取勘，已及半年，未能斷遣。遂致張海等官吏依前迎奉，順陽縣令李正已，延賊飲宴，宿于縣廳，恣其劫掠，鼓樂送出城外。其敢如此者，蓋爲不奉賊則死，不奉朝廷不死，所以畏賊過于畏國法。伏望陛下勿行小惠，以誤大事。」又言：「臣聞議者猶欲寬貸，此由權要之臣多方營救，不思國體，但植私恩。惟陛下以天下安危爲計，出于聖斷，以厲羣下。其晁仲約等，乞重行朝典。」(一)

瑩按：慶歷君臣，極一時之盛，而仁宗寬厚，又懲遼、夏用兵無功，反增歲幣，積弱之形已成，遂一切爲姑息之政耳。范公寬厚一德，曲貸有罪，不可謂非賢者之過也。是時韓公不在朝中，使其在朝，當與富、歐同議，惜方巡邊。希文一意弛刑，宋之終于不振也。宜哉！長編載仲淹告弼曰：「吾與公在此，同僚之間，同心者有幾？而輕導人主以誅戮臣下，他日手滑，雖吾輩亦未敢自保也。」〔二〕此恐傳聞之言，似不足信。若爾，則范公竟以私心廢法矣，更成何語耶！雖然當時亦僅宥之不誅而已，未以其克全境土爲功而賞之也。以仁宗、希文之寬厚，猶不出此，此北宋所以猶能立國也歟？

〔一〕以上引自續資治通鑑長編卷一四五慶曆三年十一月辛巳條，姚瑩引用，有所删節調整。

〔二〕續資治通鑑長編卷一四五慶曆三年十一月辛巳條：「且吾與公在此，同僚之間，同心者有幾？雖上意亦未知所定也，而輕導人主以誅戮臣下，他日手滑，雖吾輩亦未敢自保也。」

明臣議撫馭外夷

明嘉靖十二年，閣臣夏言、樞臣王憲等議：「西域稱王者，止土魯蕃、天方、撒馬爾罕。如日落諸國，稱名雖多，朝貢絶少。弘正間，土魯蕃十三入貢。正德間，天方四入貢。稱王者率一人，多不過三人，餘但稱頭目而已。至嘉靖二年、八年，天方多至六七人，土魯蕃至十一二人，撒馬爾罕至二十七人。今土魯蕃十五王，天方二十七王，撒馬爾罕五十三王，實前此所未有。弘治時，回賜敕書，止稱一王。若循撒馬爾罕事，類答王號，人與一敕，非所以尊中國，制外蕃也。蓋帝王之馭外蕃，固不拒其來，亦必限以制，其或名號僭差，言詞侮慢，則必正以大義，責其無禮。今謂本國所封，何以不見故牘？謂部落自號，何以達之天朝？我槩給以敕，而彼即據敕恣意往來，恐益擾郵傳，費供億，竭府庫以實谿壑，非計之得也。」帝納其言，國止給一敕，且加詰讓，示以國無二王之義。十五年，入貢，復如故。甘肅巡撫趙載奏：「諸國稱王者，至一百五十餘人，皆非本朝封爵，宜令改正，且定貢使名數，通事宜用漢人，毋專用色目人，致交通生釁。」部議從之。

余謂外蕃之敢爲姦詐欺中國者，以中國無人留心徼外事也。苟每因其來，有人焉，訪其山川疆域、國制民風，互相考校，久之必得其實，則彼一有姦欺，我有所據以折之，彼知中國有人，自可銷其邪慝。惜乎明代諸臣，徒知防其詐僞，而不知講求方畧，内而中樞，外而邊臣，皆不習地形，不曉夷情，一旦有事，惟相與震驚，如鬼魅雷霆，以爲不可究詰，罔不望風披靡者，深可悼歎也夫！明史言：「永樂十三年，使人陳誠自西域還，所經哈烈、撒馬爾罕、别失八里、俺都淮、八答黑商、迭里迷、沙鹿海牙、賽藍、渴石、養夷、火州、柳城、土魯蕃、監澤、哈密、達失干、卜花兒，凡十七國，悉詳其山川人物風俗，爲使西域記以獻，故中國得考焉。」〔一〕是明初猶有留心此事者，後乃絶少，陳誠之書亦亡。修明史時，檢討尤侗撰外國傳，徒知鈔襲王圻續文獻通考，而王圻又本于明外史。今明外史，四庫書目固已無之，僅見于圖書集成所引。

〔二〕明史卷三三二西域四卜花兒：「永樂十三年，陳誠自西域還，所經哈烈、撒馬爾罕、别失八里、俺都淮、八答黑商、迭里迷、沙鹿海牙、賽藍、渴石、養夷、火州、柳城、土魯蕃、鹽澤、哈密、達失干、卜花兒凡十七國，悉詳其山川、人物、風俗，爲使西域記以獻，以故中國得考焉。」

卷之五

外夷形勢當考地圖

本朝武功莫盛於西北，自内外蒙古、青海、回疆、西藏，皆入圖籍，學人皆得以披考之矣。惟東南島夷，雖見四裔考及傳記，苦不明了。海國聞見録、海島逸志頗有圖説，亦但據海舶所經圖之，而海岸諸國及在陸諸國，何者接壤，孰爲東西，孰爲遠近？無從知之。幸有西人艾儒畧、南懷仁所刻坤輿圖，可以得其形勢，蓋即利瑪竇萬國全圖而爲之也。惟方音稱名與中國傳説諸書各别，某即某地，殊費鉤稽。道光二十二年，奉命即諸夷因問英夷及俄羅斯遠近，當以夷酋顛林等所繪近海諸國地名形勢，録供爲説覆奏。倥傯軍旅之中，未能詳加攷訂也。第就其所繪圖，取海國聞見録與南懷仁二圖校之，形勢實相符合，嘗欲以此三圖，參互攷訂，於其地同名異者，逐一詳辨之，旋爲北逮，不果。友人邵陽魏默深得林尚書所譯西洋四洲志及各家圖説，復以歷代史傳及夷地諸書考證之，編爲海國圖志六十卷，〔一〕可謂先得我心。余嘗得英夷圖書數部，皆方志也，苦無人翻譯，覽之茫然。顛林言伊國海船，無不齎方志以行，蓋備風飄至未經之國，以所見天文度數及人物山川稽之，可知其爲某國也。倘至粵中，以其書覓人譯而出之，不亦善乎？

〔二〕海國圖志原敘：「海國圖志六十卷，何所據？一據前兩廣總督林尚書所譯西夷之四洲志，再據歷代史志及明以來島志及近日夷圖夷語，鉤稽貫穿，創榛闢莽，前驅先路，大都南洋、西南洋，增於原書者十之八，大小西洋、北洋外大西洋，增於原書者十之六。又圖以經之、表之、緯之，博參羣議以發揮之。何以異於昔人海圖之書？曰：『彼皆以中土人譚西洋也。』是書何以作？曰：『爲以夷攻夷而作，爲以夷款夷而作，爲師夷長技以制夷而作。』……原刻六十卷，道光二十七載刻於揚州，咸豐二年重補成一百卷，刊於高郵。」左宗棠重刻海國圖志敘曰：「邵陽魏子默深海國圖志六十卷，成於道光二十二年，續增四十卷，成於咸豐二年，通爲一百卷。越二十有三年，光緒紀元，其族孫甘肅平涼涇固道光濤，懼孤本久而失傳，督匠局重寫開雕，乞余敘之。……」今續修四庫全書史部地理類第七四三、七四四册載有光緒二年平慶涇固道署重刊海國圖志一百卷。

西域聞見録

七椿園西域聞見録，〔一〕余三十年前即見之，所録外蕃之國十八，曰哈薩克，曰布魯特，曰安集延，曰博羅爾，曰敖罕，曰温都斯坦，曰克什米爾，曰巴達克山，曰退木爾沙，曰沙關記，曰塞克，曰鄂羅斯，曰控噶爾，曰郭罕，曰退擺特，曰轄里薩普斯，曰哈拉替良，曰布哈拉。絶域之國十五，曰瑪轄提，爲一大國；曰安他哈爾城，〔二〕曰看他哈爾城，同一部落；曰賽拉斯城，曰査爾丹衣城，同一部落；曰噶拉特城，曰査納阿拉巴特城，曰摩勒城，同一部落；曰烏爾古特雅爾，爲一部落；曰盤家戡特城，曰帕爾海城，同一部落；曰巴喇哈，爲一大國；曰科罕，爲一國；曰阿穆爾城，曰哈拉多拜城，曰巴拉城，曰哈喇他克城，同一部落；曰噶爾洗，爲一部落；曰薩穆，曰阿拉克，曰哈他木，曰阿諦，各爲一國；曰扎拉巴特城，曰色里丹衣城，曰別什克里城，曰阿色里巴拉城，同一部落。

余按：外蕃諸國惟温都斯坦及克什米爾，在葉爾羌西南，多江河，近通海洋，時有閩廣商船至其地。餘皆在其西北，最大者爲鄂羅斯。鄂羅斯即俄羅斯，東北界海，南鄰中國，西北鄰普魯社，東西距二萬里，南北千里至三千里不等。以南懷仁、陳倫炯、顛林三圖觀之，已接近西洋諸國矣。温都斯坦、克什米爾二國所通之海，蓋即南海，其地在印度，與英夷所據烏鬼之地孟加剌及望邁等處相近。克什米爾即陳倫炯圖内之克什米彌也。其絶域諸國中，以瑪轄提、巴喇哈、薩穆、阿拉克爲最大，〔三〕而瑪轄提之銅礮，薩穆之居室修潔，阿拉克之人多巧思，皆類西洋人，其爲地近西洋諸國，又可知矣。所言阿諦國，人長三四丈，婦女一如常人，〔四〕則又即海國聞見録所言之長人國也。惟言俄羅斯西北，又有控噶爾國，地包俄羅斯外云云，大謬。松相國及魏氏書皆辨正之。温都斯坦之温，當依今會典作痕都斯坦。

〔一〕七椿園即七十一，姓尼瑪查，字椿園，又稱椿園七十一、長白椿園氏、長白七十一椿園、椿園氏七十一、滿洲七十一等。

滿洲正藍旗人。乾隆十九年進士。乾隆年間，先任職武陟縣，後赴西域任職，在庫車時，撰寫西域聞見録。逝於乾隆五十年（一七八五年）前後。所著西域聞見録是其親歷新疆所作，涉及新疆各地歷史沿革及管制兵額、人口、賦税、物產、民俗、疆界、城池等，並對哈薩克、布魯特等部落，以及浩罕、布哈拉等國的政治、經濟、風俗、物產皆有所記載。是一部内容翔實，敘述生動，突破官修史書刻板程式束縛的私家史書，是研究中亞、邊疆、民族的重要著作。

〔二〕西域聞見録卷四外藩紀畧絶域諸國：「安地哈爾之城。」

〔三〕西域聞見録卷四外藩紀畧絶域諸國：「瑪轄提，絶域一大國也，都城八門，稱其君曰汗。地廣大肥沃。土產同布哈拉。」「巴喇哈，絶域一大國也，地廣民殷，土產各色寶石、玻璃，鐵白如銀。五谷、六畜、百果、諸花皆盛。」「薩穆，絶域一大國也，土地廣大，亞於控噶爾。居室修潔，織異鳥之羽，爲衣光彩奪目。」「阿拉克，控噶爾西北一大國也，與薩穆相類。人多巧思，冬能使之炎熱，夏能使之飛霜。以金木制爲人形爲之服役，然非邪詭之術，皆人力爲之。」

〔四〕西域聞見録卷四外藩紀畧絶域諸國：「阿謫，在西海之濱，與控噶爾連界，其人皆長三四丈。無屋宇，多處山坳林麓之間。無火器而有弓矢刀槊，矢及一里餘。然性極懦，畏金鼓之聲。其婦女長短一如人形，且悉艷麗姣好，與長人爲夫婦，但不能生育耳。」

外夷講圖書

七椿園謂回人文字，有醫藥之書，有占卜之書，有堪輿之書，有前代記載之書，有各國山川風土之書。〔一〕余嘗至英夷舟中，見其酋室内，列架書籍，殆數百册，問之，所言亦與回人相似，而尤詳於記載及各國山川風土，每册必有圖。其酋雖武人，而猶以書行，且白夷泛海，習天文算法者甚衆，似童而習之者。蓋專爲泛海觀星，以推所至之地，道里、方嚮、遠近，必習知此，乃敢泛海舶縱所之也。吾儒讀書自負，問以中國記載，或且茫然，至於天文算數，幾成絶學，對彼夷人，能無泚然愧乎？

〔一〕西域聞見録卷七回疆風土記雜録。

巴、裏二塘食物

住裏塘二十餘日，食無蔬菜，間有爲豆腐者，四方三寸，值銀二分，或易以黄煙一包。余嘗與宣太守、丁別駕隨行弁兵、輿夫、丁役殆百人，月屠一豕而分之，或有餽蔬菜者，皆齎自他處數百里外。及至巴塘，則有青菘、蘿白、萵筍，可日充庖饌矣。有河魚，尾可一二觔，猪肉可問日市賣，羊亦壯。時近端午，富都閫餽食物，蒸豚、熟鷄外，猶以青菘、蘿白、窩笋爲禮，居巴塘者，亦不能食此物也。巴塘有售木耳者，甚肥而脆，較内地白耳、黄耳尤美，産巴塘所屬之空子頂，每斤值銀一錢五分。

坤輿全圖

南懷仁所刻坤輿全圖,本爲二圖,每圖圍圓一丈五尺,國名、島名、山川、人物、風俗,皆注之,字細如蠅頭。余取其國土山川之大者,縮爲小圖,臺人併陳倫炯、顛林二圖刻之,附余覆奏顛林圖説矣。其艾儒畧、南懷仁諸説,余亦爲録出,意欲取凡外域之書薈萃刻之,名曰異域叢書,俾究心時務者,有所考鏡,而見聞未廣,尚待蒐討。今魏默深有海國圖志之作,余可輟業矣。

西藏外部落

衞藏圖識載:西藏外蕃民部落,一曰阿里噶爾渡,在藏地之西,與後藏扎什倫布、三桑接壤,即古北印度屬也。其蕃民帽高尺餘,尖其頂,類回子帽形,以錦與段爲之,緣不甚寬,頂綴緯。婦人帽如笠,以珠下垂,前後如旒,密遮面項,著圓領大袖衣,繫褐裙,見官長不除帽,惟以右手指自額上,念唵嘛吽者三。〔一〕

余按:英夷見其國王,免冠,以手拔其額上毛三莖投之,與此意同,即稽顙叩首之意爾。阿里部落地不小於後藏，在葉爾羌南，後藏之西，今輿圖有之。

〔一〕衛藏圖識圖考卷下阿里噶爾番民番婦圖：「阿里噶爾渡部落，在藏地之西，與後藏扎什倫布、三桑接壤，向爲頗羅鼐長子朱爾嗎特策登駐防處。其番民帽高尺餘，以錦與段爲之，帽緣不甚寬，頂綴緯。婦人帽以珠下垂，前後如旒，密遮面頂。間著圓領大袖衣，繫褐裙。見官長不除帽，惟以右手指自額上，念唵嘛吽者三。」

二曰木魯烏素部落，在藏之北，稍東，與西寧接壤。〔二〕

余按：今輿圖前藏東北，駐藏大臣所轄三十九族之外，逾阿克達木山北三百餘里，有木魯烏蘇河，西自巴薩通拉山，東入玉樹土司界，此所云木魯烏素蕃民，似即其地，以烏蘇爲烏素，音之訛也。然自此東至西寧，尚一千數百里，中隔玉樹土司、土爾扈特、青海諸地，謂與西寧接壤者。玉樹以東，皆西寧大臣所屬耳。

〔二〕衛藏圖識圖考卷下木魯烏素番民番婦圖：「木魯烏素部落，在藏之北，稍東，與西寧接壤。其地與達木霍耳番子相參雜居，番民衣帽同蒙古，番婦戴白羊皮帽，或狐皮帽。辮髮，以硨磲珠石並大小銅環紐結戴髮間，下垂至足踝，行則鏘鏘有聲。著褚巴，繫硨磲帶，著羚皮履，又另一種也。」

三曰布魯克巴部落，在藏地之西南，本西梵國屬，雍正十年，始歸誠。其地和暖，物産亦與中國相似。南行月餘，接天竺國界。其蕃民披髮，裹白布如巾幘然，著長領褐衣，披白單，手持念珠，婦女盤髮後垂，加以素冠，著紅衣，繫花褐長裙，肩披青單，項垂珠石、纓絡，圍繞至背。俗皆皈依紅教，崇佛誦經。〔一〕

余按：此「言南行月餘，接天竺國界」，似即東印度也。蕃民頭裹白布，類白頭回子，但回子不奉佛教，未知孰是。

〔一〕衛藏圖識圖考卷下布魯克巴番民番婦圖：「布魯克巴部落，在藏地之西南，本西梵國屬，雍正十年，始歸誠。其地天道和暖，物產亦與中國相似。南行月餘，接天竺國界。番民披髮，裹白布如巾幘然，著長領褐衣，肩披白單，手持念珠。婦女盤髮後垂，加以素冠，著紅衣，繫花褐長裙，肩披青單，頂垂珠石纓絡，圍繞至背。俗皆皈依紅教，崇佛誦經。」

四曰狢貐茹巴野人，在藏地之南數千里。其人名老卡止，荒野蠢頑，不知佛教，嘴剖數缺，塗以五色，性喜食鹽，不耕不織，穴處巢居，冬衣獸皮，夏衣布葉，獵牲並捕諸毒蟲以食，衛藏犯罪至此者，解送怒江，羣老卡止分而啖之。〔一〕

余按：既云怒江，則與緬甸鄰矣。怒江有怒夷，不知此種否？但藏地治囚，死罪既送蝎子洞，何又越數千里，解送狢貐耶？此說恐有悞。

〔一〕衛藏圖識圖考卷下狢貐茹巴番民番婦圖：「狢貐野人國，在藏地之南數千里。其人名老卡止，荒野蠢頑，不知佛教，嘴剖數缺，塗以五色。性喜食鹽，不耕不織，穴處巢居。冬衣獸皮，夏衣木葉。獵牲並捕諸毒蟲以食。衛藏凡犯罪至死者，解送赴怒江，羣老卡止分而啖之。」

五曰巴勒布，即巴爾布，亦名別蚌子，在藏地西南，與聶拉木接壤，原注即尼雅爾木。計程幾兩月。天道和暖，產稻穀、蔬果、紬段、木綿、孔雀。向有三罕，一曰布顏罕，和泰庵西藏賦作布彥；二曰葉楞罕；三曰庫庫木罕。雍正十年，遣使内附，嗣爲其族廓爾喀所併。〔一〕其蕃民皆薙髮，蓄小辮，聯鬢短鬍，似西寧回鶻。額塗白土二暨，眉間塗紅土一丸，用金珠鑲花墜兩耳，以布纏頭。賤者以青，貴者以紅，著青白色小袖衫，以布束腰，踏尖頭革鞮，佩短刀，狀如牛角，挽黑漆籐牌，徑約三尺。婦人披髮跣足，鼻孔穿金銀圈，亦梳洗尚潔。乾隆五十三年，廓爾喀酋喇納巴都，與西藏以交易搆兵，六師遠涉，震讋投誠，遣使入貢，至今已五十餘年。〔二〕貢道由川入陝，至京師，川人猶稱爲別蚌子，沿其舊也。廓爾喀，在後藏正南聶拉木及濟嚨界外，其東北爲哲孟雄、作木朗、洛敏湯三部，皆爲廓爾喀所并。其南即東印度也，今爲英吉利所據。魏默深云：「廓爾喀界西藏及俄羅斯，攝兩大國之間，故内貢中國，亦兼貢俄羅斯。近日英夷西與俄羅斯搆兵，爭達達里之地，其地横亘南洋，俄羅斯得之，則可以圖併印度，故與英夷血戰。雍正五年，俄羅斯攻取西藏西南五千里之務魯木，以其地尚佛教，遣人至中國學剌麻，當即與廓爾喀相近。」

余按：魏此言恐悞。俄羅斯攻取之務魯木，在西藏西南五千里外，蓋西、北印度之間，其中尚隔中印度、東印度，今皆爲英夷所據，廓爾喀何由越英夷貢俄羅斯耶？乃謂近俄羅斯，非也。

〔一〕衛藏圖識圖考卷下巴勒布番民番婦圖：「巴勒布，即巴爾布，亦名別蚌，在藏地西南，與聶拉木接壤，即尼雅爾木。計程幾兩月。其地天道和暖，産稻穀、蔬果、紬段、木綿、孔雀。向有三罕，一曰布顔罕，一曰葉楞罕，一曰庫庫木罕。於雍正十年，遣使來藏，因駐藏大臣奏請内附，嗣爲其族廓爾喀所併。」

〔二〕衛藏圖識圖考卷下巴勒布番民番婦圖：「乾隆五十三年，廓爾喀之酋長喇納巴都爾，與西藏以交易滋事，勞我王師遠涉萬里，逆番始震讋投誠，遣頭人瑪木薩野入貢。」

小西天、大西天

衛藏圖識又云：由後藏塞爾地方行十餘日，交白木戎界，再半月，至宗里口，山崖壁立，往來者必以木梯度之。又數日，始至白木戎住牧地。所屬種類繁多：一名蒙，身著布衣，不遵佛教；一名緫，幼時即以五色塗成花面；一種名納昂，男女俱不著衣褌，下以白布纏之，卧時以木爲枕；一種名仍撒，男著短衣齊膝，婦亦以布遮其下，重著褌，不著上衣。惟白木戎，男婦皆披藏綢偏單，行坐必佩刀。其地和暖，出產稻、菜、青稞、豆、麥、蔬果、大羱羊、大耳豬、崖羊、野象、獨角獸，亦呼爲小西天。地連朱巴，中以巴隆江爲界。白木戎東至朱巴，南至西天烏盆子，西至白布，北至日蓋子。日蓋子者，札什倫布仍仲寧翁結巴寺之後山也。由白木戎西去十餘日，交小西天界，再行十餘日，始至小西天，從此登舟涉海，約半月，即至大西天矣。〔一〕

余按：此言白木戎四至之界，殊不可曉。如云「北至日蓋子」，即「札什倫布仍仲寧翁結巴寺之後山」，既以仍仲寧翁結巴寺後山爲其北界，則白木戎當在山之南矣。山南即後藏，東西甚廣，何處著白木戎耶？此山長短未知若何？以意度之，白木戎當在後藏之西南，然後藏之西爲拉里噶爾渡，南爲廓爾喀，白木戎更在此二國之西南，去仍仲寧翁結巴寺遠矣，何得以寺之後山爲其北界乎？此條上文但言自後藏之塞爾地方，行十餘日至其界，不言西行、南行。

按：塞爾爲後藏極西南邊界，有賽達爾山，在濟嚨西八百餘里，南即廓爾喀也。然則白木戎者，其在廓爾喀之西北乎？大約作衛藏圖識者，未及見今輿圖，第就所聞言之，故有未確也。此書本之四川通志及無名氏西域紀事、西域志，二書皆抄本，其中傳寫之訛，在所不免。馬少雲於乾隆末年，以幕友删采成書，爲當時行軍之助，盛梅溪從父官於打箭鑪，復徵以所聞。固不可以學人攷訂諸書論之也。討論之事，豈不有待於後人哉？

〔一〕衛藏圖識圖考卷下番民種類圖附白木戎。

詳考外域風土非資博雅

历代正史外夷列傳及諸方志，皆必詳其山川人物風土者，外夷言語不通，文字各異，且古今地名改易，惟山川、人物、風土不易，故以此志之。雖千數百年後，万數千里外，猶可舉辨。習其山川，則知形勢之險易；習其人物、風土，則知措置之所宜，非如文人詞客，徒資博雅，助新奇也。故留心世務者，皆於此矻矻焉。

達賴刺麻掣金瓶

今達賴刺麻爲十一輩，其十輩於道光十六年圓寂。相傳達賴刺麻每於圓寂時，先示人以降生之處，其弟子大堪布，往訪得之，小兒初見，即能相識。乾隆中，乃發金瓶至藏，貯數小兒名，掣籤以防作僞。圓寂後，駐藏大臣行文各路民間，有呈報生子靈異者，或有徵驗，藏内則遣大堪布、噶布倫，持達賴生前常愛用之物數事，雜以他物試之，其兒指取不爽，或見堪布出一二語，乃臨圓寂時事，則令其父母攜至德慶。距前藏一站地名。如此者，或一二人，或三四人，駐藏大臣覆驗，擇日，以金瓶掣籤。前七日，各大寺刺麻虔誠誦經，幫辦大臣至大招行禮，用牙籤書各小兒名如其數，人各一籤，彌封貯瓶内，蓋之。駐藏大臣行禮，啟蓋，掣取其一，對衆拆封。既知爲某小兒名，則率衆至德慶，迎入大招，堪布日夕守護，具奏，入呼畢勒罕册。上命章嘉呼圖克圖至藏，照料坐牀。六歲學經，七歲受小戒，即學禪坐，不令卧。藏内公事，皆班禪或呼圖克圖代決。十六歲，乃自理事。達賴刺麻有金印、玉寶，其金印文曰：「敕封西天大善自在佛統〔一〕領天下釋教普通瓦赤拉呾喇達賴剌麻之印。」玉印文同，惟不稱印而稱寶。又有金册、玉册，玉册長六寸餘，寬約四寸，頁厚二分，邊刻龍文，面書「敕封達賴剌麻玉册」，其字四體，前漢文，次唐古忒文，次蒙古文，最後清文。國書右行，實則先清文，次蒙古文，次唐古忒文，最後乃漢文也。册凡十五頁，不聯。金册大小如之，亦十五頁，而聯其腦，如展書者矣。皆紫檀座盛。班禪額爾德尼有金印、金册，無玉印、玉册。

〔一〕明史卷三〇四鄭和傳：「乃封哈立麻『萬行具足十方最勝圓覺妙智慧善普應祐國演教如來大寶法王西天大善自在佛』，領天下釋教，給印誥制如王。」明史卷三三一西域三烏斯藏大寶法王：「遂封哈立麻爲『萬行具足十方最勝圓覺妙智慧善普應佑國演教如來大寶法王西天大善自在佛』，領天下釋教，賜印誥及金、銀、鈔、綵幣、織金珠袈裟、金銀器、鞍馬。」上述所載敕封皆無「統」字。

西藏大蕃僧

達賴剌麻之下，有二呼圖克圖，一爲濟隆，二爲第穆，皆以所轄地名稱之。濟隆在後藏之南，第穆在工布。又有二那門汗，或作諸門汗。一爲榮增那門汗，榮增者，梵言師父，爲達賴授經之師也；一爲噶勒丹錫呼圖薩瑪第巴克什那門汗，其人名阿旺札布巴勒楚勒齊木，洮州人，先時在京師，以前輩達賴圓寂，至藏爲那門汗代理，賞噶勒丹錫十二字名號。道光二十四年，駐藏大臣奏革之。向例：達賴圓寂，以班禪或兩呼圖克圖及那門汗代理，呼圖克圖較尊，那門汗次之。阿旺札布巴勒楚勒齊木前後代理達賴事二十餘年，跋扈不法，十輩達賴剌麻之死，藏人洶洶，言其謀毒，堪布及衆剌麻羣訴於大臣。事無左驗，莫能究也。有不服者，更以抵罪。阿旺札布巴益驕，黨羽日衆，厚結大臣以自固，至是敗，竄黑龍江。

西藏僧俗官名

藏中管理寺院，講習經典之僧官皆名堪布，最大者曰總堪布，次曰通巴堪布、達爾罕堪布，品級大小有差。札克薩三人，乃濟隆、第穆兩呼圖克圖及那門汗理事之大僧官也。歲琫者，達賴剌麻起居之内侍也。其次曰森琫，又次曰曲琫，職司經卷。又次曰孜仲，職司熬茶。歲琫以下，皆堪布之有職事者。卓尼爾，達賴之傳事者也。達賴剌麻山上貯金銀、緞疋、珍寶之内庫，曰商上，主庫之僧官曰商卓特巴，曰仔琫，皆四品。商卓特巴本即倉儲巴，以諸處皆有，故特異其名。其主徵收者曰業爾倉巴，五品。主刑名詞訟者曰噶廈，曰協爾幫，五品。主文書者曰大中譯，六品；曰小中譯，七品。通傳譯語者曰羅藏娃。主馬廠者曰達琫，六品。分管地方，曰希約第巴，曰郎仔轄第巴，皆五品。掌户口册者曰密琫，五品。主兵者曰戴琫，次曰加琫，次曰甲琫，次曰定琫。代達賴理事者曰第巴。統理兵馬刑名者曰噶布倫，又作噶隆，三品。噶布倫凡四人。格隆者，戒僧也；格隆之熟經典者曰格喜；修行未深，初轉一二世者曰沙布倫；通稱剌麻弟子，曰托音。俗官初入籍者曰東科爾。又有邊缺大營官、小營官，皆主地方及兵事。其仔琫、商卓特巴、噶布倫有缺，駐藏大臣會同達賴剌麻選擬正陪二人，請旨補用，餘皆會同揀放。他如管門、管草、管揩粑、帳房、牛羊廠諸職事，均聽達賴剌麻自用之。乾隆五十七年，大學士福公奏定其制。

巴塘午日詩

五月五日，庖人具雞、豚、鮮魚、蔬菜爲饌，蠻中不易得也。申刻，雷雨一陣，遥望山色空濛，麥田青秀，如在成都郭外。作一絶云：「輕雷飛雨麥翻風，山色雲光態不同。憶向成都行綠野，幾人蓑笠在空濛？」〔一〕

〔一〕後湘續集卷四巴塘端午：「巴塘四面皆山，中開綠野，周數十里，青稞小麥彌望。所居行館依近東山，頗高潔，可以眺望。端午日，庖人具雞豚鮮魚爲饌，蠻中不易得也。申刻，雷雨一陣。遥望山色空濛，人行麥隴，恍如在成都矣。」

皮船

初六日，巴塘啓行，初上小山，路尚迤邐。十數里後，則登大山，人牛曳駕，屈曲崎嶇，下臨長河，險甚。四十里，至牛古，停輿，茶憩片刻。山下河益深廣，即今輿圖内之巴楚河，西流入金沙江，衞藏圖識謂即金沙江者，非也。河干有小木舟一、皮船二，蕃人乘皮船順流而駛。作皮船行云：「皮船形製如方鞋，木口籐腹五尺裁。受人三四一短楫，并舟繩貫行能偕。山高夾水湍流疾，頃刻已過峰千迴。峆岈大石偶擊撞，回旋輕輭無驚猜。溜筒雖奇尚險絶，此物穩迅誰所開。讀書早年想奇製，天使讁謫殊方來。殊情詭物飽經見，賦詩老矣慚非才。」〔一〕沿山逐河，又五十里，至竹巴籠宿所。住蕃樓，面山，俯臨大河，斜陽方照，景物如繪。

〔一〕後湘續集卷四皮船行：「皮船之制聞之久矣，過中渡河見之，岸上未觀其用。去巴塘西四十里，地名牛古，有大河東南流。衞藏圖識云即金沙江。按今輿圖，蓋巴楚河也。其下流入金沙江耳，亘雲南而入四川，即岷江矣。河流頗急，下多石，蕃人以皮船上下并舟而行，甚迅，乃爲皮船行。」

空子頂二條

初七日，渡河，登山，仍傍河行，崩崖下亂石如劍鋒森立，陟降之路，一綫蜿蜒，不能無恐。四十里，至公拉河，稍淺，輿人涉水而過。余與丁別駕皆乘馬渡，水及馬腹。憩古廟中，觀四壁畫，神佛鬼物，猙獰怖人。更换烏拉，西進，河轉東流，乃不復見。山谷窈深，樹木叢雜，頗似麻格宗，而險仄殊甚。五十里，至空子頂，山巔石盡，綠草如茵，黄花滿地，蠻寨二三十家。景物間，適綠鸚鵡數十飛鳴，蕃女耕夫雜行麥隴、菜畦間，恍如桃源雞犬，別有天地矣。

空子頂一小沙彌，甚聰秀，年甫十二，已薙髮數載。其父爲蕃官，甚憐愛之，爲淨室於家供諸佛像，延僧教習經典，擊鼓鳴魚，誦聲清朗可聽。檻外綠鸚鵡時來飛遶，若有知者。爲二絶句贈之云：「善財幾歲得無生，十地初參欲問名。一隊綠衣飛不去，朝朝檻外聽經聲。」其二云：「殊方政教不相如，貴異還同釋與儒。若向中華求俊秀，老夫合送五車書。」〔一〕

〔一〕後湘續集卷四：「空頂子一蕃官子，年十二，已爲沙彌數載，甚聰俊。其父愛之，延僧於家教習，梵誦清朗可喜。地多綠鸚鵡，時飛鳴檻外，若有知者。」

莽嶺

初八日，空子頂啓行，山路頗寬。四十里至莽嶺，勢益平遠，遥望嵐光不斷，地亦坦曠，河流清淺，綠草黄花，如鋪如襯，馬蹄輕輭，如行沙堤。沿途楊樹相望，景物暄麗。牒巴、熱傲迎於道周，停輿眺覽，幾忘身在夷地矣。爲一絶云：「黄花貼地草如茵，平遠山光欲笑春。恠底輕寒風撲面，雪峯數點又迎人。」〔一〕衞藏圖識言：「空子頂山峻，夾壩出没；莽里龍新，山多積雪。」〔二〕余所見殊不爾，惟山外數峯殘雪而已。

〔一〕後湘續集卷四莽嶺。

〔二〕衞藏圖識圖考卷上巴塘至察木多道里程站：「行五十里，過空子頂，有塘鋪，山峻，亦夾壩出没之區，上下四十里，至莽里，即莽嶺。有人户柴草，有熱傲供給差役。凡熱傲、碟巴，皆番稱頭人。换烏拉，計程一百三十里。莽里至南墩尖，南墩至古樹宿。莽里過龍新山，春冬多積雪。」

邦木寧静山

西行十餘里，過邦木，設蠻塘汛於此，巴塘土司所屬。麻本營官名。之弟昂郎，率蠻兵鎗馬來迎。年十七八，翦髮覆額，紅呢大帽，綠袍，圓領窄袖，佩刀，束金帶，儀容甚都，跪獻茶果，卻之。過此，則山形聳峻矣。數里，躋其巔，復寬衍，峯巒秀複，即所謂寧静山也。〔一〕迤邐久之，見雍正五年所立界碑。山以東爲川轄，山以西爲藏轄。碑裁二尺，字已漫滅。巴塘有巡兵數名於此。山大而長，東向一山如屏，南北各起一峯翼之，勢如龍虎，朝拱内地。自打箭鑪至此，未有若此山者，宜以寧静得名也。

〔一〕衛藏通志卷三山川：「寧靜山，在巴塘西南，山頂平坦，四十餘里。山中立界，山以東爲内地，屬巴塘；山以西爲外地，屬西藏。」

金沙、瀾滄二江分川藏界

裏塘至藏，中間最大之水有二：一爲金沙江，其上源自木魯烏素河，東南流，爲布壘楚河；又南流至寧静山而東，有巴楚河自東來入，巴塘以此得名。又南爲金沙江，東南至雲南，北入四川，合岷江，此水之環流向内者也。一爲瀾滄江，其上源自類伍齊北之匝楚河，南流，歷察木多、乍雅、江卡，過寧静山，爲瀾滄江；西南流貫雲南，至交趾，入南海，此水之環流向外者也。寧静山在二水之中，前人於此立界，有以哉！

南墩三條

下山，迤南十餘里，即南墩，達賴剌麻設台吉於江卡，南墩其邊界也。台吉三年更替。現爲五品蕃營官俄楮班角署台吉事，自江卡來迎，率蕃目照料入境烏拉，厚賞之。南墩爲川、藏適中之所，蕃民百餘户，有行館一，漢人寺一，屋覆以瓦。每年秋間，巴塘、察木多兩地客民雲集貿易於此。衛藏圖識所云「如内地廟會」〔一〕是也。通志作「滴多塘」，〔二〕謂即南墩。有老堪布閉關習静四十餘年，蕃人崇信之，貨價高下，行事吉凶，皆取決焉，今逾九十矣。僕人往問乍雅兩呼圖事，云：「甚難！十月可安静，回省須歲盡也。」

是夜，月色甚皎潔，星斗爛然，忽念伯兄兒輩，悽然有異域之感，爲一絶云：「浮渡龍眠未有期，錦江春色亦迷離。白頭中夜徘徊處，寧静山前月半規。」〔三〕

〔一〕衛藏圖識圖考卷上巴塘至察木多程站：「南行經大山五十里，至南墩，有漢人寺。每年七月，巴、察兩地客民皆雲集貿易，如内地廟會。」

〔二〕（嘉慶）四川通志卷一九一西域滴多塘：「滴多塘即南墩。國朝王我師南墩詩：『嶺缺雲粘四鎖深，悲風朔雪壓沈陰。忽驚刁斗將軍壘，更得莊嚴古佛心。驛馬喜聞鄉國語，入山疑到祇園林。寒侵夜色遙遙動，信宿人家隔遠岑。』」

〔三〕後湘續集卷四南墩夜色。

古樹

初九日，傍山西行，五十里，至古樹，坡路平坦，間有石山岃崱。自南墩至此，山下皆可耕種，一路青蒨，地氣暄煖故也。遇巴塘糧務錢明府，自乍雅查營餉返，言宣太守二十六日過乍雅，曲濟嘉木參昨日至江卡。古樹登山，盤陟十數里而下，又十餘里，至普拉，有行館可棲。地亦沃衍，與南墩、古樹同。沿途蠻塘，舉號火以迎，若烽燧然。

按：古西域記云：「塞外無驛郵，往往以烽代驛，玉門關外有五烽，苜蓿烽其一也。」〔一〕此其遺法歟？烏拉皆蕃民供役，刺麻無多。圖識云「刺麻供役」，〔二〕以達賴刺麻所轄耳。

〔一〕山堂肆考卷二九地理苜蓿峰：「唐岑參題苜蓿峯寄家人詩：苜蓿峯邊逢立春，葫蘆河上淚沾巾。閨中只是空思想，不見沙場愁殺人。西域記：塞外無驛郵，往往以烽代驛，玉門關外有五烽，苜蓿其一也。」

〔二〕衛藏圖識圖考卷上巴塘至察木多程站：「有刺麻供役，多黑帳房番民。」

江卡

初十日，過河，山高水遠，彌望清淑之氣，使人心神俱曠。隨行兵、僕於平原中縱轡馳騁，人馬争健，不覺壯念忻然，口占云：「萬里關山度險巇，衰年未肯負須眉。平原淺草馳新馬，一片愁心付健兒。」〔一〕六十里，至江卡。有守備、把總各一員，與台吉駐此。負山臨河，蠻民百數十户，有剌麻寺，地平曠。對山下蠻民，亦數十户相望。自古樹至此，川原平沃，開墾可得田萬頃，足養數万人，非裏塘地寒可比。惜蕃户人稀，所墾僅足終歲之食而已。内地生齒日繁，地不加闢，觀此，能無不均之歎！

〔一〕後湘續集卷四江卡道中。

西藏戍兵

西藏額設馬步兵六萬四千，内分剌薩馬兵三千，後藏馬兵二千，阿里馬兵五千，稞壩馬兵一千，黨子、拉雜、浪木錯諸地，黑帳房蒙古共馬兵五千。前、後藏、拉里共步兵五萬，皆唐古忒與蒙古之兵也。散在民間，征調有時，無常餉。乾隆五十七年，改定前、後藏有常餉馬兵三千，惟前藏札什布城駐綠營戍兵六百餘名，三年更替，統以遊擊。外江孜一守備，定日一都司。道遠餉鉅，故不能多設戍兵，僅備彈壓而已。昔新疆之設也，大小名城，脣齒相接，將軍，參贊，辨事、領隊大臣，提鎮數十員，副將以下，將備數百員。哈密駐兵一千，巴里坤駐攜眷滿兵一千、綠營兵三千，烏魯木齊駐兵五千三百，伊犁駐攜眷滿兵三千八百，應役遣犯二千。其環列惠遠城者，巴彥帶駐兵一千九百。博羅他拉駐察哈爾攜眷兵一千。他爾奇城、烏哈爾里克城，駐屯田綠旗兵二千六百、流犯千餘。伊犁河南八堡，駐攜眷席伯兵一千。以上伊犁凡滿、蒙、漢兵一萬三百，而攜眷者五千八百人，又遣流犯漢人應役者三千。撻拉巴哈台設屯田漢兵一千，滿洲蒙古輪班兵一千五百。闢展，駐兵三百五十。哈喇沙拉，屯田防兵二百。庫車城，守兵三百。烏什，滿兵二百，漢兵一千。葉爾羌，滿兵三百，城守漢兵六百五十有五。喀什喀爾，滿兵二百五十，漢兵二百五十。以上各城滿、漢兵又五千九百七十餘人。此皆客兵也，其回城本地之兵不與焉。

今前、後藏自唐古忒兵外，駐防綠營兵，僅六百有奇，(二)蒙古駐防，亦不過三十九族而已。所恃者，唐古忒習於佛教，柔順易馴耳。然無事之時，固爲我用，一旦有事，能保其心不異耶？自來駐藏大臣加意戍兵，惠愛之無不至。定例：官兵姦民婦有罪。惟西藏戍兵，許僱蕃婦服役，蓋所以慰遠戍者之心也。近歲議者以爲戍兵姦生子，日漸蕃衍，將漸成其種類，嚴禁革除。然戍兵生子，皆内地種人，如果繁衍，是變蕃人爲我族類，我之利也，何謂成彼種類乎？新疆滿、蒙、漢兵既衆，復令攜眷以往，而召墾屯田，亦皆用眷户，是固欲其蕃衍矣。更以流遣應役，故回城有事，皆得其用。夫罪人以我同類，尚得其用，况戍兵之子乎？昔西洋夷人貿易廣東，例不許其住眷，恐有滋生，於我不利也。近時英吉利求五處馬頭，弛我之禁，必以許其攜眷爲約，蓋欲滋種於中國矣。夷至中國，猶謀增其種，我在異域，反自弱其人，意殆别有所爲，非顓蒙所能喻也。

〔一〕哈佛燕京圖書館藏本爲「僅」，中復堂全集本（同治六年本）、筆記小説大觀本、叢書集成三編本、西藏學漢文文獻彙刻本等皆爲「漢」。今從哈佛本。

師生名誼當辨公私

凡人莫不願爲君子，惡爲小人。今頌人以公忠，未有不喜；責人以私佞，未有不怒者。然往往終身私佞而不自知，此小人所以多也。古人之事君也，所賓惟賢，不市己恩；所退惟不肖，不避己怨。故大臣舉用，不使人知，而受舉者亦不謁謝。蓋市恩則望人之私報，謁謝則爲人之私人也，世安有君子而望人之私報，甘爲人之私人者乎？蕭何，刀筆吏也，舉韓信不遺餘力，未嘗以爲信德，及信有怨望，復爲吕后謀誅之。張安世嘗有所薦，其人來謝，安世大憾，以爲舉賢達能，豈有私謝，絶弗與通。李光弼固郭子儀所薦也，然二將實不相能，何嘗以薦引加厚？他如婁師德之薦狄仁傑，王旦之薦寇準，狄與寇二人初不之知。此皆唐、宋以來賢將相也。後世一爲舉主，則師生名誼，不惟終其身，且延其世。何怪楊復恭罵唐昭宗爲負心門生天子乎？

夫師者，必其人文章、德行、道義可爲師法，故以師事之，非師其名位也。唐以禮部試士，士之得舉者，皆稱門生，猶未以師禮事主試之人，主試者亦不盡以弟子待所舉之士也。若因感遇知己，不忘舊恩，則存乎其人而已。及乎宋世，乃有以主試所得士，必當私報，否則以爲荒莊者。相習至今，雖深明古義者，亦不能免俗。甚乃師生誼重，君臣之義轉輕，寧忤天子而不敢忤大臣，寧負朝廷而不敢負私室，以爲國求賢之大典，竟爲植黨營私之善計，私門之害國家甚於朋黨，是可深歎也矣！然則師生之誼將遂廢乎？曰：「曷爲其可廢也？誼主於愛君子之愛人也以德，知己之感，誼何可忘？惟舉主以公忠報國、進德修業，望其門生，門生亦以公忠報國、不隕名德，望其舉主，則相得益彰，師生之名實乃稱耳。」夫舉主以得人報其君，門生即以報國家者報舉主，誼孰有大於此者哉！若世俗報施之事，患難相急之情，則一飯猶不可忘，知遇之感，不待言矣。私不廢公，乃可謂之君子焉爾。公義私恩，辨之不可不晢也。

私恩不可亡受

人在貧賤患難之中，忽有人周其困乏，出之泥塗，烏能無知遇之感？然苟不擇而受之，是妄以身許人也。儻彼有所深求，安知異日不大受其累乎？蔡伯(階)[喈]〔一〕曠世異才，猶失身於董卓；荀文若失身曹操，既悔之而死。此皆賢者，而不能免，無怪後世比附大姦，身敗名裂者，不絶於史書也。孟子曰：「志士不忘在溝壑。」〔二〕諺曰「丈夫不受人憐」。可不三復斯言乎？

〔一〕哈佛燕京圖書館藏本爲「蔡伯階」，中書堂全集本（同治六年本）、筆記小説大觀本、叢書集成三編本皆爲「蔡伯喈」。後漢書卷六六王允傳：「丁彦思、蔡伯喈但以董公親厚，並尚從坐。」故改「階」爲「喈」。

〔二〕孟子注疏卷六上滕文公章句：「志士不忘在溝壑，勇士不忘喪其元。」

郭汾陽不肯居朝

郭汾陽以玄宗天寶十四載乙未，始爲朔方節度使，是時，安祿山已反。歷事肅宗、代宗、德宗，卒於建中二年辛酉，前後二十七年。常以藩鎮將兵於外，以時入朝而已。雖加尚書令而未嘗受。蓋所事皆中主，李輔國、魚朝恩用事於內，元載依附之以固其位。汾陽若爲相在朝，力未能誅，必且不安其身。其時外患不已，故寧將兵於外，以重朝廷而鎮撫四夷，中外倚之，然後社稷以安，身名俱泰，大智大勇，洵非他人所能及也。若夫身引重兵，入清君側，此權臣所爲，豈忠純若汾陽者，肯出此乎？雖然，唐之郭汾陽、宋之岳忠武，皆純忠也，幸乃爲汾陽，不幸乃爲忠武。若高宗者，其又唐肅、代、德三宗之不若哉！

蕃爾雅

往讀佛經，中多梵語，不可曉。唐僧玄應一切經音義多所解釋。又有佛爾雅一書，嘗見之矣。衛藏圖識載蠻語一卷，頗近梵語，有可通釋者，今採之爲蕃爾雅十九篇，以資考證，備方言。

釋天曰：浪，天也。尼嘛，日也。大瓦，一曰達哇，月也。噶兒嘛藏曰宿米，星也。真藏曰風包，雲也。托藏曰音獨，雷也。律，電也。八木藏曰咔，霜也。咔哇，雪也。木罷，霧也。孜爾罷，露也。岔耳罷，雨也。謝耳哇，雹也。弄，風也。毒哇，煙也。尼嘛貢，日出也。尼嘛浪所，日落也。達哇貢兒，月出也。達哇浪索，月落也。八哇桑，金星也。卜耳不，木星也。吶巴，水星也。迷墨兒，火星也。水巴，土星也。拔息拔，霜降也。弄浪，風起也。

弄拉，風住也。半浪，虛空也。擢音，法界也。浪當，天晴也。浪簇，天陰也。真禿，雲厚也。真索，雲薄也。岔約，有雨也。岔滅，無雨也。弄達耳，風幔也。納巴拉，風寒也。尼嘛波，日照也。尼嘛交，日遮也。

釋地曰：薩，地也。只頂，世界也。甲息，皇圖也。甲亢，天下也。育密，中國也。薩剎，地方也。出，一曰楮，水也。迷，火也。奪，石也。拉，一曰喇，山也。杰嘛，沙也。江錯，海也。出稱，江也。出窩，河也。出迷，泉也。稱罷，井也。姜，墻也。喇瓦，園也。朗，道也。散罷，一曰三壩，橋也。零，長也。同，短也。〔一〕地零，遠也。同他，近也。丁饒，深也。沒饒，淺也。托，高也。慢，低也。羊，寬也。奪，窄也。甲扯，廣也。竹目，四方也。約，動也。膩，軟也。撒，硬也。瀑，流也。拉撒，佛地也。桑結旦巴，佛教也。罵出，黃河也。出戎，好水也。出恩，惡水也。毒耳，塵也。松奪，街也。龍巴，溝也。塔，邊也。

〔一〕哈佛燕京圖書館藏本爲「短」，中復堂全集本（同治六年本）、小說筆記大觀本、叢書集成三編本皆爲「知」。今從哈佛本。

釋時曰：吉卡，春也。約卡，夏也。段卡，秋也。棍卡，冬也。洛，年也。達，月也。尼，日也。菊，時也。尼參，晝夜也。擦，熱也。章，寒也。卓，煖也。昔，涼也。恰，湅也。擦章仰，溫也。菊錯，時節也。澤零，夜長也。澤同，夜短也。達零，今日也。送逆，明日也。達洛，今年也。送迫，明年也。峩馬，昔也。達達，今時也。于苓，永遠也。尼麼，晝也。澤麽，夜也。阿卓，早也。赤卓，藏曰尼嘛拉蓋，晚也。朗拉，半夜也。洛鰓，新年也。洛逆，舊年也。

釋名曰：安奔，大人也。甲本，漢官也。鸞播，宰相也。甲薛，王子也。密本，土官也。育本，地方官也。牒巴，頭目也。破本，文官也。嘛本，武官也。洛本，師傅也。索嘛，徒弟也。更登，僧人也。滾巴，藏曰朱巴，道士也。馬米，藏曰甲米，兵也。葱巴，百姓也。剌麻，有道僧也。約因，奴婢也。洛孺，聰明也。業瓦，親也。羊滅，曾祖也。滅播，祖也。拔，父也。媽，母也。庫窩扯哇，伯也。庫窩，叔也。阿戎，舅也。不，子也。卜磨，女也。撲窩，藏曰冰冰，兄也。洛窩，藏曰角角，弟弟也。造窩，姪也。羊擦，孫也。結巴，男子也。雞滅，一曰阿申，婦人也。欽巴，妻也。出波，富也。物波，貧也。角巴，緊也。達波，主也。拿梭，[一]歲也。格波，老也。甲巴，一曰夾壩，賊也。札巴，和尚也。覺麽，藏曰阿妮子，尼姑也。拔牙，繼父也。馬牙，繼母也。樸奴，兄弟也。雜窩，朋友也。江波，伶俐也。其澤，懶惰也。

[一] 哈佛燕京圖書館藏本爲「拿梭」，中復堂全集本（同治六年本）、筆記小說大觀本、叢書集成三編本、西藏學漢文文獻彙刻本等皆爲「拏梭」。今從哈佛燕京圖書館藏本。

釋體曰：盧，身也。俄，頭也。吉窩，頂也。匝，髮也。密，一曰雪密，眼也。密布，眉也。納瓦，耳也。納，鼻也。噶，口也。出，唇也。索，齒也。吳麻，乳也。喇巴，手也。辭巴，肚也。桑巴，心也。工巴，脚也。物，气也。孰瓦，一曰獨，又曰筋支，瘖也。結，舌也。衣足，模樣也。菊，筋也。涉磨，力气也。峩，面也。望盪，福气也。端，念也。性尼，心性也。額，想也。章，胸也。梭磨，指也。稱巴，肝也。落牙，肺也。入巴，骨也。布，毛也。剎，血也。望輒，强也。念蟲哇，弱也。

釋宫曰：撥章，宫殿也。亢罷，一曰空罷，房也。喇亢，寺院也。商，一曰作，庫也。中譯亢，書房也。本亢，衙門也。破，梁也。葛元，瓦也。楝馬，椽也。郭，門也。格亢，窗也。宗，寨也。車鄧，塔也。馬噶，營盤也。

釋器曰：湯噶，一曰替，印也。卓哇，大椀也。冲哇底，小椀也。楪麻，碟也。冲筒，酒盞也。薄銃，一曰克，斗也。戎罷，一曰札波，盆也。打札，轡也。絨，一曰拉阿，鍋也。角，一曰小，杓也。郭甲，鎖也。的，鑰匙也。申荅，車也。直，刀也。熱直，劍也。東，矛也。樸，牌也。茹，弓也。達，箭也。明達，鎗也。達兒，旗也。超，甲也。磨，盔也。佳，船也。阿，鼓也。刹啷，鈸也。奪折鈴，杵也。箔破，香爐也。絆，旛也。卡阿，鑼也。搭巴，繩也。稍斗，傘也。哈，一曰打甲，鞍也。令卜，笛也。渣居，鐃也。冬，螺也。丁赤，座也。麻滅，一曰雪滅，鐙也。格，梯也。

釋食曰：薩凍，飲食也。薩，喫也。薩嘛，喫飯也。直，一曰土巴，麵也。折，米也。昌，一曰嗆，又曰冲，酒也。札，一曰甲大，茶也。糌粑，炒麵也。脈兒，酥油也。章孜，蜜也。沙，肉也。甲昌，黄酒也。脈約，清酒也。擦，鹽也。艾，一曰撥浪，甜也。渴，苦也。卓洗，麥也。

釋服曰：拿薩，官服也。郭，一曰楮巴，民衣也。熱，帽也。物熱，官帽也。康，一曰夯，靴也。播，又曰晳，褥也。蕃無韈，與漢語同。葛巾，緞子也。達，綾也。索麻納雜，蔴繩也。杍，一曰浪布，氆氌也。孤巴，一曰葛巾，線也。輟郭，法衣也。

釋色曰：該布，一曰葛葛，白也。烘布，一曰拉拉，藍也。謝布，一曰温布，黄也。脈布，紅也。黑納，紫也。卡奪，五采也。江納，油緑也。

釋佛曰：詔，如來也。嘛絨節，燃燈也。沙加兔巴，釋迦也。吶，神也。折，鬼也。剌，上也。麻，無也。剌麻，無上之稱也。葛菊，一曰益蓋，藏經也。當罷，目録也。班播，卷也。列吾，品也。剌谷，佛像也。工却桑，三寶也。勒頂，一曰勒角，羅漢也。丹轍，妙法也。

釋文曰：别岔，書也。哆，經也。杓谷，紙也。納咱，墨也。奴谷，筆也。體物，圖書也。薩遺，真字也。播遺，蕃字也。幔遺，醫書也。且菊，語録也。

釋方曰：厦耳，東也。奴，西也。洛，南也。降，北也。頂，上也。卧，下也。怨，左也。葉，右也。頓，前也。交，後也。囊，内也。且，外也。拔耳，中也。囊且，内外也。

釋卉曰：密朵，花也。甲，一曰極，木也。申卜，一曰酉，樹也。納林也咱，草也。奴麻，竹也。百麻，蓮花也。咱瓦，根也。腋，枝也。羅麻，葉也。甚奪，果品也。萃，茜也。阿立看布，杏也。看布，桃也。

釋禽曰：答，虎也。席，豹也。新革，獅子也。出心，麒麟也。供，彪也。奪，熊也。瓦，狐也。沙瓦，鹿也。章谷，狼也。蛙哇，鼠也。郭，鷹也。安畝，駝也。作，一曰克嘛，牛也。耳工，一曰日工，兔也。律，龍也。直，蛇也。達，馬也。路，羊也。折，一曰畢武，猴也。氣，狗也。怕，一曰拔，猪也。麼亥，水牛也。坡達，騙馬也。郭嘛，騾馬也。速迷，猫也。窮窮，鳳凰也。卯甲，孔雀也。甲，鷄也。昂巴，鵞也。念，一曰阿，魚也。樸耳，飛也。啞，鳴也。厦，宿也。尋，食也。

釋貨曰：木的，珍珠也。席，瑪瑙也。菊六，珊瑚也。不奢，琥珀也。含耳，玉也。謝兒，一曰塞，金也。硬，一曰藕，銀也。納，一曰拉，銅也。然宜，錫也。渣，鐵也。出奢，水晶也。硬出，水銀也。章卡，銀錢也。拔梭，象牙也。

釋藥曰：菭，藏香也。贊丹，檀香（也）。〔一〕阿葛盧，沈香也。甚艾，甘草也。噶布魯，冰片也。雜的，豆蔻也。看壓，杏仁也。素罷，白芨也。勝棍，阿魏也。擦郭，硃砂也。黎赤，黄丹也。吉望，牛黄也。

〔一〕哈佛燕京圖書館藏本、中復堂全集本（同治六年本）、筆記小説大觀本、叢書集成三編本、西藏學漢文文獻彙刻本皆無「也」字，今據前後文增補。

釋數曰：吉，一也。逆，二也。桑，三也。日，四也。阿，五也。竹，六也。頃，七也。傑，八也。固，九也。菊，十也。甲，百也。涷，千也。赤，萬也。忙，多也。濃，少也。甲杠，一曰甲嘛，一觔也。松江，一曰張杠，一兩也。若杠，一錢也。喀瑪杠，一分也。厘杠，一厘也。

釋人曰：額，我也。却，爾也。空，他也。杠，誰也。朗，自也。葛兒，舞也。六朝，唱也。噶，喜也。長情，一曰叉丕，叩頭也。棕，笑也。楪瓦，樂也。送，去也。弱，來也。淮，〔一〕請也。列，刻也。拔挫，世職也。載，尋也。浪，起也。曳，借也。含，知也。悦，在也。念，肯也。入哇，回也。丁，真也。尊，假也。赤，遲也。角，快也。早奪，商量也。胖，可惜也。通，見也。麻通，一曰門通，不見也。篤得，太平也。烏拉，背夫也，又馱畜也。端聶兒，公幹也。查赤，一曰約吉，跟隨也。董，打也。俄達，投誠也。丹連，管待也。官脚，保佑也。謝，謄也。占，同也。倉瓦，全也。啣，賞也。輒罷，罰也。鰓，新也。寧，舊也。元登，才情也。俄洛，反叛也。亨藏，團圓也。

〔一〕哈佛燕京圖書館藏本、中復堂全集本（同治六年本）、西藏學漢文獻彙刻本皆載爲「准」，筆記小說大觀本、叢書集成三編本載爲「淮」，今從筆記小說大觀本本所載。

曲濟嘉木參初八日始過江卡，計至乍雅，給假五日，後乃赴察木多。余同丁别駕留江卡兩日以待之。

黎樹

十三日，啓行，五十里，至山根子，茶憩，登山。圖識所云「終年積雪，盛夏亦凉颼刺骨」〔一〕者。余過時，節近夏至，山凹中，積雪數處，行人履之，猶堅凍也。氣候亦寒，較江卡以東大異。復覺微喘，恍如折多道上，水土之惡可知矣。上下七十里，至黎樹。途中雪雹急雨數陣，倏晴倏陰，止後，復雨雪雹半刻。通志云：「黎樹不可語，語則有雹。」〔二〕豈信然耶！此地蠻民二十三户，有塘兵十數人，台吉遣頭人於此供應烏拉、柴草。

十四日，黎樹啓行，沿山坡五十里，至阿拉塘，地屬阿布拉，蕃人謂山爲拉，故以山得名。地亦平廣，蕃數十户，有刺麻寺，熱傲在此備换烏拉。輿中食鷄子三枚。復過一山，遇雹，再過一山，遇雨，旋霽。申刻，至石板溝止焉。

〔一〕衛藏圖識圖考卷上巴塘至察木多程站：「上大雪山，終年積雪，即盛夏亦凉颼刺骨。」

〔二〕（嘉慶）四川通志卷一九一西域滴多塘：「國朝楊揆黎樹山詩：山靈不容人，作勢有餘怒。但聞人聲喧，飛雹急如弩。徒御宿相戒，毋敢試斧肉。攀援乍升顛，屏息視步武。俄焉雲蓬蓬，讖瑞半崖吐。驟傾萬斛珠，殷空雜鉦鼓。蜥蜴紛閃屍，破石肆飛舞。竭來偶假道，惡劇亦何苦。倏忽過前峰，晴曦正卓午。」

木蘭生地時事考

途中偶憶南北朝代父從軍之木蘭，前人知爲北魏人矣，然究屬北魏何時何代之人，其從軍爲何時何地之事，尚未考也。以余考之：木蘭蓋古武威、今涼州人也。其從軍事在孝文帝太和二十年後，宣武帝景明、正始年間。何以見之？即於木蘭辭中得之也。

自古羌胡衣服與中國異，何况女子。今其辭云：「脱我戰時袍，著我舊時裳。」以羌胡女子而爲裳衣，顯然變服從中國。又云：「歸來見天子，天子坐明堂。」按：孝文帝太和十六年，始作明堂，行養老之禮。十八年，始禁胡服。以此二事證之，故知木蘭爲孝文帝作明堂、禁胡服以後人也。

曷言乎武威人也？其辭云：「朝辭耶孃去，暮宿黄河邊。不聞耶孃喚女聲，惟聞黄河流水鳴濺濺。旦辭黄河去，暮宿黑水頭。不聞耶孃喚女聲，惟聞燕山胡騎鳴啾啾。」詳此詩意，是木蘭之家去黄河僅一日，而所宿之黄河邊，去黑水亦僅一日，黑水距其家不過二日，非武威而何？黄河之水自積石而來，至入長城處，已歷千里，且受大夏諸河之水，其流盛大，不得作濺濺淺水之鳴。且其家一日至黄河，黄河在南，北去黑水八百餘里，安得旦辭黄河，暮宿黑水乎？蓋辭本云「黃河邊」，邊者，近之謂耳。黃河東過大夏，有大通河自西北經祁連山，過武威而來會，此水北距黑水之源，不及二百里。辭云「黑水頭」，頭，即源也。祁連山在大通、黑水二河之間，即所云「燕山」也。祁連、燕支二山本一，爲胡人要地，漢時匈奴失此二山，爲之歌曰：「失我祁連山，使我六畜不蕃息；失我燕支山，使我婦女無顏色。」〔一〕其爲屯兵重地可知。故木蘭宿黑水，而聞燕山胡騎之鳴也。然則所云「黃河邊」者，即今之大通河，以其南入黃河爲一水，故被以黃河之名矣。木蘭所宿之黑水頭，去其家僅二日，豈非武威人之確證乎？

〔一〕史記卷一一〇匈奴列傳載：「過居延，攻祁連山。」索隱按：「西河舊事云：『山在張掖、酒泉二界上，東西二百餘里，南北百里，有松柏五木，美水草，冬溫夏涼，宜畜牧。匈奴失二山，乃歌云：『亡我祁連山，使我六畜不蕃息；失我燕支山，使我婦女無顏色。』祁連一名天山，亦曰白山。』」

曷言其從軍在太和、正始間也？武威在燕山東南，觀其去家至西北從軍，則非有事齊、梁矣。孝文帝太和十六年，敗柔然於大磧。二十二年，討破高車。明年，帝殂，宣武帝即位，改元景明，凡四年而改元正始。元年，築九城於北邊。此十數年中，皆有事西北，築城後乃定，高車、柔然正在燕山之西北。木蘭從軍，十年乃歸，且有「將軍百戰死」之語，度其從軍之久，情事多與史合，故知爲太和、正始年間，屢次用兵西域時事也。

漢時，酒泉、武威、張掖三郡，皆涼地，羌人所居。酒泉今之肅州，張掖今之甘州，武威爲西涼，今之涼州是也。北魏明元帝泰常五年，西涼王李歆，爲北涼沮渠蒙遜所滅。太武帝太延五年，滅北涼。明年，沮渠無諱寇酒泉。太平真君二年，克酒泉，無諱西渡流沙，入據鄯善，又據高昌。李寶自伊吾入據燉煌，封寶爲燉煌公。四年，自將擊柔然。五年，無諱卒，李寶入朝，留之。六年，伐鄯善，鄯善降，西域復通。八年，平西域。十年，自伐柔然，可汗遁。文成帝太安二年，克伊吾。四年，自伐柔然，刻石紀功而還。和平元年，伐吐谷渾。獻文帝皇興四年，擊敗吐谷渾，自將擊柔然。孝文帝延興二年，柔然入寇，擊走之。三年，吐谷渾入寇，擊降之。四年，柔然寇燉煌。蓋北魏之世，西北塞外，歲常用兵，未有如木蘭從軍之久者，以非大將，故史畧之。非無名氏一辭，則奇女子竟湮没矣。孰謂文章不足多乎？

五凉

通典論涼州云：地勢之險，可以自保於一隅；財富之殷，可以無求於中國，故五涼相繼與五胡角立，中州人士避難者，多往依之。〔一〕楊升庵謂其風土可樂如此，引唐韋蟾詩：「賀蘭山下果園城，塞北江南舊有名。」〔二〕稱其爲「塞北江南」〔三〕以此。

余按：今甘肅省治蘭州府，縣名臯蘭，皆以賀蘭山得名也。「塞北江南」，殆指此地，至今繁盛。通典所論，乃古之涼州，非今之涼州也。今之涼州在蘭州府西北六百餘里，古之武威郡也。晉時，張軌據河西爲前凉，楊云今之甘州。呂光繼之爲後凉，李暠遷酒泉，楊云今之肅州。又遷沙州，號西凉，楊云今在肅州西八百里。沮渠蒙遜據張掖，號北凉，楊云今鎮番衞。秃髮烏孤據姑臧，號南凉，楊云今之西寧也。此之謂五凉。〔四〕通典蓋通論五凉之地云爾。〔五〕

〔一〕文獻通考卷三二二輿地考八古雍州：「按：杜氏通典言唐之土宇，南北如漢之盛時，東不及而西則過之。唐史取其説，以序地理志，此蓋開元、天寶時事也。然愚嘗考之，河西在漢本匈奴休屠王所居，武帝始取其地，置郡縣。自東漢以來，民物富庶，與中州不殊。竇融、張軌乘時多難，保有其地。融值光武中興，亟歸版圖，而軌遂割據累世。其後又有呂光、秃髮、沮渠之徒，迭據其土，小者稱王，大者僭號，蓋其地勢險僻，可以自保於一隅；貨賄殷富，可以無求於中土，故五凉相繼，雖夷夏不同，而其所以爲國者，經制文物，俱能倣效中華，與五胡角立，中州人士之避難流徙者，多往依之，蓋其風土可樂如此。」

〔二〕御定全唐詩卷五六六韋蟾送盧潘尚書之靈武：「賀蘭山下果園成，塞北江南舊有名。水木萬家朱户暗，弓刀千隊鐵衣鳴。心源落落堪爲將，膽氣堂堂合用兵。却使六番諸子弟，馬前不信是書生。」

〔三〕升庵集卷五八塞北江南：「唐韋蟾詩云『塞北江南舊有名』，言其土地美沃，塞北之江南也。」

〔四〕升庵集卷七八五凉：「晉時張軌據河西，今甘州，爲前凉。呂光繼之爲後凉，李暠遷酒泉，今之肅州，又遷沙州，去肅州八百里，於今沒於狄，號西凉。沮渠蒙遜據張掖，今鎮番衞，號北凉。秃髮烏孤據姑臧，今之西寧，號南凉。唐呂溫詩：樓高望五凉。」

〔五〕以上引文爲文獻通考三二二輿地考八古雍州所載，非通典通論五凉之地。姚瑩所引用通典資料，係轉引於文獻通考中所載。

阿足

十五日，過河，沿溝，迎日東行，入山，復東北行，過大山二，坡路頗平，時見積雪，即圖識所謂大雪山矣。〔一〕五十五里，至阿足，皆東北行。圖識云西南行，誤也。將至阿足，大呼圖克圖之兄覺拉率頭人來迎。詢大呼圖克圖，云："十三日至乍雅矣。"阿足乃乍雅首站，山勢尚不甚險惡，耕種之地數十頃，蕃民數十户，塘兵十數人，外委一員領之。余與丁別駕宿關帝廟内，覺拉及頭人入見，稱大呼圖命呈送土物，却之。令先回乍雅，諭大呼圖五日假滿即赴察木多，不可遲延。覺拉言其弟出外數年，今日始歸，衆頭人百姓懇留一月，未敢允許。伊以手足之情，乞准假十五日。余許爲伊展一日，爲衆頭人展一日。致謝而去。

〔一〕衛藏圖識圖考卷上巴塘至察木多程站："石板溝西南行，過大雪山二，寒輝騰耀，射目迷離，上下無可駐足，行人裹糧而前。"

卷之六

天人一氣感應之理

或問：「天穹窿在上，其於人事無不察者，果以日月照臨乎？抑以鬼神鑒察乎？」曰：「是矣，而不在此也。」天無形質，以氣爲體，氣無不在，人在氣中不見氣，猶魚在水中不見水，鬼在土中不見土也。六氣不時，人感之而疢病，此氣之動者耳。不動之氣，無時不有，無物不在也。何以見之？於扇之生風見之，室本無風，扇動而風生，豈扇有氣哉？以扇搖動，激其氣而成風耳。有竅亦皆生風，故當門者有風，窺穴者有風，蓋不動之氣，渟滀空際，觸物必動，透竅必出也。知氣無不出，則知天無不在矣。天以氣爲體，如人以血肉爲身。人在氣中，如蟣蝨在人身，隨動即覺，豈有告之者乎！故人一舉動，天即知之，不待日月之照臨，鬼神之鑒察也。雖然天德含宏廣大，苟即事物而禍福之，則天不勝其勞，亦不若是之苛也。故陽授其權於日月，陰授其權於鬼神，日月鬼神者，天之一氣凝聚之至精者也。日月可見，鬼神不可見。可見者爲陽，司陽之權爲天子，日月不明，則天子失其治矣。司陰之權爲鬼神，鬼神之知，能亞於日月，能自禍福人，而輔相天子爲治者也。人事萬殊，天子有知有不知，鬼神則無不知，故天子之禍福，有所及，有所不及，鬼神則無所不及。鬼神之無所不及也，一天之無所不及而已矣。王充論衡曰：「天，氣也。故其去人不遠，人有是非，陰爲德害，天輒知之，而輒應之。」〔一〕

〔一〕論衡卷二一談天篇：「儒者曰：『天，氣也。故其去人不遠，人有是非，陰爲德害，天輒知之，又輒應之。』」

于、鍾二廷尉請託

尹翁歸之扶風，過辭廷尉于定國，于欲託其邑子，語終日，竟不敢見。何並之潁川，過辭廷尉鍾元，元弟威爲郡掾而臟，元爲免冠，請一等之罪，並不許，竟殺之。論者皆美于而薄鍾。余曰：「鍾未可薄也。邑子本疏，其託也可止。威與元兄弟也，爲親故求免一死，其過也可原。元之請，並之殺，一盡其仁，一行其義而已矣。」

張亨甫傳

連日晴雨不時，寒暄數易，體中微有所感，棉衣三重，加狐皮馬褂，尚覺惡寒，惟食粥以清其胃。通事、輿人亦多病者。曲濟嘉木參復請展假。停止一日，爲亡友張亨甫作傳。〔一〕午刻雨，中刻始止，河水大漲。

〔一〕東溟文後集卷一一張亨甫傳：張亨甫，名際亮，建寧人，少孤，繼母撫之。父嘗賈鄆州，伯兄繼業。亨甫幼穎異，里中老儒李古山才之，其家乃使之讀。未冠，爲諸生，與族兄紳光澤、高祖望、何長詔友善，肄業福州鼇峯書院。同舍生多俗學，亨甫視之篾如也。陳恭甫編修爲山長，器之。道光三年，余至福州，亨甫以詩來謁。余曰：何李之流也。子才可及空同，若去其麤豪，則大復矣。明年，沈鼎甫侍郎視學閩中，試拔貢第一。乙酉，入京師朝考，報罷，京貴人及名士言詩者，無不知亨甫矣。新城陳石士侍郎延寓其家，曾賓谷鹺使在京師聞亨甫名，召飲，同坐皆知名士也。曾以名輩顯宦，縱意言論，諸人贊服，亨甫心薄之。曾食瓜子粘鬚，一人起爲拈去，亨甫大笑，衆慙，曾不懽而罷。明日，亨甫投書責曾不能教導後進，徒以財利奔走寒士門下，復不自知愛，廉恥俱喪，負天下望。累數百言，曾怒毀之於諸貴人。亨甫以是負狂名，慨當時諸公好士而無真識，曾不如其好色也。取一時名優爲之傳，著論一篇，曰：「金臺殘淚記筆力，高古識者知亨甫。」所志遠矣。都中交深者，歙徐寶善，龍溪鄭開禧，宜黃黃爵滋，益陽湯鵬，山陽潘德輿唱和尤密。六年，余至京師，從遊者久之。亨甫既爲朝貴所忌，試則不利，自是歷遊天下山川，窮探奇勝，所交名賢幾遍，以其窮愁慷慨，牢落古今之意，發爲詩歌，益沈雄悲壯，至天才艷逸，情致綿邈，則其本色，而亨甫之詩，乃大成矣。十八年鄉試，主閩試者途中約張際亮狂士不可中，而亨甫已易名亨輔。中試拆卷，見其名疑，欲去之，副考申解而止。及來謁，果際亮也。主試愕然，會試復報罷。二十年，余在臺灣召之，亨甫喜將渡海，及廈門畏險，使人寫其貌題詩寄余而返。聞鹿澤長爲寧紹台道，往依之。至則寧波失守，狼狽走江西。將至山東，不果，遂過桐城，視余家，訪方植之、光律原、馬元伯。而至湖北，葉方伯敬昌厚禮之。復之吳中，聞余爲英夷謀愬，江南奏劾，有閩人附和其言，亨甫憤甚，見某公面責之。計余赴逮，必過吳中，棲遲以待。七月，余過淮上，乃從至京師。先是亨甫有妾蔣氏從在淮，及余赴難，留蔣於淮屬其友。亨甫方痁疾，扶病從余，止之不可，自投方劑。未已，余事白，出獄。亨甫大喜，從余寓炸子橋楊淑山故宅中，延人治其病，而所患已深矣。京師諸公聞亨甫急余難，義之。過余者必問亨甫，而湯海秋及桂林朱濂甫琦，柳州王少鶴錫振，道州何子貞紹基，晉江陳頌南慶鏞，高要蘇賡堂廷魁，閩陳弼夫景亮，皆亨甫故人，尤厚。疾革日晨起，自訂詩稾，屬余及濂甫執筆爲之去取。其夕，遂卒，年四十五。余及諸君經理其喪，一時識與不識，爭致賻焉。余攜柩至桐城，使人往閩召其子來，以喪歸。亨甫詩已刻者婁光堂稾、松寥山人集、南來録。未刻詩文尚多，嘗語余欲編爲全集。卒後，余收遺稾於行笥，將成其志焉。其妾蔣氏在淮浦逾笄，聞亨甫歿，大慟，誓死守，或勸之嫁，乃削髮爲尼，一小婢感焉，亦從削髮。河漕二帥及善亨甫者，咸重其才，高其義，又嘆異蔣氏，皆憐而資之，一時歌詠其事者甚衆。

論曰：自古名公卿無不愛才，近時則延納才士以爲已，名士利其財，亦爭趨焉。鄙者則面諛承奉，無所不至，此尚知有廉恥氣節哉！亨甫力振頽風，可爲矯矯矣。乃受其書者，不愧謝而以爲恨，時人復被以狂名，使亨甫達而在上，風節必有可觀者。竟不以第，徒以詩名，是可悲也。亨甫内行甚篤，善事繼母，生平好遊，伯兄常資之，縱覽名勝。伯殁，厚視諸姪有加。每言繼母、伯兄未嘗不泫然也。里中前輩闡揚不遺餘力，所交海内賢士老不遇者，尤推揚之不絶。年長於已者，禮之必恭，少於已者，正言教誘懇至，其敦篤如此。嘗負大志，余稱其有經世才，人未之信。後見盧厚山、林少穆二帥亦稱之，然後知余非私言也。

洛加宗

十七日，自阿足東北行，二十里，過阿足河，水稍退，勢猶洶湧，肩輿難涉，策馬以濟。二十里，過歌二塘，川原平濶，停輿，候换烏拉。十里，上山，至洛加宗。依山蠻户二三十家爲一處，數處相望。對山一處則吴公寨，兩呼圖相争時，白瑪奚所攻即此。余與丁别駕共棲土屋一間，壁上土簌簌落，余有覆墻之恐，遠墻爲行牀焉。乍雅守備遣卒十人來迎，謝遣令去。亥刻，聞蠻房有傾覆者，斃七人，傷二人，即乍雅來卒所舍也。卒去，而差竣未反之蕃人宿焉，遂遘其禍，豈非數耶？召其頭人厚卹之。是夜亥時夏至。

阿足河即勒楚河

阿足所過河，圖識謂之阿足河，〔一〕土名也。按今輿圖，當爲勒楚河，即瀾滄江東北一支之上流也。瀾滄江來源，幹流有二，東北一幹最遠，其源出玉樹土司之南，中格爾吉土司境内之格爾吉河，東南流至巴顔囊謙土司境内，名匝楚河，又東南流過察木多之南，二百六十餘里，勒索河自乍雅東南合色爾恭河、楚楚河，及乍雅西北之猛楚河來會，西南流至阿足，過江卡，入西北一大幹流，始名瀾滄江。

〔一〕衛藏圖識圖考卷上巴塘至察木多程站：「阿足河水勢洶湧。」

乍雅

十八日，沿河北行，山坡雖平而迂曲。四十里，過大木橋，即俄倫多山，頗險仄，多偏橋。三十里，至乍雅，駐防守備一員、把總一員、兵三十餘名。詢曲濟嘉木參，已於本日啓行矣。胥守備言：「宣太守初二日至察多，遣通事齎諭傳丹臻江錯，至王卡，不能進，別令土蕃齎往，取夷稟而回，未知覆詞何若也。」

乍雅地勢平濶，四面皆山，會典所云「乍雅廟在北山之麓」，即曲濟嘉木參言其二輩剌麻四朗隆珠所修不果寺，又名噶德學朱青科爾寺也。中宏，可容千人。廟之左偏稍後，爲頭輩剌麻札巴江錯金塔。亂後，廟內多傾圮，中有大銅佛像亦爲烏鎗破毁。現存剌麻僅百餘人，居廟外之左。其前爲轉經閣，通志所云「男女婚媾，俱於此歌唱以定」〔一〕者也。餘皆頭人、蕃民所居，約百餘户。山下爲守備署，其右爲江巴廟，內有石佛，衆剌麻誦經禮拜之所。廟門左右有碑，廟之西爲關帝廟，更西則行館也。民居約數十户，兵、蕃雜處。勒楚河自山之東南流入，會楚楚、猛楚二河，西南流入瀾滄江，自江卡來者，東北過楚楚河，有大木橋，即至乍雅。其東，傍山溝行三十里，爲紅布溝，即白瑪奚轄地。楚楚河自此流出，至乍雅大寺前，與勒楚、猛楚二水會，故名楚楚河也。北行登山，稍西，即往察木多大路。山南，雪水下澗，即猛楚河，南流合楚楚、勒楚二河西去。

二呼圖所居寺院名卡撒頂，〔一〕又名麻貢，土人名煙袋塘，在乍雅之西，馬行二日可至。通志云：「乍雅在布政司西南三千一百零五里，東至阿足一百七十里，西至八貢三百四十里，南界擦哇岡，北界官角。」〔二〕「乍雅土城，周圍百餘丈。」〔三〕

余按：乍雅今無土城，惟麻貢有之。曲濟嘉木參言：「札巴江錯始建廟在麻貢，因其地在山窩，形似帳房，故名其地爲乍雅。」然則乍雅之地，本即麻貢，初不甚奢，及四朗隆珠又建廟於今之乍雅，至羅藏朗結在此廟中受封號，遂相傳以此爲乍雅矣。

〔一〕（雍正）四川通志卷二一西域乍丫：「乍丫大寺坐西北向東南，土城約百餘丈，喇嘛人等俱於寺內居住，其地方事宜，俱聽該寺喇嘛噶隆昌諸教名管理。轉經閣在大寺前，男女婚姻，俱於此歌唱，兩情歡洽，男以䊏粑結女之髮間，其婚遂定。」

〔二〕（雍正）四川通志卷二一西域乍丫：「正苦圖克兔住坐乍丫寺院，副呼圖克兔住坐卡撒頂寺院，遇有大差經過，下山迎送。」

〔三〕（嘉慶）四川通志卷一九一西域一乍丫：「在布政司西南三千一百零五里，東至阿足塘界一百七十里，西至八貢塘界三百四十里，南界擦哇岡，北界官角。」

〔四〕（嘉慶）四川通志卷一九一西域一乍丫：「乍雅土城，周圍約百餘丈。」

乍雅諸河二條

四川通志云：「勒楮河在乍雅大寺前，源出乍雅西北昂喇山下，合甲倉楮河。又有欒楮河，源出乍雅西北作喇山，合甲倉楮河。甲倉楮河經流洛隆宗，合欒楮河，到乍雅界。又有色楮河，源出上納奪，經流江卡，西南流入察木多大河。」〔一〕余按：此云勒楮河者，即今輿圖之勒楚河也，楮、楚音同。欒楮、甲倉楮二河，志説未詳。

通志又云：「昂喇山在乍雅西北，危峻八十里，進藏要道，冬春多積雪。」〔二〕余按：自江卡至乍雅，皆東北行，乍雅至察木多乃北行，昂喇山爲乍雅至察木多所必經，山南雪水皆東流至乍雅大寺前，會紅布溝之楚楚河而西南流。山北別一水，經王卡來，亦西南流會色楮河，入察木多大河。其在王卡之河，頗寬，過王卡必過此河，有大木橋以濟行人。昂喇山北，有地名昂地，即以山得名也。

又按：通志所云「色楮河源出上納奪，經流江卡等處，西南流入察木多大河」者。以今輿圖考之，上納奪土司境内，惟有布壘楚河，上承木魯烏蘇河，經上納奪東南，流過巴塘，入金沙江，與察木多大河入瀾滄江者不通，且亦不過江卡，惟上納奪土司所屬四土司之西，有一小水發源於此，西南流入匝楚河，即察木多之大河，南流經乍雅之西境，會楚楚河、色爾恭河、勒楚河諸水，南過江卡，入瀾滄江，是色楮河者，即此水耳。色楮與匝楚，音固相近也。察木多在江卡之北，上流數百里，當云流經察木多大河，南過江卡等處方合。志言誤矣。

又按：今輿圖乍雅東南，有水名色爾恭河，發源東北，西南入乍雅境，合江卡東北境之勒楚河，西北流入楚楚河，即通志之勒楮河也。勒楮河源出乍雅東南，在江卡之東北，與乍雅西北之昂喇山無涉。通志以爲源出昂喇，其失遠矣。

〔一〕（雍正）四川通志卷二一西域：「勒楮河，在大寺前，源出昂喇山下，合甲倉河。樂楮河，源發作喇山，亦合甲倉河。甲倉楮河，源發自官角，經流洛隆宗，合樂楮河至乍丫界。色楮河，源出上納奪，經流江卡兒等處，西南流入叉多大河。」（嘉慶）四川通志卷一九二西域乍丫：「勒楮河，在乍丫大寺前，源出昂喇山下，合甲倉河。樂楮河，源發作喇山，亦合甲倉河。甲倉諸河，源發自宮角，經流咯隆宗，合樂楮河至乍丫界。色楮河，源出上納奪，經流江卡等處，西南流入察木多大河。」

〔二〕（雍正）四川通志卷二一西域：「昂喇山在乍丫西北，危峻難踰，上下約八十里，進藏要道，冬春積雪，行者苦之。」

邸抄

二十日，發宣太守書。巴塘錢明府寄示邸抄，知劉次白中丞引疾，鄧嶰筠先生經理屯田事竣，授陜撫，二月十六日事也。

理藩院請修剌麻源流册

理藩院請修呼圖克圖剌麻源流册。其奏畧曰：

國家統一寰宇，凡藏、衛、西寧之唐古忒呼圖克圖剌麻，内外札薩克各旂之蒙古呼圖克圖剌麻，向化輸誠，或以功績優著，或因經典深通，歷賞職名、册敕、印信。其銜有呼圖克圖、那門汗、班第達、綽爾濟之次序，其號有國師、禪師之分，册印或玉、或銀、或鍍金，各視其職銜名號大小爲定。其圓寂轉世，溯查遠年，漫無規制，遇有報出呼畢勒罕者，但憑西藏唐古忒剌麻吹忠辨認是非。乾隆五十八年定制：於雍和宫暨西藏，各設金瓶，蒙古所出呼畢勒罕，由雍和宫籤名入掣，唐古忒出呼畢勒罕，由西藏大臣籤名入掣，達賴剌麻等俗家不得入掣。凡駐札前後藏之唐古忒剌麻、達賴剌麻、班禪額爾德尼，西寧之唐古忒剌麻、章嘉呼圖克圖，内外札薩克所屬之蒙古剌麻哲布尊丹巴呼圖克圖等，共一百四十七名，彙爲一册，原有敕印可憑者，準其補入轉世册檔，無名者悉不準其轉世。立法至美且備。惟後來奉行未善，致雖有敕印，而生前未及補入册檔者有之，或轉世後前輩確有敕印，而礙於册檔無名不能補入者有之。又或憑其敕印奏準入册，而但於稿内聲明，又或册檔空列人名，並無事跡可稽。至於其人名下，圓寂轉世，地方年月，僅載一輩，其後垂今六十年未嘗修辦。前此臣院查出吉勒圖堪尼爾德蒙額那門汗，暨有敕印，以遺漏入檔，致圓寂後轉世，將其敕印追銷，不準轉世。又四川咨查，乍雅呼圖克圖早經入瓶籤掣，而實未入檔，俱已隨時更正。雖覺範與政體難以相提併論，要必準情酌理，有所依據，若不及蚤修輯，遇事憑何信守？臣等酌議，揀例案較熟司官數員，請旨派章嘉呼圖克圖會辦，詳查原册，定出規條，分別應裁、應留、應補，就平日調到各處文册核對，仍飛行前後藏、西寧、内外札薩克，另造全册送院，以免遺漏。

獲青蓮教匪

本年正月，甘肅奏獲青蓮教匪夏長青等，湖北亦奏獲教匪陳依精等，皆稱聽從四川人李一沅傳教。四川旋獲李一沅及其黨鄭子青六十餘人。李一沅稱，在湖北，與陳汶陽設壇，請無生老母降箕，〔一〕令其傳徒，録有綾書經句十報、十懺、三皈、五戒之文。稱彌勒轉生朱家，總教主朱中立在湖北，又號八牛教，分排次第：一等曰内五行，爲陳依精、彭依法、林依秘、葛依元等，在湖北傳徒。二等曰十地，在川、陝各省掌教。李一沅掌四川、陝、甘爲一地。三等曰一百零八盤，分至各省傳徒。右見邸抄及四川奏稿。先是道光七年，四川獲教首楊守一及其黨，遣發新疆，適有張格爾之亂，諸遣犯從軍出力，多赦歸，至是復興其教，幸早破獲。然首惑人者朱中立也，若得而誅之，使天下知彌勒之邪説爲僞，庶愚民知誤，否則其徒衆多，可勝誅耶？蜀中嘓匪，幾於徧地，其黨日衆，雖時有誅懲，防緝亦嚴，而伏莽終爲可慮，況益以教匪之衆，若非比歲豐登，能無惴慄乎？

嗟乎！盜之爲患，自古然矣，苟爲上者誠心治盜，必先清心寡欲而後可。蓋心清則用人公明，守令得人，盜於何有？

〔一〕哈佛燕京圖書館藏本載爲「降箕」，中復堂全集本（同治六年本）、叢書集成三編本、筆記小説大觀本皆載爲「降乩」，今從哈佛本。

喀拉沙爾屯田

道光八年，張格爾既平，伊犁將軍特依順保，請裁防兵，招民屯田。大學士長公議：新疆流民多隻身，日久不免故絶逃亡。思欲皆成土著，須廣招眷户，庶人户日增，田土日闢。當時奏準，惟喀什噶爾及巴楚喀兩處興屯，爲數無多。近時議者多及邊外屯田事。

道光二十四年，喀拉沙爾辦事大臣全慶奏：原設屯工種地，僅止六千餘畝，今改招有眷民户，開墾三屯山地共十萬四千畝，定界址，開大渠，每户承種以二百畝爲率，每畝六升五合升科，年可徵糧六千七百六十石餘，支本處官兵口糧，各官加增養廉鹽菜外，尚有盈餘存倉。其三屯，每工設户長一人，具狀保結，按畝升科。道光二十四年秋後交納，如有欠糧，惟户長是問。仍令章京均勻分撥渠水，各資灌溉。喀拉沙爾爲回疆門户，回衆與蒙古諸部落，分錯其間，地勢雄險，惟附近城地當衝，遼闊而少人煙。今招徠耕民六百三十五户，所種地近往來大路，堪爲城郭藩籬。平時賴以耕耘，有事資其捍衛，此後民户日多，氣勢聯絡，可以扼南路之衝要，壯回疆各城之聲威。

以上見邸抄全公奏稿，摘録於此。全公，滿洲正白旂人，道光己丑進士(刻)。

乍雅夷情刁悍

二十二日，復夜雨達旦。胥守備言：「乍雅夷情刁悍，地不生樹木，營兵苦乏柴薪，惟蕃人自紅布溝以牛糞來市，買作薪，馬食山草，皆給價而後可。近有馬偶多食之，蕃人遂斷水草二十餘日，其不馴如此。塘汛之設，不過走遞公文，不能彈壓也。」

江巴廟碑

江巴廟前有二碑，一爲兵、番捐修「本廟緣起」，一則乾隆十八年癸酉七月，乍雅、克察頂、江卡、昂地駐防衆官兵，爲呼圖克圖平減糧價之「頌德碑」也。其文鄙陋不通，叙列漢、番官銜名稱，管理克察頂一帶地方、二呼圖克圖羅藏丹巴八，管理乍雅一帶地方、三呼圖克圖羅藏林欽，則是二呼圖克圖分管地方由來久矣。不惟有二呼圖，且有三呼圖也。卡察頂，即通志之卡撒頂。三呼圖不知廢自何時。

理數因

儒者言理，術家言數，釋氏言因，凡事求真理而不得，則參之數，更推其數而不得，則付之因，三者若不同而實不相倍。蓋理主其常，反是則變，天下不能有常無變也。以數推之，則可即常觀變矣。數之變有萬，而各有所起，起即因也，以所因究之，則可即起知止矣。常、變、起、止，可推可究，非理乎？一理明，則數與因在其中矣。事勢所必者，理也。數有千萬，而各處其一，隨舉其一，皆可爲起，所起者異，即所止之數千萬亦異。尋其一而推之，十百千萬可知，非理乎？數有盡而理不與同盡，因有起而理，即與之爲起，故有一而後有萬，一即萬之因也。因有外來，有自中起，聖人不自起因，坐以觀變，故常主於静。

州牧

州牧最尊貴，始自唐虞。諸侯，伯之長也。後漢時，州牧統諸郡、邑。六朝稱刺史，亦在郡守之上，其權甚重，如今督、撫。宋時改郡爲州，分四等，有節度、防禦、團練、刺史之别。刺史爲下等州，然皆有屬邑，實郡守也。今之直隸州，蓋宋刺史州矣。世人書文詩歌中，每文其稱曰「刺史」，雖僭而非古，猶自有説。若今府屬諸州，秩雖五品，實乃令宰耳，不可稱刺史矣。今一以刺史稱之，非也。至如院司公牘中，毋論直隸屬州，同曰某牧，混而無據，不更僭之甚乎？

雪山行

二十三日，晴，覺拉告烏拉已齊，沿山西北行，遥望雪山，竣霄插漢。口占一絶云：「紫菊花開事遠遊，黄梅子熟尚悠悠。蠻山亦自含愁重，劣立千峰盡白頭。」〔一〕三十里，過雨撒。蕃民數户，甚寥落。又三十餘里，上大雪山。積雪甚厚，一望無際，滑險異常，人馬數蹶。通志云「昂喇山上下約八十里，進藏要道，冬春積雪，行者苦之」，〔二〕是矣。作雪山行〔三〕曰：「夏至已過生一陰，雪山雪盛〔四〕愁人心。崔巍高下渾莫辨，神揺目眩誰則禁。馬蹄數蹶骨欲折，十人九僕還呻吟。千年老鵰不敢過，狐兔放膽時追尋。日方卓午正騰耀，雪光不受相欺侵。白雪雖白黯無色，惟見缺處杳杳青天青。我聞丹達之山多雪窟，井嘗數丈無其深。昔人運餉此一墮，數年雪化軀亭亭。官卑未卹名亦没，神廟赫奕猶垂今。感念貞魂一灑淚，崎嶇世路徒惺惺。吁嗟呼！勞人草草古所嘆，我歌一闋君其聽。」三十餘里，下山，至昂地。雪盡，水流漫溢，行者苦之。曲濟嘉木參留頭人於此供應烏拉，其倉儲巴谷喜隨至察木多矣。

〔一〕後湘續集卷四五月二十三日乍雅曉發望雪山。

〔二〕（雍正）四川通志卷二一西域：「昂喇山在乍丫西北，危峻難踰，上下約八十里，進藏要道。冬春多積雪，行者苦之。」（嘉慶）四川通志卷一九一西域：「昂喇山在乍丫西北，危峻難踰，上下約八十里，進藏要道。冬春多積雪，行者苦之。」

〔三〕後湘續集卷四：「乍雅西北昂刺山積雪甚厚，一望無際，險峻異常，人馬數蹶，作雪山行。」

〔四〕哈佛燕京圖書館藏本爲「雪盛」，中復堂全集本（同治六年本）、筆記小説大觀本、叢書集成三編本等皆爲「雪甚」。據後湘續集卷四雪山行載「雪山雪盛愁人心」，故從哈佛本。

昂地、噶噶、王卡

二十四日，順山溝西行。三十里，至噶噶，爲倉儲巴彭錯轄地。丹臻江錯及彭錯、彭錯達吉，各遣業爾倉巴來候，呈送土物，却之。過噶噶，西上大雪山，亂石崎嶇，上下數十里，極險峻，積雪方化，水流漫溢。既下，沿溝曲折，崎嶇益甚。

自噶噶西北六十里，至王卡。河西南流，怒濤洶湧，頗深廣，意即察木多南來之匝楚河也。王卡南北迂回十數里，沿山錮樓巒寨，約數百户。山下沃壤長河，極爲富庶，倉儲巴谷喜之轄地也。曲濟嘉木參産此。昨過王卡，留四日乃行，使谷喜來以其情告。谷喜云：「大呼圖甫行，烏拉須返，而供役牛馬疲乏，求休息兩日。」許之。令傳諭曲濟嘉木參至巴貢，勿復留滯也。谷喜去，巴貢頭人冷中吉來，聞不許大呼圖之留，苦懇，許以一日。

陳提督小傳

二十五日，蚤起，與丁別駕論近時將帥之廉勇，無如陳提督化成。者，爲作小傳，别駕手録其稿。

老龍溝

未至王卡，二十餘里，水石縱橫，人馬行巉巖峭壁下，架偏橋以濟，極險隘，名老龍溝。過溝里地多邪祟，過者苦觸染，蕃僧以二長繩貫溝兩岸，小方布書符咒凡數十道懸以鎮之。過溝里許，蕃民數十户，有佛樓、小院，頗修整。一剌麻於石壁上砌小屋，方僅丈，於中習静，無梯亦無門，惟一小竇，十日一次，人以竿懸飲食進之，老死乃開而火之。自此至藏，云多有之。聞藏内尤衆，有趺坐巖樹下經數年者，月或一食。

王卡守烏拉

二十六日，曲濟嘉木參遣告：「巴貢西，即察木多界，得察木多書，云此行烏拉需五六百，不能速集。」囑其緩進。以書來請示，許停三日。余與丁別駕改以二十九日自王卡啓行。書致宣太守，告以緩故，及傳諭丹臻江錯之事。

左貢入藏道里

嚮聞入藏之道，自石板溝分路，由左貢行十一站，可至瓦合寨，不由乍雅、察木多一路，即道光二十一年，達賴剌麻入貢之路也。自石板溝至瓦合寨大道，由乍雅、察木多行，凡十四站。左貢一路，可少三站，路甚平坦，亦不過溜筒之險。頃從常行此路者訪之，乃得其詳。蓋自石板溝分道，九十里，過大山，至鍾玉喜。有寨落，可換夫馬。六十里，過山，至札喜打桑。乃橋名，有寨落。七十里，至薩玉喜。無寨落，有蠻帳房可住，可換夫馬。八十里，至左貢。有寨落，設蕃官，於此可換夫馬。自石板溝至薩玉喜四站，江卡台吉所轄也。左貢六十里，至天通。有寨落，換夫馬。七十里，至納隆喜。無帳房、寨落。七十里，至奔達。有寨落，換夫馬。九十里，至曲札。有寨落，換夫馬。自左貢至奔達四站。左貢，蕃營官所轄也，夫馬、柴草皆其供應。曲札六十里，至角達。有帳房。六十里，至葛金。有帳房，換夫馬。一百二十里，至瓦合寨，復歸大道。自曲札至葛金三站八宿，蕃官所轄也，夫馬、柴草皆其供應。以上十一站，皆達賴剌麻之地，惟札喜打桑、鍾玉喜以東，有二大山，餘皆坦道。

藏至瓦合，取道左貢，十一站，至江卡，复有一路，並記於此。曰：「自瓦合東南行，濟仲剌麻所轄黑帳房地，一站，曰嘓井，有熱傲。二站曰曲札，有熱傲。三站曰邦達，有大剌麻寺及蠻寨、大熱傲。四站曰田都，有頭人、蠻寨、小剌麻寺。五站曰左貢，有大營官、蠻寨。六站曰烏鴉，有蠻寨。七站曰東達，過山有蠻寨。八站曰嚨行，有小公館。次日，過小山，地名占更，換烏拉。九站曰角，有蠻寨，宿此。明日，過溜筒河。十站曰拉窩，過小山即江卡矣。此一路，乃達賴剌麻每年赴藏買茶大道也。通計不及十一站。左貢以上，與前一道同。嚙井即葛金，一百二十里，至曲札，道平，一日可至。邦達，即奔達也。田都即天通，曲札至此一百四十里，晝長，一日可至。左貢以下乃分道，六站而至江卡。此一路，近十餘歲運餉委員由藏返省，皆取道於此，以避察木多、乍雅之頑悍。惟溜筒稍險，人馬懸渡，欽使不便耳。十月後，河水凍合，則人輿可通，亦可以小舟渡矣。」

設備道議

蕃性，犬狼也。兩呼圖克圖各用其私人，搆兵不已，屢令文武勸諭之，不息；判斷之，不遵。冷中（磧）［吉］輩，〔一〕敢阻困回京之大臣，肆其挾制，此而不振以兵威，其有濟乎？夫蠻觸相爭，本可置之不問，其所以不能置之者，徒以川、藏孔道，臺站所在，不可梗阻耳。然川、藏自有孔道，非舍此不通，何必沾沾此路哉？乍雅一路，蕃情刁狡難馴，自昔已然。乾隆中，即有「惡八站」之稱，見於衛藏圖識。岳大將軍進兵西藏，未由此路，至今蕃人不識兵威。每年委員解運藏餉，臺站更替，名爲承應烏拉，實貪其利，於僱價外，更邀賞茶、布、煙、物，復有酒錢、背手，種種無厭。每過一站，刁索阻延，無不苦之，皆視爲畏途久矣。故文武委員差竣回省，多自察木多別僱騾馬，由他道至江卡或阿拉塘，復歸大道，以避乍雅，即民間貨物往來，亦不由此路，其惡可知矣。今若別爲備道，則往來官民既便，刁狡之蕃，無所挾持，即有釁觸之爭，而道路無虞梗塞，彼此控愬，或理或否，我得操縱自如。何致顧忌多端，使車僕僕，失體損威，刁風日熾哉！

〔一〕據前文「巴貢頭人冷中吉來」，故改「磧」爲「吉」。

或曰：「徭役，人情所不願也，添設臺站，其如他道之人不願何？」曰：「不然，余所言備道者非他，固達賴剌麻地也。自江卡以西，瓦合寨以東，別有商賈往來之路。既通商賈，豈不可設臺站乎？達賴剌麻，一番僧耳，受國家養育之恩，予以全藏地，優崇之者至矣。其土地人民，何一非天朝所有，供此徭役，理復何辭？且此每年之役，皆藏餉賞需，初非他人之用。即臺站之設，亦皆爲藏地聯絡聲勢。國家既予以全藏之地，復設大臣重兵爲之護衞，以鎮撫人民，捍禦外侮，更不惜歲費數萬帑金，越數千里，委員饋運。成都以西，内而州縣，外則土司，爲藏地勞費多矣。區區數百里之役，以藏人供藏用，尚何言哉？道光二十一年，乍雅兩呼圖克圖之衆相爭，達賴剌麻貢使即由彼所轄地行矣。近年委員如朱錫保、武來雨、劉光第、寶鉞、徐賡昌，皆自他道回省，即商賈往來大道，非不毛之地也。稍一轉移，便利實多，若因循仍舊，其害無已，惟明者察之而已。」

巴貢

二十九日，王卡啓程，沿河北行十數里，至熱水塘，過河，爲二呼圖克圖界。又北行十餘里，至三道橋，復爲大呼圖克圖界，頭人冷中(磧)[吉]〔一〕在此迎候。又北行二十餘里，至巴貢。地不甚寬，石山南北對峙，察木多大河自此流入，形勢險阻，如石闕然。

〔一〕今據前文「巴貢頭人冷中吉來」，故改「磧」爲「吉」。

火焰、苦弄二山

三十日，自巴貢西北行，登大山，即巴貢山也。河北石山連接，四十里，石峯巉削，高下林立，色赭如火焰，故土名火焰山。過山畧下，蟬聯相結，爲苦弄山，乃乍雅、察木多交界處也。蕃人語風曰弄，山高大而多風，行人苦之，故名苦弄。又山多石穴，望之如窟，俗遂訛爲窟窿山矣。此山又四十餘里，乃至包墩，陟降崎嶇，較巴貢山尤爲陡峻，誠如圖識所云：「終日蹀躞於荒山」〔一〕者也。惟云「多偏橋」，〔二〕未見。蓋數十年來，情形改變矣。按：苦弄山，又名窟窿山，見衛藏圖識，而四川通志無之，惟有魚別喇山，在察木多西南，接乍雅、巴貢界，或即此山。然云不甚險峻，上下約二十五里。〔三〕似又不同。

〔一〕衛藏圖識圖考卷上巴塘至察木多程站：「巴貢上大山，或降或陟，終日蹀躞於荒山中。六十里至苦弄山根，亦名窟窿山，以山多石穴，大者如堂如皇，小者如鐘如盎如鈸，掩映廻環。」

〔二〕衛藏圖識圖考卷上巴塘至察木多程站：「洛加宗沿溝而上，傍山行，路紆曲，稍平，第偪仄，多偏橋。」

〔三〕（雍正）四川通志卷二一西域叉木多：「魚別喇山，在叉木多西南，不甚險峻，上下約二十五里，接乍丫、巴貢界。」

文昌星可以人神爲之

星之有文昌也，古矣；神之有文昌也，始於近代。經生家多著論，謂文昌六星，本司祿命，非世之所傳梓潼神也。徵引古書，其説甚辨。余謂考古之學，自不可少，而天地之理，實不可誣。人本二氣五行所生，其始未有非二五之精者也。精則明，明則神，神之與星，一物耳。星之精气，可降生而爲人，人之精氣，何不可上升而還爲星乎？傅説，殷相也，歿爲箕尾之星；梓潼神歿，升爲文昌之星，亦猶是耳。

化書所云，雖若怪誕，然人物死，精氣不散，感而復生，實陰陽變化之理，不可以三生之說，出於釋氏而誕之也。精氣本體，無人物之可名，其感而生也，可以人，亦可以物。世儒惟知貴人賤物，獨不思人有貴賤，當辨其賢愚，不可概以爲貴，猶之物有貴賤，當別其靈蠢，不可概以爲賤乎！桀、紂、操、莽，有何可貴？麟、鳳、龜、龍，豈可言賤？人爲桀、紂、操、莽之行，則即豺、狼、蛇、虎之心也。人其形，而豺、狼、蛇、虎其心，戾氣所聚，雖死不散，感而復生，各以其類，烏能不爲豺、狼、蛇、虎乎？此不必有地獄之神罰之、殛之也，自爲之也。物有麟、鳳、龜、龍之德，則即聖賢豪傑之心也。物其形，而聖賢豪傑其心，秀氣所鍾，死亦不散，感而復生，亦從其類，何必不爲聖賢豪傑乎？此亦不必有天曹之神賞之、命之也，自爲之也。然而實有神焉，賞罰之而殛之命之，何也？天地無心，而有主宰天地之神。聖人無心，而有主宰人物之君。人物之賢愚靈蠢，能自爲之，而世運之治亂隆汚，人運之盛衰修短，不能自爲之，必有司其權者，而後整齊畫一，人物以之而定，否則散而無統，大亂之道也。故人所能自致者，身心之善惡耳；所不能自主者，名位之貴賤、氣數之修短也。人貴其德，本有可貴其位之理；人善其心，本有可修其數之理；而不必盡然，則司其權者，別有道焉，非人所能知而亦不必知之矣。文昌之星，司人祿命，天星也，可以人神爲之。人惟自修其德，安知異日不可爲神，不可爲星哉？不强其志，不究其理，徒執書傳一言，妄爲辨難，此亦泥古之過也。

六月初一日，駐包墩，丁別駕言梓潼縣文昌神廟事，記此。

事物本原於道

天下事物莫不有所由來。由來者，事物之本原，本原即道也，事物可見，本原則或見或不見。智者明其理，愚人泥其跡，愚者多，智者少，道之所以不明也。六經自秦火後，賴漢儒傳之經傳，即聖人之道以傳。漢之大儒，伏生、歐陽、中公、董仲舒、大小夏侯、后蒼、二戴、孔安國、劉子政、鄭康成、賈逵、服虔，粗明聖道，顧所講説訓詁，詳於名物度數，而簡於道理者。道德性命之精微，即寓於名物度數之中，上智者可即此而見。且名物度數之事，古人童而習焉，目見而身用之，其學之也易。後世三代法物皆不可見，惟於方策是求，其學之也難。窮年畢世，即粗者猶不能盡曉，况其精微者乎？有所及則有所不及，非謂道德性命可不必事事也。此數大儒者，其於性命何若，吾不能知，固皆身蘊道德矣。迨孔光、張禹、劉歆、馬融輩，但以傳經爲業，不以道德爲重，乃至身附篡逆，猶自詡通儒，是大叛乎聖人，而爲王者所必誅矣，由不知道德性命爲所當事也。

及乎宋時諸大儒出，深有以明道之本原，知聖人著述六經之旨，固欲以治人善世，非如有司之徒存其器，典守其法也。名物度數，漢儒既以詳明，學者可以考索而得。惟道德性命之精微，漢儒有所未及，故以其身所究明者，闡發以示後人。自是六經之旨乃明，聖人之道乃備矣。學者由漢儒所傳，有以觀聖人之跡，復由宋儒之説，有以得聖人之心，是兩代大儒，皆吾父師也。

近世諸人因宋、元、明以來，習漢儒之學者，少從事於此，妄自夸詡，遂欲蔑棄宋儒，矢口詆毁。又以宋儒之學，皆修身、齊家、正心、誠意之事，不敢昌言攻之也。思宋儒所專精用力者，無如四子書，三尺童子無不習之。則曰大學、中庸，本出戴記，當還其舊，若謂「此不過數十篇中之二篇耳」。欲行其眩博矜奇之説，則以聖賢切實精微之旨，雜置繁文度數中，使人厭棄之，然後得自顯其長。是其用心全爲自矜自炫之私，初何嘗爲聖人之六經及世道人心起見乎？由其陷溺已深，見宋儒之説，有大不便於己，故爲邪説以排距之。然「民有秉彝，好是懿德」，〔一〕天下何能受其欺乎？

〔一〕孟子集注卷六告子章句上：「詩曰：天生蒸民，有物有則。民之秉彝，好是懿德。」

包墩、猛卜

初二日，夜雨，達曉未已。包墩沿河西北行，過小山二，大山一，偏橋險峻，崎嶇難行，復值雨濘，人馬苦困。六十里，乃至猛卜，雨猶未已。察木多文遊府、藏委會辦乍雅案之謝都閫及糧務高明府，均遣人迎候。

猛虎山、小恩達

初三日，西北登山，愈形險峻，汛卒曰：「猛虎山也」。上下三十里，有地曰小恩達，以察木多北去二百餘里，有恩達寨也。又曰「柳林子」，察木多之北數十里，有大柳林，乃呼圖克圖避暑所。蓋蕃僧稱其園皆曰「柳林」也。有蕃人數十户。復上山，陟降三十里，乃至察木多。

察木多二條

察木多，通志云：「在布政司西南三千五百二十五里，東至包墩界一百四十里，西至牛屎溝界三百九十里，南至結黨，北至隆慶界。」〔一〕又云：「察木多，在乍雅西北。即古康地，古稱前藏，一名喀木，界通川、滇，其北河有四川橋，南河有雲南橋。江巴林寺，係江心濯結所建。寺北水名昌河，寺右水名都河，故又名昌都。昔屬闡教呼圖克圖。〔二〕康熙五十八年，大兵進討西藏，頒正呼圖克圖印信，其文係『闡講黄教額爾德尼那門汗之印』，清字、蒙古字、夷字三篆，住坐察木多大寺，其副呼圖克圖住坐邊壩之西甲喇大寺，有昌諸巴（衛藏圖識作倉儲巴）。五家札聰所管大小寺院五十座。」今按：察木多正副呼圖克圖有四，皆住昌都大寺内，倉儲巴有二，一正一副。

〔一〕（雍正）四川通志卷二一西域叉木多：「在布政司西南三千五百二十五里，東至乍丫五百三十里，西至類伍齊二百二十里，南至結黨，北至隆慶，里數無考。」

〔二〕（嘉慶）四川通志卷一九一西域察木多：「在乍丫西北，即古康地，古稱前藏，一名喀木，界通川、滇，其北河有四川橋，南河有雲南橋。江巴林寺，係江心濯結所建。寺左水名昌河，寺右水名都河，故又名昌都。昔屬闡教胡土克圖掌管。」

和泰庵西藏賦云：「察木多，三藏之一，喀木名遥。」自注：「西至類伍齊二百二十里，南至結黨，北至隆慶，昔屬闡教胡圖克圖。〔一〕康熙五十八年，頒給『帕克巴拉胡圖克圖諸們汗之印』，亦係三譯，篆文曰『闡講黄教額爾德尼第巴諾們汗之印』。〔二〕其二胡圖克圖，號錫瓦拉，三胡圖克圖，號甲喇克。大小寺院五十座，剌麻四千五百名，蕃民七千六百餘户。其俗崇信浮屠，生子半爲喇麻。其地則層巒疊嶂，怪岫奇峯，乃西藏之門户，古所云康、云喀木者即此，合前後衛爲三藏，俗名昌都也。共投誠蕃地隸之者二十處。」

〔一〕西藏賦：「昔屬闡教胡圖克圖掌管。」

〔一〕西藏賦：「其印文曰：闡講黄教額爾德尼第巴諾們汗之印。」（嘉慶）四川通志卷一九一西域察木多：「康熙五十八年，大兵進取西藏，頒給正胡圖克圖印信，其印係『闡講黄教額爾德尼那門汗之印』，清字、蒙古字、夷字三樣篆文。」

昂楮、雜楮二河合拉楚河一條

舊通志云：「昂楮河在察木多左，源出中壩，因通雲南，亦名雲河。雜楮河在察木多右，源出九茹，因通四川，亦名川河，二水合流，入雲南界。」〔一〕今按：川河在左，雲河在右，舊志誤也。西藏志云：「裹角大山積雪，五十里，離瓦合一柱拉三日。過山，至昌都二日，乃川、滇、藏三界之中，最爲重地。兩山環抱，左右有大木橋，東走四川，南達雲南，西通西藏，北通青海，乃扼要之區。」〔二〕余按：察木多大寺，今在山上，南嚮。其山自西北來，開大幛寺後，屏開三疊，左右雙峯聳峙，中出一支，迤邐而下二里許，如龍飲水。左右二河，自山後環抱而來，交會山前。其外高山四周，形勢非常。昔岳大將軍見而惡之，駐軍山上，移剌麻於下，斷其山脈而還之。今山上剌麻數千，山下土城，爲遊擊、戍兵及糧務駐所。城外蕃民四五百户，漢人貿易者數十家，與蕃雜處。

又按一統志：「瀾滄江二源，一名匝楚河，一名鄂穆楚河，皆發源於匝坐里岡城西北，俱東南流，至匝坐里岡城東北三百餘里，察木多廟前二水合流，名拉楚河。又南流九百餘里，至雲南塔城關西，入麗江府界，爲瀾滄江。經永昌、順寧、蒙化、景東諸[府]，歷阿瓦國、老撾地，入交阯界，注於南海。」〔三〕然則此山前左右二河，來源皆千餘里而交會，無怪昌都形勢獨勝也。通志：昂楮河即鄂穆宜楚，雜楮河即匝楚也。

〔一〕（雍正）四川通志卷二二西域察木多：「昂楮河在叉木多左，源出中壩，因通雲南，亦名雲河。雜楮河在叉木多右，源出九茹，因通四川大道，亦名川河。二水合流，入雲南界。」

〔二〕西藏志山川：「過角山，路陡積雪，綿長五十里，有煙瘴。離瓦合一柱拉三日，過山至昌都二日，乃川、滇、西藏三界之中，最爲重地。兩河環抱，左右有大木橋，東走四川，南達雲南，西通西藏，北通青海，乃扼要之區。」

〔三〕大清一統志卷四一三西藏：「瀾滄江，在匝坐里岡城東一百里，番名拉楚河。有二源，一源發于匝坐里岡城西北一千餘里格爾吉匝噶那山，名匝楚河。一源發于匝坐里岡城西北八百餘里巴喇克拉丹蘇克山，名鄂穆河，俱東南流，折而南，至匝坐里岡城東北三百餘里，又木多廟前二水合流，名拉楚河。又南流九百餘里，至雲南塔城關西，入雲南麗江府界，爲瀾滄江。又流經永昌、順寧、蒙化、景東諸府，歷阿瓦國、老撾地，入交阯界，注於南海。」哈佛燕京圖書館藏本、中復堂全集本、筆記小說大觀、叢書集成三編等本皆爲「景東諸」，姚文原脫「府」字。今據大清一統志所載，增補「府」字，即爲「景東諸府」。

建文帝爲呼圖克圖

蕃人相傳察木多之大呼圖克圖，爲明建文帝轉世。雖無稽，足見當時天下憐建文，異域亦久而不忘也。〔一〕感成一絶云：「異代興亡殘骨肉，千年遺憾託浮雲。長陵抔土空神武，西域人猶愛建文。」

〔一〕後湘續集卷四：「察木多大呼圖克圖今已數輩，相傳爲明建文帝轉劫，俗説無徵，亦見當時天下憐建文久而不忘也。」

乍雅兩呼圖克圖曲直

宣太守言：「兩次檄調丹臻江錯、四倉儲巴不至，今使人三路召之，且使紅教剌麻勸其來。因論兩呼圖曲直，以丹臻江錯争權奪印爲非。」余曰：「蠻夷政教與中國殊，自古不繩以法，爲因俗覊縻而已。然曲濟嘉木參以蕃僧受印敕，安撫教化，是其職也。不能安撫其下，致衆畔散，身自出亡，已非國家設那們汗安撫蕃黎之意。況乍雅不責貢賦，惟供大道烏拉之役，使者往來，復予雇值，而任其屬蕃多所邀索，時阻王程，人皆視爲畏途。比反，多取道他塗避之，國家安用此那們汗爲耶？彼自不德，衆叛出亡。朝廷不討其罪，數遣王官勞費遠涉，爲之調輯安撫，十年不能定。猶不自反，敢令屬蕃阻留大臣五十餘日，要求無狀，此去叛逆一間耳。丹臻江錯護印，與羣倉儲巴訪諸牧豎之中，收養及歲，送藏學經，迎回授印，以爲那們汗，曾何負於彼，而反以爲怨耶？如有爭權奪印之心，則不收養、送藏、迎回、授印矣。且丹臻江錯護印理事，乃大臣奏請，印已交還，何猶言奪？至五倉儲巴之放，則四郎江折本曲濟嘉木參自放，谷喜、白馬奚、彭錯達吉，皆在江臻丹錯護印之時，彭錯則以其叔倉儲巴阿札有功於曲濟嘉木參，許以其姪接充，後復從乍雅營官捕盗被殺，故使爲之，丹臻江錯初何嘗爭其權乎？」

拉達克誘森巴犯界

後藏之西爲阿里，其西北界近底穆岡城，東有拉達克城，本一小部落也。東西境長一千五百餘里，北至葉爾羌十八站，西北爲克食米爾，西南爲森巴，南爲哲孟雄、洛敏湯、廓爾喀，又西南爲披楞。其西境内有茫玉納山，自茫玉納山以西，有地曰補仁，又西曰達壩噶爾，又西曰雜仁，又西北曰堆噶爾本，又西北曰茹妥，皆拉達克之地。堆噶爾本產金。五輩達賴剌麻盛時，奪取此五處，拉達克不敢較。道光十年，有張格爾餘黨，自葉爾羌逃至其地，拉達克酋長擒獻，賞五品頂戴。又嘗入藏禮達賴、班禪。後爲西界外野蕃森巴侵佔其地，走唐古忒求救，駐藏大臣拒之弗納。拉達克怨，反投森巴，誘之寇唐古忒，欲復茫玉納山西故地。森巴者，其部有三：最大而遠者曰然吉森，次曰索熱森，曰谷郎森。道光二十一年，索熱森酋俄斯爾遂因拉達克來侵，藏遣噶布倫往禦，卒少不勝，補仁五處，皆爲所奪。大臣以聞，發唐古忒大兵勦之。森巴勇悍，善鎗箭銅礮而不耐寒。藏有紅教剌麻宜瑪湯者，能誦經祈雪，深數尺，森巴大凍。唐古忒乘雪以連環鎗進攻，森巴大敗，陣斬俄斯爾，擒八百餘人，盡復所奪地，追至森巴界河而營。督唐古忒兵者，噶布倫策墊奪吉、戴琫比喜也。俄斯爾之妻率衆繼至，聞敗，大懼。然吉森以爲俄斯爾之勇猶陣亡，又森巴得唐古忒營中護法神像，忽自行動，大驚。乃使人請和，未成，決河水，淹唐古忒營，兵皆走依山。策墊奪吉、比喜單騎入森巴營責讓之，森巴乃奉約而退還所侵拉達克地，以處其酋。

藏委堪布卓尼爾

十五日，藏中委曲琫堪布增卓堅參及卓尼爾阿旺改桑，至察木多會辦乍雅事。曲琫堪布者，職司經卷，堪布中爲第五等。卓尼爾則爲達賴供奔走傳宣者。

哲孟雄聽披楞通道

前藏西南小部落名哲孟雄，〔一〕西南鄰廓爾喀，〔二〕南接披楞，〔三〕去後藏之帕里三日程，北至江孜三百餘里。又北一百餘里即札什倫布，舊屬廓爾喀。乾隆五十七年，廓爾喀平後，修好於唐古忒，貢服王化，人强健而地小，素畏披楞。其通披楞之處，中隔大山，有道一綫，僅容羊行，天生險隘也。藏人言：「近爲披楞鑿寬此道，設卡其上，哲孟雄不敢較。」蓋披楞欲窺西藏，爲廓爾喀所阻，哲孟雄路近而小弱，故思取道於此。

〔一〕衛藏通志卷一五部落：「哲孟雄，前藏邊外西南，一小部落。其地爲廓爾喀所侵，今尚有臧曲大河北岸以東寨落三處。」

〔二〕衛藏通志卷一五部落：「廓爾喀，後藏之西南，其地名陽布，乃所并巴勒布舊地也。天氣和暖，產稻米花果諸物。其王名拉特拉巴都爾。自乾隆五十七年，震懾天威，投誠恭順，定期五年，遣使朝貢一次。」

〔三〕（嘉慶）四川通志卷一九四西域四：「披楞，西南一大部落。道路險遠，在廓爾喀之外，自稱爲噶哩噶達，其别部落人稱爲披楞。該處番民信奉回教，部長太第哩察巴所放，另是一教，不信佛教，惟阿雜拉喇嘛有佛廟一，廟距部長官寨不遠。每日令喇嘛一名在官寨值通譯文書。乾隆五十八年，喇嘛達齊格哩赴藏設誠，稟帖極爲恭順。」

卷之七

瓦合山海子

察木多西去三百餘里有瓦合山，入藏所必經也。衛藏圖識云：「高峻百折，山上有海子，煙霧迷離，有望竿，合周天度數，矗立土臺之上，大雪封山，藉以嚮導。過者戒勿聲，〔一〕違則冰雹驟至。山中鳥獸不棲，四時皆冷。上下逾百里無炊烟。」通志云：「瓦合大山，在類伍齊西南，山大而峻，歷一百二十里，到瓦合寨。〔二〕」謝都閫云：「海子周四十里，每年十月十五日結冰，次年三月十五日冰解，如期不失。人俟有野獸行跡，即從冰上往來。海子中有獨角獸大如牛，過者見之，以爲祥瑞，蕃人謂之海神。」

〔一〕衛藏圖識圖考卷上察木多至拉里程站：「如大雪封山時，必藉以爲嚮導，過此戒勿出聲。」

〔二〕（雍正）四川通志卷二一西域：「歷一百二十里，到瓦合番寨。」

察木多西二十八站

察木多西去，尖宿二十八站〔一〕至拉里。曰俄洛橋，曰浪蕩溝，曰拉貢，曰恩達寨，曰牛糞溝，曰瓦合寨，曰麻利，曰嘉裕橋，曰鼻奔山根，曰洛隆宗，曰曲齒，曰碩般多，曰中義溝，曰巴里郎，曰索馬郎，曰拉子，曰邊壩，曰丹達，曰察羅松多，曰郎吉宗，曰大窩，曰阿蘭多，曰破寨子，曰甲貢，曰大板橋，曰多洞，曰擦竹卡，曰拉里，凡一千五百里。

〔一〕衛藏圖識圖考卷上察木多至拉里道里程站：「察木多至俄洛橋尖，俄洛橋至浪蕩溝宿。……浪蕩溝至拉貢尖，拉貢至恩達寨宿。……恩達寨至牛糞溝尖，牛糞溝至瓦合寨宿。……瓦合寨至麻利尖，麻利至嘉裕橋宿。……嘉裕橋至鼻奔山根尖，鼻奔山根尖至洛隆宗宿。……洛隆宗至曲齒尖，曲齒至碩般多宿。……碩般多至中義溝尖，中義溝至巴里郎宿。……巴里郎至索馬郎尖，索馬郎至拉子宿。……拉子至邊壩尖，邊壩至丹達宿。……丹達至察羅松多尖，察羅松多至郎吉宗宿。……郎吉宗至大窩尖，大窩至阿蘭多宿。……阿蘭多至破寨子尖，破寨子至甲貢宿。……甲貢至大板橋尖，大板橋至多洞宿。……多洞至擦竹卡尖，擦竹卡至拉里宿。」

拉里西十六站

拉里而西，尖宿十六站〔一〕至前藏。曰阿咱，曰山灣，曰常多，曰寧多，曰拉松多，曰江達，曰順達，曰鹿馬嶺，曰推達，曰烏蘇江，曰仁近里，曰墨竹工卡，曰拉木，曰德慶，曰蔡里，曰西藏喇薩，凡一千一十里。

〔一〕衛藏圖識圖考卷上拉里至前藏道里程站：「拉里至阿咱尖，阿咱至山灣宿。……山灣至常多尖，常多至寧多宿。……寧多至過拉松多尖，過拉松多至江達宿。……江達至順達尖，順達至鹿馬嶺宿。……鹿馬嶺至堆達尖，堆達至烏蘇江宿。……烏蘇江至仁進里尖，仁進里至墨竹工卡宿。……墨竹工卡至拉木尖，拉木尖至德慶宿。……德慶至蔡里尖，蔡里至西藏宿。」

類伍齊、洛隆宗諸部

自察木多以西地，皆達賴剌麻遣番官管理。部落大者曰類伍齊，一作類烏齊，在察木多西北，爲草地入藏徑道。有紅教呼圖克圖住坐大寺。康熙中賜印，文曰「協理黃教那們汗之印」，清文、蒙古、唐古忒三篆。有土城，其衆剌麻皆居城内，所部番民多黑帳房，居土房者少。去四川布政司三千七百四十五里。〔一〕

次曰洛隆宗，一作羅隆宗，在布政司西南四千一百一十五里。其地有嘉裕橋，爲藏、鑪通津。〔二〕潞江在其城東北六十里，蒙古名喀喇烏蘇，番名鄂宜爾楚，其下流爲潞江，又作怒江。又有匝楚河，在其城東北一百六十里，其下流爲瀾滄江。

次曰碩般多，一作説板多，一作蘇班多，一作舒班多。在洛隆宗西，去布政司四千二百七十五里，乃青海之捷徑也。築土甃石爲城，枕山臨河，僧衆、蕃民皆在城内建房屋以居。〔三〕

〔一〕（嘉慶）四川通志卷一九一西域：「類伍齊，在察木多西北，係由草地進藏徑道。原隸西藏，自康熙五十八年大兵進取西藏，該地僧俗人民投誠歸順，頒給胡圖克圖印信。其印係『協理黃教那門汗之印』，清字、蒙古字、夷字三樣篆文。住坐類伍齊大寺。該地喇嘛俱於城内居住，所部番民居黑帳房者多，住土房者少。雍正四年會勘疆界，將類伍齊地方遵旨賞給達賴喇嘛。……在布政司西南三千七百四十五里。東至叉木多之狼古山爲界，西至喇里界，南至達隆宗界，北至洛隆宗界。」

〔二〕（嘉慶）四川通志卷一九一西域：「洛隆宗，在類伍齊西南，其地有嘉玉橋，爲藏鑪通津，亦西海進藏之要隘。原隸西藏部屬，委碟巴二名管理。康熙五十八年，大兵進取西藏，該地碟巴番民傾心投誠，採辦軍糧，輓運無誤。雍正四年會勘疆界，將洛隆宗地方遵旨賞給達賴喇嘛。在布政司西南四千一百一十五里。東至瓦合塘界二百一十里，西至擢恥塘界一百六十五里，南至類伍齊界，北至達隆宗界。」

〔三〕（嘉慶）四川通志卷一九一西域：「碩般多，一作説板多，一作蘇班多，又一作舒班多。在洛隆宗之西，地少險，隘惟惡。説與春崩接壤，乃西海之捷徑也。原屬西藏部落，委喇嘛碟巴一名，俗碟巴一名，掌理黃教，鈐束地方。後被準噶爾佔據，西藏遺陀陀宰桑至碩般多一帶，剝削僧俗人衆。康熙五十八年，定西將軍噶爾弼等統兵進藏，該地碟巴人等迎師歸誠，陀陀宰桑潛回西藏，總統遺諳練外委三十名改飾異服，令該地碟巴嚮導追至索馬郎，擒獲陀陀宰桑，送川解部。至雍正四年會勘疆界，遵旨將碩般多地方賞給達賴喇嘛，復置千總、外委各一員，以資控制焉。在布政司西南四千二百七十五里，東與洛隆宗、擢恥界，西至阿南多界六百八十里，南至洛隆宗界，北至達隆宗界。」

次曰達隆宗，在碩般多南，即邊壩，又名賓巴，去布政司四千五百五十五里。〔一〕有沙工喇山在其西，崇峻，上下八十里，相連魯工喇山，平衍，八十餘里。通志云：「二山冬春，每積雪難踰。」〔二〕衛藏圖識作「魯貢拉山」，云：「峭壁摩空，一小溝蜿蜒上下，夏則泥滑，冬則一冰雪槽，行人拄杖，魚貫而進。」〔三〕又有丹達山，上有雪城，路徑奇險，在魯工拉山東十五里。相傳康熙中，有雲南解餉官過此，墮雪窖中，没爲山神，靈異，土人祠焉。今過山者，必虔祀之，否則冰雹立至。成都府城及入藏一路，多丹達王廟，其靈異可知矣。當時微員歿於王事，竟未以聞，不蒙卹典，無有知其姓名者，乃自以神顯，可慨也！

〔一〕（嘉慶）四川通志卷一九一西域：「達隆宗，即邊壩，又名賓巴，在碩般多之南，原屬西藏所轄，委碟巴二名管理。康熙五十八年，大兵進藏，該地喇嘛碟巴人等傾心向化，承辦糧差，留駐官兵彈壓，以連聲援。所轄地方，自喇子起，至魯工喇大山根，拉里止。四至遼闊，差徭繁劇。又委熱傲三名以作三處，分治承應。聖朝軍役，無敢懈怠。凡熱傲居址，俱有官寨樓房，窮荒避壤，蓋别有風氣。……在布政司西南四千五百五十五里。東至碩般多二百九十里，西至拉里七百三十里。」

〔二〕（雍正）四川通志卷二一西域：「魯工喇山，與沙工喇山相連，山勢平衍，八十餘里。二山冬春，每積雪難踰。」

〔三〕衛藏圖志圖考卷上察木多至拉里程站：「行人拄杖，魚貫而進，不能並。」

次曰拉里，一名喇里，在達隆宗西北。通志云：「察木多與西藏中通之咽喉也。林拉一山，爲喀喇烏蘇大道，直通青海。昔準噶爾車零敦多布侵藏，此地有黑刺麻，僞稱河州刺麻，迎大兵爲嚮導，陰截軍餉，定西將軍噶爾弼，遣副將岳鍾祺擒誅之，別使剌麻治其地，仍隸西藏，至今服役，極恭順矣。地去布政司五千二百八十五里。拉里大山甚危峻，上下二十餘里，四時積雪。大寺在山之腰。」〔一〕通志云：「山勢如龍，前後左右俱極險峻，惟右有路，盤旋而上。建大寺，設大剌麻一人掌之，衆剌麻皆在山上，蕃民住土房者十餘户，居黑帳房者百餘户。」〔二〕

次曰江達，即工布，在拉里西南。通志云有「三星橋、甲桑橋，二水會合之地，乃東西要津，所轄之章谷并鄂説，與疊工接壤，又北通西海之要隘也。」〔三〕瑩謂「此西海當即青海也」。準噶爾昔侵藏地，工布人民堅禦之，敵不能入。衛藏圖識所謂「憑山依谷，形勢險要者」〔四〕是矣。地去布政司五千七百三十五里。

〔一〕（嘉慶）四川通志卷一九一西域：「拉里，一名喇里，在達隆宗西北，實察木多與西藏中通之咽喉也。林拉一山，爲喀喇烏蘇大道，直通青海。自準噶爾車零敦多布侵佔藏，該地黑剌麻附逆助謀，僞稱河州剌麻，迎師嚮導，陰遣番人邀截軍糧。康熙五十八年，定西將軍噶爾弼統領綠旗官兵至拉里，預遣永寧副將岳鍾祺提兵計擒。黑喇嘛訊明附逆，陰謀截糧，情實，旋即正法。另委喇嘛掌理地方。復設糧務把總外委各一員。歷年駐藏官兵往來，服役極爲恭順。……在布政司西南五千二百八十五里，東至夾貢塘界一百七十里，西至常多塘界二百四十里。……拉里大山，在大寺西，甚危峻，上下二十餘里，四時積雪。」

〔二〕（雍正）四川通志卷二一西域：「大寺在拉里大山之腰。山勢如龍形，前後左右俱極險峻，惟右邊有路，盤旋而上。建寺院一座，住大剌麻一名管理地方，餘衆剌麻俱居山上寺內，本地番民住土房者十餘户，居黑帳房者百餘户。」

〔三〕（嘉慶）四川通志卷一九一西域：「江達，在拉里西南，其三星橋、甲桑橋，二水會合之地，乃東西要津。而所轄之章谷并鄂説，與疊工接壤，又北通西海之要隘也。」

〔四〕（嘉慶）四川通志卷一九一西域：「憑山依谷，守險要區。」

類伍齊、拉里外，洛隆宗、碩般多、達隆宗、江達，設熱傲或碟巴掌之，以供賦役。江達以東，山皆險阻，以西惟鹿馬嶺，雖高約四十里，而平易不險，無復冰雪崚嶒，怵心劌目者矣。圖識云：「墨竹工卡正北，接察木多草地之路，其水西流至藏，〔一〕即藏河也。水驛有皮船，四十里，至拉木。」余按：定西將軍平西藏疏所云「進據墨竹工卡，準噶爾堆木品宰桑堅守，噶爾招毋倫渡之兵皆遁」。此渡即藏河也。招毋，一作招木，一統志稱「噶爾招木倫江」。〔二〕墨竹工卡，會典作「墨竹宫」。

〔一〕衛藏圖志圖考卷上拉里至前藏程站：「其水向西流至藏。」

〔二〕大清一統志卷四一三西藏：「噶爾招木倫江，在喇薩地，自衛之蓬多城東北城百十里查里克圖發源，名達穆河。」

雅魯藏布江即藏河

水道提綱曰：雅魯藏布江經楚舒爾城南，又東南至日喀爾公喀爾城，北有噶爾招木倫江，自東北合諸水，西南流經衛地喇薩來會。疑即古吐蕃之藏河也。噶爾招木倫江源有二：一曰米的克藏布河，出墨魯公喀城東北三百里米的克池，西南經蓬多城東北。而西南一源來會，曰達穆河，出蓬多城東北二百里之查里克圖嶺，二源既合，乃名噶爾招木倫江。又東南流，受西來二水之合東注者，又東南折而東流，受北一小水，又東折而南、而西南百里，又折而東北數十里，經傲那廟北，又東乃折而東南，受東來岡噶拉嶺水，乃西南流過鄂納鐵索橋，又南經墨爾公噶城西，又南折而西，曲曲百餘里，經噶爾鞠廟北，又西經第巴達克城南。又南稍西，有一河西北自温主普宗城合三水，東南流來會。又南數十里，經得秦城北，又折西流，曲曲經剌薩之南，即唐時吐蕃國都，今爲達賴所居也。伊克昭廟有長慶碑，西北有庫庫石橋。噶爾招木倫江又西北流十餘里，至董郭爾城東南，受東北來一小水。又西南流數十里，經日噶牛城北，有羊巴尖河合楚普河，自西北合四大水，東南流三百餘里來會。又西南又南流八十里，折西南流，受西北來二小水。又西南經楚蘇拉城東南，又西南至日喀爾公噶城之北，而雅魯藏布江自西來會。〔二〕雅魯藏布江即大金沙江，見前。

〔一〕此係姚瑩節引，與水道提綱卷二二西藏諸水所載畧有出入。

金沙江源

又曰：金沙江者，一統志云：「古名麗水，一名神川，一名犂牛河，今蕃名木魯烏蘇，一名布賴楚河，又名巴楚河，源出衞之剌薩西北八百餘里。有山形如牛，蕃名巴薩過拉木山，譯言乳牛也。水出山下，名木魯烏蘇。東北流九百餘里，至那木唐龍山北，轉東南流八百餘里，入喀木即察木多。境，名布拉楚河。又南流少西八百餘里，至巴塘西六十里，名巴楚河。又轉東南流六百餘里，至雲南麗江府界，爲金沙江。自麗江府雪山之北，折而東南，經永北、武定二府，至四川會川衞西南入四川界，與打冲河合，折東北，經東川府西馬湖南至敘州府，與川江合。自發源處，至入內地，流四千餘里，受大水數十，小水無數，水深流急，沿江煙瘴最多，以江出沙金，故名。」〔一〕唐書南蠻傳：「貞元五年，南詔異牟尋大破吐蕃於神川，遂斷鐵索橋」，〔二〕溺死以萬計。又西域傳：「多彌木西羌，屬吐蕃，號難磨，濱犂牛河，土多黃金。」〔三〕又地理志：「渡西月河，二百一十里至多彌國西界，又經犂牛河，渡藤橋，百里至列驛。」〔四〕

〔一〕大清一統志卷三八二麗江府：金沙江，在府城西北三百二十里，源出吐番界，自舊巨津州流入府境，環三面流入廢寶山州境，繞而南入鶴慶州界，又南流而東折入大理州府界，即古若水也，又名神川。山海經：「南海之內，黑水之間，有木名曰若木，若水出焉。」酈道元水經注：「若水之生，非一所也，黑水之間，厥木所植，水出其下，故水受其稱焉。若水沿流間關蜀土。」唐書南蠻傳：「貞元九年，南詔異牟尋大破吐番於神川，遂斷鐵橋。又吐番破麟州，韋皋督諸將分道出，或經神川、納川。」元史地理志：「麗江路因江爲名，謂金沙江出沙金，故云。源出吐番界，今麗江即古麗水。憲宗三年征大理，從金沙江濟。」明統志：「古名麗水，源出吐番界犂石下，名犂水。流經巨津、通安、寶山三州。」明張機金沙江源流考：「金沙源出吐番共隴川犁牛石下，謂之犁牛河，即古麗水。其流經吐番鐵城橋，東經麗江府巨津、寶山二州。又東經鶴慶、永北、姚安，又自武定府北界，經犁溪州，蒙氏僭封四瀆之一即此。……」

〔二〕舊唐書卷一九七南詔蠻：「（貞元）九年四月，牟尋乃與酋長定計遣使，……其明年正月，異牟尋使其子閣勸及清平官等與佐時盟於點蒼山神祠。……異牟尋遽遣兵五千人戍吐蕃，乃自將數萬踵其後，晝夜兼行，乘其無備，大破吐蕃於神川。遂斷鐵橋，遣使告捷。」

〔三〕新唐書卷二二一下骨咄：「多彌亦西羌族，役屬吐蕃，號難磨，濱犂牛河，土多黃金。」存研樓文集卷七西寧：「西域傳所謂多彌號難磨，濱犁牛河也。」

〔四〕存研樓文集卷七西寧：「又渡西月河，二百十里至多彌國西界，又經犂牛河度藤橋，百里至列驛。」

明一統志：「金沙江，古名麗水，源出吐蕃界犂石下，名犂水，訛犂爲麗。」瑩按：梁周嗣興千字文云「金生麗水」，則其稱名久矣。流經巨津、通安、寶山三州。〔一〕按：犂石者，以其石如牛也，其水因之得名，故有犂牛之稱。舊志謂此即古若水，不知若水即今鴉隴江。其下流名打冲河，非金沙江也。或謂此即繩水。按水經註：若水「逕越巂大笮縣入繩，繩水出徼外。山海經曰：巴遂之山，繩水出焉，東南流，亦爲二水，其一水枝流東出，逕廣柔縣，東流注於江。其一水南逕旄牛道，至大筰，與若水合，自下亦通謂之繩水矣。〔二〕今金沙江下流，正與打沖河合，其説似之。唐樊綽以麗水爲禹貢之黑水，瑩按：麗與驪，古字通。驪，黑也，故樊綽云爾。云與瀰渃江合，東入南海。〔三〕程大昌疑其源流狹小，不足以合雍、梁二州疆境。〔四〕然今金沙江自與大江合，不入南海，非黑水也。

〔一〕明一統志卷八七麗江軍民府：「金沙江，古名麗水，源出吐蕃界犁石下，名犁水，訛犁爲麗。流經巨津、寶山二州。江出沙金，故名。元憲宗三年征大理，從金沙濟江即此。」

〔二〕水經注卷三六若水：「若水出蜀郡旄牛徼外，東南至故關，爲若水也。……山海經曰：『巴遂之山，繩水出焉，東南流，分爲二水，其一水枝流出逕廣柔縣，東流注于江。其一水南逕旄牛道，至大筰與若水合，自下亦通謂之爲繩水矣。筰夷也，汶山曰夷，南中曰昆彌，蜀曰邛，漢嘉越嶲曰筰，皆夷種也。』」山海經卷三北山經：「又北五百里曰碣石之山，水經曰碣石山，今在遼西臨渝縣南水中，或曰在右北平驪城縣海邊山。繩水出焉，而東流注於河，其中多蒲夷之魚。未詳。其上有玉，其下多青碧。」

〔三〕蠻書卷二山川江源第二：「又麗水一名祿㫒江，案：㫒字，字書不載。源自邏些城三危山下，南流過麗水城西，又南至蒼望，又東南過道雙、王道、勿川，西過彌諾道立柵，又西與彌諾江合流，過驃國，南入於海。水中有蛟龍、鈍鰐魚、烏鯽魚，又有水獸似牛，游泳則波濤沸湧，狀如海潮。禹貢導黑水至於三危，蓋此是也。或云源當是大月河，恐非也。」

〔四〕禹貢論下黑水：「其間有麗水者，古黑水也，三危山實臨峙其上，故臣又采之以爲一證也。臣之援此二據者，雖未能必其孰爲黑水，而黑水決不出乎此，爲其介梁雍，鄉南海，正與經文相當故也。樊綽以麗水爲三危之黑水，其語必得之夷俗所然。臣疑其源狹小，不足以合二大州疆境。」

明僧宗泐望河源詩自記云：「河源出自抹必力赤巴山，蕃人呼黄河爲抹處，犂牛河爲必力處，赤巴者，分界也。其山西南所出之水，則流入犂牛河，東北之水，是爲河源。今自黄河源至金沙江源，僅三百六十餘里，中隔巴顔喀喇山，河源在山之東，金沙江源在山之西南。」〔一〕宗泐之言，與今源合。必力處即布勒楚，聲相近也。又徐弘祖溯江記源云：「禹貢言『岷山導江』，乃氾濫中國之始，非發源也。中國入河之水爲省五，入江之水爲省十一，計其吐納之水倍於河。按其發源，河自崑崙之北，江亦自崑崙之南，非江源短而河源長也。」〔二〕弘祖蓋以金沙江爲大江之正源，前人已有言之者，第非出於周覽，故其言雖是而未能條析。凡水之源，必以遠且大者爲主，而近者小者附之。金沙江自發源，歷雲南至叙州府，行七千里，始與岷江合。較岷江之源，遠三四倍，大亦倍之。昔人守禹貢岷江之文，〔三〕不敢别有異辭。然岷山特導江所始，非即江源，猶導河積石，非即河源也。以今考之，江凡三源，最遠而大者，莫如金沙，其次則鴉礱，又其次則岷江。三源，金沙最西，中爲鴉礱，東爲岷江。鴉礱江流至四川，會川衛西，先合金沙江。金沙江流至叙州府，又與岷江合，斯爲大江也。按：徐弘祖所言江源，考之輿圖，頗得源委。至云「河自崑崙之北，江自崑崙之南」，〔四〕則以巴顔喀喇山爲崑崙，以星宿海爲河源，不知崑崙在回部極西，河源初發在葱嶺和闐諸山，其南境與阿里地之岡底斯山相接。瑩按：「岡底斯山，在阿里之東北境，東距後藏札什倫布一千五百餘里，東北去和闐一千五百餘里，中皆沮洳之地，有巴哈、伊克二池，池即湖也，其旁小池甚多，巴哈池北有札克安巴山，伊克池西有瑚瑚布哈山，皆阿里境内。北入和闐，過大戈壁，爲尼莽伊山，其東散漫之水無數，與巴哈、伊克二池旁小池水，皆忽見忽隱，意皆古所謂星宿海也。」計其道里，在金沙江源之西，尚四千餘里，巴顔喀喇山正當大河伏流重發之地，故所云「非江源短而河源長」者，未及見今日輿圖，沿舊説而云然也。明僧宗泐所言亦同此誤，今辯正其説如此。

〔一〕明僧宗泐望河源詩自記，引自大清一統志卷四一三西藏所載。

〔二〕徐弘祖溯江記源及按語（除瑩按），皆據大清一統志卷四一三西藏所載。

〔三〕尚書注疏卷五夏書禹貢：「岷山之陽，至於衡山。」傳：岷山，江所出，在梁州。衡山，江所經，在荊州。疏：傳正義曰：其下云岷山導江。梁州岷嶓既藝，是岷山在梁州也。」

〔四〕禹貢錐指卷一四下附論江源：「按其發源，河自崑崙之北，江亦自崑崙之南，非江源短而河源長也」。

黄河源

西域聞見録云：「土爾蕃哈拉和卓城，即漢都護班超駐劄之所。又西南五百餘里，爲賀卜諾爾城。賀卜諾爾者，即世傳黄河之源，星宿海也。自闢展西至和闐四五千里之南，自和闐南至後藏四五千里之東，周迴萬里，皆星宿海之海，渺無人煙，間有道途，非戈壁即泥淖。直峯側嶺，曠野平川，〔一〕無地非泉，或如鏡懸，或如瀑布。或錯落散布而來，如星之躔度；或萬點湧地而出，如珠之走盤。〔二〕水色赤黄，數其泉不可以萬千計。〔三〕派流莫考，沮於無垠，無一非夾淤夾沙，洶湧旋流之水。加以雪山之陽，回疆數千里，各河東南長趨，俱匯於賀卜諾爾，爲黄河極大之湖，瀠洄渟滀，旋轉而伏。其東、其北，皆峻嶺高峯以障蔽之，數百里出山，始見黄水一綫，〔四〕瑩按：爾雅「河出崑崙墟，色白，其川色黄」。川指出山言，正與此合。自山下湧出，如溝渠耳。東北流入中國，即黄河也。有回村二處，皆名賀卜諾爾，各四五百家，其人不耕不牧，惟以魚爲生。」

瑩按：漢書及元史所言河源，〔五〕皆不誤。至本朝，其説益明。魏默深曰：「河源出葱嶺，行數千里，始匯於羅布淖爾，即古蒲昌海。」是淖爾但可謂河之委，非河之源也。七椿園謂和闐後藏之土魯蕃，「周迴萬里，皆星宿海」者，約畧之辭，實止二三千里耳。爾雅謂「河出崑崙墟」，〔六〕墟者，虚土無人之稱，即所謂非戈壁即沮淤也。河源始崑崙，至此散見，故謂之出。及再伏地出山一綫，東北流入中國，則謂之川。乃知古經簡明精確，不可及也。因江源併及河源，備記之。

〔一〕西域聞見録卷二新疆紀畧下闢展：「曠野平州」。
〔二〕西域聞見録卷二新疆紀畧下闢展：「或萬點湧地而出，如珠之走盤；或錯落散布而來，如星之躔度」。
〔三〕西域聞見録卷二新疆紀畧下闢展：「數泉不可以萬千計」。
〔四〕西域聞見録卷二新疆紀畧下闢展：「始見黄水一線」。

〔五〕漢書卷六一張騫李廣利傳：「而漢使窮河源，其山多玉石采來。天子案古圖書，名河所出山曰崑崙。」元史卷六三河源附録載：「按：河源在土蕃朵甘思西鄙，有泉百餘泓，沮洳散涣，弗可逼視，方可七八十里，履高山下瞰，燦若列星，以故名火敦腦兒。火敦，譯言星宿也。」

〔六〕爾雅注疏卷七水中：「河出崑崙虚，色白。注山海經曰：河出崑崙西北隅。虚，山下基也。」

張禹附王莽詭言天道

漢成帝時，吏民上書言災異，多譏切王氏專政所致。上至張禹家，帝辟左右，親以示禹。禹自見年老，子孫弱，恐爲王氏所怨。對曰：「春秋日食、地震，或爲諸侯相殺，夷狄侵中國，災變之意，深遠難見，故聖人不語怪神性與天道，自子貢之屬不得聞，何況淺見鄙儒之所言。新學小生，亂道誤人，宜無信用。」〔一〕上信愛禹，由是不疑王氏。此佞臣假經術以欺人主，附和大姦，致成篡國之言，朱雲所以請尚方劍斷其頭也。〔二〕乃近世儒者，輒謂「性與天道，子貢所不得聞」，〔三〕而譏宋儒言性理之非，是其所爲經術者，亦張禹之徒以爲取富貴之具耳。始自公孫弘以明經致富貴，其後紛紛誦六藝以文姦言，致禍極於王莽，可不懼哉！

〔一〕漢書卷八一張禹傳：「春秋二百四十二年間，日蝕三十餘，地震五，或爲諸侯相殺，或夷狄侵中國。災變之異，深遠難見，故聖人罕言命，不語怪神。性與天道，自子贛之屬不得聞，何況淺見鄙儒之所言！陛下宜修政事以善應之，與下同此福喜，此經義意也。新學小生，亂道誤人，宜無信用，以經術斷之。」

〔二〕漢書卷六七朱雲傳：至成帝時，丞相故安侯張禹以帝師位特進，甚尊重。雲上書求見，公卿在前。雲曰：「今朝廷大臣上不能匡主，下亡以益民，皆尸位素餐，孔子所謂『鄙夫不可與事君』，『苟患失之，亡所不至』者也。臣願賜尚方斬馬劍，斷佞臣一人以厲其餘。」上問：「誰也？」對曰「安昌侯張禹」。

〔三〕論語全解卷四述而第七：「蓋君子之於人，能道之以善，而不能使之自得。猶夫匠之於人，能與之規矩，而不能使之巧。故性與天道，子貢所不得聞；鬼神與死，子路所不得聞。」

子産言天道人道

或曰：「鄭裨竈言災異有驗，而子産以爲『天道遠，人道(爾)[邇]』，〔一〕『竈焉知天道』。子産之言，是亦張禹所本也，烏得而非張禹？」曰：「此所謂似是而非者也。」子産固云「人道(爾)[邇]矣」，其意蓋在盡修政事，不欲以玄遠之言，惑世誣民也。故雖以言折裨竈，而繕修火具以防火災，則未嘗不心善其言而從之也。政事既修，人道可回天道，故鄭亦不火，此修人道之驗，豈天道之無憑哉！成帝之世，天道即云難知，人道之失，豈不彰著？王氏之擅權，後宮之邪嬖，主德之淫昏，何一非失政之大者？禹爲師傅，不一正君之非，天既屢示災變，復爲姦佞之言，阿私罔上，此並人道而不知，與子産若水火之異，何得援以爲説乎？張睢陽罵賊曰：「未識人倫，安知天道！」〔二〕吾于張禹亦云。

〔一〕易圖明辨卷五啓蒙圖書：求圖書之說，於易可也。子産曰：「天道遠，人道邇。天者，聖人之所獨得，而人者，聖人之所以告人者也。」

〔二〕困學紀聞卷六春秋：史墨對趙簡子曰：「天生季氏，以貳魯侯。」又曰：「君臣無常位，自古以然。」簡子在晉，猶季氏在魯也。史墨之對，何悖哉？張睢陽責尹子奇曰：「未識人倫，安知天道！」

孔光巧佞

孔光典樞機十餘年，守法度，修政事，上有所問，對不希旨苟合，如或不從，不彊爭，以是久安。有所言，輒削草藁，以爲彰主之過；有所舉薦，惟恐其人聞知；沐日歸休，燕語不及朝事。〔一〕此史臣稱光之言也。後世稱賢相者，多以此爲法，而明人非之，謂爲不忠不直，巧佞成性，其削疏藁，正欲自蓋其讒諂耳。光當時位太師，在王莽太傅上，嘗稱疾不敢與莽並。莽所欲搏擊，輒爲草，以太后旨風光，令上之。莽睚眦莫不誅傷。光疏如是，猶有人心乎？宜其不令藁見於天下後世也。

余謂光希外戚、權臣之旨，苟合如是，史乃稱其不希上旨苟合耶？及罷丞相，免爲庶人，哀帝使董賢私過之，光下車拜謁，以是夤緣復相，與董賢並爲三公。及哀帝崩，董賢自殺，則又希太后旨，舉王莽爲大司馬，卒成篡逆，烏在其舉薦惟恐人知耶？漢史所言，殆光自言之以欺人耳。然本傳但著其美，而散見其惡於他傳，蓋史法也。後世人但見本傳，猶以爲師法者，徒取其謹慎，可保禄位而免禍耳。夫身爲大臣，表帥百僚，不思守義、持正、盡忠匡輔國家，而孔光是法，徒以保禄免禍爲心，非孔子所云「患得患失」〔二〕之鄙夫乎？幸逢聖世，得全終始，亦淺之爲賢矣，不幸而主非聖明，其又何所不至哉。

〔一〕漢書卷八一孔光傳：「凡典樞機十餘年，守法度，修故事。上有所問，據經法以心所安而對，不希旨苟合；如或不從，不敢強諫爭，以是久而安。時有所言，輒削草藁，以爲彰主之過，以奸忠直，人臣大罪也。有所舉薦，惟恐其人之聞知。沐日歸休，兄弟妻子燕語，終不及朝省政事。」

〔二〕論語精義卷九上陽貨第一七：「侯曰：苟以患得患失爲心，則何所不至哉。雖弑父與君，無不爲已，有天下國家者，可不察哉。」

陸喜論吴士不及張、葛

吴薛瑩入晉，爲散騎常侍，卒。陸喜論之曰：「孫皓無道，吴國之士，沈默其體，潛而勿用者，第一也；避尊居卑，禄以代耕者，第二也；侃然體國，執政不懼者，第三也；斟酌時宜，時獻微益者，第四也；温恭修慎，不爲諂首者，第五也。過此以往，不足復數。」〔一〕觀瑩之處身本末，其四五之閒乎？

余謂：「陸喜之言善矣。然當時吴臣張悌以身徇社稷，諸葛靚不受晉侍中之拜，終身不向晉朝而坐，此皆仗節守義，不愧臣節者，喜不及之。是其論猶未盡吴國之士也。豈喜視守義仗節尚不甚重耶？抑有所諱耶？益歎宋儒名教之功，繫於天下萬世者大矣。」

〔一〕晉書卷五四陸喜傳：有較論格品篇曰：「或問予，薛瑩最是國士之第一者乎？」答曰：「以理推之，在乎四五之間。」問者愕然請問。答曰：「夫孫皓無道，肆其暴虐，若龍蛇其身，沈默其體，潛而勿用，趣不可測，此第一人也。避尊居卑，祿代耕養，玄靜守約，沖退澹然，此第二人也。侃然體國思治，心不辭貴，以方見憚，執政不懼，此第三人也。斟酌時宜，在亂尤顯，意不忘忠，時獻微益，此第四人也。温恭修慎，不爲諂首，無所云補，從容保寵，此第五人也。過此已往，不足復數。故第二已上，多淪沒而遠悔吝，第三已下，有聲位而近咎累。是以深識君子，悔其明而履柔順也。」

梁琛善讀易

燕梁琛使秦，苻堅欲留琛，不可。及還燕，慕容暐收繫之。苻堅入鄴，釋琛，謂曰：「卿不能見幾而作，反爲身禍，可謂智乎？」琛曰：「臣聞爲臣莫如忠，爲子莫如孝，是以烈士臨危不懼，見死不避，以徇君親，彼知幾者心達安危，身擇去就，不顧家國，臣雖知之，尚不忍爲，況非所及耶？」〔一〕

余謂：孔子繫易有「君子見幾而作，不俟終日」之言，後世莫不以見幾爲知，於是愛名德者，以去位爲美，好功利者，以望氣爲先，庶幾易中之一端矣。然聖人無適、無莫，義之與比，似不如是也。易本文之上，固云「君子上交不諂，下交不瀆，其知幾乎？」〔二〕下文又曰：「介如石焉，寧用終日，斷可識矣。」〔三〕一則曰「不諂」、「不瀆」，再則曰「介如石」、「不終日」。聖人之意，固謂君子有確然堅貞之守，以爲上交下交之用，非教人巧爲避趨也。作者用事能斷之謂，亦非必超然遠舉，故曰「知微知彰，知柔知剛，萬夫之望」，豈如後世之云乎？如後世解易，正梁琛所謂「心達安危，身擇去就，不顧家國」者耳。夫爲人臣子，心懷去就，是有貳心也，豈所云「介如石」者乎？其言不終日者，何也？論語曰：「見義不爲，無勇也。」〔四〕君子既有見於吉凶之幾，則先事豫防，沈謀有斷，毅然行之，確乎其不可拔。孟子亦云：「如知其非義，斯速已矣，何待來年？」〔五〕此不終日之説也。後人之解，但以趨利避害爲言，恐與聖經相背，若不權之以義，豈所安耶？且卦辭文王所作，爻辭周公所作，而文王見囚羑里，周公見謗流言，二聖人豈不見幾者哉？惟能知吉凶之義，斷然行之，以貞而吉，所以爲聖。又如孔子明知道之不行，而栖栖天下，當時隱者，皆不謂然。唯子路知夫子，曰：「君子之仕也，行其義也，道之不行，已知之矣。」〔六〕聖賢立教，垂世如此。梁琛之言，其善讀易者乎？

〔一〕十六國春秋卷三二前燕録一〇梁琛：爲秦所敗，遂收琛，繫獄。苻堅入鄴，釋之，除中書著作郎，引見，謂之曰：

「卿昔言上庸王、吴王，皆將相奇才，何爲不能謀畫，自取亡國？」琛曰：「天命廢興，豈二人所能移也？」堅曰：「卿不能見幾而作，虚稱燕美，忠不自防，反爲身禍，可謂智乎？」琛曰：「臣聞幾者動之微，吉凶之先見者也。如臣愚暗，實所不及。然爲臣莫如忠，爲子莫如孝，自非有一至之心者，莫能保忠孝之始終，是以古之烈士臨危不改，見死不避，以徇君親，彼知幾者心達安危，身擇去就，不顧家國，臣就使知之尚不忍，況非所及乎？」

〔二〕子夏易傳卷八周易繫辭下第八：子曰：「知幾其神乎？君子上交不諂，下交不瀆，其知幾乎？幾者，動之微，吉之，先見者也。君子見幾而作，不俟終日。」

〔三〕周易經傳集解卷三四：「君子見幾而作，不俟終日，介如石焉，不終日。寧用終日，斷可識矣。」

〔四〕論語注疏卷二爲政第二：「見義不爲，無勇也。注：孔曰：義所宜爲而不能爲，是無勇。」

〔五〕孟子注疏卷六下滕文公章句下：孟子曰：「今有人日攘其鄰之雞者，或告之曰是非君子之道」。曰：「請損之，月攘一雞，以待來年，然後已如知其非義，斯速已矣，何待來年！」

〔六〕論語注疏卷一八微子第一八：「君子之仕也，行其義也，道之不行，已知之矣。注：包曰：言君子之仕，所以行君臣之義，不必自己道得行，孔子道不見用，自已知之。」

韋宗未能覘國

秦姚興使韋宗覘秃髮傉檀，傉檀與論當時大畧，縱横無窮，宗退歎曰：「奇才英器，不必華夏，明智敏識，不必讀書，吾乃知九州之外，五經之表，復自有人。」〔一〕余謂：雄才大畧，本於天授，此不可學而能也。然自古以上智之姿，猶不廢學者，聖人之道，大中至正，損有餘，補不足，苟恃其姿質而自縱焉，何能善其終哉。孔子曰：「苗而不秀者有以夫，秀而不實者有以夫！」〔二〕韋宗之言，書生之見耳，未能覘國也。宗歸甫五年，傉檀爲西秦襲滅，被執，死。議論縱横，果足恃乎？

〔一〕十六國春秋卷八九南涼録二秃髮傉檀：「傉檀與宗論六國縱横之規，三家戰爭之畧，遠言天命廢興，近述人事成敗，機變無窮，辭致清辯。宗退而嘆曰：命世大才，經綸名教者，不必華宗夏士，撥煩理亂，澄清濟世者，不必八索九丘，吾乃今知九州之外，五經之表，復自有人。車騎神機秀發，信一代之偉人。」

〔二〕論語注疏卷九子罕第九：「子曰：苗而不秀者有矣夫，秀而不實者有矣夫！注：孔曰：言萬物有生而不育成者，喻人亦然。」

黄教紅教之異

紅教刺麻有法術，能咒刀入石，復屈而結之。又能爲風雪，役鬼神，非虚也。然自屈服於黄教，蓋黄教惟講誦經典，習静禪坐，不爲幻法，而諸邪不能侵之。故蕃人雖愚，其敬黄教，尤在紅教之上。此佛圖澄所以不如鳩摩羅什，而鳩摩羅什又不如達摩也。然藏中達賴刺麻及班禪額爾德尼，僅以清心無漏爲轉世法，他無異處，其轉世亦在可知不可知之間。如來上乘似不爾也。駐藏大臣以那門汗阿旺札布巴勒楚勒齊木不法，革遣之，達賴尚幼，訪於班禪，以成其獄，失蕃人心。及班禪返後藏，蕃人敬禮大衰，班禪泣而悔之。乍雅大、二呼圖克圖，既以搆兵結訟，類伍齊之大、二呼圖克圖，亦以爭權不睦，西方之教，不亦衰甚矣乎！

姚興論人才

秦姚興命羣臣舉賢才，右僕射梁喜曰：「臣累受詔而未得其人，可謂世乏才矣。」興曰：「自古帝王未嘗取相於昔人，待將于將來，隨時任才，皆能致治。卿自識拔不明，安得遠誣四海乎？」〔一〕興言是也，然國家之興亡盛衰，自有其運，人才之屯否通塞，亦有其命，求之而不遇者多矣，况無求才之誠，復無知人之鑒乎？至若朝廷以阿順爲賢，宰相以直節爲忌，羣小盈庭，人才野伏，斯又千古之所同病矣。王褒之頌，豈易言哉！

〔一〕晉書卷一一八載記一八姚興下：梁喜對曰：「奉旨求賢，弗曾休倦，未見儒亮大才王佐之器，可謂世之乏賢。」興曰：「自霸王之起也，莫不將則韓吴，相兼蕭鄧，終不採將於往賢，求相於後哲。卿自識拔不明，求之不至，奈何厚誣四海乎？」

西藏門户

會典：西藏之地有四，一曰衛，一曰藏，一曰喀木，一曰阿里，凡轄六十餘城。拉擦即喇薩。居諸藏之中，又名中藏，至京師萬有二千餘里；後藏在前藏之南，當作中藏西南。至京萬有三千餘里；喀木在衛藏之東，至京九千餘里；阿里在衛藏極西，至京萬有四千餘里。〔一〕

余按：今輿圖西藏之東界爲江卡，即達賴剌麻所轄，然中隔乍雅，若論形勢，當以察木多爲藏之門户，以其地本古之前藏，東達四川，南達雲南也。東至四川打箭鑪二千六百餘里，南至雲南維西、中甸，不過一千餘里，是雲南近而四川遠矣。故察木多食雲南米，而川米不至。

〔一〕大清會典則例卷一四二理藩院典屬清吏司：「西藏其地在四川雲南徼外，東西距六千四百餘里，南北距六千五百餘里，東至四川界，南至雲南界，西至大沙海，北至青海界。其地有四，曰衛，曰藏，曰喀木，曰阿里，共轄六十餘城。互市在四川西徼打箭鑪之地。衛在四川打箭鑪西北，即烏斯藏，居諸藏之中，又名中藏。東自木魯烏蘇西岸西海部落界，西至噶木巴嶺，南自鄂木拉剛沖嶺，北至牙爾佳藏布河，至京萬有二千餘里。藏在衛西南，東自噶木巴嶺衛界，西至麻爾岳木嶺阿里界，南自巴里城之巴木嶺，北至赫巴部落之北達魯克雨木撮池，至京萬有三千餘里。喀木在衛東南，近雲南麗江府之北，東自鴉龍江西岸，西至努卜公嶺，南自噶克拉雪山，北至木魯烏蘇南岸，東南自雲南塔城關，西北至索克城青海部落界，東北自青海部落界阿克達穆嶺，西南至塞勒木雪山，至京九千餘里。

阿里東自藏界麻爾岳木嶺，西至巴第和木布嶺，南至匝木薩喇嶺，北至烏巴嶺，爲西藏極西邊鄙，至京萬有四千餘里。」

唐古忒兵近古制

一統志：「藏内三十一城，量地大小，人之多寡，各設宗布木一二人，管理民事。五户出一兵，每馬兵二十五人，步兵二十五人，設一丁布木轄之。其兵多之地，一城有數十丁布木者。凡人馬糗糧器械，皆按户均派，有用時傳集，事畢仍爲民。其東北與青海諸部接界處，喀喇烏蘇設一堪布剌麻，木魯烏蘇設一蒙古宰桑，供應往來使者馬匹、鄉導，及文移郵遞。」〔一〕余按：今内外土司之地，猶皆古制，兵民不分，故兵多而費少。觀於西藏，可知其大凡矣。

〔一〕大清一統志卷四一三西藏：「衛地諸城……以上凡三十城，量地大小，人之多寡，各設宗布一二人，管理民事。凡五户出一兵，每馬兵二十五名，步兵二十五名，設一丁布木轄之。其兵多之地，丁布木一城有至數十人者。凡人馬糗糧器械，皆按户均派，有用時傳集，事畢仍爲民。又衛地東北與青海諸部接界處，喀喇烏蘇設一堪布剌麻，木魯烏蘇設一蒙古宰桑，以供應往來使者馬匹、鄉導，及文移郵遞之所。」

明史烏斯藏之非

明史西域烏斯藏傳稱：「其地多僧，無城郭。羣居大土臺上，不食肉、娶妻，無刑罰，亦無兵革，鮮疾病，佛書甚多。土臺外，僧有食肉娶妻者。」〔一〕余按：此云「無城郭」，今一統志有三十一城者，〔二〕志于喇薩城下註云：「本無城，有大廟，土人共傳唐文成公主所建，今達賴剌麻居此，有五千餘户，所居多二三層，〔三〕遇有事即保守此地。其餘凡有官舍、民居之處，於山上造樓居，依山爲塹，即謂之城。」余按：今自打箭鑪外，蕃人所居蠻寨，皆累石爲墻，架木爲樓二三層，人居其上，牲畜在下。明史所云「大土臺」者，即山阜也。衛藏圖識云：「去西藏五里」，此云「西藏」，謂喇薩之大詔寺也。「平地突起雙峯，一爲布達拉，建金頂大寺，達賴剌麻坐牀於此。一爲招拉筆洞，建樓房二所，係有行剌麻静修處，中建一塔。峯巒蔚秀，梵宇清幽，西方勝境也。」〔四〕據此，所言即明史之「土臺上」僧矣。

〔一〕明史卷三三一西域三：「其地多僧，無城郭。羣居大土臺上，不食肉，娶妻，無刑罰，亦無兵革，鮮疾病，佛書甚多，楞伽經至萬卷。其土臺外，僧有食肉娶妻者。」

〔二〕大清一統志卷四一三西藏：「衛藏諸城……以上凡三十城」。

〔三〕大清一統志卷四一三西藏：「所居多二三層樓」。

〔四〕衛藏通志卷六寺廟：「布達拉……其地在北山之陽，五里平坦，突起一峰，高約二里，緣山砌平樓十三層，盤磴而上。其上有金殿三座，光彩耀目，金殿之下，有金喇嘛五座，西殿有宗喀巴手足印，日久不化，爲達賴坐牀處，金殿內供奉御容，率衆喇嘛誦經。」「招拉筆洞寺，其南山生腳下爲藏之峰，山北去布達拉里許，中建一塔，下通西行大路，其山上層樓四起，爲有行喇嘛坐靜處，其寺內喇嘛多業岐黃。」

惟所云「無刑罰、兵革，鮮疾病」則不然。兵革，見前一統志。圖識云：「西藏相沿蕃例三本，凡四十一條，刑法甚酷。大詔旁有黑房數間，拘攣罪人，不論犯法輕重，皆禁於內，繩縛四肢，〔一〕以待援法。爭斗死者，屍棄水，殺人者，罰銀錢入公，爲屍親誦經，〔二〕或牛羊若干，無則縛水中，籍歿其家。〔三〕搶奪劫殺者，不分首從皆擬死，或縛柱，施以鎗箭較射。〔四〕飲酒死，則斬首懸示，〔五〕或送猓貐野人食之，或送曲水蝎子洞令螫之。〔六〕若攫人財物，則監禁，倍數比追，完，仍抉目劓鼻，或去手足。〔七〕犯姦，止罰銀錢，量其貧富，或責釋，無男女皆褫衣責於市，亦有枷號者。〔八〕」

〔一〕（嘉慶）四川通志卷一九六西域六：「犯者不論罪之輕重，皆禁於內，用繩縛四肢。」
〔二〕（嘉慶）四川通志卷一九六西域六：「爭鬥死者，將屍棄水。殺人者，罰銀錢入公，并給屍親念經。」
〔三〕（嘉慶）四川通志卷一九六西域六：「或牛羊若干，無銀則縛水中，籍沒其家。」
〔四〕（嘉慶）四川通志卷一九六西域六：「或縛於柱上施以鎗箭較射。」
〔五〕（嘉慶）四川通志卷一九六西域六：「則斫頭懸示」。
〔六〕（嘉慶）四川通志卷一九六西域六：「或活縛送曲水蝎子洞令螫之。」

〔七〕(嘉慶)四川通志卷一九六西域六：「若攫人財物，則將其家監禁，倍數追比，追完，則將盜者抉目劓鼻，或去其手足。凡犯重罪，先以繩縛之，撻以皮鞭，復浸以水，逾時再撻，如是者三，然後詢其辭，如諱，則以沸油澆其胸，利刃裂其肉，倘再諱，則縛坐水中，分其髮，以繩左右牽之，用白布蒙面澆以水，或於指甲內，以利油簽刺之。若無辭可質，然後釋。其受酷刑而死，棄屍水中。至尋常爭鬭求埋，則罰銀。犯而不告，各重罰，無銀，則以長棍責釋。」

〔八〕(嘉慶)四川通志卷一九六西域六：「若犯姦，止罰銀錢，量其貧富，亦或責釋。但犯法，無男女皆於市中褫衣責之，近亦有枷號者。其刑法慘酷殆未之聞。」

又云：「西藏醫名厄木氣，其藥與中國異，或購自西洋，〔一〕不炮製，間用丸散，遇病亦診視而後用藥。其診視以左手執病者右手，右手執病者左手，〔二〕一時並診，疾重始然。若小疾，以酥油通体塗之，曝日中，陰晦，則覆以絨單，燒柏葉薰之。病無輕重，必延刺麻誦經，或朱巴祈禳。朱巴，道士之類也。或令童男女唱佛曲祛之。〔三〕」百餘年來，與明史之言不同如此。

〔一〕(嘉慶)四川通志卷一九六西域六：「西藏醫名厄木氣，其藥與中國異，產自藏地，或購自西洋。」

〔二〕(嘉慶)四川通志卷一九六西域六：「遇病亦先診視而後用藥，其診脈，以左手執病者之右手，右手執病者之左手。」

〔三〕(嘉慶)四川通志卷一九六西域六：「一時並診，疾重始然。若小疾，以酥油遍體擦之，曝於日中，遇陰晦，則以絨單覆病者，以柏葉燒煙薰之。然不論病之輕重，必延喇嘛念經，或朱巴念誦祈禳。朱巴，即道士之類。或令童男女念佛歌以祛之。」

剌薩内寺廟二條

剌薩内寺廟甚多，其最巨者爲大詔，在剌薩東南，面臨藏江，蕃人又稱爲老木郎。圖識云：「建自唐時，周圍樓閣及殿宇，瓦蓋飾金，中塑佛曰覺釋伽摩尼，云自唐初侍公主來藏，年十二成佛。或云鑄自中國。左廊有唐公主、吐蕃贊普同巴勒布國王女像，其内神佛萬計。」一統志作伊克招廟，云：「蕃語謂大爲伊克，廟爲招，猶言大廟也。」〔一〕有唐碑在大門外之右，刻唐長慶初與吐蕃會盟文，至今完好。圖識云：「大詔前有唐碑二，一爲德宗盟碑，一爲穆宗盟碑，即世傳長慶碑也。今惟德宗碑文尚存，然亦剝蝕不可讀矣。」蓋圖識在一統志後，故云。而一統志以存者爲長慶，恐悞。大詔北半里爲小詔，圖識云：「蕃名剌木契，亦唐建，宏廠壯麗不亞大詔，中塑佛曰珠多吉」。一統志作巴漢招廟，云：「相傳贊普所娶巴勒國女所建。巴漢，譯言小也。」〔二〕此二廟内，剌麻一二三萬人。

〔一〕大清一統志卷四一三西藏：「伊克招廟，在喇薩中，相傳唐文成公主所建，今唐時佛像猶存。番語謂大爲伊克，廟爲招，猶言大廟也。乾隆二十五年賜額曰西竺正宗。」

〔二〕大清一統志卷四一三西藏：「巴漢招廟，在喇薩北，相傳唐時吐蕃贊普賢所娶巴勒布國女子所建。巴漢，譯言小也。乾隆二十五年，御賜廟額曰耆闍真境。」

又有别蜯寺，在剌薩西十五里，内有園亭，乃達賴避暑之所，剌麻萬餘，大堪布一、僧官二理之。〔一〕甘丹寺，在剌薩東五十里甘丹山，相傳宗喀巴成佛處，有土城，壯麗如大、小詔，大堪布掌之。〔二〕木轆寺，在大詔東，爲諸僧習經之所，西有經園，刊布經文。〔三〕色拉寺，在剌薩北十里，依山建金殿三，達賴歲至講經，剌麻三千餘人，俱於寺旁石室中居。〔四〕桑鳶寺，在東南，與甘丹寺近，樓閣、經堂、佛像俱裝金，與大、小詔相類，剌麻數千，〔五〕内奉漢壽亭侯神像。云：「唐以前，地多怪異爲害，神除之，始安，因建寺祀焉。」多機札古寺附近桑鳶，在渣羊宗山巔，高二千餘丈，梯而上，有石穴，内白土可餐，味如糌粑，食盡還生，其穴須燃火入。後有一海，惡人至此必墮，蕃不敢近。有噶瑪霞寺，又名垂仲殿，一作吹忠，譯之異也。在大詔東半里許，神像猙獰，内居護法垂仲，其人裝束如剌麻而有妻子，世傳其術，蓋巫之類也。每月初二、十六日下神，金盔鷄羽，背插五小旗，白哈達纏身，虎皮靴，手執弓刀，登壇爲人判吉凶，輒應。出則從人裝飾，鬼怪旗鼓導引。〔六〕各大寺皆有垂仲，或亦以女爲之。佛地有此，蓋猶沿紅教之詭異，而達賴亦藉之以驚愚俗，無怪蜀中巫覡之多也。

〔一〕（嘉慶）四川通志卷一九三西域志三前藏下：「别蜯寺，在藏西十五里，築土爲城，前臨大道，後依山巖建大寺二座起，蓋金頂樓閣，佛像經堂。住坐堪布大喇嘛一名，闡講黄教，掌事僧官二名，管理喇嘛約近萬衆，俱於大寺旁石室居住。」

〔二〕西藏賦：「甘丹寺，本名噶勒丹寺，在拉薩東五十里噶勒丹山，其形勢與與布達拉畧同。其經樓佛像與大招畧同，乃宗喀巴坐床之所，示寂於噶勒丹寺彌勒前，爲黃教發源之地。黃教堪布主之。」

〔三〕（嘉慶）四川通志卷一九三西域志三前藏下：「木轆寺，在西藏堡內，坐北向南，經堂佛像寶器俱齊整，內住堪布大喇嘛一名，掌事僧官二名，管理喇嘛約三四百衆。」衛藏通志卷六寺廟：「木鹿寺，大昭之北，小昭之東，樓高四層，亦頗壯麗，經堂佛像，亦堪整齊，爲西番僧人習經之所。西有經園，刊布三乘經文，頒行各處。」西藏賦：「木鹿寺在大招之北，小招之東，樓高四層，又名經園，刊刷藏經，頒行，各處悉取給於此焉。」

〔四〕衛藏通志卷六寺廟：「色拉寺，唐古忒語，色，金也，拉，山也，其山出金，故名。」西藏賦：「色拉寺，在拉薩北十里色拉山，宗喀巴建。因其弟子甲木慶綽爾濟沙克伽伊喜，明時入中國爲禪師，賜物甚盛。還藏後，宗喀巴令其在色拉山建立大寺，所供佛像係旃檀香雕刻，釋迦牟尼佛，十八羅漢及諸佛像。其寺因山麓建金殿三座，層樓高聳。寺中供降魔杵一，長不足二尺，頭如三稜鐧，其上狀如人頭，唐古特語名多爾濟，相傳爲飛來者，漢人呼爲飛來杵。歲一出巡，番衆朝禮。其寺堪布喇嘛珍之。」

〔五〕（嘉慶）四川通志卷一九三西域志三前藏下：「桑鳶寺在西藏南，與甘丹寺相近，土城內建大寺一座，樓閣經堂佛像俱裝金，與大、小詔寺同類。住坐堪布大喇嘛一名，掌事僧官二名，管理喇嘛約數千衆，均於城內居住。」

〔六〕衛藏通志卷六寺廟：「噶瑪霞寺，即垂仲殿，大詔東半里許。寺內塑神像，猙獰惡煞，內居護法，乃喇嘛裝束，仍娶妻生子，世傳其術，即內地之巫類也。每月初二、十六日下神，頭戴金盔，上插鷄羽，高約二三尺，穿甲，背插小旗五面，周身以白哈達結束，足穿虎皮靴，手執弓刀，登坐法壇，凡人叩問吉凶，托神言判斷禍福。出則人從裝束鬼怪，執旗鳴鼓跋導引之。寺內皆有吹忠，亦有女人爲之者，爲番人所敬信焉。」

圖識云：「前藏拉撒，譯言佛地也。羣山朝拱，碧水環流，阡陌腴饒，徑塗平衍。其西突起布達拉一山，梵書云普陀山有三，布達拉其一也。奇峯聳翠，飛閣流丹，靈秀所鍾，遂成勝境。而峯巒相向，則有招拉筆洞爲之輔，山前浮圖鼎峙，山後湖水清漪。稍北爲祿康插木，在布達拉後，有一池，約四里，中建八角琉璃亭，又名水閣凉亭。中建水閣，登覽者濟以舟，風景絶佳。由詔而上布達拉，有琉璃橋，橋下水勢浩瀚，曰噶爾招木倫江，即藏江。部民夾岸而居，具豐樂之象。江水澄澈，有綠松石，翠色欲滴，頂若盌盎，淘泥掘石，則身大如象，不可取玩也。山之東五里許，有大詔寺，金碧璀璨，其後毘連者曰小詔。山之南七里許，按：此『南』字誤，當作山之東北。有札什城，漢兵居焉。其色拉、别蚌、桑鳶、甘丹諸大寺，或近效其靈，或遠挹其秀，而又有宗角卡契園、經園諸勝，錯綜其間，爲達賴往來遊憩地。春冬，桃柳松柏，相映自然，梵宇花宫，不亞中土。」〔二〕

〔二〕引自衛藏圖識圖考卷下拉薩佛境圖。

謝瞻、顔延之保家

南北朝謝晦爲晉右將軍，自彭城還都，賓客輻輳。兄瞻爲中書侍郎，驚謂晦曰：「汝名位未多，而人歸趨乃爾，豈門户之福耶？」以籬隔門庭曰：「吾不忍見此。」及晦佐命宋朝，位任益重，瞻愈憂懼，遇病不療而卒。遺書以啟體幸全無憾，勉晦爲國爲家。〔一〕余謂：此懼貴盛驕泰，爲門户禍。賢矣！瞻以晉臣，爲宋豫章太守，臣節不能無愧也。

方晉恭帝遜位，百官拜辭，祕書監徐廣流涕哀慟。及劉裕登壇即位，廣又悲感流涕。謝晦謂之曰：「徐公得無小過。」廣曰：「君爲宋朝佐命，身是晉室遺老，悲懽之事，固有不同。」〔二〕方之于瞻，不猶賢乎？然劉裕受禪次年九月，弒零陵王，瞻時爲豫章太守，遇病不療，以十一月卒。是猶有故君之慟也。第不敢顯爲烈士之行，懼取怒新朝，以覆其宗，斬先人之祀，用心亦良苦矣。

〔一〕南史卷一九謝瞻傳：晦時爲宋臺右衛，權遇已重，於彭城還都迎家，賓客輻輳。時瞻在家，驚駭謂晦曰：「吾家以素退爲業，汝遂勢傾朝野，此豈門户福耶。」乃籬隔門庭，曰：「吾不忍見此。」……晦遂建佐命功，瞻愈憂懼。永初二年，在郡遇疾不療，幸於不永。晦聞疾奔波，瞻見之曰：「汝爲國大臣，又總戎重，萬里遠出，必生疑謗。」時果有詐告晦反者。……臨終遺晦書曰：「吾得歸骨山足，亦何所多恨。弟思自勉，爲國爲家。」

〔二〕南史卷三三徐廣傳：初，桓玄篡位，安帝出宮，廣陪列悲慟，哀動左右。及武帝受禪，恭帝遜位，廣又哀感，涕泗交流。謝晦見之，謂曰：「徐公將無小過。」廣收淚答曰：「身與君不同，君佐命興王，逢千載嘉運。身世荷晉德，眷戀故主。」因更歔欷。

顔延之爲光禄大夫，子竣爲右將軍、丹陽尹，凡所資供，不受，布衣茅屋，蕭然如故，嘗乘羸牛笨車，逢竣鹵簿，即屏道側。語竣曰：「吾平生不喜見要人，今不幸見汝！」竣起宅，延之謂曰：「善爲之，無令後人笑汝拙也。」嘗早詣竣，見賓客盈門，竣尚未起，延之怒曰：

「汝出糞土之中，升雲霞之上，遽驕佚如此，其能久乎？」〔一〕竣後竟被禍。延之清儉，知子之明，正與謝瞻同美，家訓所以作也。然文帝遇弑，延之不能不立于凶劭之朝，竣能佐孝武草檄討逆，與晦之既佐命而又謀逆者，豈可同日語哉？

〔一〕南史卷三四顏延之傳：竣既貴重，權傾一朝，凡所資供，延之一無所受。器服不改，宅宇如舊，常乘羸牛車，逢竣鹵簿，即屏住道側。又好騎馬遨遊里巷，遇知舊輒據案索酒，得必傾盡，欣然自得。嘗語竣曰：「平生不喜見要人，今不幸見汝。」見竣起宅，謂曰：「善爲之，無令後人笑汝拙也。」表解師職，加給親信二十人。嘗早候竣，遇賓客盈門，竣方卧不起，延之怒曰：「恭敬撙節，福之基也。驕佷傲慢，禍之始也。況出糞土之中，而升雲霞之上，傲不可長，其能久乎？」

宋孝武帝改官制

宋(道)〔孝〕武帝〔一〕不欲權在臣下，分吏部，置二尚書，又選名士爲散騎常侍。〔二〕蔡興宗曰：「選曹要重，常侍閑淡，改之以名而不以實，雖爲輕重，人心豈可變耶？」〔三〕沈約曰：「君子小人，類物之通稱，蹈道則爲君子，違之則爲小人。」〔四〕是以太公起屠釣爲周師，傅説去版築爲殷相。胡廣累世農夫，致位公相，黄憲牛醫之子，名重京師，非若晚代分爲二途也。魏立九品，蓋論人才優劣，非謂世族高卑，而俗士憑藉世資，用相凌駕。周漢之道，以智役愚，魏晉以來，以貴役賤，士庶之科，較然有辨矣。

余謂國家立法，各有其制，而用法則存乎人，惟明主賢相能因時損益而變通之。制度一定，可以爲中人之法，守欲久而無弊，不可得也。沈約之言，其切中晉世之弊歟。

〔一〕哈佛燕京圖書館藏本、中復堂全集本（同治六年本）、筆記小説大觀本、叢書集成三編本等皆爲「宋道武帝」。叢書集成三編本是書前目録爲「宋孝武帝改官制」，書中正文題目則爲「宋道武帝改官制」。南朝宋起自武帝劉裕，至順帝劉準而亡（四二〇—四七九年），共計五十九年，其間歷武帝、少帝、文帝、孝武帝、前廢帝、明帝、後廢帝、順帝八主。據宋書所載帝紀，亦無道武帝紀。據宋書記載，應爲世祖孝武帝，即劉駿。宋書卷六孝武帝紀：「世祖，孝武皇帝諱駿，字休龍，小字道民，文帝第三子也。」故據而改「道」爲「孝」。

〔二〕宋書卷八四孔覬傳：「世祖不欲威權在下，其後分吏部尚書置二人，以輕其任。」

〔三〕宋書卷八四孔覬傳：侍中蔡興宗謂人曰：「選曹要重，常侍閑淡，改之以名而不以實，雖主意欲爲輕重，人心豈可變邪。」既而常侍之選復卑，選部之貴不異。

〔四〕宋書卷九四恩倖傳：「夫君子小人，類物之通稱，蹈道則爲君子，違之則爲小人。」

前藏歲時蕃戲二條

圖識又云：西藏行歲，亦以建寅孟春爲歲首，節令多與内地不同。〔一〕如十二月大建，則以元日爲年節，小建則以初二日爲年節。每遇年節，商民停市三日，各以茶、酒、菓、食物相餽爲禮。其日，達賴剌麻設宴於布達拉上，延漢、蕃官會飲。有跳鉞斧之戲，選幼童十餘人，著綵衣，戴白布圈帽，足繫小鈴，手執斧鉞，前列設鼓十餘面，司鼓者亦裝束如前。凡觥觴交錯時，相嚮而舞，听鼓聲之淵淵，而隊兆疾徐咸中節。

越日，〔二〕觀飛神，乃後藏蕃民供此役，以皮索數十丈，繫於布達拉山寺上下，人捷如猱，攀援而上，以木板護於胸，手足四舒而下，如矢離弦，如燕掠水，亦異觀也。〔三〕

〔一〕（嘉慶）四川通志卷一九六西域六：「西藏節令多與内地不同。」

〔二〕（嘉慶）四川通志卷一九六西域六：「揆越日。」

〔三〕西藏賦：「正月二日作飛繩戲，從布達拉最高樓上，繫長繩四條，斜墜山下，釘樁拴固。一人在樓角手執白旗二，唱番歌畢，騎繩俯身直下，如是者三。繩長三十餘丈。後藏花寨子番民專習此技，歲應一差，免其餘徭。内地緣竿踏繩不足觀也。」

過此，擇日，大詔内聚集衆山寺剌麻，〔一〕擁達賴剌麻下山謁佛，登臺講大乘經，謂之放朝。凡蕃民越數千里來者，踵相接，以金珠寶玩陳列炫麗，舉于首而獻之。〔二〕達賴剌麻若受，即以麈尾拂其首，或手摩其頂者三，出則誇耀於人，以爲活佛降福也。

上元日，懸燈於大詔内，矗木架數層，安設大燈萬餘盞，以五色油麵爲人物、龍、蛇、鳥、獸，窮極精巧。〔三〕自夜達旦，視天之陰晴、雨雪及燈焰之晦明，占一歲豐歉。

十八日，揚兵，集唐古忒馬、步兵三千，戎裝執械，繞詔三匝，至琉璃橋南，施巨礮以驅鬼魅。礮大小不一，中一最大者，〔四〕鑄自唐時，刊「威勦除叛逆」五字。演畢，商上出金銀、綢緞、布、茶勞之，并布施僧衆，爲誦經之資。〔五〕

越二日或四日，噶布倫、戴琫剌麻，〔六〕各出幼童，選快馬馳騁，自色拉山寺東麓至布達拉後，約三十里，疾驅角勝，先至者受上賞。復以幼童裹體跣足，自布達拉西至拉擦東，〔七〕約十餘里，一時爭道而趨，亦以先後較勝負。如力不勝，親友旁觀者，以冷水灌頂爲之助，此爲一年奪標之戲也。

二十七日，迎色拉寺之飛來杵至詔。〔八〕三十日，諷經畢，送老工夾布，即通志所謂「打牛魔王」也。〔九〕以剌麻一人僞爲達賴剌麻，於蕃民中擇一人，面塗黑白色作牛魔王，直詣其前，詆其五蘊未空，諸漏未淨，達賴亦以理折。彼此矜尚瀌力，各出骰一枚，〔一〇〕如核桃大，達賴三擲皆「盧」，魔王三擲皆「梟」，蓋六面一色也。魔王驚懼而逸，於是僧俗人執弓矢、鎗礮逐之。先時於對河牛魔山列帳房，待牛魔竄入，擊以巨礮，迫以遠颺而止。凡作魔王，必以賄得之，〔一一〕蓋於魔王避居處，預儲數月之用以待之，食盡始歸耳。

〔一〕（嘉慶）四川通志卷一九六西域六：「大詔內聚焦各山寺喇嘛。」

〔二〕（嘉慶）四川通志卷一九六西域六：「舉于首而跪獻之。」

〔三〕（嘉慶）四川通志卷一九六西域六：「安設大燈約萬餘盞，綴以五色油麵爲人物、龍、蛇、鳥、獸，窮極精巧。」

〔四〕（嘉慶）四川通志卷一九六西域六：「中最大者。」

〔五〕（嘉慶）四川通志卷一九六西域六：「演畢，於商上出金銀綢緞布茶勞之，并布施僧衆，爲誦經之資，歲凡支銀三百六十餘兩。」

〔六〕（嘉慶）四川通志卷一九六西域六：「噶布倫、戴綳及剌麻。」

〔七〕（嘉慶）四川通志卷一九六西域六：「復以幼童裸體跣足，自布達拉西至喇薩東。」

〔八〕（嘉慶）四川通志卷一九六西域六：「二十七日，迎色拉寺之飛來杵至喇薩詔。」

〔九〕（嘉慶）四川通志卷一九六西域六：「三十日，諷經畢，送老工夾布，即所謂打牛魔王也。」

〔一〇〕（嘉慶）四川通志卷一九六西域六：「因各出骰一枚。」

〔一一〕（嘉慶）四川通志卷一九六西域六：「凡作魔王者，必以賄得之。」

二月初二日，達賴剌麻上山。仲春下旬或暮春之初，大詔寺中〔一〕寶器、珍玩陳設殆備，謂之亮寶。翼日，布達拉懸大佛像，其像五色綿段堆成，自第五層樓垂至山麓，約長三十丈。又有剌麻裝束神鬼及諸蕃人物、虎、豹、犀象等獸，繞詔三匝，至大佛前拜舞歌唱，如此一月始散。

四月十五日，寺門洞開，亦燃燈達旦，〔二〕任蕃人游玩。六月三十日，別蚌、色拉兩寺，亦懸大佛像，有垂仲降神，蕃民男婦皆華服豔妝歌唱、翻桿、相撲，諸戲咸備，〔三〕亦二寺之大會也。

七月十五日，任碟巴一人以司農事，其地之蕃，自從之遊，〔四〕佩弓挾矢，旂旛前導，遍歷郊圻，觀田禾射飲，以慶豐年，然後土民刈穫，亦所以重農事也。七八月間，臨河遍設凉棚帳房，〔五〕男女同浴於河，即上巳祓禊之意。

十月十五日，唐公主誕辰，蕃民盛服至大詔頂禮。二十五日，相傳宗喀巴成聖日，或云即然燈佛，舉國皆於牆壁閒然燈相映，燦若列星，亦以燈卜其歲。

除夕，木欃寺跳神逐鬼，有方相氏司儺遺意，男女盛飾，羣聚歌飲，帶醉而歸，以度歲節。

〔一〕（嘉慶）四川通志卷一九六西域六：「將大詔寺中。」

〔二〕（嘉慶）四川通志卷一九六西域六：「亦燃燈達旦，其燈以四根，盛酥油然之。」

〔三〕（嘉慶）四川通志卷一九六西域六：「或翻桿及相撲，諸戲無不咸備。」

〔四〕（嘉慶）四川通志卷一九六西域六：「其地之頭目，從之遊。」

〔五〕（嘉慶）四川通志卷一九六西域六：「七八月閒，各臨河遍設涼棚帳房。」

嗟呼！人情不甚相遠也，雖異域豈有殊耶？夫佛法精深，上智猶難盡識寂滅之説，欲以化導愚蠢之蕃民，其誰信從之乎？人莫不有好惡，好莫如生，惡莫如死。生矣，則更求其福而樂也；死矣，則又懼其罪而苦也。釋氏深有觀乎民情，非徒清淨寂滅所能動其信從也，於是莊嚴色相，使民崇敬而不敢褻，更炫之以富貴，生其歆羡之心，以爲從我者，如是之福，可極樂也。不惟此生樂之，且生生世世樂之，雖中智亦欣慕焉，况愚蕃乎！猶恐人見佛之死，不見其生，疑爲妄也，更爲轉世以示其蹟。民曰：佛果轉世而有福如是也！欲不堅其信，得乎？至於死後之事，民不得而見也，則告之以地獄果報，神鬼夜叉兇惡慘酷，以怵其心，復示之變相，以駭其目，雖君子亦有戒心，况小人乎！

宋以前，古佛諸祖雖有三生之説，佛經亦但云歷劫而已。宗喀巴出，乃實其事，確與否，吾不得而知。然西域、蒙古二萬里，人皆信服而心悦之，數百年矣。雖聖帝明王威德及於遐荒，不能不藉其教，以化凶頑而安邊徼，此豈尋常智識所能及哉！觀於西藏，听民以百戲相悦，與中國無異。凡所以宣滯導和，鼓舞人心，使皆熙熙皞皞，遊於光天化日而不爲亂也。意深哉！雖非古佛之制，而古佛之所許也。昔明太祖既定天下，思以銷兵革之氣，於金陵設十四樓，出官錢貰酒食，實以官妓，接待四方之士，而草澤英雄之氣遂以潛消。帝王大畧如此，雖儒者之所譏，非通智之所善歟？宗喀巴者，其雄傑豈在諸祖之下哉！

人類萬殊聖人不一其教

天之生物也，萬殊而翹出爲人；人之爲類也，萬殊而各爲君長。天不欲人疾病殀折也，復生萬物以養之；君長不能人人衣食之也，使人自以技爲養。不得其養則爭，而殺奪侵陵之禍起；有餘其養則侈，而淫佚驕縱之念萌。天既爲君長以督約之，復生聖人以教化之。君長以約其身，聖教以化其心，而天之能事畢矣。夫人類萬殊，一聖人不能盡天下也。天若曰「聖者覺吾民而已」，何必其一哉！中國有孔子，又有老、莊焉；西域有釋迦，又有三大士焉；至於回部、歐羅巴，亦各有穆哈默德與耶穌其人者。他外夷吾不能知，知天必不能恝然置之也。此數子者，皆體天道以立教者也，其教不同，至於清心寡欲，端身淑世，忠信好善而不殺，則一矣。

道者何？猶路也，「道之大原出於天」，[一]猶王人奉使，同出京師，其之四方，則南、北、東、西不能一轍矣。水以舟，陸以車，山以樏，泥以橇，各有宜也，可相廢乎？天若曰：「吾使此數人者，示人以路，而由之免爲兇暴淫佚，同躋仁壽之域而已。」故使人皆躋仁壽者，天之心也，必非議而相攻，是舍本而求末，豈天之心哉？雖然，吾中國之民也，中國有孔子，吾終身由其道，猶未能盡，烏能半塗棄之，更從他道哉？歧道而徬徨，雖畢其生，必無一至矣。譬如六月盛夏，見美裘而好之，豈能釋吾葛而從裘也乎？人能無惑乎此，斯可爲知道者歟？孔子繫易曰：「天下同歸而殊塗，一致而百慮。」[二]朋從則非矣。故又曰：「道不同，不相爲謀。」[三]

[一] 尚書全解卷二〇說命下商書：「道之大，原出於天，堯以是傳之。」

[二] 周易注疏卷一二繫辭下：子曰：「天下何思何慮，天下同歸而殊塗，一致而百慮，天下何思何慮。」

[三] 論語注疏卷一五衛靈公第一五：子曰：「道不同，不相爲謀。」

廓爾喀九塔

謝都閫言：「廓爾喀有九塔，相傳自天竺飛來。西域花卉不多，亦不常有，惟此九塔上諸花咸備，中國名花西域所無者皆有之。每十二年，達賴剌麻遣人往修墖一次。近有一墖，金頂忽飛去，不知所之，蕃人以爲神奇。」

余謂塔者，佛之表識，觀其來去，可以卜地之興衰。余家自明萬曆閒，先副使宅内，忽一鐵鑊飛至，滿貯麥飯，猶熱，自後人物科名益盛。乾隆中，鐵松中丞改宅建祠，鑊貯樓上，今猶無恙。塔之飛也，亦猶是耳。興則爲禎祥，敗則爲妖孽，天之道也。

達賴剌麻頂上雲氣

謝都閫又言：「今達賴剌麻，道光十五年，生於裹塘之泰寧，其祖父本陝人，以業窰至泰寧，父習其業，母蕃女也。昔藏中亂時，達賴剌麻嘗移床泰寧，故亦爲勝地。達賴生甫三歲，藏中蹤跡得之，自其家移大寺中，有五色雲覆頂。初不之信，及迎至藏，將近布達拉，親見其上有五色雲如蓋，隨至布達拉大寺坐床後，始散，乃知靈異非虚。」

余謂達賴出微賤，一旦置身青雲，始在孩提，即爲天子隆重。二萬里王公僧俗男婦，無不誠心敬禮，苟非福德殊異，何能臻此？昔漢高祖所在，其上常有雲氣；韓魏公廷唱第一，太史奏五色雲見，古有之矣。天降靈祥，必非無意，今之達賴，其有殊乎？抑嘗思之，人之始生，本二氣之精，與星辰同體，惟受生後，物欲習染，蔽其靈明，展轉死生，精氣耗剝，乃與常人無異耳。守貞抱一之士，與豪傑奇偉之人，精氣堅凝，或以時發現，理固宜然，不足怪也。漢高祖、韓魏公與此刺麻之雲，非山川之雲，乃其本體之精氣所發見也。豈但異人，凡大軍所在，或千人之聚，其上皆有雲氣，蓋衆氣所凝，雖庸人亦然，不過盛衰明暗之殊耳。

大士閣致敬

余與丁成之寓大士閣，初至，爇香敬禮，朔望亦然。或曰：「土木之形耳，得無過耶？」余曰：「不然，昔程子入佛寺致敬，不背像而坐。人問之，程子曰：『但具人形，即當致敬』。」〔一〕余謂：「禮者，天秩也，無在不當致敬，以禮敬人，正以禮自處也。今至貴人家，必致禮於主人，豈有寓佛寺而無禮於佛者乎？禮祀有功德於民者，佛與三大士福佑中外人民，即以百神言之，不當敬禮耶？耳食膚言，執門户之見，吾所不取也。吾不佞佛，不敢不敬天道。今人有能清心寡欲、正己端身以淑世者，猶必加敬，况佛乎？」

〔一〕孟子精義卷一梁惠王章句上：翟霖送伊川先生西遷，道宿僧舍，坐處背塑像，先生令轉椅勿背。霖問曰：「豈不以其徒敬之，故亦當敬耶。」伊川曰：「但具人形貌，便不當慢。」

卷之八

丹臻江錯四倉儲巴至察

七月初四日，丹臻江錯及四倉儲巴，隨從蕃兵三百人，至雲南橋西，住帳隔河山下，使人報到。

釋氏設心亦與孔老相似〔一〕

人受陰陽五行之氣而有身，受天地之中而有性，此身此性既受之天地，即當盡此身此性之事，乃可以對天地而無負。吾儒之教，不待言矣。即老子言玄理，何一非治世之事，特作用不同耳，非後世服食長生之説也。釋氏棄家苦行，以求明心見性，乃與孔、老判然兩途矣。然必苦口説法度人，則仍以出世爲治世也，其設心與孔、老何嘗異耶？三教同一善世，吾人立心立命，當以爲善始，以爲善終，一息尚存，善根勿斷。善莫大於無私，即不能無私，而不可不克。能克一分之私，斯有一分之善，積之日久，所得不已多乎？學者且不必爭儒爭釋，但求自克其私而已，自克未能，徒攻人以口舌，亦德之賊也。孔子曰：「攻其惡，無攻人之惡。」〔二〕

〔一〕「相似」，哈佛燕京圖書館藏本正文中載爲「相他」，目録爲「相似」，中復堂全集本（同治六年本）、叢書集成三編本、筆記小説大觀本皆爲「相似」。今據哈佛本文中載「其設心與孔、老何嘗異耶？」及目録與上述他本所載，改「相他」爲「相似」。

〔二〕論語注疏卷一二顔淵第十二：「問先事後德，非崇德與。注：孔曰：先勞於事，然後得報，攻其惡，無攻人之惡。」

象耕

傳言舜耕於歷山，〔一〕象爲之耕，鳥爲之耘。余按：「象，南方之獸也，歷山有象，殆即孟子所云『獸蹄鳥跡之道交於中國』〔二〕者，於此可見。」逮洪水既治，虎、豹、犀、象被驅，中國乃漸少諸獸。其後，犀、象皆貢自外夷，以爲奇異矣。今之廣南、緬甸、印度馴象甚多，夷人畜之，一如牛、馬、駱駝，使之耕汲，極爲馴善。考古九州極大，今之雲南、前藏皆禹貢梁州之域也。緬甸接近雲南，以象行耕，豈非大舜之遺教乎？

〔一〕史記正義卷一五帝本紀：舜耕歷山。括地志云：「蒲州河東縣雷首山一名中條山，亦名歷山，亦名首陽山，亦名蒲山，亦名襄山，亦名甘棗山，亦名豬山，亦名狗頭山，亦名薄山，亦名吴山。此山西起雷首山，東至吴坂，凡十二名，隨州縣分之。歷山南有舜井。」又云「越州餘姚縣有歷山舜井，濮州雷澤縣有歷山舜井二所，又有姚墟，云生舜處也。及嬀州歷山舜井，皆云舜所耕處，未詳也。」

〔二〕孟子注疏卷五下滕文公章句上：「當堯之時，天下猶未平，洪水横流，氾濫於天下。草木暢茂，禽獸繁殖，五穀不登，禽獸偪人，獸蹄鳥跡之道，交於中國。」

丹臻江錯不敢過河

初七日，傳丹臻江錯及蕃目聽訊。覆云：前駐藏大臣鄂及章嘉呼圖克圖諭斷，已遵奉無違，無可復求判斷之事，因蒙札調，不敢不來。前與差官言，大呼圖人衆，詭詐不測，不敢過河，求在雲南橋外設帳房訊問。差官允許，請如前約。

討罪外藩，當權輕重

國家撫馭外藩，封止其王，若其部屬如何制度，皆聽自爲之，各因舊俗，不爲區處而變易之也。有不服或闕貢，大則六師討之，小者晝吏移文責讓之而已。圖布丹濟克美曲濟嘉木參幼爲羅布藏丹怎嘉木磋收養教習，送藏學經，迎回授印，非有無禮之加也。丹怎嘉木磋護印十餘年，地方無事。曲濟嘉木參受印未幾，信用羣小，自大立威，加派差費，革易無罪之頭人，不令丹怎加木磋管事，激亂人心。此其不德，固無道之酋長。且其印文曰「講習黄法那門汗」，乃忘其本教，弄兵虐民，羣番十年，攻殺不已。即以彼教言之，亦黄法之敗類也。若兵以義動，方將革去昏暴，另擇有德者爲之主，而重法誅其叛臣，誰敢不服？今天子洪仁覆幬，不討其罪，一再遣使和其人民，使者自宜俯順輿情，輯定蕃庶。令曲濟嘉木參率德改行，乃可以安其位耳。善乎！明臣之論安南也，昔莫登庸篡黎氏，帝怒，欲征之。廣東按臣余光言：「莫之篡黎，猶黎之篡陳，不足深較，但當罪其不庭，責以稱臣修貢，不必遠征，疲敝中國。」〔一〕及黎氏請兵，上以仇鸞總督軍務，毛伯温爲參贊，將討之。如登庸束手歸命，則待以不死。于是登庸請降，削安南國爲安南都統使司，授登庸都統使。及莫氏漸衰，黎氏復盛，互相搆兵，莫氏列狀告當事，黎氏亦款關求貢。廣西撫臣陳大科等上言：「蠻邦易姓如弈棋，不當以彼之叛服爲順逆，止當以彼之叛我、服我爲順逆。今黎維潭雖圖恢復，而莫茂洽固天朝外臣，安得不請命而戮之？竊謂黎氏擅興之罪可不問，而莫氏孑遺之緒，亦不可不存。」〔二〕廷議如其言。

今不用兵乍雅，總當震以虚威，兩聲其罪，使之知所儆畏而薄治之，庶可聽命，否則益增玩耳。即乍雅暫寧，而縱玩外夷，將不叛彼而叛我者繼至矣。蓋兩呼圖克圖相攻，乃彼部中之叛服，而不遵判斷、阻辱大臣，要挾上書，則得罪於天朝，輕重自有別也。

〔一〕明史卷三二一安南傳：廣東按臣余光言：「莫之篡黎，猶黎之篡陳，不足深較。但當罪其不庭，責以稱臣修貢，不必遠征，疲敝中國。臣已遣使宣諭，彼如來歸，宜因以撫納。」帝以光輕率，奪祿一年。

〔二〕明史卷三二一安南傳：二十一年，廣西撫臣陳大科等上言：「蠻邦易姓如弈棋，不當以彼之叛服爲順逆，止當以彼之叛我服我爲順逆。今維潭雖圖恢復，而茂洽固天朝外臣也，安得不請命而擱然戮之？竊謂黎氏擅興之罪，不可不問。而莫氏孑遺之緒，亦不可不存。」

蔣作梅爲西藏城隍

嘉慶中，前藏糧務、知縣蔣作梅得兵、蕃心。正月，攢詔，有漢民爲蕃毆斃。藏例：每攢詔，遠近蕃人畢至，日數千。達賴選精幹剌麻四人，曰「格死鬼」，俾以鐵棒，各從十數人，在詔彈壓，不法滋事者，立擊殺之，至是罪人不得。蔣究「格死鬼」甚急，濟仲剌麻求緩其獄。蔣不許，乃毀之於大臣某公。又有夷情主事某，與蔣有隙，譖之。遂以侵虧餉銀、勒索剌麻，敷成其獄，奏請斬決。旨至成都，總督常公以法不當決，爲之奏請，而未敢阻旨，仍行藏中，竟寘於法。漢、蕃兵民咸爲蔣冤。此嘉慶十五年正月事也。漢、蕃人數千，爭累石其死處，爲之招魂，傾刻成塚。自是每年五月十五日，累石以爲故事，復廟祀之。其濟仲剌麻、夷情主事，未一歲，皆嚼舌死。先是總督奏至京，睿皇帝曰：「既知藏中擬罪不當，即宜暫留前旨，何以仍行？」嚴申飭之。赦詔至藏，已無及。十八年，蔣示夢於藏人曰：「上帝憐吾冤，命爲前藏城隍矣。」藏人祀之，至今益虔。

丹臻江錯訴大呼圖狡詐

十九日，丹臻江錯之衆訴言：道光十六年，鄂大臣過乍雅親訊，令兩呼圖照前和睦，一切如舊例行，不得違悮大道差使。龍、萬二委員斷牌，皆已遵依具結，至今不敢違。嗣曲濟嘉木參翻案不遵。二十二年，委員不查前案，所斷不公，求查案自明。若兩呼圖興一廢一，雖天地翻覆，不能遵也。

録十六年斷牌

二十日，宣太守使人往録十六年斷牌，且使察木多副倉儲巴帕克帕札喜，偕卓尼爾往，諭以不滅二呼圖之意。

前後藏非天竺三條

余前以禹貢「三危」，即察木多及前後藏地，蓋本一統志。頃得和泰庵西藏賦自注云：「三危者，猶中國之三省也。察木多爲康，布達拉爲衛，札什倫布爲藏，合三地爲三危，又名三藏。『竄三苗於三危』，故其地皆苗種。」此猶可據也。又引括地志：「天竺國有東、西、南、北、中央五天竺大國，隸屬者二十一，在崑崙山南。」謂「康、衛、藏在天竺之東，即東天竺」。泰庵此言則悞矣。

考衛藏圖識：「由後藏塞爾地方，行十餘日，交白木戎界。再半月餘至宗里口，又數日，始至白木戎住牧地。由白木戎西去，瑩按：「此言西去，則以上皆南行可知。」十餘日，交小西天界。再行十餘日，始至小西天。從此登舟涉海，約半月，即至大西天矣。」〔一〕據此言之，去後藏之塞爾地方，兩月餘，且需涉海，乃至大西天。西天者，蕃人稱佛國之謂，諸佛出此，故以大西天名之，此真天竺也。即小西天不必涉海，亦尚在後藏之西南界外，則後藏非小西天明矣。若康、衛、藏爲東天竺，則藏人當自以爲小西天矣，何反指後藏外行將兩月之地爲小西天乎？且唐時王元策襲執天竺國王，其時吐蕃贊普已以邏娑川爲國都，前後藏皆吐蕃地。既稱天竺，必非藏地，明甚，何得混藏地爲天竺乎？佛經所言山水地名，今前後藏皆無之，則其去天竺遠矣！樓炭經云：「葱嶺以東名震旦。」蓋西域稱中國之名也。初祖達摩曰：「當往震旦，設天法樂。」遂泛重溟，達於南海傳法。〔二〕觀此，益可見諸佛國自南而往，本尚隔海，則五天竺俱不得在今藏地，斷斷然矣！今之藏地，或即括地志所云五天竺隸屬之國耳。括地志明言五天竺在崑崙之南，若前後藏則在崑崙之東矣，豈可混耶！

〔一〕西藏志附録：「西藏拉薩召到後藏塞爾地方，緊走十日，系白木戎交界。由塞爾向西南緊走十八日，到宗里口子，有一崖高約十五丈，以木搭梯，人往來行走，馬不能通，此外再無別徑。由宗里緊走八天到白木戎住地，其白木戎有一王子住的房子，名曰勞丁宰，俱在山上，其先之王名又多郎吉，止生一子，名局密結郎，今已承襲。……其方亦呼爲小西天，與珠巴連界，中隔大江，名曰巴隆江。由白木戎至東至，南至西天盆烏子，西至白布，北至後藏日蓋子，由西去十日尚屬白木戎管轄，交西天界再行十日，始到小西天不爾牙王子往處。從此上海船，由海中行半月，即至大西天矣。西藏相傳漢張騫曾至其地。」

〔二〕西藏賦：「四十二章，流傳震旦。」注：樓炭經：「葱嶺以東，名震旦。」蓋西域稱中國之名也。又初祖達摩曰：「當往震旦，設天法樂。遂泛重溟，達於南海傳法。」今考漢明帝時，白馬馱經，即四十二章經也。」

唐史言天竺去京師九千六百里，〔一〕指長安而言也。今陝西西安府至成都二千一百餘里，成都至後藏七千四百餘里，合之正當九千六百餘里。然則天竺者，其今後藏外之阿里以西地乎？阿里在後藏西，地千餘里，其東有岡底斯山，與後藏接境，北與和闐、葉爾羌諸山相聯屬。蕃人謂即梵書之阿耨達山。其南有池，謂即阿耨達池，地名阿里者，即以此山得名。衞藏圖識言：「阿里噶爾渡之民，見官長不除帽，以右手指額念唵嘛吽者三。」〔二〕是其爲天竺之教無疑，第未審其爲天竺何境，大約近北、中二天竺之間也。魏默深曰：「阿耨達池出四大水，東流爲黃河，西南流爲恒河、爲縛芻河。今黃河源距岡底山數千里，如何可通？不以蕃人之説爲然。」

〔一〕新唐書卷二二一上西域上天竺：「天竺國，漢身毒國也，或曰摩伽陀，曰婆羅門。去京師九千六百里，都護治所二千八百里，居葱嶺南。」

〔二〕衛藏圖識圖考卷下阿里噶爾渡番民圖：「阿里噶爾渡部落在藏地之西，與後藏札什倫布三桑接壤。向爲頗羅鼐長子朱爾嗎特榮登駐防處。其番民帽高尺餘，以錦與段爲之。帽緣不甚寬，頂綴緯。番婦帽以珠下垂，前後如旒，密遮面頂，間著圓領大袖衣，繫褐裹。見官長不除帽，惟以右手指自額上，念唵嘛吽者三。」

欽定蒙古源流以額納特阿克爲中印度，〔一〕而魏默深據新唐書及西人四洲志，定痕都斯坦爲即中印度之境，以克什彌爾爲北印度，以甲噶爾爲東印度云。余按：甲噶爾者，即明史之榜葛剌，〔二〕一作孟加臘，其邊城則披楞也。披楞一名噶里噶達，又云披楞，久爲英吉利屬國，與廓夷積釁。福公康安進兵征廓夷，嘗檄近廓夷東境之哲孟雄宗木布魯克巴，西面之木作朗，南面之甲葛爾、披楞等部，同時進攻，許事平分裂其地。由此觀之，是西藏與天竺接界，而非即天竺明矣。續文獻通考亦云：榜葛剌本忻都州府。西天有五印度，此即東印度也，國最大。從蘇門答剌海西北行二十日，抵淛地港，自港至瑣納兒江，有城池街市，聚貨通商。再行至板獨哇，酋長居焉，王及諸官皆回回人。男祝髮，白布纏頭，圓領長衣。〔三〕余謂此即今英夷所據地也。廓爾喀、哲孟雄界在西藏及披楞之中，爲西藏之外藩，屏障英夷，此誠不可失馭者也，豈可以福公時事衡之耶！

〔一〕據欽定蒙古源流卷一額訥特珂克土伯特蒙古汗等源流所載，文中多處提及「南贍部洲」。如：「其第二棲止噶拉卜則，自南贍部洲人之年壽無算起，至十歲止。」「其時，諸佛將佛經教法在瑪噶達國斡齊爾圖地方，演示十二種善言，溯昔千佛南贍部洲之人等壽數，止於四萬歲之時，乃拘留孫佛之地。」又如：「大象自兜率天降于南贍部洲之瑪噶達國」。「七萬四千五百六世於額訥特珂克之瑪噶達國斡齊爾圖地方降生，名星哈哈努汗。」南贍部洲(JAMBUDVIPA)，又譯南贍部洲、琰浮洲、南閻浮提、南閻浮洲等，爲佛教傳說的四大洲之一，位於須彌山之南方咸海中。亦稱閻浮、閻浮提，以島上盛產贍部樹，故名。閻浮，梵語JAMBU爲樹名，是一種生長在印度南方的大型喬木。提，梵語DVIPA洲之意。此地因盛長閻浮樹而得名，在須彌山之南，故又稱南閻浮洲。姚文謂「額納特阿克爲中印度」，非原文引用。

〔二〕明史卷三二六外國七榜葛剌：「榜葛剌，即漢身毒國，東漢曰天竺。其後中天竺貢於梁，南天竺貢於魏，唐亦分五天竺，又名五印度，宋仍名天竺，榜葛剌則東印度也。」

〔三〕御定淵鑑類函卷二三八榜葛剌：「續文獻通考曰：『榜葛剌本忻都州府。西天有五印度，此即東印度也，國最大。從蘇門答剌海西北行二十日，抵淛地港，自港至索諾爾江，有城池街市，聚貨通商。再行至榜葛剌，酋長居焉。城郭甚嚴，其國王殿宇廣大，……王及諸官皆回回人。男祝髮，白布纏頭，圓領長衣，束綵帨，躡金錦羊皮鞾。俗尚信義。』」皇朝續文獻通考卷三三三四裔考印度：「其人多黑面青唇，以白布纏頭，故粵東咸呼之爲白頭國云。」

鄭氏註禹貢三危

禹貢：「導黑水至於三危。」正義引鄭注曰：「地理志『益州滇池，有黑水祠』，而不記此山水所在，今中國無也。」〔一〕地説曰：「三危山在鳥鼠之西，而南當岷山，又在積石之西，南當黑山似是水字。祠，黑水出其南脇。」〔二〕余按：「據此益州滇池，既祠黑水，可見雲南西徼外之喀剌烏蘇，是黑水所在。」此水由三危而入南海，則三危非衞藏之山而何耶？古地志説皆以三危爲山名，〔三〕并非一處。一統志及和泰庵以三危爲三省，皆本康熙五十九年仁皇帝上諭。〔四〕

〔一〕尚書注疏卷五夏書禹貢：「導黑水至於三危，入于南海。傳：黑水自北而南經三危，過梁州入南海。疏：傳正義曰：地理志：益州郡計在蜀郡西南三千餘里，故滇王國也。武帝元封二年始開爲郡，郡内有滇池縣，縣有黑水祠，止言有其祠，不知水之所在。鄭云今中國無也。傳之此言順經文耳。」

〔二〕尚書注疏卷二虞書舜典：「竄三苗于三危。」水經注卷四〇禹貢山水澤地所在：「鳥鼠同穴山，在隴西首陽縣西南。鄭玄曰：鳥鼠之山，有鳥焉，與鼠飛行而處之。又有止而同穴之山焉，是二山也。……三危山在敦煌縣南。山海經曰三危之山，三青鳥居之。是山也廣圓百里，在鳥鼠山西，即尚書所謂竄三苗於三危也。」

〔三〕括地志：「三危山，有三峰，故曰三危，俗亦名卑羽山，在沙州敦煌縣東南三十里。」

〔四〕衞藏圖識卷下：「拉里之西千餘里，曰衞，即前藏，天文亦井鬼分野。古分其地爲三，曰康，曰衞，曰藏。康爲喀木屬，即今昌都。衛即危，爲西藏拉撒詔。藏則扎什倫布部落也。……遣平逆將軍延信率兵護送，自西寧出口進征，誅黑喇嘛及僞藏王達格咱等，底定西藏，送達賴喇嘛座床於布達拉，奉諭旨承教度生，達賴喇嘛以西藏土地人民特賜之，時康熙五十九年九月十五日也。」

宗喀巴開教

西藏賦注云：「明蕃僧宗喀巴，名羅布藏札克巴，生於永樂十五年丁酉，〔一〕幼而神異，精通佛法，號甲勒瓦宗喀巴。在大雪山修苦行，穆隆經，其所立也。穆隆經者，即今之摩羅木也。摩羅木譯言攢詔，蓋達賴剌麻至大詔，衆剌麻所誦經也。宗喀巴初出家時，學經於薩迦廟之呼圖克圖，乃元時帕思巴之後，爲紅帽教之宗。宗喀巴修行既成，爲蕃衆所敬信，衣紫衣。相傳其受戒時，染僧帽諸色不成，惟黄色立成，遂名爲黄教。其教大行，最盛於前藏，今拉薩諸廟咸供奉其像。」

余按：「泰庵此注，本之布達拉經簿，蓋剌麻之家譜也。凡剌麻歷代源流事蹟，無不具載，亦時有續修。各處剌麻皆有之。稽考前代，必以經簿爲據。和賦成於乾隆五十八年癸丑，時爲駐藏大臣，故得見之，而經簿所載止及其時，後無聞焉。據此言之，是黄教之先，本亦出于紅教矣。」

〔一〕西藏賦：「生於永樂十五年」。永樂十五年丁酉即一四一七年。中國藏傳佛教名僧録、甘肅藏族通史皆載，宗喀巴生於一三五七年，卒於一四一九年。甘肅藏族通史第六編第二章第二節藏傳佛教格魯派在甘肅的傳播：「宗喀巴於元至正十七年（一三五七年）誕生於今青海省湟中縣魯沙爾鎮塔爾寺所在地。其父姓麻，名魯本格，母親香薩阿卻。宗喀巴三歲時，由其父領到夏哇日宗朝拜噶舉派高僧噶瑪若貝多吉，並受近事戒，削髮，取名爲貢噶寧波。七歲時，被送至今化隆夏瓊寺，依頓珠仁欽爲師。受沙彌戒，取法名羅桑扎巴。」西藏賦與姚瑩文所載生年有誤。

達賴世派

經簿云：達賴剌麻，宗喀巴之大弟子也；班禪額爾德尼，宗喀巴二弟子也。頭輩達賴剌麻名根敦珠巴，生於洪武二十四年辛未，〔一〕在喀那木薩喀木青熙饒巴處出家。二十歲受大戒，創建札什倫布廟，〔二〕誦穆倫經。其時，有博洞班禪，在雪地修行，聞名信附，遂號根敦珠巴爲湯徹清巴，壽八十七歲。瑩按：「經簿前云宗喀巴生於永樂十五年丁酉，此云達賴頭輩生於洪武二十四年辛未，是宗喀巴之生，後於根敦珠巴二十七歲，根敦珠巴二十歲受大戒時，宗喀巴未生，當是受之他師也。」

〔一〕西藏賦：「生於明洪武二十四年辛未。」中國藏傳佛教名僧録載：「根敦主，又作根敦主巴，意爲僧成，是藏傳佛教格魯派創始人宗喀巴大師的大弟子之一，後藏札什倫布寺的創建者。後來被追認爲第一世達賴喇嘛。根敦主於一三九一年，生於後藏薩迦寺附近的一個牧場主家庭，父名貢保多吉，母名覺真朗吉。……一四七四年十二月，圓寂於扎什倫布寺，壽年八十四歲。」明洪武二十四年辛未即一三九一年，其出生於宗喀巴之前。顯然西藏賦所載頭輩達賴喇嘛根敦珠巴生年有誤。

〔三〕西藏賦：「創建札什倫布廟宇」。

第二輩名根敦嘉木磋，生於明成化十二年丙申，〔一〕瑩按：「根敦珠巴生於洪武辛未，壽八十七歲，則當死於成化十三年丁酉，若十二年丙申，其人尚存，足徵轉世之謬。」創建羣科爾汪廟。〔二〕

〔一〕中國藏傳佛教名僧録：「根敦嘉措，是被後來追認的第二世達賴喇嘛。他於一四七五年（明成化十一年）出生於後藏達納地方一個普通農民家庭。父名貢噶吉村，母名貢噶貝姆。一四八五年（明成化二十一年），他十一歲時，被迎入扎什倫布寺。次年，從隆日嘉措受近事戒，取名根敦嘉措貝桑波，同年出家，受沙彌戒。……一五四二年（明嘉靖二十一年），根敦嘉措在哲蚌寺去世，享年六十七歲。」

〔二〕西藏賦：「創建羣科爾汪廟宇」。中國藏傳佛教名僧録：「一五〇九年（明正德四年），根敦嘉措在塔布地區的加查宗拉摩南錯湖濱，建立了一座名叫群科杰寺。」

第三輩名索諾木嘉木磋，生於明嘉靖二十二年癸卯，親赴各蒙古地方，布行黃教，蒙古王等咸稱爲達賴剌麻班禪額爾達拉。〔一〕按：「此與通志言合。」明萬曆間，封爲大國師。明史烏斯藏傳：「有僧瑣南堅錯者，〔二〕能知已往未來事，稱活佛，順義王俺答亦崇信之。萬曆七年，以迎活佛爲名，西侵瓦剌，爲所敗。此僧戒以好殺，勸之東還。俺答亦勸此僧通中國，乃自甘州遺書張居正，自稱釋迦摩尼比邱，求通貢，饋以儀物。居正不敢受，聞之於朝。〔三〕帝命受之，而許其貢。由是，中國亦知有活佛。此僧有異術能服人，諸蕃莫不從其教，即大寶法王及闡化諸王，亦皆俯首稱弟子。自是西方祇知奉此僧，〔四〕諸蕃王徒擁虛位，不復能施其號令矣。」余按：「明史所云瑣南堅錯，即經簿所云第三輩索諾木嘉木磋也，瑣南即索諾木之譯音，堅錯即嘉木錯之譯音也。經簿所云嘉靖二十二年，親赴各蒙古行黃教，蒙古咸稱爲達賴剌麻班禪額爾達拉，蒙古王即俺答矣。又云萬曆間封爲大國師，蓋即神宗許其通貢時事，明史漏載爾，此其說之有徵者也。」

〔一〕西藏賦：「達賴剌麻班禪額雜爾達拉」。

〔二〕明史卷三三一西域三烏斯藏大寶法王：「時有僧瑣南堅錯者」。

〔三〕明史卷三三一西域三烏斯藏大寶法王：「聞之於帝。」

〔四〕明史卷三三一西域三烏斯藏大寶法王：「自是西方止知奉此僧。」

第四輩名雲丹嘉木磋，生於明萬曆十七年己丑，生蒙古地方敬格爾家。十五歲，至藏，在噶勒丹寺坐臺之桑結仁慶處出家，班禪羅卜藏曲津處受大戒。萬曆間，封爲沙布達多爾濟桑結。能驅邪逐祟，曾於石上踏留足印。

第五輩名阿旺羅卜藏嘉木磋，明萬曆四十五年，生於前藏崇結薩爾合王家。其生之日，〔一〕與釋迦牟尼佛同。在班禪羅卜藏曲津處出家，受大戒。國朝〔二〕崇德七年，達賴剌麻同班禪剌麻，差烏巴什台吉達盛京進貢，約行善事。順治元年，達賴剌麻差人進貢。〔三〕九年，入覲，世祖章皇帝賜居黃寺，封爲「掌天下黃教西方自在佛足墨多爾濟嘉木磋剌麻」，金冊十五頁。

〔一〕西藏賦：「其生之日時。」

〔二〕西藏賦：「國朝太宗文皇帝。」

〔三〕西藏賦：「達賴剌麻差人赴京進貢。」

第六輩名羅卜藏林沁倉洋嘉木磋，康熙二十二年，生於蒙巴拉沃松地方。按：通志康熙四十四年，因拉藏汗請，以阿王伊西爲達賴剌麻，〔一〕疑即此人。

〔一〕（嘉慶）四川通志卷一九二西域二：「（康熙）四十四年，達賴汗 拉藏汗誅第巴，聖祖嘉之，賜金印，封爲輔教恭順汗，遣侍郎赫壽等安撫其地。又因拉藏所請，以阿王伊西爲達賴剌麻。」

第七輩名羅布藏噶勒桑嘉木磋，康熙四十七年，生於裏塘地方，在察漢諾們罕家出家。按：此即圖識所云「噶爾藏嘉慕」也。〔一〕十三歲，康熙五十九年，賜達賴剌麻名號，統領黃教，敕書金印。雍正二年，賜「西方湯徹清巴巴本載達賴剌麻」，掌天下釋教，金册金印。

〔一〕衛藏圖識圖考卷下拉里至前藏程站：「達賴喇嘛又化生於裡塘，名曰噶爾藏嘉慕，即云忽必爾汗也。生二年，青海蒙古西寧塔爾寺坐床。……聖祖仁皇帝赫然震怒，爰命撫遠大將軍王統帥六師大伸撻伐，即將塔爾寺之葛爾藏嘉慕恩賜以達賴喇嘛名號，給與印信。」

第八輩名羅藏丹碑旺楚克江巴爾嘉木磋，乾隆二十三年戊寅，生於後藏托結地方。〔一〕

按：「此言達賴封號，與通志及衛藏圖識又有同異，外人未見册文，自當以經簿爲準。僧家世守册文，宜其有據，今貢表所稱，似又在封之後也。」

〔一〕西藏賦：「生於後藏托結地方，現住布達拉。」

班禪世派

又云：班禪第一輩，名刻珠尼瑪綽爾濟伽勒布格爾，生於明正統十年乙丑。按：「頭輩達賴剌麻根敦珠巴，是時年五十五歲。前云有博洞班禪在雪地修行，聞名信附。計其修行信附，至早亦二十餘歲，則根敦珠巴亦將八十歲矣。宗喀巴生於永樂十五年丁酉，至正統乙丑，年二十九歲，頭輩班禪爲其第二弟子，年歲近之，惟前云博洞班禪人名，與此不同，何耶？」第二輩名珠拜旺曲索諾木綽爾濟朗布，生年缺。第三輩名結珠拜旺曲羅布藏敦玉珠巴，生明弘治十八年乙丑。第四輩名班禪羅卜藏綽爾濟嘉勒參，生於明隆慶元年丁卯。國朝崇德七年，遣使進貢，太宗文皇帝詔令班禪、達賴二人內，年少者拜年長者爲師，學習經典，壽九十六歲。按：「藏中至今，達賴、班禪轉世，皆互爲師弟，蓋始於此。」第五輩名班禪羅卜藏伊喜，生於康熙二年癸卯，五十二年，賜金册印，注明札什倫布各廟宇地方，屬班禪管理。第六輩名班禪哲布尊巴勒丹伊喜，生於乾隆三年戊午。三十年，賜金册，四十五年，入覲，賜四體字玉册、玉印。〔一〕第七輩生於乾隆四十七年壬寅。〔二〕經簿所記，未著其人名，蓋其時現在，故諱之。

〔一〕西藏賦：「高宗純皇帝賜四體字玉册玉印。」

〔二〕西藏賦：「第七輩生於乾隆四十七年壬寅，現住札什倫布。」

大、小詔佛像

又云：西藏蕃王傳七世，至綽爾濟松贊噶木布迎唐公主爲妻，又迎巴勒布王鄂特色爾郭恰之女拜木薩爲妾。唐公主帶來釋迦牟尼佛像，拜木薩帶來墨珠多爾濟佛像，藏王擇地，興建大詔，供奉之。余按：「此説得之，蓋圖識所云大詔之覺釋迦摩尼，即唐公主所帶之釋迦牟尼像也。小詔之珠多吉，即拜木薩所帶之墨珠多爾濟像也。十二歲之説，何其妄耶。」

唐公主修布達拉城

又云：唐吐蕃王綽爾濟松贊噶木布好善信佛，頭頂納塔葉佛，在拉薩山上誦旺固爾經，因名爲布達拉。西藏蕃衆瞻仰，每日焚香，坐禪入定，不思他往。唐公主同拜木薩，恐有外侮，遂修布達拉城垣。後因藏王莽松作亂，經官兵折毁，僅存觀音堂。〔一〕至五輩達賴剌麻掌管佛教，兼理民事，修立白寨。又有代辦事務之桑結嘉木磋修立紅寨，及內外房屋，金殿佛像重修，〔二〕平樓十三層，盤磴而上。其上有金殿三座，下有金塔五座。西殿有宗喀巴手足印，即世傳爲達賴刺麻坐床之所。

〔一〕西藏賦：「唐公主同拜木薩，恐有外侮，遂修布達拉城垣，上挂刀槍，以嚴防御。後因藏王莽松作亂，經官兵折毀，僅存觀音堂一座。」

〔二〕西藏賦：「又內外房屋，金殿佛像重修，至今一百四十餘年。」

前藏四大寺

又云：甘丹寺本名噶勒丹寺，在拉薩東五十里噶勒丹山，其形勢與布達拉畧同。經樓佛像與大詔畧同，〔一〕乃宗喀巴坐床之所，示寂於噶勒丹寺彌勒前，爲黃教發源之地，黃教堪布主之。

色拉寺在拉薩北十里色拉山，宗喀巴建。因其弟子甲木慶綽爾濟沙克伽伊喜，明時入中國爲禪師，賜物甚盛。還藏後，宗喀巴令其在色拉山上建立大寺，以旃檀香雕刻釋迦牟尼佛、十八羅漢及諸佛像。〔二〕〔其〕寺依山麓〔建〕金殿三座，〔三〕層樓高聳。寺中供降魔杵一，長不足二尺，〔四〕唐古忒語名多爾濟，相傳爲飛來者。

別（蜂）〔蚌〕寺，〔五〕在布達拉西二十里，圖識作十五里。〔六〕宗喀巴之弟子札木洋綽爾濟札什巴勒丹，在聶烏居住。夢神人語此地宜修寺院，賜五千徒衆，無量水泉數處。〔七〕覺而告其師宗喀巴，乃令修寺。凡出世之呼畢勒罕，及遠近大小剌麻，初學經者，皆聚處於此。桑鳶寺，在拉薩山南，行二日，地名薩木葉。唐時藏王綽爾濟松贊噶木布之五世孫綽爾濟赤松特贊〔八〕修造，五頂四面八方，以象星宿。

〔一〕西藏賦：「其經樓佛像與大詔署同。」
〔二〕西藏賦：「所供佛像系旃檀香雕刻釋迦牟尼佛、十八羅漢及諸佛像。」
〔三〕原文脱「其」、「建」字，今據西藏賦：「其寺依山麓建」，予以增補。
〔四〕西藏賦：「長不足二尺，頭如三稜鐗，其上狀如人頭。」
〔五〕哈佛燕京圖書館藏本載爲「别蜂寺」，中復堂全集本（同治六年本）、筆記小説大觀本、叢書集成三編本均載爲「别蚌寺」。另據衛藏圖識圖考卷下拉撒佛境圖：「其色拉、别蚌、桑鳶、甘丹諸大寺，或近効其靈，或遠挹其秀。」故改「别蜂」爲「别蚌」。
〔六〕西藏賦：「本名布賴蚌寺，布達拉以西二十里。」
〔七〕西藏賦：「在聶烏地方居住。夢神人語以此地宜修寺院，賜與五千徒衆，現出無量水泉數處。」
〔八〕西藏賦：「唐時藏王綽爾濟松贊噶布之第五世孫，名綽爾濟赤松特贊。」

札什倫布

又云：拉薩西南行九日，乃後藏也，寺名札什倫布，〔一〕按：「通志，此寺名仍仲寧翁結巴寺。」〔二〕頭輩達賴剌麻根敦珠巴所建。依山麓起閣，〔三〕山形如蟹螯夾抱，其後山自西北來，蜿蜒隆突，如蜀棧之龍洞背也。樓高四層，上有金殿三座，亦係金瓦，宏廠莊麗，爲班禪額爾德尼坐床之所。其外來瞻禮布施者，與布達拉同。僧規謹嚴，戒律清淨，蕃僧必於此山朝禮，爲受大戒。其地平廠曠達，南北六七十里，東西百餘里，遠山爲案。〔四〕其北大山後，又有崇巘峻嶺，冬夏積雪不消。其東有大江，自南北流入東北山後。按今輿圖，即雅魯藏布江也，江在札什倫布山後，自西而東，流至札什倫布之東南。有年楚河，自江孜北流，至噶則城入江。又札什倫布之西南，有當楚河，自佳瑪拉抈山北流入江。兩河東西夾拱，北流至山後，入雅魯藏布江。其西山勢遠亘，西北達彭楚嶺，西南入薩迦溝。

〔一〕大清一統志卷四一三西藏：「札什倫布廟，在日喀則城西二里都布山前，相傳昔宗喀巴大弟子根敦卓巴所建，至今班禪喇嘛居此。康熙五十二年，勅封爲班禪額爾德尼，賜金册印。廟内樓房三千餘間，金銀塔、金銀銅玉佛像無數。有喇嘛五千餘人，所屬小廟五十一處，共喇嘛四千餘人。莊屯十六處，部落十餘處，爲藏地之首廟。乾隆四十五年，御賜匾額曰福緣恒護。乾隆四十六年，御賜匾額曰壽相禪宗、曰寶地祥輪。四十八年，額爾德尼於寺内新蓋寺一所，御賜名曰壽寧。四體書額佛殿匾額曰祥輪普護。其餘境内有名之廟共十九處，皆有喇嘛數百人焉。」

〔二〕(嘉慶)四川通志卷一九四西域四後藏：「有寺曰札什倫布，乃班禪額爾德尼坐床之所，舊名仍仲寧翁結巴。」

〔三〕西藏賦：「其寺依山麓起閣。」

〔四〕西藏賦：「遠山爲岸也。」

六輩班禪圓寂

第六輩班禪，以乾隆庚子年圓寂於京師，蓋即入覲時也，以患痘症故，此症西域所無。蓋蕃僧修心明性，雖與人殊，而血肉之身與人無異。數之修短，六氣感染，亦無如之何也？釋迦不能無死，維摩詰不能無病，故釋氏以四大和合之身爲假相，老子亦云「外其身而身存」。〔一〕

〔一〕老子道德經上篇七章：「天長地久，天所以能長且久者，以其不自生，自生則與物爭，不自生則物歸也。故能長生，是以聖人後其身而身先，外其身而身存，非以其無私耶，故能成其私。無私者無爲於身也，身先身存，故曰能成其私也。」

班禪被掠

乾隆五十六年辛亥，廓爾喀侵後藏。七月，據聶拉木、濟嚨。八月，班禪移住前藏。九月，賊入札什倫布，掠財物以歸。大兵平賊後，五十七年壬子五月，班禪仍還札什倫布。余謂：達賴、班禪受四方供獻珍異之寶，積富久矣，廓爾喀利其所有，故取之，班禪能舍而予之是也。昔張初昌受囑，夜懷刀入室，將害六祖。祖置金與衣於方丈，張揮刀者三，都無所損。祖曰：「正劍不邪，邪劍不正，只負汝金，不負汝命。」張驚仆求哀，祖與金而去，即此義也。(達賴)「班禪」亦以避兵移床，〔一〕非惟道有魔劫，亦物忌太盛，理宜然耳，佛豈能違天道乎？

〔一〕哈佛燕京圖書館藏本、中復堂全集本(同治六年本)、筆記小説大觀本、叢書集成三編本、西藏學漢文文獻彙刻本皆載爲「達賴亦以避兵移床」，今據文中所載「班禪移往前藏」及標目「班禪被掠」，顯然即爲「班禪亦以避兵移床」，故改「達賴」爲「班禪」。

布達拉乃三普陀之一

和泰庵云：「梵書言天下普陀山有三，一在額納特克國南海中，山上有石天宮，乃觀自在菩薩游舍處，此真菩陀也；一在浙江定海縣南海中，爲善財第二十參觀音菩薩處；一在圖伯特之布達拉，亦觀音菩薩化現處。」〔一〕余按：「泰庵此説，亦本康熙上諭。」圖伯特即唐古忒，布達與普陀音相近也。唐古忒謂釋迦牟尼佛曰沙迦吐巴綽爾濟。乃通經典者稱之，俗曰曲結。〔二〕謂觀音菩薩曰「江來孜格陀羅尼」。

〔一〕西藏賦：「一在圖伯特之布達拉，亦觀音化現處。」

〔二〕西藏賦：「乃通經典稱之，俗名曲結。」

觀音三十二應身

如來有三十二相，觀音有三十二應身，楞嚴經云：「是名妙淨，三十二應，入國土身，皆以三昧，聞薰聞修，無作妙力，自在成就。」注：觀音俱現三十二應，現十法界身，而爲説法也。

薩迦溝紅教

布達拉經簿云：薩迦廟之呼圖克圖，乃元帕思巴之後，爲紅帽教之宗仁育菩薩之後人也。其教有家室，生子後，坐床掌教，不復近家室矣。其始祖名昆貢確嘉卜，通達經典。見薩迦溝之奔布山，風脈佳勝，欲創建廟宇。從業主〔一〕降雄固剌哇、班第仲喜、納密酌克敦三人乞售。三人乃施捨其地，不取直，遂建廟供釋迦牟尼佛。附近土地、人民、廟宇、僧衆，皆其所屬，世代相傳，至今七百餘年。其廟平地起閣，周牆甚固，中殿楹柱皆古樹，三人合抱，高三丈餘，不加雕飾，其皮節文理，如生樹然。又有海螺，堅白如玉，左旋紋。向明吹之，背現觀音相，〔一〕寺僧寶之。有藏經數萬卷，〔三〕架函充棟。廟北依山，僧樓梵宇約數千間。亦有浮屠金殿供諸佛像，皆紅帽刺麻居之。其所誦經，與黄教無異。西南通拉孜大道，山南通野人國界。

〔一〕西藏賦：「向業主。」

〔二〕西藏賦：「背現觀音像。」

〔三〕西藏賦：「又有藏經數萬卷。」

女呼圖克圖

圖識云：「多爾吉拔姆宫，在羊卓白地海中山上，寺極宏麗，有瀛洲蓬島之勝。寺中乃女呼圖克圖多爾吉拔姆所居，云北斗之精化生。昔碟巴三節亂藏時，化豬遁去。藏地呼豬曰拔，故名。」〔一〕碟巴即第巴，事在康熙四十年間。余按：「會典，朗呼仔之薩木黨多爾濟柰覺爾女呼圖克圖，疑即此人。」

〔一〕西藏志寺廟：「多爾吉拔姆宫，在羊卓白地海中，自拉薩西行半月，海中有土，上建寺，極宏麗，有瀛洲、蓬島之迹。寺内乃女呼圖克圖多爾吉拔姆所居，云北斗之精化生。昔碟巴三節亂藏時，化豬遁去。藏地呼豬曰拔，故名。」

岡底斯山、阿耨達池

又云：「岡底斯山，在西藏之阿里東北，周一百四十餘里，四面峯巒阻絕，積雪如懸崖，山頂百泉聚流，至麓即伏，實諸山之祖，梵書所謂阿耨達山也。」〔一〕余按：「今輿圖，岡底斯山，在阿里東境，其北數十里爲僧格喀巴布山，其南數十里有瑪珀穆達賴池。」

圖識又云：「馬珀家喀巴珀山，形似孔雀；打毋朱喀巴珀山，形似馬；朗于喀巴珀山，形似象；生格喀巴珀山，形似獅，均與岡底斯山相連，綿亘八百餘里，所謂阿里大山也。」〔二〕余按：「此説本之康熙五十九年上諭，所云生格喀巴珀山，即輿圖之僧格喀巴布也。生、僧，珀、布，音同字異耳。」

圖識云：「阿耨達池在岡底斯南，〔三〕即輿圖之瑪珀穆達賴池也。」又云：「自札什倫布至阿里，夏間隨地皆水，謂之陸海。」〔四〕「怒江在藏之南，險不可渡。」〔五〕

〔一〕衞藏通志卷三山川：「岡底斯山，即大雪山地，阿哩地方之東北，周一百四十餘里，峰巒陡絶，積雪如懸崖，山頂百泉聚流，至麓即伏，實諸山之祖脈，梵書所謂阿耨達山也。」西藏賦：「岡底斯者，阿里東北大雪山也，周一百四十餘里，峰巒陡絶，積雪如懸崖，千年不消，山頂百泉聚流至山麓，仍入地中，乃諸山之祖脈，梵書所謂阿耨達池也。」

〔二〕衞藏通志卷三山川：「達木殊打毋朱喀巴珀山，岡底斯山之東，唐古忒語，達，馬也，達木殊，馬王也。喀，口也。

巴普，盛食粭粑木盒也。山形似馬，口有泉流出，故名。朗卜切喀巴普山，岡底斯山之南，唐古忒語，朗卜切，象也，山形似象，口有泉流出，故名。僧格喀巴普山，岡底斯山之北，唐古忒語，僧格，獅子也，山形似獅子，口有泉流出，故名。瑪卜加喀巴普山，岡底斯山之西，唐古忒語，瑪卜加，孔雀也，山形似孔雀，口有泉流出，故名。梵書所云阿耨達山四大水，即出此四山。」

〔三〕衛藏通志卷三山川：「阿耨達河，在岡底山下，阿哩東境。」

〔四〕衛藏通志卷三山川：「陸海，自札什倫布至阿哩，夏間隨地皆水，故名。怒江在藏之南，險不可渡。」

〔五〕衛藏通志卷三山川：「怒江，即外夷界，急湍奔浪，不可渡。」

天人感應

見邸抄云：四月，京師缺雨。上命查庫案内，本身及子孫追賠，限滿未完、現經在部及直省監追者，俱即釋放。五月，復缺雨。上命刑部清理滯獄，流徒罪以下減免。福建道監察御史朱琦請推廣直省，上命刑部查案行之。即日雨，天人之感應如此。

訊曲濟嘉木參〔一〕

二十四日，傳訊曲濟嘉木參，供如所稟。求革逐丹臻江錯，治四倉儲巴罪。

〔二〕哈佛燕京圖書館藏本、中復堂全集本(同治六年本)、叢書集成三編本康輶紀行卷八目録均爲「再訊曲濟嘉木參」,正文中標目亦均爲「訊曲濟嘉木參」。西藏學漢文文獻彙刻本康輶紀行卷七目録與正文標目皆爲「訊曲濟嘉木參」,故以正文所載,删目録中標目「再」字。

訊丹臻江錯〔一〕

二十九日,宣太守至雲南橋,羅卜藏丹臻江錯及四倉儲巴四郎江錯、白瑪奚、彭錯、彭錯達吉,設帳房二座候訊。丹臻江錯年七十餘矣,供言:乍雅地方,本伊頭輩桑吉札喜,同頭輩大呼圖克圖高舉札巴江錯,建造寺院,開創一切。轉世數輩,皆係年小者拜年長者爲師,互相傳經受戒,講習黄教經典。地方之事,皆倉儲巴管理,兩呼圖克圖不問。遇有要事,兩呼圖克圖會商而行,彼此敬重。坐次,大呼圖居上,二呼圖在下。今第六輩大呼克圖自三歲爲所收養,教經受戒。長成後,同衆倉儲巴經營竭力,送藏學經,數年迎歸,登臺受印。又赴藏參謁達賴剌麻,熬茶,衆倉儲巴皆盡心奉事。不料信用小人,以衆倉儲巴乃我護印時所用,欲盡革之,换無根基之人,以致衆心不服。十六年,藏中鄂大人同委員訊斷,令照舊和商辦事。二比已具遵依。大呼圖後又調兵滋事,非伊等衆翻異。今惟求准復舊規,和商辦事,無不遵依。四倉儲巴供同,以理藩院文交閱。明日覆言:印雖大呼圖克圖執掌,而地方公事實係兩呼圖克圖商辨，此乃百餘年舊章，不自今始，但求率由舊章，別無他意。

〔一〕哈佛燕京圖書館藏本、中復堂全集本（同治六年本）、叢書集成三編本康輶紀行所載卷八目録均爲「再訊丹臻江錯」。哈佛燕京圖書館藏本、中復堂全集本（同治六年本）、叢書集成三編本正文標目則均爲「訊丹臻江錯」。西藏學漢文文獻彙刻本康輶紀行卷七目録均爲「訊丹臻江錯」，故以正文所載，删目録中「再」字。

盡物之性

中庸：「唯天下至誠，爲能盡其性；能盡其性，則能盡人之性；能盡人之性，則能盡物之性；能盡物之性，則可以贊天地之化育。」〔一〕此可悟原始要終之義。蓋性本於天，兩間人物，無非天之所生，一本同原，各得之以爲性。性在天地，譬諸大海之水，蛟龍魚鱉以至鰕蛙百族，莫不得水爲命。惟所受之量，有大小清濁不同耳。水族百種，同養於水；人物萬類，同育於天。百族猶一族也，萬類猶一類也，殊其形，不殊其性。「天地之大德曰生」，人能生育一物，即贊天地生育一物也。人物情狀不同，同一好生惡死。吾不能盡知人物之性，但使人物各全其性，而不斮其生，是即盡物之性也。聖人治天下，豈人人物物而飲食之哉！

〔一〕中庸章句第二十二章：「唯天下至誠，爲能盡其性；能盡其性，則能盡人之性；能盡人之性，則能盡物之性；能盡物之性，則可以贊天地之化育；可以贊天地之化育，則可以與天地參矣。」

聖人至德無非一誠

聖人極功至德，無非一誠，誠可以格天地，動鬼神，感人物。小誠小效，大誠大效，至誠則有不可思議之效。然其效也，非揣量計較而得之也，有揣量計較之心，則不誠矣。父母有疾，戚戚焉憂之，百計求愈其疾而已，豈嘗計之曰：「吾以爲孝乎哉？」國家有難，不顧身家以赴之，惟期有濟於國事，豈嘗計之曰：「吾以爲忠乎哉？」惟不自知其忠孝，乃所以爲忠孝也。莫之爲而爲者，誠也。誠於親，則孝矣；誠於君，則忠矣。其爲物不貳，不貳者，無揣量計較之心也。蹈湯火、赴白刃而不辭，其不辭也，不見其可畏也。心專於一，則視之不見，聽之不聞，何畏之有？此誠之説也。

無住生心似克己復禮

金剛經：「應無所住，而生其心。」住，即着也，有所住，即着我見、人見、衆生見、壽者見之謂。無所住，則無有我見、人見、衆生見、壽者見矣。既云「降伏其心」，又云「生其心」者，何耶？蓋降伏者，有我、人、衆生、壽者諸見之妄心，即吾儒所謂人心也。生其心者，無有我、人、衆生、壽者諸見之真心，即吾儒所謂道心也。無住而生之心，即應住之心矣。所謂渣滓盡去，清光大來也。

孔子告顔子曰：「克己復禮爲仁。」〔一〕己者何？人心是也，意、必、固、我四者，皆己也。孔子絶是四者，自然而無，無事於克，從容中道之聖也。顔子猶待克之，故未達一間。釋氏之無所住，其即吾儒克己之謂乎？無所住而生其心，其即吾儒復禮之謂乎？釋氏用功，惟在無所住，着而有生心之功。吾儒用功，惟在克己，更無復禮之功。釋氏并非無心，應無所住而生其心。吾儒心本有禮，必能克己，斯復其禮。苟不克己，惟事是己非人，匪但得罪聖人，抑亦見譏於釋氏矣。善現問「如何降伏其心」，佛答以「應無所住」，此降伏法也，降伏即克之謂。善現問「如何應住」，佛答以「應無所住而生其心」，此即應住之心矣，生即復也。

孟子：「今人乍見孺子將入於井，皆有怵惕惻隱之心，非所以内交於孺子之父母也，非所以要譽於鄉黨朋友也，非惡其聲而然也。」〔二〕此即無住生心之説也。釋氏説法，度人一切苦厄，非吾儒惻隱之心乎？受持誦讀佛經，免爲人所輕賤，非吾儒羞惡之心乎？以世尊之尊，人所敬重，猶親自率衆行乞而食，非吾儒辭讓之心乎？分别有無智識，摧滅魔道外教，非吾儒是非之心乎？心性皆同，爲善去惡又同，孟子不云乎：「三子者不同道，其趨一也。」〔三〕

〔一〕論語注疏卷一二顔淵第一二：「顔淵問仁，子曰克己復禮爲仁。」

〔二〕孟子注疏卷三下：「先聖王推不忍害人之心，以行不忍傷民之政，以是治天下易於轉丸於掌上也。所以謂人皆有不忍人之心者。今人乍見孺子將入於井，皆有怵惕惻隱之心，非所以内交於孺子之父母也，非所以要譽於鄉黨朋友也，非惡其聲而然也。」

〔三〕孟子注疏卷一二上：「孟子曰：居下位不以賢事不肖者，伯夷也；五就湯，五就桀者，伊尹也；不惡汙君，不辭小官者，柳下惠也。三子者不同道，其趨一也。」

儒釋二教皆從平實處起

金剛經爲大乘上智者説，蓋已能通澈諸法。復以此教之，俾得究竟之義。鈍根小智者，固不可與聞。苟未通諸法，而即欲聞之，是躐等也。鈍根小智，既恐墮入魔道，未通諸法，亦恐認賊作子。如來以筏喻法，苟未有筏，身未度河，何云能捨乎？自宋以後，南宋宗門大盛，俗僧輕易説法，苦行全無，惟以口舌機鋒取勝，以妄爲真，不得爲得，其於如來真實不虚之旨，大相違害矣。豈非釋氏之罪人乎？此等不但欺人，實是欺心，以欺心人説法，勢必墮入惡孽，是可哀也。先聖有言：「下學而上達。」〔一〕又曰：「中人以下，不可語上也。」〔二〕學者且莫談空説渺，先從平實地處做起，方是真正種子耳。行遠自邇，登高自卑。爲儒者且説子臣弟友，爲釋者且通四諦十二因緣，是爲入德之門。世寧有不入其門，先入其室者哉？究之至深徵妙之理，不出平淺實地之中。室亦不在門外，輕易語人，不若使深造而自得之也。

〔一〕論語注疏卷四憲問第一四：「下學而上達。注：孔曰：『下學人事，上知天命，知我者，其天乎！』」

〔二〕論語注疏卷六雍也第六：「子曰：中人以上，可以語上也，中人以下，不可以語上也。注：王曰：『上謂上，知之所知也，兩舉中人，以其可上可下。』」

四諦解

佛經注云：「四諦者，一苦諦，即逼迫之義；二集諦，即招集之謂；三滅諦，即寂滅之謂；四道諦，即通達之義。」心經無「苦、集、滅、道」。古註云：「此四諦，法也。無苦者，圓覺菩薩諦審五陰十二入之法，皆即真如，實無苦相可捨也。無集者，一切煩惱塵勞不生，因性本清淨，實無招集生死之相也。無滅者，生死涅槃，體元不二，實無生死逼迫之苦可斷，亦無涅槃之寂滅可證也。無道者，一切諸法，皆即中道，離邊邪見，實無煩惱之惑可斷，亦無菩提之道可修。」從來諸佛度人，先説四諦，得度者萬千。今言無者，既到彼岸，筏無所用矣。

十二因緣解

又云：「十二因緣者，一曰無明，謂妙法本明，因一念妄動而有迷昧，故號無明。二曰行，本體湛然，因無明鼓動而有遷流，故名爲行。三曰識，既遷其體，則智轉識矣。此三項，乃前世因也。四曰名色，蓋因必有果，今識乃四大色身和合，有名有相，故爲名色。此初投胎之始，受形之原，住胎凝滑之相也。五曰六入，既入其胎，六根完具，已具入塵之義，故名六入。六曰觸，六根既具，形成出胎，根與塵接，故爲觸。七曰受，領納所觸違順諸境，故爲受。此三項，乃今世果也。八曰愛，以受必生愛也。九曰取，以愛心取執也。十曰有，蓋取必造業，既造其業，後果不忘，又生後有，此今世因也。十一曰生，既有業因，而後果隨之，故有生。十二曰老死，既有生，終歸老死，此後世果也。」心經：「無無明，亦無無明盡，乃至無老死，亦無老死盡。」古注云：「衆生不知悟道，故有無明等世間因果。若悟十二因緣悟道，故有無無明等出世間因果。若悟正菩提，則不但無世間相，並無出世間相，所謂『無無明盡』至『無老死盡』，則不但本無，並無亦不受。謂之曰『無是爲滅無盡相也。』」

學道從淺近處把握

聖賢教人，從淺近處説；吾人學道，從淺近處做，蓋淺近處有把握也。得一尺是一尺，得一寸是一寸，及至工夫將到深妙處，只用一點即醒。若無工夫而蚤醒，醒猶未醒耳。有以言黑白，無以知黑白，乃學人之通病也。

聖人設教在學者自爲

深水大河，興建長橋，更設船筏，皆渡人之具也。臨河觀望，不肯舉足，其奈此人何哉？故佛不能度人，人當自度。聖人設教，亦在學者自爲。如來云：「滅度無量、無數、無邊衆生。」實無衆生得滅度者。孔子云：「不憤不啓，不悱不發。」〔一〕易曰：「匪我求童蒙，童蒙求我。」〔二〕

〔一〕論語注疏卷七述而第七：「子曰：不憤不啓，不悱不發，舉一隅不以三隅，反則不復也。」

〔二〕子夏易傳卷八：易曰：「蒙亨，匪我求童蒙，童蒙求我。志求而應，然後能自化也。是以三人行則損一人，一人行則得其友，言致其一也。」

邵蕙西〔一〕

癸卯，在京師，仁和邵蕙西，懿辰。非議陽明之學。余曰：「陽明自有是處，我輩不及陽明處多矣，未可議之。」邵曰：「學者當先辨志。」余曰：「不學陽明，即辨志矣，議論何益於事。」蕙西經史之功頗深，有志力行，今學人所罕，余因梅伯言識之。

〔一〕哈佛燕京圖書館藏本康輶紀行卷八目録與正文中標目均爲「邵蕙西」。中復堂全集本（同治六年本）、筆記小説大觀本、叢書集成三編本康輶紀行卷八目録皆爲「邵蕙西」，而正文中標目則爲「邵位西」，今從哈佛本所載。柏梘山房全集詩集卷八：「六月十二日，山谷生日，邵蕙西舍人招吴子敍編修、張石舟大令、朱伯韓侍御、趙伯厚贊善、曾滌生學士、馮魯川主政、龍翰臣修撰、劉蕉雲學正及曾亮凡十人集於寓齋，余人有詩屬和。」

朱濂甫、陳頌南

桂林朱濂甫，琦。學行篤實，文章醇樸，爲言官，數有陳論，皆見其大，不趨權要，雖舉主無所阿附，亦不以攻訐見長，此真言官也。與晉江陳頌南，慶鏞。同以亢直稱。頌南初上封事，語其弟曰：「章上，禍且不測，以家事累弟矣。」弟慨然任之。及奏入，上爲之收回成命，且嘉其亢直敢言。嗟乎！非至誠不能格天，非聖明何能納諫。濂甫之言，雖未盡施行，未嘗不優容於聖主，可謂幸矣。

桐城先輩

吾桐經學，始於錢飲光先生澄之；理學，始於何省齋先生唐；博學，始於方密之先生以智；古文，始於方靈皋先生苞，及戴潛夫先生名世；詩學始於齊蓉川先生之鸞，昌於劉海峯先生大櫆。至於博究精深，兼綜衆妙，一無理學、考據文人之習，則先蘁塢編修及惜抱先生，實後學所奉爲圭臬，無異辭者也。今方植之東樹，學問文章，體博思精，其亦編修與惜抱先生之後塵矣乎！奉使異域，離羣索居，興念故人，記其敬愛之意如此。

蕃存古禮

蕃人有合古者數事：女衣裳前著幅，一也。蕃僧見人必以哈達，即古之束帛，二也。蕃見官長，必僂背旁行，即古「一命而傴，再命而僂，循牆而走」〔一〕之義，三也。官長有問，必「掩口而對」，〔二〕四也。禮失而求諸野，不其信乎？

〔一〕周易口義卷六下經大壯：「故若人臣一命而傴，再命而僂，三命循牆而走，愈尊而愈謙，益盛而益戒，是能盡爲壯之道而得其中也。」

〔二〕禮記集說卷四：「長者與之提攜，則兩手奉長者之手。負劍辟咡，詔之則掩口而對。」

圓覺即盡性

釋氏言「圓覺」，吾儒言「盡性」，只是一義。人性本於天，天之分量何若，即吾性之分量何若。一分未到，即性有未盡也；一分未覺，即覺有未圓也。往嘗疑天下只有一理，何以聖賢大儒，亘古以來，言之娓娓不已。千佛菩薩苦口辯才，豈非多事？今乃知此理澈上澈下，無有中邊，苟有一分窒滯不通，則所爲理者皆靠不住。故必充類致義，反覆推明，既可覺人，亦以自覺，非弄唇舌，逞才智也。若甫有一隙之明，即自謂性已盡，覺已圓，此非悟也，障耳。

金剛經言布施

一部金剛經攝盡諸法，何以但舉布施言？蓋佛所言布施，不止財物，凡出我以加乎人者，皆布施也。以財予人，以身及人，以言教人，以意感人，以法度人，皆布我之有，以施於人，無非布施也。天下萬事，無非人我之境，或交不交殊耳。我雖未交，已自具交之理，交則布施也。故佛以布施爲六波羅蜜第一義。般若波羅蜜者，第六波羅蜜以智慧爲究竟，實則六波羅蜜只是一波羅蜜，並無二義。舉布施言，即攝盡諸法，皆在其中矣。蓋人貪着種種，皆由不舍我見故也。舍則無貪，以我予人，即是無我之見，無我即是無人，一舉而兩善備焉。孟子曰：『惻隱之心，仁之端也。』〔一〕有此一端，推行擴充，以盡其委，廣大精微，無所不至，則吾性之分量全體具焉。故仁包四德之全，布施貫六波羅蜜之終也。

〔一〕孟子注疏卷三下：「孟子曰：惻隱之心，仁之端也。羞惡之心，義之端也。辭讓之心，禮之端也。是非之心，智之端也。」

佛智妄識

佛告須菩提：「若福德有實，如來不説得福德多；以福德無，故如來説得福德多。」方植之解之曰：「佛智空而無住，妄識住而不空。凡言不空，但妄識不能空，非真實不空也。苟忘懷而達之，則無所不喻也。」此即元珪告嶽神：「但無情於萬物，〔二〕則都無礙，世所謂真實皆空矣，此所以爲破相之宗。莊子曰「子孫非汝有」，「身非汝有」，〔三〕是真實皆空也。空、真實以智爲本，智者，離相也，离相則見世人皆妄識顛倒。余謂全部佛經，只是「天道無心而成化，聖人無爲而成能」〔三〕二語，足以盡之。學者明澈「無心無爲」四字，不必受持誦讀，可以隨取諸經解説而通證之矣。先聖曰：「無爲而治者，其舜也與？」〔四〕又曰：「天何言哉？四時行焉，百物生焉。」〔五〕孟子曰：「所惡於智者，爲其鑿也。禹之治水也，行其所無事也。如智者亦行其所無事，則智亦大矣。」〔六〕此即「天道無心，聖人無爲」之證也。有鑿之智，即妄識也，無事之智，即佛智也。自釋氏言之，精深玄妙，自吾儒言之，何等平實？平實即誠也。釋氏亦云真實不虛，佛言真、空，即吾儒之言至誠，老子之言自然，豈有二理哉？理一，故其爲物不貳。

〔一〕長興集卷一九孟子解：「皇憂天下之不治者，墨子之道也；塊然無情於萬物者，老子之道也。」

〔二〕莊子注卷七知北遊：舜問乎丞曰：「道可得而有乎？」曰：「汝身非汝有也，汝何得有夫道。」舜曰：「吾身非吾有也，孰有之哉？」曰：「是天地之委形也。生非汝有，是天地之委和也。性命非汝有，是天地之委順也。孫子非汝有，是天地之委蛻也。」

〔三〕周易衍義卷一乾元亨利貞：「天道無心而成化，聖人有心而無爲。」經義考卷八六陳氏師凱書蔡傳旁通：師凱自序曰：「天道無心而成化，聖人有心而無爲。惟其有心也，故無爲而無不爲，惟其無爲而無不爲，故動而世爲天下，道行而世爲天下，法言而世爲天下，則此二帝三王之所以不能不有書也。」

〔四〕論語注疏卷一〇衛靈公第一五：子曰：「無爲而治者，其舜也，與夫何爲哉，恭己正南面而已矣。」

〔五〕論語注疏卷一七陽貨第一七：子曰：「天何言哉，四時行焉，百物生焉，天何言哉。」

〔六〕孟子注疏卷八下離婁章句下：「所惡於智者，爲其鑿也。……如智者若禹之行水也，則無惡於智矣。禹之行水也，行其所無事矣。……如智者亦行其所無事，則智亦大矣。」

佛言福德，聖人不言福利

佛既空諸法相，何以又言「福德」？爲凡夫可以轉聖也。凡夫學道，非福德不能發其入道之心。吾儒亦曰：「皇天無親，惟德是輔。」〔一〕又曰：「積善之家，必有餘慶。」〔二〕又曰：「故大德，必得其位，必得其禄，必得其名，必得其壽。」〔三〕天道有感必應，本是實理，非聖人之誑人也。特聖人爲善，無求福之心，而福自至耳。凡夫爲善，有求福之心，而福亦至者。善感則福必至，不問聖凡，如人之有影，人在則影隨之，豈問貴賤老幼乎？惟聖人無求福之心，其善無量，即福亦無量。凡夫有求福之心，其善有量，即福亦有量，此其異耳！譬如士人讀書，意求功名，及得功名，其福止矣。聖賢讀書，惟在明理，一無所求，斯無所應而無所不應，蓋理無盡也，其福豈有量哉？福德不同，轉凡可以入聖，此誠而明者之事也。

〔一〕尚書注疏卷一六周書：「傳言當循文武之常教，以父違命爲世戒。皇天無親，惟德是輔。民心無常，惟惠之懷。」

〔二〕周易註卷一經乾傳：文言曰：「坤至柔而動也，剛至靜而德方。後得主而有常，含萬物而化光。坤道其順乎，承天而時行。積善之家，必有餘慶。積不善之家，必有餘殃。」

〔三〕中庸章句第一七章：子曰：「舜其大孝也，與德爲聖人，尊爲天子富有。四海之内，宗廟饗之，子孫保之。故大德，必得其位，必得其禄，必得其名，必得其壽。故天之生物，必因其材而篤焉。故栽者培之，傾者覆之。詩曰：嘉樂君子，憲憲令德。宜民宜人，受禄於天。保佑命之，自天申之。故大德者必受命。」

釋氏不切於用

嗟乎！釋氏之説，余反覆推究，其言心性之旨，未嘗不與吾儒同其終始，故程子、朱子皆謂其言近理。然不可舍吾儒而從之者，高而不適於用，遠而不切於事，則不中之過也。未生以前，本有未生前事，既已往而不可問。既死以後，自有既死後事，方未來而不可求。惟此現有之身，則有此身之事。修其五德，敬其五倫，推己及人，推人及物，身修而家齊，國治而天下平。自始生至終死，既善既誠，即未生以前有惡，何惡不除？倘既死以後有福，何福不報？作百善言，何如行一善事？以無私之心行事，事雖煩冗，何損清明？心既清明，事皆利濟，一誠積至，上下與天地同流。性本於天，不失其性，則身死而性自存；身親乎地，不失其身，則歸土而身亦完。匪惟不害其身，且亦不害其性。一修身而性無不在，此中庸之道，所以貫始終而澈前後也。佛、老皆究人生前死後之事，吾儒之學只説現在爲人之事。佛書專談六合以外，吾儒只談六合以内。三教或主出世，或主治世，各行其是，不相爲謀也。

唐代三迎佛骨

昌黎諫迎佛骨表言：「人主事佛愈虔，年代尤促。」〔一〕余按：唐代三迎佛骨，始自德宗貞元六年，詔：出岐山無憂王寺佛指骨，迎置禁中，又送示諸寺，傾都瞻禮，施財巨萬。二月，遣中使復葬故處，是時僅取觀之，旋復埋之，未甚崇奉也。然十九年，德宗崩，甫一紀耳。憲宗元和十四年正月，迎佛骨，留禁中三日，歷送諸寺。王公市民瞻奉施舍，惟恐弗及，有竭産充施者，有然香臂頂供養者，崇奉過于德宗矣。十五年正月，憲宗爲陳弘志所弑，才一年耳。懿宗咸通十四年四月，迎佛骨至京師，導以禁軍兵仗，公私音樂，沸天燭地，綿亘數十里，儀衛之盛，過於郊祀。上御安福門，膜拜流涕，迎入禁中。三日，出置安國崇化寺，宰相以下競施金帛，不可勝紀，崇奉又過于憲宗矣。是年七月，懿宗崩。明年王仙芝，又明年黄巢亂起，僖宗出奔。昌黎之言，不其信哉！佛不能福人，可以觀矣！人苟修其政事，正其身心，盡其所當爲者而爲之，無傷天理，無拂人性，未有亡其身家社稷者，蓋天之所佑，佛亦佑之。反是，則天惡之矣，佛何能違天而佑之哉？孔子曰：「獲罪於天，無所禱也。」〔二〕孟子曰：「禍福無不自己求之。」〔三〕佞佛何益？佛又豈受人諂媚者哉？

〔一〕五百家注昌黎文集卷三九論佛骨表：「漢明帝時，始有佛法，明帝在位纔十八年耳。其後亂亡相繼，運祚不長，宋齊梁陳元魏以下，事佛漸謹，年代尤促。惟梁武帝在位四十八年，前後三度捨身施佛，宗廟之祭不用牲牢，晝日一食，止於菜果，後爲侯景所逼，餓死臺城，國亦尋滅。事佛求福，反更得禍。由此觀之，佛不足信，事亦可知矣。」

〔二〕論語注疏卷三八佾第三：「王孫賈問曰：與其媚於奧，寧媚於竈，何謂也？注：孔曰：王孫賈，衛大夫。奧，內也，以喻近臣。竈以喻執政。賈，執政者。欲使孔子求昵之，微以世俗之言感動之也。子曰：不然，獲罪於天，無所禱也。」

〔三〕孟子注疏卷三下公孫丑章句下：「今國家閒暇，及是時般樂怠敖，是自求禍也。禍福無不自己求之者。」

再訊曲濟嘉木參〔一〕

初九日，宣太守傳曲濟嘉木參至，諭以「去年裏塘之稟，已爲入奏。大皇帝令理藩院查明，大呼圖克圖係掌管印信號紙之人。二呼圖克圖雖非額設，自乾隆以來，即協同管理地方，兩次奏準護印，自第一輩至今五輩名字，圓寂、轉世年月，俱在册檔，與大呼圖克圖同，未便因彼此不和，遽行革去。自應如昔年舊章，協同辦事，其不法之人，酌量除去，以靖地方。」曲濟嘉木參狡稱：「乍雅嚮無二呼圖克圖理事，亦未嘗護印。」以理藩院文反覆詰之，無可復辯，則謂：「丹臻江錯心術不端，實難共事。」曉諭百端，未即服，夜分令退。

〔一〕哈佛燕京圖書館藏本、中復堂全集本（同治六年本）、筆記小説大觀本、叢書集成三編本康輶紀行卷八目録均爲「三訊曲濟嘉木參」，正文中標目則均爲「再訊曲濟嘉木參」。西藏學漢文文獻彙刻本康輶紀行卷七目録與正文中標目均爲「再訊曲濟嘉木參」。故以正文所載，改目録中「三」爲「再」。

萬壽聖節

初十日，萬壽聖節，恭設香案於所寓廟中，同宣太守、丁別駕行禮。

仁兼四德

論語：「知及之，仁不能守之；雖得之，必失之。」集註云：「知足以知此理，而私欲間之，則無以有之於身矣。」〔一〕以無私欲釋仁，其義精矣。余謂：仁，心之安宅也，事必求其心安，即仁也。知足以知此理，必求實踐無違，不能實踐，則心不安，斯謂仁能守之矣。不惟知也，即義、禮、信三德，皆非仁不能守，蓋仁乃存心之德，義、禮、知、信，則德之交物者也。四者皆由心出，一有不得於物，則心不安。故仁爲四德之全，雖寂然不動，無感於物，而四者無不具於心，有感則應之而已。此仁之體也，譬如身有百骸、五官，既已具足，隨時、隨事可用，豈待臨時現覓耶？

〔一〕論語集注卷八衛靈公第一五：「子曰：知及之仁，不能守之，雖得之，必失之。」集註云：「知足以知此理，而私欲聞之，則無以有之於身矣。」

再訊丹臻江錯[一]

十一日，宣太守過河，往訊丹臻江錯。言：年已七十，兩人本無嫌隙，因大呼圖克圖自藏中回，改易舊章，不商同行事，是以衆心不服。嗣後果復舊章，自必相安。倉儲巴彭錯達吉言：父祖皆爲倉儲巴，父死，接充者二人，一革一死，衆蕃乃舉達吉。道光十二年，接充時，大呼圖克圖在藏，二呼圖克圖使人告知，進奉百金，大呼圖克圖受金許之。及十三年，回藏，既分其所轄巴貢地予達末之兄冷中吉，復以達末言其年幼，革之。十六年，鄂大臣面諭兩呼圖克圖，復以爲倉儲巴。白瑪奚、四朗江折拒捕時，未與其事。四朗江折、白瑪奚言爲倉儲巴，已二十餘年。先是乍雅初開，由各村落民人敬信兩呼圖克圖，樂予布施，給役户口，貧富不等。自此爲例，乍雅、巴貢即卡撒頂。二大寺各設一簿，依昔時户口，歲往征收。户口雖增，不增其賦，亡絶者，衆户均之。每一村落，有頭人司其事。倉儲巴收畢，貯二大寺公所，支應兩呼圖克圖及衆剌麻、頭人一歲之用。其有大事，及呼圖克圖赴藏，皆别有征納，謂之差費。有四方流蕃，日漸聚處，無室廬者，謂之黑帳房，向不征輸。大呼圖克圖入藏差費，皆已交納。不意十五年，自藏中回，言此種人户未納差費，令倉儲巴補征。衆蕃不願，大呼圖克圖别令頭人羅卜江錯往征之。又有達海牧場，乃衆剌麻誦經之業，第四輩大呼圖克圖曾給照免其賦役。今大呼圖克圖複令征輸，衆情不服，完納稍遲。大呼圖克圖聽達末言，謂兩倉儲巴有弊，令革二人治罪，二人聞之逃匿。大呼圖克圖調兵往捕，二人無罪被害。不服，是以抗拒，走歸二呼圖克圖，此其致叛之由也。彭錯言：其舅倉儲巴阿札，經營大呼圖克圖入藏有功，面求大呼圖克圖，以年老欲退，倉儲巴缺，請予其甥。大呼圖克圖許之，予彭錯之兄。未及充，從汛官捕盜，爲盜所殺。乃於十七年接充。已在兩呼圖克圖不睦，白瑪奚等拒捕之後，歸二呼圖所屬。

〔一〕哈佛燕京圖書館藏本、中復堂全集本（同治六年本）、筆記小説大觀本、叢書集成三編本康輶紀行卷八目録均爲「三訊丹臻江錯」，哈佛燕京圖書館藏本、中復堂全集本（同治六年本）、叢書集成三編正文中標目則均爲「再訊丹臻江錯」，筆記小説大觀本正文標目則爲「三訊丹臻江錯」。故以哈佛、中復堂全集本正文所載，改「三」爲「再」。

察木多雪

陰雨旬日，山上有積雪，皆羊裘矣。十二日乃霽。

丹臻江錯呈控達末

十四、十五日，丹臻江錯之衆，呈控達末等，謂兩呼圖公同辦事，已百餘年。若大呼圖克圖不肯複循舊章，即各管地段民人各供天朝之役，不能服大呼圖克圖一人轄治，受其殘害。達末亦使人呈請滅二呼圖克圖。是夜，謝都閫、張竹虛來飲寓寺。罷散後，望月感懷，爲一絶云：「投老方爲異域行，解紛何似請長纓？蕃兒應笑陳湯拙，拉楚河邊空月明。」〔一〕

〔一〕後湘續集卷四：「察木多中秋望月有感，時連日訊兩呼圖克圖之案未已。」

三訊曲濟嘉木參〔一〕

十八日，宣太守複傳曲濟嘉木參至，諭以漢法，地方乃掌印官專責，政教寬平，人民安樂，則有慶賞。政事苛急，人民困苦，則有誅罰。若衆人怨叛，則是不能教化，地方官亦有應得之咎。爾謂丹臻江錯不當縱令四倉儲巴率百姓與爾打仗。試思倉儲巴皆爾屬蕃，以不爲爾加征差費，爾欲治罪而逃，爾即以兵往捕，乃聚衆叛爾，與二呼圖克圖無涉。倉儲巴固不當叛，而所以致叛者，爾行事不服人心也。若依漢法，彼固當誅，爾亦不能無罪。案情始末，川、藏深知。念爾乍雅，本係夷地，不忍以漢法相繩。大皇帝如天覆幬，乃格外之恩，故委員矜全於爾，何尚迷而不悟耶？今再明白教導：將來斷牌，惟持公平，不能盡如爾意也。

〔一〕哈佛燕京圖書館藏本、中復堂全集本（同治六年本）、筆記小説大觀本、叢書集成三編本康輶紀行卷八目録均爲「四訊曲濟嘉木參」，正文中標目則均爲「三訊曲濟嘉木參」。西藏學漢文文獻彙刻本康輶紀行卷七目録與正文標目均爲「三訊曲濟府嘉木參」，故以正文所載，改目録中「四」爲「三」。

秋寺詩

兩呼圖克圖事持不下，久寓佛寺。秋日無聊，爲一律云：「年來況味是行僧，踏遍千山雪裏冰。塵榻鼠跳聞夜雨，佛龕香冷坐秋燈。江湖鷗鷺原無競，吳越鷽花謝未能。嫋嫋西方吹落葉，祇陀園畔聽呼鷹。」〔一〕

〔一〕後湘續集卷四秋寺。

即事詩

所寓大士閣爲戍兵衆建，無居僧，一老卒守香火。巢鴿殿中皆滿，羽毛、遺糞，紛落坐席。蕃女上酥油燈者，朝夕不絶。菊花盛時，獻者尤衆。萬壽一種，以爲上品，深紫、淺紅及白者最多，或栽數本於階下。爲即事一首云：「掃地焚香不見僧，尚憐老卒髮鬅鬙。空王紺殿秋巢鴿，蕃女氈裘夜上燈。金菊玲瓏栽萬壽，寶華圓爍悟三乘。崑崙即此通西極，欲借驊騮試一登。」〔一〕崑崙山在後藏之北，和泰庵及衛藏圖識，皆以阿里之岡底斯山下大池，爲阿耨達池，云「相傳即王母瑶池也」。〔二〕

〔一〕後湘續集卷四即事。

〔二〕後湘續集卷四即事：「後藏岡底斯山，梵書名阿耨達山，或曰即崑崙，其阿耨達池云即瑶池也，予别有説。」

博窩馬

察木多西北博窩野蕃多出名馬，以去青海近故也。地在博謨集大山下。馬四灶有肉塊，行愈遠，則肉塊愈大。余過打箭鑪，張莘田司馬囑購之，丁别駕得其二，余亦得一，擬贈張及伊濂江別駕。故與張竹虛善騎，日乘試之。竹虛偶墜傷面，詩以調之云：「天馬曾聞出渥洼，武皇上廄幾名騧。而今千里尋常見，西海原來屬漢家。書生萬里走西陲，更欲窮尋阿母池。騕褭不須憐一蹶，追風善墮是男兒。」〔一〕

〔一〕後湘續集卷四：察木多西北博窩野蕃多出良馬，丁成之別駕購得其二，余亦得一。別駕故善騎，與張竹虛日乘試之。竹虛偶墜傷面，爲二絕調之。

察木多園蔬

打箭鑪以西，菜味甚不易得。行過巴塘，餽瓜蔬者，如嘗異味焉。察木多有四園户，日市萵苣、菘、韮。喜而賦詩〔一〕云：「菜根百歲腐儒餐，千里西來入饌難。佛地伊蒲甘露好，滿園香馥勝芄蘭。」

〔一〕後湘續集卷四：「打箭鑪以西，菜味甚難得，有餽瓜蔬者，如嘗異味。察木多漢人稍衆，有園丁四户，日市菘、韮、萵苣供饌，喜而賦詩。」

八月楊柳發新枝

察木多八月，楊樹皆已脱葉，而榦下自抽青枝，且放新葉，蓋高處風寒，下得地氣故也。蕃地每七八月間多雨，山上雪已封嶺，人且重裘矣。

蘇過

東坡上文潞公書云：「在湖州就逮時，僅一子邁稍長，徒步從行，餘皆幼稚。」〔一〕所云幼者，次子迨；稚者，過也。公就逮，爲元豐二年己未。元祐八年癸酉八月，繼娶王夫人卒于京師，公時爲端明、侍讀二學士。明年甲戌，爲紹聖元年，十月到惠州，寓居嘉祐寺。與幼子過同遊白水佛迹，浴于湯池，距己未十六年矣。猶稱幼子，則過是時亦只十餘歲，近二十耳。先生五十九歲。丙子七月，朝雲卒，長子邁授韶州仁化令。丁丑閏二月，挈家到惠州。五月，公謫授瓊州别駕，昌化軍安置，即儋耳也。遂留家于惠州，獨與幼子過渡海，是時過年殆二十許矣。邁在官所，迨留惠州顧其家。且韶在粤北，瓊在海南，惠地適中，可通音問，故惟以過自隨，此當日事理之必然者也。王夫人、朝雲，皆已先亡，先生孑然，乃邁得官韶州，全家過嶺就之，謂非天之佑公不可也。過隨公於患難中獨久，宜異時詩況，勝其伯仲矣。

〔一〕東坡全集東坡先生年譜：又按：先生上文潞公書云：「某始就逮赴獄，有一子稍長，徒步相隨，其餘守舍，皆婦女幼稚。」

瓷器

今人飲食之器，皆瓷爲之。按：說文：「瓷，瓦器也。」玉篇：「瓷，器也，亦作𦈢。」〔一〕集韻：「陶器之緻堅者。」文選潘安仁笙賦：「傾縹瓷以酌䣼。」李善注：「縹，青白色。字林：『瓷，白瓶長頹。』鄱陽酒賦曰：『醪醴既成，綠瓷既啟。』又曰：『其品類則沙洛淥䣼。』吳録地理志曰：『湘東䣼以爲酒有名。』」〔二〕據此言之，是瓷乃漢晉時酒器之名。說文、玉篇但云瓦器，未言何用，然亦以爲成器。更以鄱、潘二賦及字林考之，其爲貯酒之用明矣。蓋古之酒瓶，其形則字林所謂長頹。頹字，善注云「大果切」。檢字書無頹字。大約長頸寬腹，如今之瓶。後人以其瓦質緻堅，凡飲食諸器，皆用此種爲之。遂蒙古人酒器之名，通謂之瓷，以別于瓦，爲精麤之分，失其本義矣。

〔一〕重修玉篇卷一六瓦部：「瓷，在思切，瓷器也。亦作𦈢。」

〔二〕文選註卷一八潘安仁笙賦：「披黃包以授甘，傾縹瓷以酌䣼。」註曰：「尚書曰：『厥包橘柚。』說文曰：『縹，青白色。』字林：『瓷，白瓶長頸。大果切。』鄱陽酒賦曰：『醪醴既成，緑瓷既啓。』又曰：『其品類則沙洛淥酃，鄔鄉若下，齊公之情。』吴録地理志曰：『湘東酃以爲酒有名。』」

唐代多爲茶器，以作茶盌。陸羽茶經曰：「盌，越州上，鼎州次，婺州次，岳州次，壽州、洪州次，或者以邢州、處、越州上。殊爲不然。若邢瓷類銀，越瓷類玉，邢不如越，一也；若邢瓷類雪，則越瓷類冰，邢不如越，二也；邢瓷白而茶色丹，越瓷青而茶色緑，邢不如越，三也。晉杜毓荈賦所謂：『器擇陶揀，出自東甌。』甌，越也。甌越州上白脣不卷，〔一〕底卷而淺，受半升已下。越州瓷、岳瓷皆青，青則益茶，茶作白紅之色。邢州瓷白，茶色紅；壽州瓷黄，茶色紫；洪州瓷褐，茶色黑，悉不宜茶。」〔二〕陸經所言，蓋以色辨其益茶，不論其質精麤也。許次紓茶疏云：「茶甌，古取定〔三〕窑兔毛花者，亦鬭碾茶用之宜耳。其在今日，純白爲佳，兼貴於小。定窑最貴，不易得矣。宣、成、嘉靖，俱有名窑，近日倣造，間亦可用。次用真正回青，必揀圓整，勿用呰窳。」〔四〕則明人但以色白爲貴，不以辨味矣。程大昌演繁露云：「東坡後集從駕景靈宫詩云：『病貪賜茗浮銅葉。』按：今御前賜茶，皆不用建琖，用大湯甏，色正白，但其制樣似銅葉湯甏。銅葉，黄褐色也。」〔五〕瑩按：「觀此，是瓷器尚白，宋世已然，又在北宋後矣。世以茶一盌爲甌，甌非器名，以甌越瓷器最上，故借名之耳，不可不知所本也。」

〔一〕茶經卷中茶之器：「甌越州上口唇不卷。」

〔二〕茶經卷中茶之器：「皆不宜茶。」
〔三〕茶疏甌注：「茶甌古取建窰兔毛花者。」
〔四〕茶疏甌注：「勿用苦呰窳。」
〔五〕演繁露卷一一銅葉盞：「但其制樣似銅葉湯甃耳，銅葉，色黄褐色也。」

太玄經

惜翁書録論揚雄太玄曰：「聖人之道，原本盛大，以仁義中正，順播於萬事，惟變所適，而物得其理，於是作易以教世。錯綜萬端，經緯人事，雖庸愚不肖。苟筮之而見所以處世應物者，皆合乎聖人之道也。」故曰：「吉凶者，言乎其失得也。」〔一〕得義爲吉，失義爲凶，故易者，導民於義者也。自孔子之時，老聃之説興，其道以觀乎陰陽運行，屈伸循環，制爲用舍進退之度，因時而爲業，若有同於易者。然而古之聖人，當隆盛治平之世，居位則裁成輔相乎天地，而維天下萬世之安，非第不居盛滿，功成身退而已。易曰：「勿憂，宜日中」〔二〕是也。當否遯之日，有濟天下之心，有進德修業及時之志，又不幸所遭禍亂，必不可避，則致命遂志，非第全身遠害之爲善也。故有「休否」、〔三〕「幹蠱」〔四〕者，又有「過涉滅頂凶，无咎」〔五〕者。以老子之懦弱謙下，而終不涉乎世患，視世之騖於功利名譽之徒，其賢則多矣。及以聖人之道揆之，然後知老氏之爲陋也。孔子殁，七十子之徒，傳誦六藝，轉相爲説，或得或否，瞀亂本真。其時雜家並興，仁義蒙塞。而漢世尤重黄老之書，蓋至元成之間，蜀嚴君平以老子爲教，揚雄少而學焉，故雄嘗美君平之湛冥。及自著書，覃思竭精，貫律曆之數，究萬物之情，而旨不出乎老氏而已。蓋彼不備知聖人之道，而以所窺乎老氏者爲同乎易，于是作太玄〔六〕以擬易而無慚也。其晦家上九贊曰：「晦冥冥，利于不明之貞。」測曰：「晦冥之利，不得獨明也。」〔七〕此特老氏之和光同塵，于易箕子之貞，明不可息之訓，不亦遠乎？

瑩按：「惜翁此論允矣。雄本辭人，相如、枚乘之流也。既而薄之，又見仕禄不進，乃以道自處。雖較勝於孔光、張禹，而利禄之見未化，由不明于孔子之仁義也。蓋以孔子之道觀之，雄不免春秋之貶黜。若以老子之道觀之，雄其猶賢乎哉？後世君子世治仕進，但以不居盛滿爲戒。亟亟功成身退，而不問輔相裁成爲何事，世否身危，則但亟亟全身遠害，而或疑致命遂志爲近名，曾未有衡以聖人之義者，其皆疏廣、揚雄之支派乎？然其言則皆曰『吾不爲二氏也』，其亦未之思矣。」魏默深見余此條，曰：「老莊之學，處亂世則爲黄石公，爲商山四皓，爲蓋公，爲嚴君平，可也，豈肯劇秦美新法言頌安漢公之德乎？豈肯好奇字，取投閣之禍乎？謂雄有當于老氏，吾未之敢許也。」余謂惜翁言旨，不出乎老氏。第就太玄言之，明其異於周易耳，非許其人當于老氏也。默深誤矣。

〔一〕子夏易傳卷七周易繫辭上第七：「爻者，言乎變者也。吉凶者，言乎其失得也。」

〔二〕子夏易傳卷六周易下經豐傳第六：「豐亨王假之，勿憂，宜日中。彖曰豐，大也，明以動，故豐王假之。尚，大也，勿憂，宜日中，宜照天下也。」

〔三〕子夏易傳卷二周易上經泰傳第二：「九五，休否，大人吉其亡，其亡繫于苞桑。象曰：『大人之吉，位正當也。』」

〔四〕子夏易傳卷二周易上經泰傳第二：「六五，幹父之蠱用譽。象曰：『幹父用譽，承以德也。』」

〔五〕子夏易傳卷三周易上經噬嗑傳第三：「上六，過涉滅頂凶，無咎。象曰：『過涉之凶，不可咎也。』」

〔六〕四庫全書總目卷一〇八子部術數類一：太玄經十卷，漢揚雄撰，晉范望注。

〔七〕太玄經卷五從減至晦第五：「上九，晦冥冥，利于不明之貞。貞，正也，九，金也，而在晦時，故冥冥也。利以不明，隨時之宜則貞也。測曰：『晦冥之利，不得獨明也。』時世晦闇，九雖正陽，宜自抑損，不得獨自分明也。」

卷之九

唐書吐蕃傳二條

舊唐書吐蕃傳言：「其人隨畜牧而不常厥居，然頗有城郭。〔一〕屋皆平頂，高者至數十尺。貴人處于大氈帳，名爲拂廬。寢處汗穢，絶不櫛沐。接手飲酒，以氈爲盤，捻麴爲椀，實以羹酪，并而食之。」余按：唐時至今千餘年，俗亦不盡爾矣。今蕃人皆室廬碉寨，惟窮蕃有隨畜牧者，以黑帳房爲居處耳。貴人居室頗莊麗，行以氈帳自隨。飲食亦有木盤、椀，貴人、剌麻多用銅器，有以金爲飲食器者。捻麴，即今撍粑也。昔以羹酪，今則酥酪内多加以茶，亦有淨用熬茶者。惟賤者無男女，皆不知櫛沐。圖識謂其「性不好潔」，〔二〕殆信然也。

〔一〕舊唐書卷一九六上吐蕃：「其人或隨畜牧而不常厥居，然頗有城郭。其國都城號爲邏些城。」

〔二〕衛藏圖識圖考卷下裡塘番婦圖：「性不喜潔，猶仍其陋。」

新唐書言：「吐蕃以赭塗面爲好。婦人辮髮而縈之。」〔一〕余按：「婦人辮髮，至今猶然。赭面之俗，則唐時已革。蓋自贊普娶唐公主，公主惡其人赭面，贊普不得已，令國中權罷之，遂至今矣。巴勒布人至今眉額間猶赭之，〔二〕是其遺俗，亦猶中國婦人之傅粉也。赭、白雖殊，習則尚之，何足訝乎！」

新唐書又謂：「其吏治，無文字，結繩齒木爲約。」〔三〕今自打箭鑪至前後藏，皆有文字。以細木爲筆，引墨横書如髮。字皆右行，謂之唐古忒字，畧如西洋夷書。不知始自何代，何人爲之，大約宋、元間也。梵經漢時已入中國，釋迦説法，阿難傳經，始自周匡王時，則天竺有文字，古矣。唐時吐蕃尚無文字，益見前後藏地非天竺也。

〔一〕新唐書卷二一六上吐蕃：「衣率氈韋，以赭塗面爲好。婦人辮髮而縈之。」

〔二〕衛藏圖識圖考卷下巴勒布番婦圖：「尚容飾，額上塗白土三暨，眉間塗紅土一丸。」

〔三〕新唐書卷二一六上吐蕃：「其吏治，無文字，結繩齒木爲約。」

前藏三十一城

一統志載：「前藏三十一城」，〔一〕曰：剌薩城，在打箭鑪〔二〕西北三千四百八十里。札什城，在剌薩南七里。〔三〕得秦城，在剌薩東南三十八里。柰布東城，在剌薩東南二百二十里。桑里城，在剌薩東南二百五十一里。垂佳普朗城，在剌薩東南二百六十里。野而古城，在剌薩東南三百一十里。達克匝城，在剌薩東南三百三十七里。則庫城，在剌薩東南三百四十里。滿撮納城，在剌薩東南四百四十里。拉巴隨城，在剌薩東南四百四十里。〔四〕達剌馬宗城，在剌薩東南五百六十里。古魯納木吉牙城，〔五〕在剌薩東南六百二十里。碩噶城，在剌薩東南六百四十里。朱木宗城，在剌薩東南七百五十里。東順城，在剌薩東南七百七十里。則布拉剛城，在剌薩東南八百七十里。納城，在剌薩東南九百六十里。吉尼城，在剌薩東南九百八十里。日噶牛城，在剌薩西南三十里。楚舒爾城，在剌薩西南一百十五里。日喀爾公喀爾城，在剌薩西南一百四十里，有蕃民二萬餘家，爲衛地最大之城。岳吉牙來雜城，在剌薩西南三百三十里。多宗城，在剌薩西南四百二十里。僧格宗城，在剌薩西南四百三十里。董郭爾城，在剌薩西南三十里。〔六〕地巴達克匝城，在剌薩東北九十二里。倫卡卜宗城，〔七〕在剌薩東北一百二十里。墨魯恭噶城，在剌薩東北一百五十里。蓬多城，在剌薩東北一百七十里。

余按：前藏三十一城，〔八〕其在西南者僅五城，在西者一城，餘皆在東，蓋西去六百九十里外，即後藏也。前藏疆域，東至寧靜、多松工二山交巴塘界，三千七百六十五里，内除察木多、乍雅、類伍齊，各有呼圖克圖掌理。自洛隆宗爲界，只二千一百四十五里，西至谷喜塘，交後藏界六百九十里。南至奕爾交洛壩生蕃界，北至木魯烏蘇噶爾藏胡乂，交青海界。

〔一〕大清一統志卷四一三西藏衛地諸城：「已上凡三十城，量地大小，人之多寡，各設宗布木一二人管理民事。」

〔二〕大清一統志卷四一三西藏衛地諸城：「首曰喇薩，在四川打箭爐」。
〔三〕大清一統志卷四一三西藏衛地諸城載無「札什城」。
〔四〕大清一統志卷四一三西藏衛地諸城：「札木達城，在喇薩東南五百四十里。」
〔五〕大清一統志卷四一三西藏衛地諸城：「古魯木納吉牙城」。
〔六〕大清一統志卷四一三西藏衛地諸城：「董郭爾城，在喇薩西二十五里。」
〔七〕大清一統志卷四一三西藏衛地諸城：「倫朱卜宗城」。
〔八〕據大清一統志卷四一三西藏衛地諸城載爲「三十城」，即無「札什城」。姚瑩所謂三十一城，則增「札什城」。

通天河

前藏東北一千四百里之哈喇烏蘇河口，及東北二千九百里之木魯烏蘇河口，皆青海與藏交界之要隘也。伊犁、葉爾羌至西藏本有徑道，中隔大戈壁，故由西寧青海繞道而至木魯烏蘇河，蕃人又名通天河，即大金沙江之上流也。以其來源最遠，故以通天名之。

崑崙亘葉爾和闐二條

大地徑三萬里，崑崙當地之中，爲大地最高處，即漢書之葱嶺，佛書之阿耨達山也。古云：「葱嶺之水，東注河源，西注洋海。」〔一〕蓋山勢最高而適中，積雪萬古，故其水滂沱四潰而下。中國江河二條，皆發源於此山下。七椿園云：「葱嶺，即雪山也。自嘉峪關起，東西綿亘九千餘里，至葉爾羌，乃西南折入痕都西坦，〔二〕復折而西，直達西海。」余按：「中國地界，西北盡葉爾羌，東北盡黑龍江，徑萬五千里。中自嘉峪關至黑龍江，徑五千里，則葉爾羌以西，喀什噶爾河所出之葱嶺，固大地適中矣。河源在葉爾羌之西境，江源在葉爾羌之南境，是所謂崑崙者，其山固半在今中國界内也。葱嶺之長數千里，或斷或續，亘東西之中。」

七椿園謂：在中國最大而著名者，於烏魯木齊，爲博克搭班；於哈喇沙拉，爲莫勒土斯；於伊犂、烏什之交，爲穆肅魯搭班；此皆南北兩路所共之天山，非葱嶺也。葉爾羌之米勒勒一作爾。按：後皆作米爾搭班。台搭班，則近崑崙之支幹，古云「崑山片玉」。此山之中皆玉，意即所云「懸圃」者耶。西域聞見録云：「去葉爾羌二百三十里，有山曰米爾台山。徧山皆玉，五色不同。有大至千萬觔者，在絶高峻峯之上，人不能到。土産犛牛，慣於登陟。回子攜具乘牛攀援鎚鑿，任其自落而收取焉。〔三〕每歲春秋二季，葉爾羌貢玉七八千觔至萬觔不等。」又云：「葉爾羌、和闐、玉嚨哈什、哈琅圭塔克河中所産之玉，無定額，盡數入貢，由台站輦送至京。」其山距喀什噶爾之河源頗近，觀此益信爲崑崙之近幹。禹貢：「崑崙、析支、渠搜，西戎即叙」。〔四〕又云：「厥貢球、琳、琅玕在梁州者。」〔五〕是矣。西域聞見録言：「米爾台徧山皆玉，然多石夾玉，玉夾石。欲求純淨無瑕者，則在峻峯之上。」此可爲「火炎崑岡，玉石俱焚」之確註也。近時徐星伯太守著新疆賦鈔本〔六〕及漢西域志補注見貽。其於山川物產，考訂尤詳，惜行笥未攜，無從證之。

〔一〕水經注卷二河水：「涼土異物志曰：葱嶺之水，分流東西，西入大海，東爲河源，禹記所云崑崙者焉。」

〔二〕西域聞見録卷一新疆紀畧上雪山：「而南折入溫都斯坦」。

〔三〕西域聞見録卷二新疆紀畧下葉爾羌：「去葉爾羌二百三十里，有山曰米爾台搭班。搭班亦作達坂，回言山也。遍山皆玉，五色不同，然石夾玉，玉夾石。欲求純玉無瑕，大至千萬觔者，則在絕高峻峯之上，人不能到。土產犛牛慣于登陟，回人攜具乘牛，攀援鎚鑿，任其自落而收取焉，謂之礤子石，又曰山石。」

〔四〕尚書注疏卷五夏書禹貢：「織皮、崑崙、析支、渠搜，西戎即叙。傳：織皮毛布有此四國，在荒服之外，流沙之內，羌髳之屬，皆就次敘，美禹之功及戎狄也。」

〔五〕尚書注疏卷五夏書禹貢：「厥貢惟球、琳、琅玕。傳：球、琳皆玉名，琅玕石而似珠。」

〔六〕新疆賦徐松序：「粵徵西域，爰始班書。孟堅奉使於私渠，定遠揚威於疏勒。語其翔實，必在經行走。以嘉慶壬申之年西出嘉裕關，由巴里坤達伊犁，歷四千八百九十里。越乙亥，于役回疆。度木素爾嶺，由阿克蘇、葉爾羌達喀什噶爾，歷三千二百里。其明年還伊犁。所經者英吉沙爾、葉爾羌、阿克蘇、庫車、哈喇沙爾、吐魯番、烏魯木齊，歷七千一百六十八里。既覽其山川城邑，考其建官設屯，旁及和闐、烏什、塔爾巴哈台諸城之輿圖，回部哈薩克、布魯特種人。國家撫有六合，盡海隅出日，咸入版籍。康熙、乾隆中，屢測星度，刊定輿圖，於是績學之士閉戶著書，能知宇宙之大。又恭讀高宗純皇帝聖製盛京賦，流天苞以闡地符，一時名公鉅卿，如周海山先生使琉球，作中山賦；紀曉嵐先生謫西域，作烏魯木齊賦；和泰菴先生鎮衛藏，作西藏賦。獨黑龍江界在東北邊徼，惟方恪敏公有卜魁雜詩及竹枝之作，而研都鍊京天則留待我樹琴夫子，發攄文章，爲封疆增色，升高能賦，山川能說，兼此二難，是足以垂不朽矣。郵筒傳稿，先睹爲快，因載筆識之。」又彭邦疇序曰：「今上御極之初，我同年友星伯徐君獻所著新疆志，旋拜中書之命。蓋星伯以身所閱歷證之，簡編故能綜貫古今，包舉鉅細，發前人所未發，其承寵光也固宜。茲又撮其要領甩新疆賦二篇，句櫛字疏，俾地志家便於省覽。……」

右余所記，據西域聞見録，疑在葉爾羌之米勒台山，近于崑崙，蓋以其山皆玉而證之也。地理今釋、一統志則以在和闐之尼莽依山當葱岭。按：「今輿地圖，和闐之南百餘里爲尼莽伊山，東西亘千餘里，葉爾羌在和闐西北七百餘里。其境内之山，東南自尼莽依山綿亘而西，至英吉沙爾之南百餘里，爲玉山。玉山之北有玉河，與葉爾羌之米爾台山皆出玉，皆崑崙之近幹，但皆非河之正源。地(里)[理]今釋即以和闐河爲河源，故以和闐玉山爲崑崙。此説雖本于漢書西域傳，較之執崑崙在吐番、在青海者，已爲彼勝于此。崑崙本即葱嶺，甚長，特其主峯龍池，則在喀什噶爾。其支幹横亘，則隨在異名耳。二説固相通而無悖，以意逆之，可也。」

古書言異域

古書所傳荒遠之區，事不經見者，迂儒孤陋，輒以爲誕妄。然有數千年後涉遠者，親歷其地，往往與古書不爽。乃知古人非鑿空妄言，雖或小有訛誤，或傳聞之異，或今昔變更，未可輕相非議。要必有其近是者，不妨存以待考，乃爲善讀書人。彼輕於非古者，非孤陋則浮薄，君子不取也。孔子曰：「信而好古。」〔一〕又曰：「好古，敏以求之者。」〔二〕又曰：「君子博學於文。」〔三〕又曰：「多聞，擇其善者而從之。」〔四〕世傳穆天子傳「乘八駿，至西王母，觴於瑶池」。〔五〕書雖僞撰，然其人固嘗博覽異域之山川也。爾雅、山海經確有西王母之地。〔六〕今葉爾羌、和闐實有産玉之河，豈非瑶池所本乎？千里馬實出西域大宛諸國，豈非八駿西行所求乎？傳固有言「穆王好遊，將使天下皆有車轍馬跡焉」。〔七〕必古有其事，且有其地，然後得以附會成書。惟博覽者辨其真中之僞，而得其僞中之真耳。舉此類推，學者可以覽古矣。爾雅以西王母爲地名。山海經言西王母形狀詭異，皆與武帝内傳、穆天子傳異，不足辨也。

〔一〕論語注疏卷七述而第七：「子曰：「述而不作，信而好古。」」

〔二〕論語注疏卷七述而第七：「子曰：「我非生而知之者，好古敏以求之者也。」」

〔三〕論語注疏卷六雍也第六：「子曰：「君子博學於文，約之以禮，亦可以弗畔矣夫。」」

〔四〕論語注疏卷七述而第七：「子曰：「蓋有不知而作之者，我無是也。然多聞擇其善者而從之，多見而識之，知之次也。」」

〔五〕穆天子傳卷一古文：「用申八駿之乘，以飲于枝洔之中。」卷二古文：「乃遂西征，癸亥，至于西王母之邦。」卷三古文：「乙丑，天子觴西王母於瑶池之上。西王母爲天子謡。」

〔六〕爾雅注疏卷六野疏：「觚竹、北户、西王母、日下，謂之四荒。」山海經卷二西山經：「又西三百五十里曰玉山，是西王母所居也。」

〔七〕穆天子傳序：「其書言周穆王遊行之事。春秋左傳曰穆王欲肆其心，同行於天下，將皆使有車轍馬跡焉。」

大人國

古稱龍伯國大人釣鼇，幾成寓言矣。余觀陳倫炯海國聞見録，泛海船者，嘗遇其人，長三十丈。見中國人，喜而攫之，以柳條貫人顋，繫十數人於腰間而行，如貫魚狀。有裂腮而墮，得逃歸者，長人亦不之覺。豈非龍伯〔一〕之類歟？又如西域聞見録絶域諸國有阿諦者，在西海之濱，其國男子皆長三四十丈，婦女如常人，而與長人爲夫婦，但不能生育，必浴於河而後成孕。生女如其母，男則數十丈。〔二〕此所言阿諦者，似陳倫炯所言之長人也。龍伯之説，不其信然耶？西域回子又有郭罕之國，其人男、女皆二尺餘，魁梧俊偉者，亦不能過三尺，〔三〕是古所云「小人國」者，復有驗矣。今西番風俗，兄弟數人共妻，〔四〕自打箭鑪至西藏皆然。而伊犁西北之哈薩克、〔五〕葉爾羌西之博羅爾亦然。博羅國不惟兄弟四五人共妻，其無兄弟者，與戚里共之。〔六〕天下之大，何所不有，人之見聞幾何？未可以其所及，廢其所不及也。

〔一〕古微書卷三四河圖玉板：「從崑崙以北九萬里得龍伯國，人長三十丈，生萬八千歲而死。」海國聞見録中不見載。

〔二〕西域聞見録卷四外藩紀畧絶域諸國：「阿諦，在西海之濱，與控噶爾連界，其人皆長三四丈，無屋宇，多處山坳林麓之間。無火器而有弓矢刀槊，矢及一里餘。然性極懦，畏金鼓之聲。其婦女長短一如人形，且悉艷麗姣好。與長人爲夫婦，但不能生育耳，必浴於河中而後成孕。生女如常，生男則數丈矣。喜生啖人畜，常與控噶爾戰，得人馬則裂而啖之。控噶爾喜其婦人端麗，往往千百成行，鳴金伐鼓，奮勇而前，施放鎗砲，煙火瀰漫，其人皆戰栗恐怖，竄匿深山。控噶爾亦不窮追，但擄其婦女而歸。」

〔三〕西域聞見録卷四外藩紀畧郭罕：「郭罕，西域回子之一國也，風俗、衣冠、居室、土產，與新疆回子畧同，惟語言不通。在葉爾羌西，馬行四十日可至。稱其君曰汗。其人短小，男女皆長二尺餘，魁梧俊偉者，亦不能過三尺。」

〔四〕西藏志夫婦：「其差徭輒派之婦人，故一家弟兄三四人，只娶一妻共之，如生子女，兄弟擇而分之。其婦人能和三四兄弟同居者，人皆稱美，以其能治家。」西藏賦：「三男共女，罔有先後。弟兄三人，共娶一女爲妻，爲其和也。」

〔五〕西域聞見録卷三外藩紀畧哈薩克：「人共妻，輪流晏處，生子至十六歲，輒析產，予之牲畜，使自爲計。」

〔六〕西域聞見録卷三外藩紀畧博羅爾：「博羅爾，西域別一種也，在葉爾羌西，以土築屋而居。有村落，無文字，不通回子語言。惟衣帽與安集延仿佛。其人深目隆鼻，繞喙濃髭。其風男女無別，恒弟兄四五人共娶一妻，次第歇宿，以靴懸户上爲記。生子女亦以次第分認。無弟兄者，與戚夥之，以齒爲序。」

康熙上諭異域事

康熙六十年三月，〔一〕上諭大學士諸人曰：今日出榜，黄霧四塞，霾沙蔽天，〔二〕如此大風，榜必損壞。或因學問優長，聲聞素著之人，不得中式，怨氣所致。或此次中式之人，〔三〕將來有大姦大惡，亂臣賊子，亦未可定。邵子于天津橋〔四〕聞杜鵑，即知南人有入相者，〔五〕此皆書册所載，信有明徵，其他亦有不可盡信者。〔六〕如云唐明皇焚珠玉于殿前，珠可焚毁，玉可焚毁乎？〔七〕

〔一〕聖祖仁皇帝御製文集第四集卷一六諭大學士九卿等：「康熙六十年三月初七日。」

〔二〕聖祖仁皇帝御製文集第四集卷一六諭大學士九卿等：「霾沙蔽日。」

〔三〕聖祖仁皇帝御製文集第四集卷一六諭大學士九卿等：「此番中式之人。」

〔四〕聖祖仁皇帝御製文集第四集卷一六諭大學士九卿等：「邵子於洛陽天津橋。」

〔五〕聖祖仁皇帝御製文集第四集卷一六諭大學士九卿等：「即知南人有入相者，而王安石果相。」

〔六〕聖祖仁皇帝御製文集第四集卷一六諭大學士九卿等：「此皆書册所載，非朕杜撰。自古帝王因不學問，一任書生恣議。朕自幼讀書，如此等語亦能言也？先儒中，惟朱子之言最爲確當，其他書册所載，亦有不可盡信者。」

〔七〕聖祖仁皇帝御製文集第四集卷一六諭大學士九卿等：「如唐明皇焚珠玉于殿前，珠可焚毁，而玉亦可焚毁乎？凡事歷久而後見。唐史載焚珠玉亦止一次耳。」

又云：〔一〕風不鳴條，〔二〕雨不破塊。風不鳴條，則無力以散天地抑鬱之氣，鼓盪萬物。〔三〕雨不破塊，何以播種？〔四〕

〔一〕聖祖仁皇帝御製文集第四集卷一六諭大學士九卿等：「又書云。」

〔二〕聖祖仁皇帝御製文集第四集卷一六諭大學士九卿等：「至治之世，風不鳴條。」

〔三〕聖祖仁皇帝御製文集第四集卷一六諭大學士九卿等：「風不鳴條，雨不破塊，天地抑鬱之氣賴風以散。若不鳴條，則風無力，何以鼓盪萬物？」

〔四〕聖祖仁皇帝御製文集第四集卷一六諭大學士九卿等：「農人墾田尚欲耕翻，令土破碎。若不破塊，何以播種？而歲必荒矣。」

又云：〔一〕「囊螢讀書」，朕曾收取百枚，盛以大囊，照書，字畫竟不能辨，此書之不可盡信者。〔二〕然亦有似乎荒渺，而竟實有其事者。東方朔記北方有層冰千尺，冬夏不消。今年，俄羅斯來朝，〔三〕其地去北極二十度以上，〔四〕名爲冰海，堅冰凝結，人不能至。始知東方朔所云不謬。又從前有書吏三人，徧傳西邊異獸，〔五〕部議重罪，朕從寬免死，令其往覓是獸。〔六〕後將軍祁里德等來自軍前，奏云果有是獸，〔七〕目在乳旁，口在臍旁，巡哨侍衛曾親見之，〔八〕蒙古名其獸爲鄂布。又有飛者，名爲積布。〔九〕蒙古名惡人爲鄂布太、積布太，〔一〇〕是即山海經所謂「刑天無首，以乳爲目，以臍爲口也」。〔一一〕故將發遣書吏放還。〔一二〕

〔一〕聖祖仁皇帝御製文集第四集卷一六諭大學士九卿等：「又書云。」

〔二〕聖祖仁皇帝御製文集第四集卷一六諭大學士九卿等：「朕曾於熱河取螢火數千，盛以大囊，照書竟不能見一字，此書之不可盡信者也。」

〔三〕聖祖仁皇帝御製文集第四集卷一六諭大學士九卿等：「今年，俄羅斯來朝，以彼國地圖呈覽。」

〔四〕聖祖仁皇帝御製文集第四集卷一六諭大學士九卿等：「問其人，云其地去北極二十度以上。」

〔五〕聖祖仁皇帝御製文集第四集卷一六諭大學士九卿等：「徧傳西邊異獸形圖。」

〔六〕聖祖仁皇帝御製文集第四集卷一六諭大學士九卿等：「部議重罪具奏，朕從寬免死，令其往覓，必得是獸，方令回來。」

(七)聖祖仁皇帝御製文集第四集卷一六諭大學士九卿等：「朕問伊等，云果有是獸。」

(八)聖祖仁皇帝御製文集第四集卷一六諭大學士九卿等：「目在乳旁，口在臍旁，巡哨侍衛等曾親見之。有侍衛欲以鳥鎗擊之，爲旁觀勸止。蒙古名爲鄂布。」

(九)聖祖仁皇帝御製文集第四集卷一六諭大學士九卿等：「又有飛者，名爲積布，飛者未曾得見。」

(一〇)聖祖仁皇帝御製文集第四集卷一六諭大學士九卿等：「蒙古名惡人爲鄂布泰、積布泰。」

(一一)山海經卷七海外西經：「形天與帝至此爭神，帝斷其首葬之常羊之山，乃以乳爲目，以臍爲口，操干戚以舞。」

(一二)聖祖仁皇帝御製文集第四集卷一六諭大學士九卿等：「故將發遣書吏等，俱令送回。」

又神異經云：北方層冰之下，有大鼠，肉重千斤，名爲鼢鼠。(一)穿地而行，見日、月光即死。今俄羅斯近海北地有鼠如象，穴地以行，見風、日即斃。其骨類象牙，土人以製椀、楪、梳、篦。朕親見其器，方信爲實。(二)又古人以天市垣爲中國分野，朕始疑其說。細玩天球，合以地圖，中國去赤道二十度至四十度，(三)在穀雨、立夏、小滿三節[氣](直)上，天市垣亦去赤道二十度，(四)恰與中國對照，始知古人分野之說，確有可據。(五)此又書之不可信而可信者也。(六)

(一)神異經：「北方層冰萬里，厚百丈，有磎鼠，在冰下土中焉。形如鼠，食草木，肉重千斤，可以作脯食之。已熱，其毛八尺，可以爲褥，臥之却寒。其皮可以蒙鼓，聞千里，其毛可以來鼠，此尾所在鼠聚。今江南鼠食草木爲災，此類也。」

〔二〕聖祖仁皇帝御製文集第四集卷一六諭大學士九卿等：「方信爲真。」

〔三〕聖祖仁皇帝御製文集第四集卷一六諭大學士九卿等：「中國去赤道二十度至四十度。」

〔四〕聖祖仁皇帝御製文集第四集卷一六諭大學士九卿等：「在穀雨、立夏、小滿三節氣上，天市垣亦去赤道二十度。」

〔五〕聖祖仁皇帝御製文集第四集卷一六諭大學士九卿等：「確有所據。」

〔六〕聖祖仁皇帝御製文集第四集卷一六諭大學士九卿等：「後人無闡發者，朕細心推測，方悟其理，故向爾等言之。此又書之可信者也。總之，讀書務在明理，方不爲書所惑耳。再者外任官員必經歷日久，才方練達見。有年老舉人由教職陞任者，每勝於進士，如年滿千總，此番軍前効力甚著，亦勝於武科進士。進士不過大臣所取門生，如謝賜履、張應詔、李發甲，非舉人出身之好官乎！」

西域富區

致富莫如經商，山國不及澤國，乃一定之理。西域賈胡自古稱富，近世所傳極富之國，如控噶爾、痕都斯坦、科罕、薩穆阿拉克，及大西洋千絲臘諸國，大抵以舟船爲利。然必其本國，衣食充足，物産豐饒，乃能附益之，非瘠薄之土也。究其所云富者，不過金銀珠寶，眩異矜奇，原屬可有可無之物，非賴以爲命者。何如中國聖人之教，寶此布帛菽粟乎？嗟乎！三年饑饉，雖有黄金白璧，無所用之。衆人皆饑，獨富適足爲累，一人之富，千人之怨也。有國有家者，可不知所本計哉。

西南二天竺

和泰庵西域賦注：「藏南行程月餘，爲布魯巴克部落，其長名諾彦林親，乃紅帽教之地。天氣和暖，物産與中國相似。再南行月餘，即南天竺交界。」〔一〕又云「布魯克巴界址，正南至額訥特克國爲界，計程十日。」〔二〕「額訥特克國，西南海中大西天也。楞嚴經咒乃額訥特克字譯爲唐古忒字。」又云：「甲噶爾部落在南海，貝葉經皆平頭垂露文譯出唐古忒字。其地能織金銀絲紗緞，産孔雀。〔三〕明成化時，乩伽思蘭國進貢，即此地也。」乩，音伽。又名「乩馬天國」。又云：「由白木戎行十日，至小西天，布爾雅王子住處。從此上船，行半月，由海中至大西天，相傳漢張騫曾至其處。」〔四〕

余按：「據此言，布魯克巴南行月餘，爲南天竺界，不云過海。而以南十日隔海之額訥特克國爲大西天，是不以南天竺爲大西天也。」額訥特克、甲噶爾，皆佛經所出，云在南海中，徒以其隔海，故謂其在海中。似不知此乃南海水之汊入者耳。漢、夷商舶聚此，接白頭回子與痕都斯坦諸國境。藏南諸國皆在其東，額訥特克、甲噶爾諸國在其西。自藏往彼，須渡此海，故稱之爲大西天，其實仍在海岸以内。若由藏之西北一路，仍有陸路可通，非四面皆海，如海島諸國也。蓋此二國者，即所謂中天竺矣。

〔一〕西藏志外番：「布魯克巴一族，離藏西南約行月餘，其罕諾彥林親乃紅帽之傳，天道頗暖，物產與中國相仿。南行月餘，即天竺國界。」衛藏通志卷一五部落：「布嚕克巴，藏西南約行月餘，其罕諾彥林親，乃紅帽之傳，天道頗暖，物產與中國相仿。南行月餘，即天竺國界。」西藏賦：「藏南行程月餘，其部布魯克巴部落，其長名諾彥林親，乃紅帽教之傳。」

〔二〕西藏賦：「布魯克巴，……其界址，東至綽羅烏嚕克圖部落，計程八日。正南至額訥特克國爲界，計程十日。正西至巴木嶺鍾爲界，計程十日。正北至帕克哩城爲界，乃西藏屬地。」

〔三〕西藏賦：「甲噶爾部落在南海，貝葉經皆平頭垂露文，譯出唐古特字也。其地能織金銀絲紗緞，產孔雀。」

〔四〕西藏賦：「由白木戎再行十日，到小西天布爾雅王子住處。從此上船，行半月，由海中至大西天矣，相傳漢張騫曾至其地。」

艾儒畧四海説

西洋人艾儒畧四海總説曰：「海有二，海在國之中，國包乎海者，曰地中海。國在海之中，海包乎國者，曰寰海。〔一〕寰海極廣，隨處異名，或以州域稱，則近亞細亞者，謂亞細亞海。近歐羅巴者，謂歐羅巴海。他如利未亞，如亞墨利加，如墨瓦臘尼加及其他〔二〕小國，皆可隨本地所稱，又或隨其本地方隅命之，則在南者謂南海，在北者謂北海。東西亦然，隨方易向，都無定準也。」

又云：「海雖分而爲四，然中各異名。如大明海、太平海、東紅海、勃露海、新以西把尼亞海、百西兒海，皆東海也。如榜葛臘海、百爾西海、亞剌比海、西紅海、利未亞海、何摺亞諾滄海、亞大臘海、以西把尼亞海，皆西海也。而南海則人跡罕至，不聞異名。北海則冰海，新增白臘海、伯爾作客海皆是。〔三〕至地中海之外，有波的海、窩窩所德海、八爾馬尼海、泰平海、北高海，皆在地中，可附地中海。」〔四〕

又云：「海島之大者，附載各國之後。〔五〕大率在亞細亞者，蘇門答蠟、日本、浡尼最大。在歐羅巴者，諳厄利亞最大。在利未亞者，聖老楞佐島最大。在亞墨利加者，小以西把尼亞最大。在墨瓦蠟尼加者，新爲匿亞最大。」

余謂此寰海之説，即騶衍所云大瀛海也。艾儒畧以爲裨海大瀛屬，近荒唐，無可證據。特西人自矜所見之廣博，而輕中國之古説耳！默深云：「諳厄利亞，即英吉利國。」余按：「南懷仁坤輿圖説無諳厄利亞，有昂利亞，其北接斯可齊亞，豈異名耶？」艾儒畧在明季，距南作圖時，前七八十年。諳厄利即昂利之轉音也。自明季時，艾即以諳厄利與日本並稱。則英吉利之强大久矣，特後來更盛耳。

〔一〕職方外紀卷五四海總説：「海有二焉，海在國之中，國包乎海者，曰地中海。國在海之中，海包乎國者，曰寰海。川與湖佔度無多，不具論。」

〔二〕職方外紀卷五四海總説：「及其他蕞爾小國。」

〔三〕職方外紀卷五海名：「北海則冰海，新增臘海、伯爾作客海皆是。」

〔四〕職方外紀卷五海名：「至地中海之外，有波的海、窩窩所德海、入爾馬尼海、太海、北高海，皆在地中，可附地中海。」

〔五〕職方外紀卷五海島：「海島之大者，附載各國之後，其小者不下千萬，難以殫述。」

宣太守集議

二十一日，察木多卓尼爾見曲濟嘉木參，勸諭之，不從。宣太守集衆議曰：「曲濟嘉木參久失衆心，丹臻江錯人衆勢强，未能即散。且藏中原奏，謂其世爲師徒，幫辦公事。理藩院文亦言二呼圖數世名在册檔，兩次護印，地方安靖，應斷令分居寺院，一切復循舊章。倉諸巴四朗江折、白瑪奚罪在不赦，念其不從大呼圖苟斂，情尚可矜，應革退倉儲巴，免其治罪。彭錯之叔、倉儲巴阿札年老求退，請以本職予姪接充。曲濟嘉木參先已許之，惟不當附從白瑪奚爲叛，應革退倉儲巴，降爲小頭人，効力贖罪。彭錯達吉本無過失，以達末言其年幼革退。十六年，前藏大臣諭許復充，亦未同白瑪奚等拒敵，應留倉儲巴之職，與彭錯罰金修廟。丹臻江錯與大呼圖不睦，致啟釁端，復收留罪人，致壞寺院，亦令輸金修寺，以示懲罰。曲濟嘉木參舉措乖方，本有應得之咎，念其初意尚欲整飭地方，免予置議。達末弄權，妄搆是非，實爲致亂之由，應革退卓尼爾，交其父兄嚴行約束，不許復充職事。亞斯彭錯，當十八年兩呼圖和會時，撤二呼圖之座，以致僨事，復起兵端，應革退頭人，不許復充。嗣有倉儲巴缺，令兩呼圖公同選舉，報藏中，請駐藏大臣會同達賴刺麻酌定，仍由大呼圖自行酌放。至大道差使，責成大呼圖督頭人供應烏拉，毋得刁難遲悞。囑丁別駕草斷牌稿。」

尼莽依、岡底斯二山皆非崑崙

西藏賦注：「岡底斯者，阿哩東北大雪山也。周一百四十餘里，峯巒陡絶，積雪〔一〕千年不消。山頂百泉聚流，至山麓，仍入地中。乃諸山之祖脈，梵書所謂阿耨達山也。遠近蕃民以朝禮此山爲幸，不能登。」〔二〕其下「阿耨達池，相傳即王母瑶池，梵書云四大水，〔三〕此其源也。」余按：和泰庵此言與衛藏圖識同，乃西域蕃人相傳如此。考今輿圖，岡底斯山直北一千五百餘里，爲葉爾羌，稍東爲和闐，自尼莽依山迤邐而西南折，與岡底斯山若斷若續。西至痕都斯坦，岡底斯山東北至尼莽依山，東南非大戈壁，即沮洳澤，或謂即阿耨達池也。然其地在山之南麓，而不在山顛。梵書以阿耨達山爲天下諸山之祖，以阿耨達池爲四大水之源。四大水者，江、河二水，流入中國。其二水西流，入西海，與岡底斯山不合。余謂尼莽依山及岡底斯山，距葱岭之崑崙，近者千餘里，遠者二三千里，蕃人相傳皆被以崑崙之稱。猶之(大)〔太〕行遠至塞外，皆爲一山，而有起伏斷續耳。觀岡底斯西去千餘里之山，蕃人至今猶以西崑崙名之，可見崑崙廣遠，不必執葱岭之崑崙，遂謂他處不得爲崑崙也。阿耨達池自當以在葱岭之崑崙爲是，以岡底斯山之瑪珀穆達賴池當阿耨達池，蕃人訛傳耳。和泰庵似未深考。

〔一〕西藏賦：「積雪如懸崖。」
〔二〕西藏賦：「遠近蕃民悉以朝禮此山爲幸，不能登也。」
〔三〕西藏賦：「阿耨達池，相傳即王母瑤池也，梵書所云四大水者，此其源也。」

瑤池在崑崙下，或以葉爾羌之玉池，即阿耨達池爲瑤池，皆自有說。第不審周穆王所至，爲在葉爾羌耶？阿里耶？以事理推之，似葉爾羌爲近。默深云：「尚非河源，不如葱嶺上之大龍池水，分注東西大海者，爲確也。」或又謂尼莽依乃須、彌二字之反切，即梵書之須彌山，亦非。地理今釋曰：「崑崙山在今西蕃界，有三山：一名阿克坦齊禽，一名巴爾布哈，一名巴顏喀拉，總名枯爾坤，譯言崑崙也。在積石之西，河源所出。案：漢書地理志：『金城郡臨羌縣西北至塞外，在西王母石室。〔一〕西有弱水、崑崙祠。此蔡傳所據以爲崑崙在臨羌者也。』然漢志言『西有崑崙祠』，非言山在縣界。漢臨羌縣在今陝西，西寧衛西崑崙山，不當若是之近。〔二〕通典云：『吐蕃自云崑崙山在國中西南，河之所出。』唐書吐蕃傳云：『劉元鼎使還，言湟水入河處西南行，二千三百里，有紫山，直大羊同國，古所謂崑崙，蕃曰悶摩黎山。東距長安五千里，黄河重源出其間。』」〔三〕蓋即今之枯爾坤，然非西域之崑崙也。

〔一〕漢書卷二八地理志下：「有西王母石室、僊海、鹽池。」
〔二〕尚書地理今釋夏書禹貢：「不啻若是之近。」
〔三〕尚書地理今釋夏書禹貢：「河源其間。」

聖祖留心地理

康熙五十九年十一月〔一〕上諭：

朕於地理從幼留心，〔二〕故遣使臣至崑崙西蕃諸處，凡大江、黄河、黑水、金沙、瀾滄諸水發源之地，皆目擊詳求，載入輿圖。〔三〕大槩中國諸大水，皆發源於東南諾莫渾烏巴西大幹内外，其源委可縷悉也。〔四〕

〔一〕聖祖仁皇帝聖訓卷五二十一月辛巳：「康熙五十九年十一月辛巳，上諭大學士、學士、九卿等曰……」
〔二〕聖祖仁皇帝聖訓卷五二十一月辛巳：「朕於地理從幼留心，凡古今山川名號，無論邊徼遐荒，必詳考圖籍，廣詢方言，務得其正。」
〔三〕聖祖仁皇帝聖訓卷五二十一月辛巳：「……皆目擊詳求，載入輿圖。今大兵得藏，邊外諸番悉心歸化，三藏阿里之地，俱入版圖，其山川名號，番漢異同，當於此時考證明核，庶可傳信於後。」

〔四〕聖祖仁皇帝聖訓卷五二十一月辛巳：「其源委可得而縷析也。」

黄河之源，出西寧外枯爾坤山之東，衆泉渙散，不可勝數，望之燦如列星，蒙古謂之敖敦他拉，西蕃謂之梭羅木，中華謂之星宿海，是爲河源。匯爲薩陵、鄂陵二澤，東南行，折北，復東行，由歸德堡積石關入蘭州。

岷江之源，出於黄河之西巴顔哈拉嶺、七七喇哈納，蕃名岷尼雅克撮。漢書所謂「岷山在西徼外，江水所出」〔一〕是也。而禹貢導江之處，在今四川黄勝關外之乃褚山。古人謂江源與河源相近。禹貢「岷山導江」，乃引其流，非源也。斯言實有可據。其水自黄勝關流至灌縣，分散數十支，〔二〕至新津縣，復合爲一，〔三〕東南流，至叙州府，與金沙江合流。

〔一〕後漢書志三三廣漢郡：「岷山在西徼外。山海經曰：岷山，江水出焉，東北注於海中。」

〔二〕聖祖仁皇帝聖訓卷五二十一月辛巳：「分數十支。」

〔三〕聖祖仁皇帝聖訓卷五二十一月辛巳：「復合而爲一。」

金沙江之源，自達賴剌麻東北烏尼尹烏蘇峯流出。烏尼〔尹〕烏蘇峯，中華謂之乳牛山，〔一〕其水名穆魯斯烏蘇，東南流入喀木地，又經中甸，入雲南塔成關，名金沙江。至麗江府，又名麗江。至永昌府，會打衝河，東流經武定府，入四川界，至叙州府入岷江，〔二〕經夔州府，入湖廣界。由荊州東流，至武昌府，與漢江合。〔三〕

〔一〕聖祖仁皇帝聖訓卷五二十一月辛巳：「烏尼尹烏蘇嶺，中華謂之乳牛山也」。姚文脫「尹」字，故據以增補。

〔二〕聖祖仁皇帝聖訓卷五二十一月辛巳：「至叙州府流入岷江」。

〔三〕聖祖仁皇帝聖訓卷五二十一月辛巳：「由荆州府至武昌府，與漢江合」。

于中國也。

漢水〔一〕源出陝西寧羌州北嶓冢山，名漾水。東流至南鄭縣，爲漢水。入湖廣界，東南流至漢陽縣〔漢〕口，〔二〕合岷江。此諸水在東南諸莫渾烏巴西大幹之内，源發于西蕃，委入于中國也。

〔一〕聖祖仁皇帝聖訓卷五二十一月辛巳：「漢江。」

〔二〕姚文脫「漢」字，今據聖祖仁皇帝聖訓卷五二十一月辛巳所載「漢陽縣漢口」，故增補。

瀾滄江有二源：一源于喀木之格爾機雜噶爾山，名雜楮河；一源於濟魯肯他拉，名敖母綽河。〔一〕二水會于察木多廟之南，名拉克楮河，流入雲南境，爲瀾滄江。南流至車里宣撫司，名九龍江，流入緬國。

〔一〕聖祖仁皇帝聖訓卷五二十一月辛巳：「名敖穆綽河。」

瀾滄之西，爲喀喇烏蘇，即禹貢之黑水，今雲南所謂怒江〔一〕也。其水自達賴剌麻東北哈拉腦兒流出，東南流入喀木界，又東南流入怒夷界，爲怒江。入雲南大塘隘，更名潞江。南流經永昌府潞江安撫司境，入緬國。

〔一〕聖祖仁皇帝聖訓卷五二十一月辛巳：「今雲南所謂潞江也。」

潞江之西，爲龍川江。龍川江之源，從喀木所屬春多嶺流出，南流入雲南大塘隘，西流爲龍川江，至漢龍關，入緬國。此諸水在東南諸莫渾烏西大幹之外，皆流入南海也。

又雲南邊境有檳榔江者，其源發自阿里之岡底斯山〔一〕東達木朱喀巴卜山，譯言馬口也。其泉流出，〔二〕爲雅魯藏布江，從南折東流經藏危地，過日噶公噶爾城旁，合噶爾詔母倫江。〔三〕又南流經公布部落地，入雲南古勇州，爲檳榔江。出鐵壁關，入緬國。

〔一〕聖祖仁皇帝聖訓卷五二十一月辛巳：「岡底斯。」

〔二〕聖祖仁皇帝聖訓卷五二十一月辛巳：「有泉流出。」

〔三〕聖祖仁皇帝聖訓卷五二十一月辛巳：「過日噶公喀兒城傍，合噶爾詔模倫江。」

而岡底斯之南，有山名郎千喀巴卜，譯言象口也。有泉流出，入馬皮木達賴，又流入郎噶、腦兒兩河之水，西流至桑南地。岡底斯之北，有山名僧格喀巴卜，譯言獅子口也。有泉流出，西行亦至桑南地，二水合而南行，又折東行，至那克拉蘇母多地，與岡底斯西馬卜家喀巴卜山所出之水會。馬卜家喀巴卜者，譯言孔雀口也。其水南行至那克拉蘇母多地，會東行之[水]，〔一〕東南流至厄納忒可克國，爲岡噶母倫江，即佛法所謂恒河也。佛國記載：魏法顯順恒河入南海，至山東之渤海入口，〔二〕應即此水矣。

〔一〕姚文原脱「水」字，今據聖祖仁皇帝聖訓卷五二十一月辛巳所載「會東行之水」，故增補。

〔二〕佛國記：「法顯本心欲令戒律流通漢地，於是獨還，順恒水東下十八由延，其南岸有瞻波大國佛精舍，經行處及四佛坐處悉起塔。現有僧住。從此東行五十由延，到多摩梨帝國，即是海口。」

梵書言四大水出阿耨達山，下有阿耨達池。以今考之，意即岡底斯，是唐古忒稱岡底斯者，猶衆山水之根，與釋典之言相合。岡底斯之前，有二湖連接，土人相傳爲西王母瑤池，意即阿耨達池。

又梵書言普陀山有三：一在厄納忒可克之正南海中，山上有天宮，觀自在遊舍，是云真普陀；一在浙江之定海縣海中，爲善財第二十八參觀音普薩説法處；一在土伯特，今藩名布達拉山也，亦謂觀音現身之地。

釋氏之書，本自西域，故於彼地山川，亦可引爲據也。禹貢「導黑水至于三危」，舊註以三危爲山名，而不能知其所在。朕今始考其實，三危者，猶中國之三省，打箭鑪西南，達賴剌麻所屬爲危地；拉里城東南爲喀木地；班禪額爾德尼爲藏地，〔一〕合三地爲三危耳。哈拉烏蘇由其地入海，故曰「導黑水，至于三危，入于南海」。〔二〕

〔一〕聖祖仁皇帝聖訓卷五二十一月辛巳：「班禪額爾德尼所屬爲藏地」。

〔二〕尚書注疏卷五夏書禹貢：「導黑水至于三危，入於南海。傳：黑水自北而南，經三危，過梁州入南海。」

謹按：仁皇帝聖學淵深，無所不知。西北、西南外域咸入版圖，皆遣使親履其地，考尋山川道里，非如經生但於書籍考索而得，故確實詳明，如指諸掌。但其時天山南北路尚未入版圖，故止據奉使剌麻所奏岡底斯山爲崑崙。及乾隆新疆戡定以後，高宗命館臣撰河源考三卷，始知河源出于喀什噶爾之葱嶺。故上諭謂崑崙當在回部，而皇清通考及松相國西陲總統紀畧、魏氏海國圖志皆宗之，可定千古之案矣。

西藏賦言疆域

和泰庵西藏賦：其人民疆域之殊也。圖伯特其舊名，唐古忒其今號。地闢坤兑之隅，疆拓西南之奥。其西，鍋拉納、都畢納，石菑森森。註：札什倫布西行，〔一〕由拉仔、脇葛爾、定日、宗喀、薩喀，通狹巴嶺山、鍋拉納山、都畢納山一帶，均設鄂博。〔二〕此内爲唐古忒境，此外爲洛敏湯、作木朗二部落境。熱索橋、鐵索橋，江流澳澳。註：自宗喀通濟隆，至熱索橋，設鄂博。内爲唐古忒境，外爲廓爾喀境。自定日通聶拉木，至鐵索橋，設鄂博。内爲唐古忒境，外爲廓爾喀境。〔三〕丈結、雅納之巔，波底、羊瑪之陝。註：自甘壩至丈結山頂，又自拉孜至絨轄，通波底山頂，又自定結至薩熱喀山一帶，羊瑪山頂，皆設鄂博。内爲唐古忒境，外爲哲孟雄境。〔四〕臧猛谷、帕哩獨經，日納宗、竹巴同好。註：帕克哩俗名帕哩，自帕克哩至支木山一帶。臧猛谷、日納宗，官寨。内爲唐古忒，外爲哲孟雄境。其東爲布魯克巴境，俗名竹巴。〔五〕其西南帕爾、結隆、業朗，鳥道難通。西南至布魯克巴、廓爾喀二部落爲界。一由納格爾行八日，至帕爾，與布魯克巴交界。山川險阻，難以出入。一由葉爾奇木樣納山業朗至結隆，與哲孟雄宗里口交界。一由業爾斯卡祿納山業朗寨爾，〔六〕交廓爾喀界，亦甚險阻。咱義、阿布、瀾滄，人煙可到。西南又自怒江北咱義、桑昂、都宗、〔七〕瀾滄各處，至阿布拉，通南墩大道。其南狢貐、茹巴，食人犵狫，札拉噶押，天險怒江。南至狢貐、茹巴，怒江爲界，又名老卡契，番名羅喀卜古。前藏南行一日，〔八〕過鍋噶拉大山，至松布堡。過宋噶拉大山，至呷噶，交藏江，至怒江，其地廣闊無垠。怒江之水，不知其源，江闊數里，兩岸石壁峭立，中流湍急，不可以舟楫，其地名工布。其東南春奔邊卡，古樹金湯。東南由前藏朗陸山，轉出達克孜，經珠貢寺，及沙金塘草地古樹邊卡，至春奔色，入類伍濟境内，〔九〕可通察木多大道。其東南墩分界，寧静朝陽。東至巴塘之南墩寧静山爲界。自前藏至南墩，跬步皆山，崎嶇險仄，計程三千五百里。〔一〇〕其東北南稱巴延之邊，西寧草地，木魯烏蘇之渡，玉樹冰岡。東北至西寧所屬之那木稱巴延番族爲界，由前藏北行十五里，向色拉山之東，過鍋拉山，至浪蕩。由隆竹（過松）〔松過〕彭多河，〔一一〕有鐵索橋。由脚孜拉山呼正寺僧（項）〔頂〕工，〔一二〕至木魯烏蘇，通青海西寧大道。又由玉樹接西寧、松潘、泰寧三處大道，又通洛隆宗、類伍濟。其北羊八井、噶勒丹、喀爾藏骨岔，乃青海屬蕃之界。前藏西北行，出羊八井口，至新橋平川。西通後藏，東接噶勒丹，北行草地，至木魯烏蘇、噶爾藏骨岔，交青海界。其西北克哩野納克産，騰格哩諾爾，乃達木游牧之場。西北俱係草地，有克哩野大山納克産隘口，北通哈真得卜特爾其，東接玉樹界。又由羊八井至桑托羅海，越紅塔爾小山，過拉納根山，即騰格哩諾爾，蒙古語天池也，乃達木蒙古游牧之處。又由吉札布，至僧格物角隘口，東北至噶勒、藏骨坌、阿勒坦諾爾一帶，皆塔斯頭，難行。經沙雅爾小回城，過木蘇爾達巴罕，通準噶爾境。又由後藏西北，至阿哩城，交拉達克罕庫努特外番界，可通和闐及葉爾羌新疆。其路有半月戈壁，無水草。左通準噶爾，右達葉爾羌也。〔一三〕

〔一〕西藏賦：「自札什倫布西行。」

〔二〕西藏賦：「均設立鄂博。」

〔三〕西藏賦：「自宗喀通濟嚨，至熱索橋，設立鄂博。此内爲唐古特境，外爲廓爾喀境。自定日通聶拉木，至鐵索橋，設立鄂博。此内爲唐古特境，此外爲廓爾喀境也。」

〔四〕西藏賦：「設立鄂博，此内爲唐古特境，此外爲哲孟雄境。自拉孜至絨轄，通波底山頂，設立鄂博。此内爲唐古特境，此外爲哲孟雄境。自定結至薩熱喀山一帶，羊瑪山頂，設立鄂博。此内爲唐古忒境，此外爲哲孟雄境。」

〔五〕西藏賦：「藏猛谷、日納宗、官寨。此内爲唐古忒境，外爲哲孟雄境。其東爲布魯克巴境，俗名竹巴云。」

〔六〕西藏賦：「業爾斯卡祿納山業朗塞。」

〔七〕西藏賦：「桑昂卻宗。」

〔八〕西藏賦：「由前藏南行一日。」

〔九〕西藏賦：「入類伍濟番部境」。

〔一〇〕西藏賦：「雍正三年，松番鎮總兵官周瑛勘定界址，於南墩寧靜山嶺上，建立界碑。自前藏至南墩，跬步皆山，崎嶇險仄，計行程二千五百里。」

〔一一〕姚文原爲「隆竹過松彭多」，今據西藏賦所載「由隆竹松過彭多河」，故改。

〔一二〕西藏賦：「由脚孜拉山哷正寺僧頂工。」姚文爲「項」，故依西藏賦所載改爲「頂」。

〔一三〕西藏賦：「左通準噶爾，西達葉爾羌也。以上總敘西藏所屬八方界趾。」

其部落五百餘户之蒙古，駐自丹津。青海蒙古王，於五輩達賴剌麻時，帶領官兵，赴藏護衛，留駐五百三十八户，在達木地方游牧。協領八員、佐領八員、驍騎校八員，聽駐藏大臣調遣。丹津，蒙古王之名也。三十九族之吐蕃，分從青海。那木稱巴延等處蕃民共三十九族。其地爲吐蕃之舊屬，居四川、西寧、西藏之間，昔爲西海奴隸，自羅卜藏變亂之後，漸次招撫。雍正九年，勘定界址，近西寧者四十族，歸西寧都統管轄，近西藏者三十九族，歸駐藏大臣管轄。〔一〕其西阿咱游手於邊陲。小西天一部落，名阿咱拉，其剌麻亦越藏朝佛。西域回部，名克什米爾，又名纒頭，又名卡契，以白布纒頭，精於貿易。在藏住者，有頭目三人彈壓之。〔二〕卡契精心於賣買。布延、業楞、庫木，巴勒布之三罕。藏西南行，計程月餘，其部名巴勒布，俗名别蚌子，又名白布。其地和暖，産稻穀。本分三部，一曰布延罕，一曰業楞罕，一曰庫庫木罕。雍正十二年，進表貢一次，後爲廓爾喀所併。今巴勒布在藏貿易，有成家室，住數輩者，頭目二人〔三〕管轄。噶畢、諾彦林親，布嚕巴之兩解。藏南行月餘，〔四〕其部布魯克巴，其長名諾彦林親，乃紅帽教〔之傳〕。〔五〕天氣和暖，物産與中國相似。再南行月餘，即南天竺交界也。唐時賜册印，〔六〕其文曰「唐國師寶之印」六字。又有噶畢一族，爲諾彦林親所分者，日久勢漸昌大。後諾彦林親之呼畢勒罕楚克賴那木札勒，至其地，噶畢留之，由是成隙，互相仇殺。駐藏大臣遣人和解。〔七〕雍正十二年，噶畢東嚕布剌麻卒，於是土地人民仍歸諾彦林親管轄，呈進奏書貢物。乾隆元年，賜額爾德尼第巴印。今考布嚕克巴，爲紅教剌麻之地。其掌教札爾薩立布嚕克谷濟呼畢勒罕，與額爾德尼第巴、諾彦林親類拉布齊，俱住克嚕克巴蚌湯德慶城内。〔八〕轄百姓四萬餘户，大小城五十處，寺廟一百二十座，共剌麻二萬五千餘衆。其界址，東至綽羅烏嚕克圖部落，計程八日。正南至額納特克國爲界，計程十日。正西巴木嶺鐘爲界，計程十日。正北至帕克哩城爲界，乃西藏屬地。額訥克横行梵寺之源，甲噶爾界。由賽爾西南緊走十八日，到宗哩口，有一崖高約十五丈，以木搭梯，往來行走，馬不能通。由宗哩緊走八日，至白木戎住處，〔九〕其王所居屋，名曰勞丁宰，俱在山上。其先之王，名叉多朗結，生一子，名局密朗結，承襲。所屬百姓，種類不一。一曰總依，生子幼時，即五色塗面。一曰納昂，無論男女，不穿衣服，下以白布纏之。一曰蒙，身穿布衣，不遵佛教。一曰乃撒，男穿中衣，不穿上衣。〔一〇〕惟白木戎本地人民，皆披藏紬偏單。有大寺兩座，一名白馬楊青，一名札什頂。小寺十五座，轄地七處。其方亦呼小西天，〔一一〕與布嚕克巴連界。中隔大江，名巴隆江。〔一二〕南至歪物子，西至巴勒布，北至後藏日喀孜。由白木戎再行十日，至小西天布爾雅王子住處，舟行半月，〔一三〕由海中至大西天矣。相傳漢張騫曾至其地。今考西南外番，并無白木戎之名。乃知白（木）〔布〕纏身者，作木朗也。〔一四〕披藏紬偏單者，巴勒布也。通宗哩口者，哲孟雄也。瑩按：衞藏圖識：白木戎出大羱羊、羖羊、大耳豬、崖羊，又產野象、獨角獸。地東連朱巴，中以巴隆江爲界，南至西天烏盆子，西至白布，北至日蓋子，即札什倫布仍仲寧翁結巴寺之後山也。哲孟雄、臧曲之千家尚駭，後藏西南邊外一小部落，今爲廓爾喀所侵，尚有臧曲大河北岸迤東三處寨落也。〔一五〕作木朗唇亡齒寒，後藏西邊外一小部落，在哲孟雄北界，亦爲廓爾喀所并，今與唐古忒以熱索橋爲界。洛敏湯皮存毛在。作木朗北一小部落，亦爲廓爾喀所并。庫努屏藩，在阿哩之西界，〔一六〕其地與甲噶爾、廓爾喀兩部落交界。其部長名熱咱烏爾古，生嘉慶元年二月，遣人赴藏通好。

拉達邑宰，阿哩之西小部落，名拉達克汗。第哩巴察，人隔重洋，噶哩噶達，道通近載。注：已前見。〔一七〕惟廓爾喀之投誠，乃唐古忒之樂愷。後藏西南邊外，地名陽布，乃廓爾喀所併巴勒布之舊地也。天氣和暖，産稻穀花果。其王名拉特納巴都爾。乾隆五十七年，經大將軍福康安、參贊大臣海蘭察，〔一八〕統師進勦，深入其境，震慴天威，投誠恭順。每五年一次，遣噶箕頭人，赴京恭進表貢。

右和泰庵爲駐藏大臣，撰西藏賦，復自爲之注，時在乾隆之末、嘉慶初元、廓爾喀平後。其於藏中山川風俗制度，言之甚詳，而疆域要隘，通諸外藩形勢，尤爲講邊務者，所當留意，不僅供文人學士之披尋也，故摘録之於此。

〔一〕西藏賦：「那木稱巴延等之蕃民共七十九族。其地爲吐蕃之舊屬，居四川、西寧、西藏之間，昔爲青海奴隸，自羅卜藏變亂之後，漸次招撫。雍正九年，勘定界址，近西寧者四十族，歸西寧都統管轄；近西藏者三十九族，歸駐藏大臣管轄。設總百户散百長，歲納貢馬銀兩。」

〔二〕西藏賦：「其剌麻亦赴藏朝佛。」

〔三〕西藏賦：「頭目二名。」

〔四〕西藏賦：「藏南行程月餘。」

〔五〕姚原文載爲「紅帽教」。今據西藏賦所載「乃紅帽教之傳」，增補「之傳」二字。

〔六〕西藏賦：「唐時賜與册印。」

〔七〕西藏賦：「至噶畢地方，噶畢羈留不放歸，由是兩家成隙，互相仇殺。經駐藏大臣遣人和解。」

〔八〕西藏賦：「俱住布嚕克巴蚌湯德慶城内」。

〔九〕西藏賦：「由前藏至後藏賽爾地方，緊走十日，係白木戎交界。由賽爾向西南緊走十八日，到宗哩口子，有一崖高約十五丈，以木搭梯，往來行走，馬不能通。由宗哩緊走八日，到白木戎住處。」

〔一〇〕西藏賦：「有一種名曰總依，生子幼時，即五色塗面，成花面。一種名曰納昂，無論男女，俱不穿衣服，下以白布纏之。一種名曰蒙，身穿布衣，不遵佛教，不行善事。一種名曰仍撒，男子止穿中衣，不穿上衣。」

〔一一〕西藏賦：「其方亦呼爲小西天也」。

〔一二〕西藏賦：「中隔大江，名曰巴隆江。」

〔一三〕西藏賦：「從此上船，舟行半月。」

〔一四〕西藏賦：「乃知白布纏身者，作木朗也。」姚文爲「木」，今據西藏賦所載，改爲「布」。

〔一五〕西藏賦：「其地今爲廓爾喀所侵，尚有臧曲大河北岸迤東三處寨落也。」

〔一六〕西藏賦：「在藏屬阿哩地方之西界。」

〔一七〕此系姚瑩注，省畧原西藏賦載内容。

〔一八〕西藏賦：「其地名陽布，乃廓爾喀所併巴勒布之舊城也。天氣和暖，産稻穀花果。其王名拉特納巴都爾。自乾隆五十七年，經大將軍福康安、參贊大臣海蘭察等。」

中外四大水源

賦注又云：「岡底斯之東，有泉流出，名達木珠喀巴普。達木珠者，馬王也。喀者，口也。巴普者，盛揞粑木盒也。以山形似馬口，故名。岡底斯之南，有泉流出，名朗卜切喀巴普。朗卜切者，象也，以山形似象，故名。此東南二大水之源也。」「岡底斯之北，有泉流出，名僧格喀巴普。僧格者，獅子也，以山形似獅名也。岡底斯之西，有泉流出，名瑪卜伽喀巴普。瑪卜伽者，孔雀也，以山形似孔雀名也。此西北二大水之源也。」余按：「此言四山名，與圖識音同字異。〔一〕楊升庵云阿耨達池，一名蔔乂，從琉璃馬口出。似亦聞此説，而未得其詳也。」

〔一〕（雍正）四川通志卷二一西域：「岡底斯東，打母朱喀巴珀山，譯言馬口也，有泉流出……岡底斯之南，有山名即干喀巴珀，譯言象口也。也有泉流出……岡底斯之北，有山名生格喀巴珀，譯言獅子口也。也有泉流出，西亦桑納池，二水合而南行，又折東行至那克拉蘇母多地，與岡底斯西馬珀家喀巴珀山之水會。馬珀家喀巴珀者，譯言孔雀口也。」

西崑崙

又曰：「札克洞山，日洞山，赴巴則嶺大道，曲水過河，上甘布拉，古稱西崑崙。」又曰：「噶如山，出宜椒東溝口，望多爾濟帕姆宮，在海子東岸山麓，世有女呼圖克圖居之。其海子名曰洋卓雍錯海，又名雅木魯克玉木楚海。廣四百五十六十里，周岸行四十八日。其中有三大山，一曰密納巴，又曰鴉波士，〔一〕一曰桑里，其水時白時黑，或成五彩。過甘布拉嶺，沿海岸，經白地亞喜浪噶孜，始進宜椒山口，二百餘里，僅其西北角耳。」余按：「此言女呼圖克圖，寺名、海名，與圖識皆音同字異，而賦注較詳，稱甘布拉爲西崑崙者。彼以岡底斯山爲崑崙，此在其西，故蕃人名之。」

〔一〕西藏賦：「一曰雅波士。」

巴勒布

廓爾喀〔一〕本與巴勒布爲鄰國，部落初不甚大。自乾隆中侵取巴勒布三罕〔二〕之地，又兼併哲孟雄、洛敏湯、作木朗三部，遂以强大。乾隆五十三年，以互市事擾藏，大兵進討，甫遣頭人瑪木薩野入貢。五十七年，復事侵擾。大學士福公徵之，兵至陽布，畏懼投誠，至今安靖五十餘年矣。巴勒布自唐時立國，千有餘年，而爲廓爾喀所併，廓爾喀復以其人擾藏。擾藏者，廓爾喀也，非巴勒布矣。

〔一〕衛藏通志卷一五部落：「廓爾喀，後藏之西南，其地名陽布，乃所并巴勒布舊地也。天氣和暖，産稻米花果諸物。其王名拉特納巴都爾。自乾隆五十七年，震懾天威，投誠恭順，定期五年，遣使朝貢一次。」

〔二〕衛藏通志卷一五部落：「藏之西南，計程兩月，有巴勒布部落，俗名別蚌子。其地時氣和暖，産稻穀、孔雀。其民分爲三部，一曰布顏罕，一曰葉楞罕，一曰庫庫木罕。於雍正十年間，遣使來藏，經駐藏大臣具奏，蒙聖恩允準內附，賞頒敕封三道，賜蟒緞、玻璃、瓷器等物。」

易傳鐙言九卦

糧務高明府殿臣。有宋人徐總幹著易傳鐙，借讀之。大旨謂：易爲聖人言天命之書，而尤致意於中興之際。蓋南宋隱君子也。序云：「嘗師呂東萊、祖謙。唐説齋仲友。二先生。」〔二〕其論九卦之德云：九卦之德，聖人獨於九卦言之，而不以他卦者。蓋九卦君子在下，不違其時之用，因時制行，聖人美之，故于九卦各言德，而又重復讚之也。

「履」之初九、九二，處六三、柔履剛之下，初九，素履以往，九二幽静守正，故美其德基於履，而又讚其履和而至，以和行也。

「謙」之初六、六二，處撝謙、勞謙之下，初六，謙卑自牧，六二，鳴謙守正，故美其德執於謙，而又讚其謙尊而光，以制禮也。

「復」，初九，七日來復，能不遠修身，致六二之下仁，六四之從道，故美其德本於復，而又讚其小而辨於物，以自知也。

「恒」，當君子立不易方之時，九二，能久中而悔亡，故美其爲德之固，而又讚其恒雜而不厭，以一德也。

「損」，當損下益上之時，初九，遄往酌損，九二，中以爲志，故美其德之修，而又讚其損先難而後易，以遠害也。

「益」，當損上益下之時，初九，大作，不厚事元吉，無咎，故美其盛德之裕，而又讚其益長裕而不設，以興利也。

「困」，當剛掩有言不信之時，九二，剛中自守，酒食自養，故美其困德之辨，又讚困窮而通，以寡怨也。

「井」，當改邑不改井，無喪無得之時，九二，雖無與，九三，雖不食，而九二剛中不變，九三行惻受福，而致六四之井甃，上六之勿幕，故美其爲德之地，而又讚其井居其所而遷，以辨義也。

「巽」，當小人武治小亨之時，九二，過於用巽，紛若其言以免咎，九三，頻於用巽，至於志窮而致吝，故美其爲德之制，而又讚其巽稱而隱，以行權也。

九卦先後殊時，制行不同，聖人均論其德。前有基柄、本固、修裕之殊，蓋明其時之可爲也。後有辨地及制之別，蓋明其時之難處也。基培於履，柄執於謙，本反於復，固守於恒，修爲於損，裕充於益，茲其處於平時者，德爲可與也。困窮而能通，井居其所而能遷，巽稱而能隱。君子處於難居之時，其德重爲可嘉。故九卦之序，後有困、井及巽，茲聖人所以作易，有憂患也。〔二〕徐氏此言九卦之德，分別處于平時及處難居之時，最爲明晰，處憂患者所宜深玩。

瑩按：「此説九卦之德，專指在下位者，尤切於用。惟巽稱而隱本義及諸家説義多未明。余謂巽順之德，人所稱美也，而有時當避其巽順之名而不居，泰伯以天下讓，民無得而稱是也。」

〔一〕易傳燈原序：「先君總幹幼年習聲律，自後喜經術而厭雕篆，由是再更六典。紹興初，嘗師東萊呂先生祖謙、説齋唐先生仲友，從宋先生真卿。」

〔二〕上述資料據易傳燈卷四九卦之德所載。

流沙即沙漠戈壁

余前考論黑水，言禹貢雍、梁二州，極今陝、甘、滇、蜀、衞、藏之域。頃思禹貢「導弱水至於合黎，餘波入於流沙」。〔一〕又曰「西被於流沙」。〔二〕史記注引鄭注曰：「地理志：弱水出張掖。〔三〕地説云：合黎山在酒泉會水縣東北，流沙在居延西北，名居延澤。〔四〕地記曰：弱水西流入合黎山腹，餘波入於流沙，通於南海。」

余謂流沙，即今之戈壁也，巴里坤及哈密以西回部，皆稱戈壁。嘗行千里，皆沙，有水無草，或水草俱無，深處，人馬常陷不見。西北各處尤多，哈密至伊犁、和闐、葉爾羌及後藏之北，所在有之，皆流沙也。合黎山在今肅州高臺縣邊牆外東北百里，居延海在合黎山北三百餘里。居延海之北及東，橫亘千餘里，即瀚海。弱水既入合黎山腹，餘波入於流沙，則此流沙當指居延澤。而西域之戈壁，皆得稱流沙。遼史蕭罕嘉努言：「太祖西征，至於流沙，準布望風悉降。」〔五〕準布即後來準噶爾，今之伊犂，是其證也。然則雍州之域可知矣。惟天下之水，自崑崙以東，皆東流，或北流，或南流，皆入東、北二海，故河水、江水，皆匯衆水東流。弱水在河源之東，其水源出自張掖，北流至居延大澤，未見西流，無緣通於南海。地紀所云，豈謂入於合黎山腹，遂由地中行耶？自合黎山至海，萬數千里，中隔崑崙大山，地中之行，何憑見之乎？

〔一〕尚書注疏卷五夏書禹貢：「導弱水至於合黎。傳：合黎，水名，在流沙東。餘波入於流沙。傳：弱水餘波西溢入流沙。」

〔二〕尚書注疏卷五夏書禹貢：「東漸於海，西被於流沙。」

〔三〕史記卷二夏本紀第二：「弱水既西。集解：孔安國曰：導之西流，至於合黎。鄭玄曰：衆水皆東，此獨西流也。索隱：水經云弱水出張掖刪丹縣西北，至酒泉會水縣，入合黎山腹。山海經云弱水出崑崙墟西南隅也。」

〔四〕史記正義卷一一〇匈奴列傳：「括地云：漢居延縣故城，在甘州張掖縣東北千五百三十里，有漢遮虜障，強弩尉路博德之所築。李陵敗，與士衆期至遮虜障，即此也。長老傳云：障北百八十里，直居延之西北，是李陵戰地也。」

〔五〕遼史卷一〇三蕭罕嘉努傳：「蕭罕嘉努對曰：……太祖西征，至於流沙，準布望風悉降，西域諸國皆願入貢。」

三苗非殺

舜「流共工于幽州，放驩兜于崇山，竄三苗于三危，殛鯀于羽山」。[一]正義引鄭氏注曰：「舜不刑此四人者，以爲堯臣，不忍刑之。禹治水畢，乃流四凶。」又注分北三苗曰：「流四凶者，卿爲伯子，大夫爲男，降其位耳，猶爲國君。所竄三苗爲四裔諸侯者，猶爲惡，乃復分析流之。」據此，是三苗兄弟，先竄一處，後更分析。則三危爲一山，非三處矣。既云猶爲四裔諸侯，未知兄弟三人，孰爲諸侯，抑皆爲諸侯乎？其後分析者，更離而遠之，懼其聚而爲亂也。鯀治水不成，當罪，然禹能修其功，而底平成之績，亦已幹父之蠱。舜爲大聖，必不忍殺鯀。鄭注「降其位，猶爲國君」者，是也。左傳言「誅四凶」。誅者，討其罪而罰之，非必殺戮。萬章始云「殺三苗于三危」，蓋當時傳聞之異耳。「殛」字亦未即是殺，言降謫至羽山後，即死於其地，不復歸耳。鄭注於理爲優，當從其說。方宗誠曰：「説文山部：寂，塞也。讀若虞書寂三苗之寂。」又穴部，竄，匿也，從鼠在穴中。「管異之曰：「古書之辭，凡言人必自匿，乃曰竄。國語『不窟失官，自竄戎狄之間』是也。三苗入三危，乃舜塞之，而非其自匿。曰寂宜也。虞書作「竄」，殆悞耳。且三苗未嘗死。孟子殺三苗者，正以寂、殺形近而譌耳。

[一] 尚書注疏卷二舜典傳典之義與堯同：「流共工於幽洲。傳：象恭滔天，足以惑世，故流放之幽洲北裔。水中可

居者曰洲。放驩兜于崇山。傳：黨於共工，罪惡同崇山南裔。竄三苗於三危。傳：三苗，國名，縉雲氏之後，爲諸侯號饕餮。三危，西裔。殛鯀于羽山。傳：方命圮族，績用不成，殛、竄、放、流，皆誅也。」

鄭注九州五服

「惟荒度土功，弼成五服，至于五千，州十有二師，外薄四海。」〔一〕鄭注曰：奄大九州四海之土，敷土既畢，廣輔五服而成之。至於面方各五千里，四面相距爲方萬里，師，長也。九州，州立十二人爲諸侯師，以佐其牧。外則五國立長，使各守其職。堯初制五服，服各五百里，要服之内，方四千里，曰九州。其外荒服，曰四海，此禹所受地。地記書曰：崑崙山東南地方五千里，名曰神州者。禹弼五服之殘數，亦每服令五余按：此「令」字疑是「令」字。百里，故有萬里之界，萬國之封焉。猶用要服之内爲九州，州更方七千里。七七四十九，得五千里者四十九，其一以爲圻内，餘四十八，八州分而各有六。春秋傳：「禹朝群臣於會稽，執玉帛者萬國。」〔二〕言執玉帛者，則九州之内諸侯也。其制，特置牧，以諸侯賢者爲之師。蓋百國一師，州十有二師，則州千二百國也，八州凡九千六百國，其餘四百國在圻内，與王制之法準之。八州通率，封公、侯百里之國一，伯七十里之國二，子、男五十里之國四，方百里者三，封國七十有畸。至於圻内，則子、男也。

余按：鄭氏此言，通計禹時九州萬國之數，蓋併名山大川計之。其實九州，或平原曠衍，或山陵藪澤，廣狹不同，何能截然比齊？不過約畧計之如此，未可以辭害意也。其言崑崙山之東南，禹所荒度，合堯之九州，共爲九州，有萬里之界，萬國之封，蓋堯之五服小而禹之五服大也。觀此，益可見今之滇、蜀、藏、衛，皆禹時荒服之國，九州之域矣。九州分其地土之界，五服次其遠近之制，非要服盡九州也。以古證今，確乎不爽。學者不見古書，未歷今地，識自狹小，豈知域内之大哉？此山海經一書，所以雖出秦、漢人羼雜之作，非伯益原書，而猶可寶貴也。太史公禹本紀、〔三〕山海經所言怪物，余不敢道者，特孔子「後世有述，吾弗爲之」〔四〕之意耳，豈謂無之哉！

〔一〕尚書注疏卷四虞書：「辛日娶妻，至於甲日，復往治水，不以私害公。啓呱呱而泣，予弗子，惟荒度土功。傳：啓，禹子也，禹治水過門不入，聞啓泣聲，不暇子，名之以大治。度水土之功，故弼成五服，至於五千，州十有二師。傳：五服，侯甸綏要荒服也。服五百里，四方相距，爲方五千里。治洪水輔成之，一州用三萬人功，九州二十七萬，庸外薄四海，咸建五長。」
〔二〕春秋左傳注疏卷五八：「禹合諸侯於塗山，執玉帛者萬國。」
〔三〕太史公禹本紀，即司馬遷史記卷二夏本紀。
〔四〕禮記注疏卷五二中庸：「子曰：素隱行怪，後世有述焉，吾弗爲之矣。」

五天竺幅員

宋程大昌考古編曰：「五天竺皆釋氏地。五天竺〔一〕與波斯接。五天竺皆在長安西南。唐史記其地，去都城九千六百里，以其東行所經諸國，及中州地理併數之，尚不及萬里。唐史信世之所傳，謂爲幅圓三萬里，則已夸矣。僧玄奘西域記，乃言『五印度境，周九萬里』，一何荒誕之甚耶。」又玄奘「以貞觀三年往，至十九年回，其間以年計，自當得五千餘日而已。三分其日之一，以爲届止詢訪之日，則其在行者，不過十年。不知十年之力，何以能周徧九萬里？而經涉他國地理，又未在數。此可見其妄，甚明也。」

〔一〕考古編卷八外國地理書難信：「西天竺」。

魏默深云：「唐書『幅員三萬里』者，圍員之數，圍三徑一計之，裁萬里耳。乾隆中，開闢新疆二萬餘里，然天山南北路，縱横皆不過六千里，則所謂二萬里者，亦圍員之數，非徑一之識。」程氏誤認周圍爲徑廣，玄奘則以開方爲徑廣，胥失之矣。然則五天竺果徑萬里乎？曰明史曆志謂天方回國，在烏斯藏西八千餘里。〔一〕其地爲西印度之極邊，而西藏、緬甸亦皆東印度邊境，此東西徑萬里之明證也。北印度至南印度海濱約計六七千里，而南海中三千里爲僧伽剌島，亦佛説楞伽經之地，屬南印度，此南北徑萬里之明證也。徑一則圍三，故知唐書「幅員三萬里之説」，確不可易。

余謂：魏説得之，而以西藏、緬甸爲東印度邊境，則未必然。今西洋人言俄羅斯幅員二百零四萬方里，又有所得新藩地，東抵海，北抵冰海，西界歐羅巴洲内部落，南界中國蒙古索倫，幅員五十萬方里。又言阿丹國東西距千二百里，南北距千五百里，幅員百十六萬六千方里。可見凡云幅員百十萬方里者，皆以開方法言。如阿丹國幅員百十六萬六千里而言，其東西距僅千二百里，南北距僅千五百里耳。新唐書又云：「波斯居達遏水西，距京師萬五千里而羸。」[二]夫五天竺之境，既云西抵波斯，又東距長安九千六百里，則是五印度之境，東西約六千里，西藏、波斯皆非天竺也。其南北雖不可知，要亦不過數千里耳。玄奘所云「周九萬里」，當亦以開方計之，特少一方字，遂爲詬病。但開方法方千里者，爲方一里者百萬。五印度地姑以方五千里計之，當二千五百萬方里。玄奘所云「周九萬里」者，以方里言之，猶多未盡。蓋昔人以遐方異域，不復深求，即玄奘未必了然，無論宋人矣。皇清文獻通考言四裔曰：「俄羅斯以千步爲里，後改五百步爲里。」[三]然則較中國里數，其狹甚矣。幅員萬里之説，烏可以中國類之耶？

[一] 明史卷三七回回曆法一：「在雲南之西八千餘里。」
[二] 新唐書卷二二一下西域：「波斯居達遏水西，距京師萬五千里而羸。」

〔三〕皇朝文獻通考卷三〇〇四裔考俄羅斯：「以十六寸爲尺，十二兩爲斤，千步爲里，後改五百步爲里。」

安息條支

范蔚宗西域傳論曰：「甘英乃抵條支而歷安息，臨西海以望大秦，拒玉門、陽關者四萬餘里，靡不周盡。」〔一〕余按：安息、條支，皆五天竺以西之國也。前書西域傳言：烏弋山離國，王去長安萬二千二百里。不屬都護。〔二〕東北至都護治所六十日行，東與罽賓，〔三〕西與犂靬、條支接。烏弋地暑熱莽平，有師子、犀牛。俗重妄殺。自玉門、陽關出南道，歷鄯善而南行，至烏弋山離，南道極矣。轉北而（西）〔東〕〔四〕得安息。班書所言烏弋山離，即今中印度之痕都斯坦也。所言地暑熱莽平，出師子，重妄殺。與今西域聞見録合，其爲此地無疑。中印度去長安萬二千二百里，轉北而（西）〔東〕〔五〕得安息，不言里數。蔚宗乃言「拒玉門、陽關四萬餘里」，計中印度更北而（西）〔東〕，至裏海即古之西洋，不及萬里，條支、安息安得有四萬餘里耶？觀蔚宗所云「靡不周盡」四字，則是據甘英足所經歷自玉門、陽關至條支、安息四萬里耳，蓋併往來紆曲之數言之，非徑直四萬餘里也。

〔一〕後漢書卷八八西域傳。

〔二〕漢書卷九六西域傳烏弋山離國：「不屬都護。户口勝兵，大國也。」

〔三〕漢書卷九六西域傳烏弋山離國：「東與罽賓，北與撲挑」。

〔四〕〔五〕姚文原載爲「西」，今據漢書卷九六西域傳烏弋山離國所載：「轉北而東得安息」，故改「西」爲「東」。

葱嶺

宋釋法顯佛國記言：「自于闐西行，二十五日，至子合國。」「自此南行四日，入葱嶺山，到於麾國。行二十五日到竭叉國，其地山寒，不生餘穀，惟熟麥。」〔一〕云「國當葱嶺之中。〔二〕從此北行，〔三〕向北天竺，在道一月，得度葱岭。冬夏有雪，又有毒龍，〔四〕度岭已到北天竺。」據顯此言，是葱嶺在于闐西南，凡二十九日程，步行日六十里計之，幾二千里矣。自入葱嶺，行二十五日，至竭叉國，不言所向，大約仍西南也。二十五日，約一千五百里，爲葱嶺之中。自此北行，向北天竺，又凡一月，約二千里，而後度嶺至北天竺。此云北行，不言西者，西南斜行已盡，乃更北行耳。然則其所經行，自入葱嶺，歷於麾國、竭叉國，度嶺至北天竺，凡三千數百里，是遶今前、後藏之北而至克什彌爾也。觀此，則葱嶺之廣長可知。蓋於麾、竭叉二國，皆在葱嶺之中矣。然其所包亙，豈知此二國哉？

〔一〕佛國記：「惟熟麥耳」。

〔二〕佛國記：「其國當葱嶺之中。」

〔三〕佛國記：「從此西行」。

〔四〕佛國記：「又有毒龍，若失其意，則吐毒風、雨雪飛沙礫石，遇此難者，萬無一全，彼土人，人即名爲雪山人也。」

玄奘西域記

唐釋玄奘西域記十二卷，言北印度之北境，最大者迦畢試國，所屬有濫波國、那揭羅曷國、健馱羅國、烏仗那國、鉢露羅國、呾叉始羅國，此皆迦畢試國之部落，非國也。其南境最大者迦溼彌羅國，即古罽賓，所屬有僧訶補羅國、烏剌户國、半笯蹉國、曷羅闍補羅國、磔迦國、那僕齊國、闍爛達羅國、屈露多國、設多圖盧國，亦皆迦溼彌羅之部落，非國也，此皆北印度也。中如磔迦國，衣服鮮白，少信佛法，多事天神，豈非回教耶？似即今之大小白頭回子矣。

中印度諸國，爲波理夜呾羅國、秣菟羅國、薩他泥溼伐羅國、窣祿勤那國、秣底補羅國、婆羅吸摩補國即東女國、瞿毘霜羅國、亞醯掣呾羅國、毗羅删拏國、劫比國、曲女城國、〔一〕阿踰陀國、〔二〕鉢羅那伽國、拘睒迷國、〔三〕鞞索迦國、伊爛拏鉢伐多國、羯米溫祇羅國、奔那代撣那國、室羅伐悉底國、迦毗羅衛國、波羅柰國、毗舍离國、弗栗恃國、尼波羅國、摩竭羅國、憍薩羅國、摩溼伐羅補羅國，凡二十七國。如來入金剛定成正覺處，在摩竭陀國。出家修行，還家見父，及涅槃處，皆在迦毗羅國。波斯匿王城須達長者祇陀林給孤獨園，在室羅伐悉底國，即舍衛國也。玄奘所記佛蹟、國名，與法顯所記不同，蓋相去數百年，國有興廢更易也。如來演説寶雲等經之靈山，在摩竭陀國殑伽河南，有故花宮城。西南四百里大山，雲石幽蔚。又西南四十五里，渡尼連禪河，至迦耶山。溪谷杳冥，峯巖危險，前代之君，莫不登封。自此東渡大河，則前正覺山，即如來入金剛定處矣。

東印度諸國，爲伽摩縷波國，三摩呾吒國、室利差呾羅國、迦摩浪迦國、墮羅鉢底國、伊賞補羅國、摩訶瞻波國即林邑國、閻摩那洲國、耽摩栗底國、羯羅蘇國、伐剌那國、烏荼國、僧伽羅國，凡十三國。諸國人多貌黧俗獷，蓋今英夷所據之烏鬼地是矣。又云：迦摩縷波國東，山阜連接，無大國都。其境接西南夷，計兩月可入蜀西南境，似今之哲孟雄、廓爾喀一帶也。

南印度諸國，爲羯稜伽國、安達那國、大安達羅國、珠利耶國、達羅毗茶國、枳秣羅國、僧伽羅國唐言師子國、恭建那補羅國、摩訶剌陀國、跂祿羯婆國、摩臘婆國即南羅羅國、阿吒釐國、契吒國、北羅羅國、鄔闍衍羅國、鄭枳陀國，凡十六國。摩臘婆，一作摩臘羅。此云阿吒釐國，商賈爲業，貴財賤德，縱有信福，但事天神。是玄奘時，已有天方天主之教矣。又云：枳秣羅國，海舶所聚，瀕海有秣剌耶山，山東有布呾落伽山。山頂有池，池側有石天宮，觀自在菩薩往來遊舍。按：此即今之戈什峽也，是爲南海矣。相傳觀自在菩薩，有三落伽山，如今浙江之普陀，前藏之剌薩，皆爲落伽山，但非南海耳。

西印度諸國，爲阿難陀補羅國、蘇剌陀國、瞿折羅國、信都國、茂羅三部盧國、鉢伐多國、阿點婆翅羅國、狼揭羅國、臂多勢羅國、阿輋荼國、伐剌那國，凡十一國。其最南境，阿點婆翅羅國，臨信度河，鄰大海。

余按：唐以前皆名信度河，即今之印度河。信、印音近也。魏默深恒河考，則謂信度河，即西恒河。殑伽河，即東恒河，一水分流入海。則以佛經及各經注證之，亦前人所未發也。以上五印度諸國，玄奘所記詳矣。宋代及今，國名數有更易，然猶可有所考按，故備記於此。

〔一〕曲女城國，即大唐西域記卷五六國中所載「羯若鞠闍國」，後更名曲女城國。

〔二〕大唐西域記卷五六國：「阿耶穆佉國、阿踰陀國」。姚瑩文脫「阿耶穆佉國」。

〔三〕「拘睒迷國」，即大唐西域記卷五六國中所載「憍賞彌國」。「行五百餘里，至憍賞彌國。舊曰拘睒彌國，訛也，中印度境。」

法顯佛國記

法顯佛國記：「四大塔處，佛法相承不絕。」〔一〕四大塔者，〔二〕一佛生處，在迦羅衞國，白飯淨王故宮是也。二佛得道處，在迦尸國，婆羅柰城鹿野苑精舍是也。三轉法輪處，在毗舍離國城西三里，是國王千子放弓仗處，爲賢劫千佛是也。四佛般泥洹處，在揚夷那竭國城北，雙樹間希連河邊是也。般泥洹即般涅槃，此云滅度。凡此四大塔處，皆在中天竺。又有佛説首楞嚴經處，在摩竭提國阿闍世王所造王舍新城，耆闍崛山，五山圍繞，中峯最高，有佛及諸羅漢弟子，各坐禪石窟數百。又有佛自忉利天下爲母説法處，在僧伽施國，玄奘云在劫比他國也。又有波斯匿王請佛説法處，在揚薩羅國舍衛城，即波斯匿王所治城也。城南門外千二百步，即祇洹精舍，有波斯匿王所刻牛頭旃禮佛像，佛住此處最久。又有阿難般涅槃處，在毗舍離國放弓仗塔東。四由延五河合口，阿難於河中央，分身作二分，各在一岸，俾兩國王各得半身舍利起塔。又有佛現神足降惡龍處，在師子國。自多摩犁靬國海口，舟行西南，十四晝夜可到。國在大洲上，東西五十由延，南北三十由延，左右小洲百數，皆統屬大洲。

〔一〕佛國記：「四大塔處，相承不絶。」

〔二〕佛國記：「四大塔者，佛生處，得道處，轉法輪處，般泥洹處。」

唐大食國界

通鑑：唐德宗貞元三年，李泌對德宗曰：「大食在西域爲最彊，自葱嶺盡西海，地幾半天下，與天竺皆慕中國。」〔一〕胡注曰：「大食既併波斯，突騎施又亡，其地東盡葱嶺，西南際海，方萬餘里。」

余按：波斯在天竺之西，大食又在波斯之西。唐時尚有吐火羅，地在波斯、大食之間。此云東自葱嶺，西南際海，萬餘里者，是大食極盛時，兼并諸國，極於天主降生之如德亞，似所謂茀林亦在其中矣。所際之海，即西紅海地。

〔一〕資治通鑑卷二三三唐紀四九唐德宗貞元三年九月丁巳：「大食在西域爲最彊，自葱嶺盡西海，地幾半天下，與天竺皆慕中國。代與吐蕃爲仇，臣故知其可招也。」

華人著外夷地理書

自來言地理者，皆詳中國而畧外夷。史記、前後漢書，凡諸正史外夷列傳多置不觀，況外夷書乎。然今存者宋釋法顯佛國記，乃異域傳書之始。自是而唐釋玄奘、辨機有大唐西域記十二卷，宋徐兢有宣和奉使高麗圖經四十卷，趙汝适有諸蕃志二卷，朱輔有溪蠻叢笑一卷，元周達觀有真臘風土記一卷，汪大淵有島夷志畧一卷，明董越有朝鮮賦一卷，黄衷有海語三卷，張燮有東西洋考十二卷，西洋艾儒畧有職方外記五卷，鄺露有赤雅一卷，朝鮮無名氏有朝鮮志二卷，西洋南懷仁有坤輿圖説二卷，國朝圖里琛有異域録一卷，皇輿西域圖志五十二卷,皇清職貢圖九卷,滿洲源流考十二卷,盛京通志一百二十卷,熱河志八十卷,蒙古源流八卷,陳倫炯有海國聞見録二卷,王大海有海島逸志二卷,七十一〔一〕有西域聞見録四卷,松筠有綏服紀畧一卷,和泰庵有西藏賦一卷,近時徐松有新疆賦一卷,及魏默深海國圖志六十卷出,而海夷之説,乃得其全焉。

〔一〕哈佛燕京圖書館藏本、中復堂全集本(同治六年本)、筆記小説大觀本、叢書集成三編本等皆載爲「七十四」,今據西域聞見録改爲「七十一」。